印度七弦琴

india

林沛 著

千山我独行 不必相送
且将浮名轻抛琴外

海风出版社
HAIFENG PUBLISHING HOUSE

序

　　或是在浮于层叠云海的飞机上，或是在时停时走的绿皮硬座车厢中，或是在忽睡忽醒颠簸难免的巴士上，行踪无定，湖山飘影，旅途情愫，二十年光阴如白驹过隙，匆匆一秒之间。今年三月，阿沛与我相约，给我读他的新传，未有相托，匆匆浏览之后，百感交集，于是自我推荐作出浅显序言。

　　湖海洗胸襟，河山飘影踪，人在旅途，惊叹于作者瑰丽的想象力，在书中，他对人文、历史、情感、国术、纷争乃至宗教的思考已达到了一定的深度。

　　我对中华传统文化饶有兴趣，只可惜，十年浩劫已使五千年文化严重断层，诸多历朝历代积累的精髓被付之一炬，永远消失在历史的尘埃中，时至今日，世风浮躁，功利主义日盛，很难再有人能静下心来专注做学问，大环境如此，对文化的溯本求源就更加困难。

　　书中提出"自古胡汉不两立"的老观点，究竟哪种文明更适合统治这片土地？每个人的心中早有定论，实际上也就是先进文化与落后文化的软性较量，满清铁蹄也才离去一百多年，蒙元的灭绝性屠杀，让华夏精英丧失殆尽，从五胡乱华、衣冠南渡，到五代十国、两宋积弱、清兵入关，每一次政权的更迭都伴随着生产力的严重破坏和人口的锐减，当暴力变成了一种循环，民族的创造力一次次回到了原点，蒙古高原俯冲下来的胡风，瞬间就可以让华夏几十年乃至几百年的积累灰飞烟灭，即便其很快就被同化，但从头再来的黑色轮回也颇具讽刺。

书中提到的安史之乱，只不过是沧桑历史的一个剪影，安禄山与他的前辈如出一辙，嗜血成性，长安城、洛阳城可怜焦土，唐人，那个把唐人街遍布世界的唐人，此时也只能王孙泣路隅。

究竟是什么让这种可怕的轮回延续下去，在那个时代，代表高度文明的农耕民族始终不敌代表野蛮的游牧民族，汉疆和唐土只能被后人频频的怀念，至于幅员最辽阔的蒙元帝国，许多华夏后人却拿来意淫。奴性已被植入，就像非洲黑奴的后脑盖有三个明显的凹痕，这就是奴性的生理依据。

1885年，福泽谕吉敢于摒弃影响日本千余年的儒家学派，发表《脱亚论》，为日本此后的国策奠定基础。时至今日，脱亚入欧的理论仍然深刻的影响着日本的各个领域。十年后，日本人击沉北洋水师，京师悲愤间才出现公车上书，福泽谕吉的头像被印上了日元，戊戌六君子却要喋血街头。

百家争鸣，已经过去两千多年了，那个灿若繁星的年代，可能不会再来了，林沛在书中描述的大唐盛世，那个李白畅饮胡姬酒肆、吴道子泼墨山水、公孙大娘舞剑的潇洒盛唐，也不会再来了。

人文科学的解禁，激发了意大利文艺复兴，自然科学的喷发，催生了英国工业革命。我们的格局，我们的视野，实在是太窄了，历史的故纸堆，记载了祖先的辉煌，却莫名成了我们再也无法企及的高度。

1983年，罗大佑唱出了《未来的主人翁》，"每一个来到世界的生命都被期待，因为我们改变的世界将是他们的未来。"如今，听歌的人已经长大，我们新时代的主人翁，不仅没有看到"阳光青草泥土开阔的蓝天"，却深陷于柴米油盐房价的泥潭，万马齐喑究可哀！

唤醒心中曾经的率性，即使现实有严重的制约，你想去旅行，那就动身吧，你对工作不满意，那就辞职吧，我们不需要一个越来越沉默的春天，我们不想被红色的污泥塑造成红色的梦魇，我们期待思想的风云激荡，百花齐放，那就从《印度七弦琴》开始吧！

初中同学、厦门大学建筑学院副教授　许旺土

2013年11月8日

目录

第一章 长安一片月

长安一片月，万户捣衣声。大唐的长安城，外邦臣服，四海归一，万商云集，丝绸之路的驼铃为长安城带来了别样的繁荣，也让长安这座京师更加璀璨夺目，魅力四射！

在长安城的西北角，有一家神秘的粥店，店名叫"七日开"，七日开一年仅开七日，即每年的腊月初一至初七，其余时间均大门紧闭，七日开仅售粥及少许小菜，卖得很贵，一碗白粥一千两，一碟咸菜一千二百两，一碟花生一千五百两。

尽管如此，七日开的生意却异常火爆，在每年开张的那七日里，店门前车水马龙，来自各地的达官贵人均到此排队，并以吃到七日开的粥为荣，甚至外邦的商贾政要也抢着来吃，有高鼻白脸的西域人，有身着长袍的黑衣大食人，也有腰佩长刀的扶桑浪子，甚至连骑骆驼的天竺僧侣，白须道长也不时光顾。

七日开的掌柜姓郑，有个奇怪的名字叫"郑以为"，郑以为目光冷峻，不苟言笑，其相貌算不上俊美，但却气质非凡，外人看来，总觉得其龙行虎步，颇有帝王之相，平日较少出现，但其交际面却非常广，七日开营业的那七天，半数的客人基本上都认识他，而这半数客人，则会带上另半数的新客人。

腊月初一，长安城大雪纷飞，七日开早早就开了门，门外等候的客人一拥而入，郑以为站在大门口迎接，许多客人见到郑以为，都会唤一声"郑大官人"，而郑以为则对每位入店的客人抱拳致谢，嘴角稍微一动，就表示会心微笑了。

为显喜庆，郑以为今日身着大红长袍，映衬店外的皑皑白雪，倒也相映成趣，他经营七日开已十年，每年生意都非常火爆，这一点让他在此刻显得气定神闲。

下午申时，客人已渐渐少去，郑以为也坐到掌柜台稍事休息。此时，远处走来一名客人，头戴斗笠，背剑，身着青衣，看不清面庞。

客人进店后，捡了个位置坐下，店小二随即上前：
"客官，您要喝什么粥？"

客人头也不抬，斗笠也不脱下，回了店小二一句：
"喝酒！"

店小二十分诧异，心想，可能这客人未来过七日开，不知此处规矩，于是解释道：
"客官，本店只售粥，并不卖酒，若想饮酒，可往东走片刻，那里酒楼林立，还有歌妓相伴。"

客人并不买店小二的帐，回敬道："不卖酒，那还开什么店，我看拆掉算了。"
店小二惊愕："客官，你……"

此时，郑以为站起来了，从客人进门的那一刻起，他就觉得此人绝非常人，大雪纷飞，客人的身上竟不沾一雪，且天气极寒，客人仅着一单薄青衣，如此看来，若无极其深厚的内力，是不可能做到这一点的，于是，心中不免起了戒心。

郑以为走到客人跟前，推开店小二，抱拳行礼："兄台如何称呼？"

客人并不看他，只回应两个字："客人！"

"客人"，这两个字未免太过简洁，郑以为对其更加防备。

"入门皆是客，既然兄台不便赐名，那小弟也不敢多言，只是七日开只售粥，不卖酒，实在无法招待兄台。"

"在下只想饮酒"客人再次强调。

眼下，正好又有一拨客人进来，若此时与其翻脸，则会吓跑客人，至少会损失五万两，郑以为强忍住，对其解释：

"兄台，七日开营业十年，未售一滴酒，若今日为兄台破例，恐砸了招牌。"

客人并不买账，还是强调："在下只想饮酒。"

郑以为心里清楚，到酒楼撒泼之人，多半是纵酒过度，耍下酒疯，而到粥店闹事，那就一定是闹事了，眼下，店小二正忙着招呼新的那拨客人，若在此发作，恐对己不利，郑以为就提出缓兵之计，对客人做出邀请。

"既然兄台执意饮酒，那郑某恭敬不如从命，请兄台移步后院，在下命人备下酒菜，与兄台共饮，如何？"

客人倒也识趣，随郑以为至后院，只是在行走过程中，客人有略微张望了一下，郑以为武功卓绝，这点细微的动作他还是觉察得到的，看来，这客人另有目的。

那庭院倒也设计得别致，回廊、假山、奇石搭配巧妙，巧夺天工，让人有一种梦回江南的错觉，最特色的是庭院里广植梅花，在白雪中夺目映红。

郑以为将客人领进一间厢房，两人坐下，郑以为吩咐上菜，利用这间隙，两人就泡茶御寒。

"兄台，今日天冷，先饮热茶，酒菜即刻备好。"

郑以为将一杯茶端过去，客人也不推辞，伸手去接，一碰茶杯，郑以为并不放手，那客人旋即感觉到茶杯上郑以为传来的内力，双方较劲起来，两只手、一只茶杯停顿在空中，两人暗自比拼内力，茶水中源源不断地冒起腾腾热气。

那茶杯终究顶不住两位高手的强劲内力，竟迸裂了一道缝，若再比拼下去，茶杯必碎无疑，郑以为是主人，弄碎茶杯终究无礼，随即放手。

客人泰然自若地饮了一口，赞道:“好茶！”
“此乃武夷大红袍，香幽回甘。”郑以为介绍道。

“茶是好茶，只是这茶杯……”客人端起茶杯，将裂缝展示给郑以为。
“哦，郑某失礼了，兄台切勿见怪，另取一只如何？”
郑以为在另一只茶杯上沏好茶，再端给客人。

少顷，下人开始上菜，郑以为请客人上座:
“郑某今日以闽菜招待兄台，不知兄台习惯否？”
“闽菜性温，爽朗入口，如此甚好！”看来还对客人胃口。

郑以为开始一一介绍菜色:
“在下命人备了七星鱼丸、红槽鱼排，太极芋泥、汤血蛤、菊花鲈鱼、冬笋炒底、天九湾焓肉，兄台无须客气。”

郑以为接着介绍酒，一壶酒放在一个瓦盆上，而下面用炉火烘着。
“此酒乃汀州酒娘，取汀江源头山泉水与优质糯米酿制而成，酒虽不烈，但于下雪天烫而饮之，实为上品。”

“汀洲地处闽西，山高路远，取此酒，应是不易。”
“我朝大将陈元光一路平南，闽中好酒，自有军士悉心携之。”
佣人又端上来了一碟海蛎煎，郑以为夹起一片，送到客人的嘴巴面前，劝道:
“此海蛎煎须趁热吃，兄台来一片。”

此举虽然盛情，但却暗藏凶险，若客人不接，则显得对主人不敬，若张嘴去接，郑以为的银筷子可顺势往内一戳，非死即伤。

客人焉能不知，暗自运力于齿，一张嘴，两支银筷子捅了进来，客人立即咬住，一用力，银筷子被咬断，客人头一甩，两支筷子从口中飞出，一名下人正好端着一盘青菜，两支筷子从他眼前呼啸而过，钉在左边的柱子上，吓坏了下人，双手一松，青菜掉了下来。

旁边的郑以为一看，操起桌上的折扇打开再往前一推，那盘青菜稳稳当当地落在扇子上，连一滴汤都未蹦出。

下人连忙求饶，郑以为喝道："不懂规矩，下去！"
随即面向客人，赔礼道："下人没见过世面，兄台莫怪，刚才多有得罪，在下自罚三杯。"说完，端起酒杯，连饮三杯。

"江湖常说郑大官人酒量极佳，今日一见，果然名不虚传。"
郑以为非常诧异，反问道："兄台，郑某甚少过问江湖事，江湖怎会有郑某的传言？"

客人并不回答，而是独酌一杯。
"郑大官人上可通天，下可安民，虽不在江湖，却无时无刻不在江湖。"

郑以为脸色微变，客人的这句话，话中有话，看来是有备而来，索性直接问他：
"兄台究竟是谁？可否以真面目相示？"

"闽人、阙浪！"
客人脱下斗笠，那只是一名少年，脸色白皙，杀气却很重，他直视着郑以为，目光如炬，郑以为被他一看，并不恐慌，大风大浪他见多了，一个少年而已，有什么好怕的。

"阙浪？恕郑某孤陋寡闻。"郑以为较为轻蔑，却也是事实。

"郑大官人终日与达官贵人为伴，焉能识得我等江湖散人。"

"阙浪，郑某与你素不相识，好心请你吃酒，奈何逼迫于我？究竟所为何事？"

"好，敢问郑大官人，上月初五可有收到阙浪写的一封信？"

阙浪已将事情挑明，郑以为尽力思索，他想起，上月确实是有人用一支竹箭绑着一封信射入其府中，彼时，七日开尚未营业，要与郑以为搭线，需用非常之手段方可，郑以为草看了信，署名就是阙浪。信中提及，豫中黄河决堤，水淹七郡，百姓死伤数十万，各地豪强纷纷慷慨解囊，捐银赈灾，长安七日开名闻天下，掌柜郑以为富可敌国，更应大力救助灾民，盼其捐银十万两，阙浪将于腊月初一至七日开来取。

郑以为当时收到此信，仅仅一笑了之，随手丢弃，类似这种信笺，他收得太多，盖因七日开名声太大，世人甚至将他戏称为"通天大神"，三教九流就将郑以为当成大头，穷勒索之能，故阙浪写的这封信，在郑以为看来，无非是多一位小人而已。

而阙浪造访长安，途径豫中，见百姓流离失所，心中焦急，留在豫中协同官民救灾，此次来长安，一为游历，另为筹款，经多方打听，郑以为乃长安巨富，自是不二人选。

两人暂时罢手，重新坐下，郑以为也晓之以理，言拨款救灾乃朝廷之责，郑某只是经商之人，手头有点余钱，如若大力捐银赈灾，反倒让朝廷略去救灾之义务，而朝廷每日都在征收诸多苛捐杂税，国库充盈，可无理由不拨款救济。

另一担心就是，朝廷各级命官对富豪的捐银，均层层克扣，无官不贪，最后真正到灾民手里的银两，极其微薄，几乎可忽略不计，而灾民银两拿得少，反嗔怒于富豪吝啬，令富豪失财又损名声，不如不捐。

郑以为讲的是实情，大唐虽处于开元盛世，然已危机四伏，玄宗皇帝早已没有了早期锐意进取之勇略，任用奸相李林甫，李林甫仗着皇恩，上下结党，卖官卖爵，纲纪败坏，大唐各级官员无不损公肥私，此次黄河决堤，不仅不倾心救助，反而大肆克扣赈灾款，这也令本踊跃捐银的各地富豪颇感心寒。

阙浪并不管这些，按他认为，既然朝廷信不过，那可交至当地有名望的乡绅手中，由乡绅来统筹发放。此法甚有道理，但郑以为对他并不信任，毕竟只是初识，惹得阙浪性起，一剑刺了过来。

郑以为即刻用扇子格开，那扇子是竹制的，挡一下即损毁，随即一个转身，跳出厢房。他实在不想亲自与阙浪对决，按他的想法，两人的档次相差太远，阙浪是想以他为靶，从而达到使自己快速扬名的目的。

百兽中，田鼠欲找狮子决斗，狮子立刻拒绝了，理由很简单：若决斗，田鼠无论胜败，都将获得与百兽之王决斗的殊荣，若不决斗，别人也不会耻笑他，至少自己还会获得谦虚、尊重对手的美名，这就说明，人不能太纠结于小人小事，否则反而会丧失一些很好的发展机会。

郑以为一直都把自己定位为做大事的人，对于挑衅，或者说是所谓的挑战，他是很反感的，即便阙浪是从下战书的程序来走，郑以为一定会推掉的，一是不屑、二是不想、三是不能。

郑以为跳出厢房后，三名家丁即过来助战，郑以为就不再动手，站在一旁观看。强将手下无弱兵，三名家丁也不是吃素的，一人持长枪，一人持刀，一人持双钩。

这三种兵器是有讲究的，持长枪者专攻上盘，主要是刺头；持刀者专攻中路，主要是攻击身体；持双钩者专攻下盘，主要是要钩脚。这样一来，阙浪的上、中、下三路都被封死，形势极其不利。

三名家丁的武功并不高，但配合却很精妙，一下子很难找到破绽，阙浪甚是沉

着，一把剑在他手上耍得飞快，高接低挡，三名家丁一时也近他不到，阙浪瞄了一下周边，觉得可以用位置来解脱，于是往后一退，再一转身，只见长枪、刀、双钩都一下子钉在了柱子上。

阙浪摆脱了这三名家丁，再次挥剑上前，刺向郑以为，郑以为刚才看了他的招式，心里有点底，这次他不敢怠慢，而是从腰间抽出一把软剑应战，两种兵器相碰，火光四溅，此时，天空再次下起了大雪，两人时而在雪中，时而在回廊，郑以为软剑翻飞，阙浪银剑闪烁，庭院内梅花斗艳，这一战，煞是好看。

阙浪开始有意识地往地点往前店引去，他的目的很清楚，就是要让世人都知道这一战，郑以为岂能看不懂，不断往回勾，两人就这么一来一往，杀得难解难分，阙浪出不去，郑以为也回不来。

双方的打斗声终究惊动了外面的客人，一些客人被打斗所吸引，入内观看，然两人势均力敌，一直打到深夜，仍未分出胜负，而那些观看的客人，走得只剩一个，他仍饶有兴趣地看着。

看两人的架势，估计打到明日也无法分出胜负，那名观看的客人就上来打了个圆场：
"二位英雄，今日天色已晚，何不先把酒赏梅，明日再战？"
两人停了下来，都气喘吁吁，郑以为较有大家风范，还做出邀请：
"阙兄，不如让郑某再命人备桌酒菜，与这位兄台共饮，明日再战，如何？"
阙浪也不推辞，打归打，吃还是要吃的，三人随即上座。

郑以为见这名新客人书生气十足，心想此人应是读书人，就敬他一杯酒，询道："敢问兄台大名？"
新客人倒也爽快，一饮而尽，答道：
"在下孟浩然。"

郑以为大惊，遂起身作揖：

"原来兄台就是木落雁南渡，北风江上寒的孟浩然，失敬失敬。"

"哈哈，在下近日游历长安，闻七日开的银耳芦鸡粥天下一绝，特来品尝。"

"喔，感觉如何？"郑以为想听听客人的意见。

孟浩然故作神秘，把头凑过去，小声地说："太贵了！"

三人竟同时哈哈大笑。

阙浪在三人当中，年纪比小他们一截，但孟浩然声名远扬，阙浪见到他，心中也很激动，就主动敬孟浩然：

"久闻浩然兄大名，今日一见，实乃三生有幸！"

孟浩然诧异，就问郑以为："这位兄弟是？"

郑以为正要介绍，阙浪已毛遂自荐：

"在下阙浪，喜游历，素闻长安繁华，过来开开眼界。"

旁边的郑以为听了就有点不悦了，反问道："开眼界？有你这种开法的吗？"

"那阙某代表豫中百姓向你筹款，难道有错否？"

阙浪并不让步，而是坚持己见，一旁的孟浩然了解了基本情况后，出来打圆场。

"阙兄弟，你今日与郑大官人激战良久，打成平手，很快就可以扬名立万了。"

"出不出名，在下并不在乎，在下只想至长安结交富豪，为豫中百姓筹款，救万民于水火，想不到这天下巨富竟如此推诿。"

郑以为也向孟浩然道出了苦水，孟听之，哈哈大笑，出了个主意，这捐献的银两其实大可避开官府，嵩山少林寺同光方丈宅心仁厚，若能将富豪捐银均交予其统筹，这再合适不过了，且同光方丈近日正好在长安讲经，孟与其有交情，从中斡旋，相信同光定不会推辞。

此法甚妙，郑以为思索片刻，答应捐银二十万两，这比阙浪的要求，还多了

十万两，令其不禁肃然起敬，富豪之中，亦有心怀天下者，富豪做事，亦讲原则，所捐赈灾银两，自然不能白白让官员贪污。

而二十万两纹银，可装满两车了，这运送倒极为不便。这可难不倒郑以为，他命人备好文房四宝，写了封信，并取下腰间的玉佩，一并装入信封交给孟浩然，让他转告同光方丈，届时以此信此玉，至洛阳找某某人，即可将二十万两取出。郑以为富可敌国，货通天下，在各地均有分号，平日以信物取证，即可异地大额支取。

阙浪见郑以为捐出二十万，心中大悦，有了这二十万，豫中灾民每人均有二两，过冬之事，暂时无忧，而自己也无需再费劲去找别人筹款了，于是，他端起酒杯，敬二位：
"小弟今日文会孟浩然，武遇郑以为，实乃平生一大快事！"

"小兄弟性子颇急啊！"
"亦是，小弟一向喜欢以武会友，广交天下豪杰。"
"以武会友？小兄弟，天下也有很多英雄豪杰是不会武功的！"孟浩然提醒道。
"晚辈失礼，自罚一杯。"阙浪言罢独酌。

"哈哈，阙兄弟，你年纪尚小，不知人情练达，欲成事，方式很多，不一定非要动武，想我朝陈子昂，一介书生，却两次投笔从戎，西出阳关，冲锋陷阵毫不退缩，可子昂却武艺平平，但你能说子昂非英雄也？"
孟浩然说着，又饮了一杯。

郑以为说出不同的观点：
"浩然兄高见，但小弟听闻，当年陈子昂花银一百万两，购得一胡琴，却于长安城门当众砸琴，此事惊动武后，陈子昂遂拿出所写文章，武后阅后大加赞赏，招入朝廷，陈子昂由此步入仕途。"

阙浪在一旁听得惊愕："一支胡琴一百万两，怎么这么贵？"

孟浩然又饮一杯，脸上已泛起红晕，解释道：

"阙兄弟，你想想，一支胡琴一百万两，你不觉得有点玄机？"

阙浪做出推测："会不会是陈子昂为入仕途而设的一个局？他可以先与售琴人通好气，故意哄抬价格，事后售琴人再将银子返还。"

"我曾经也这么想，后来了解到，此琴非一般胡琴，若论价值，一百万两太过便宜。"

阙浪惊诧："一百万两还太便宜？"

孟浩然继续解释：

"此琴来自天竺，天竺第一大教为印度教，此琴为印度教圣物，名曰'印度七弦琴'，天竺尚有另一大教，即佛教，两教纷争不止，后印度七弦琴落入达摩祖师手中，达摩祖师东入中土，一苇渡江时即身背此琴，创立嵩山少林寺后，经常抚琴唱经，时北魏国师菩提流支嫉妒达摩，率军十万围攻少林，少林寺岌岌可危，只见达摩神闲气定，于十万大军面前，抚琴一曲，瞬时，十万大军无不手捂双耳，口吐白沫，十万大军瞬时崩溃，丢盔卸甲，菩提流支跪求达摩，达摩祖师以慈悲为怀，放其一马。"

阙浪认真地听着，说道：

"这么说，这印度七弦琴已被达摩祖师注入神力，可杀人于无形。"

孟浩然感慨：

"世间万物，无形者可无孔不入，故无坚不摧，水可穿石，可破山，可摧世间一切，可成任意形，似有形，亦似无形，是为无形胜有形。"

郑以为在一旁听着，恍然大悟：

"郑某明白了，似有形，亦似无形，是为无形胜有形，而声音如水，亦可无孔不入，当然亦可无坚不摧，这印度七弦琴又受达摩祖师精心调试，看来是世间神物啊。"

"如此说来，一百万两是太便宜了。"阙浪赞同道。

"浩然兄，这印度七弦琴被陈子昂砸毁，着实可惜啊。"郑以为甚觉惋惜。

"浩然兄，这印度七弦琴可称是少林寺的镇寺之宝，少林寺定派武僧重点看护，怎会流落陈子昂之手？"

"武德年间，太宗皇帝于洛阳与王世充对峙，但窦建德突率大军增援王世充，唐军局势骤然凶险，后少林寺遣十三棍僧驰援先帝，仅用十二日即大破王世充，生擒窦建德，战局从此扭转。然十三棍僧原先的主要职责就是看护印度七弦琴，此番出征，后方空虚，返寺后发现琴已被盗，但少林并不声张，一则少林宝物被盗，颜面无光，二则恐消息过于扩散，先被奸佞小人得到琴，后果不堪设想，故只派人暗中调查，秘密寻找。"

"然陈子昂已逝世多年，琴早已损毁，少林应再无此念吧。"阙浪推测道。

"或许吧，老夫一直在想，这陈子昂要是知道此琴的详细来历，不知是否还舍得下手砸琴？"孟浩然很疑惑。

"应该不会，陈子昂虽家境丰厚，挥金如土，若知此琴来历，不至于下此重手。"郑以为说出他的理由。

阙浪又敬了孟浩然一杯，继续发问：

"这些消息都极为机密，浩然兄是如何得知的？"

"哈哈，阙兄弟，你太小看老夫了，老夫一生云游四海，广交朋友，这点消息自然会传到老夫的耳朵里。"

"也是，浩然兄风流倜傥，潇洒豁达，天下豪杰无不想结交，在下对浩然兄也是高山仰止，今日一见，实大快人心，来，浩然兄，小弟再敬你一杯。"郑以为又与孟浩然对饮。

席间，三人言谈甚欢，雪也停了，两个时辰后，孟浩然起身告辞，郑以为岂肯轻易地放他走，命下人备好笔墨纸砚，请孟浩然赋诗一首。孟浩然也不推辞，这种场面他见多了，他望了望庭院中的梅花，即刻挥毫，写下一篇《早梅》：

园中有早梅，年例犯寒开。
少妇曾攀折，将归插镜台。
犹言看不足，更欲剪刀裁。

"好诗、好诗！"郑以为与阙浪啧啧赞叹。
"青山不改、绿水长流，二位若看得起老夫，请择日到鹿门山一聚，老夫就此别过。"
孟浩然作了下揖，转身告辞！

第二章

快雪时晴

人际关系是很微妙的，经常有三个人在一起时彼此都有说有笑的，但突然少一个人时，另两个人却无话可讲，孟浩然无意中扮演了这个角色，孟走后，阙浪独自一人留下已显不适，毕竟与郑以为面对面颇为尴尬，当然郑以为也不会直接对他下逐客令，而是不时的微笑一下，阙浪再饮一杯，向他告辞：

"郑大官人，天色已晚，小弟告退！"

"阙兄弟，今晚住哪里？"

"江湖人，四海为家，外出找间客栈即可。"

"那也好，可惜郑某店小，未能留兄弟一宿，甚是无礼！"

"太客气了，郑大官人，阙浪明日再来。"

"呃……，你明日还要来？"郑以为有点吃惊，这二十万两银，不是已经捐了。

"是的，今日未分高下，阙某会有心结。"

郑以为也是习武之人，今日未分胜负，心中自是不畅，只是这样打打杀杀，严重影响七日开的生意，另外一点，即使他胜了阙浪，又能如何呢，商场之人，讲究的是利，阙浪并不能为他带来多实际的利润。

阙浪猜出他的想法，心中愤慨，以言语激他，并卸下宝剑奉上：

"素闻郑大官人乃慷慨爽快之人，竟然会为蝇头小利伤了天下豪杰的心，今日之酒钱，阙某无力支付，此剑乃南方名剑，价值千金，抵你今日的酒钱吧。"

说完把剑推给郑以为，扭头就走，郑以为觉得异常失礼，连忙喊住了他。
"阙兄弟言重了，天下武功须经常切磋，武学才会推陈出新，这点小钱，为兄还是亏得起。"

郑以为把剑还给他，并取出一只金元宝，硬塞到他手里。
"长安米贵，阙兄弟万望笑纳。"

阙浪也不推辞，他确实缺钱，不然晚上又要露宿街头，就把金元宝塞进怀里，取剑抱拳。
"明日再来请教！"

阙浪把金元宝塞进怀里，手伸出时，不知不觉中顺手把一张字帖给露了出来，虽然只有一小截，郑以为却可从露出的一个笔画判断出，这是东晋王羲之的名帖《快雪时晴》，此帖失传已久，当年太宗皇帝曾经重金悬赏此帖无果，而今却流落到阙浪的手里，郑以为对他更刮目相看了，他究竟是谁？

看来，与他继续比武就更有必要了。阙浪告辞，转身消失在夜色中，郑以为站在门口望着，心中充满了疑惑，这《快雪时晴》引起他更大的兴趣，若与阙浪失去联系，恐怕会抱憾终身，七日开的生意再好，与《快雪时晴》相比，终究算不上什么。

郑以为在文、武、商这三个领域均有极高的天赋，唐时，书法大兴，颜真卿自创"颜体"，行以圆润之笔，化瘦硬为丰腴雄浑，结体宽博而气势恢宏，骨力遒劲而气概凛然，体现大唐繁盛风度，不露筋骨而开阔雄浑，气象森严并雄健深厚，持重舒和。

郑以为对"初唐四大家"颇为推崇，收藏大量的欧阳询、虞世南、薛稷、褚遂

良之作品，只要有闲情，必亲自临摹，比划领悟，潜移默化，自己写出来的字竟也可以"点如坠石，钩如屈金，戈如发弩，纵横有象，低昂有志。"

为博览百家之长，他已收藏了欧阳询之《化度寺塔铭》、《皇甫诞碑》、《张翰思鲈帖》；虞世南之《孔子庙堂碑》、《汝南公主墓志》、《世南伏奉三日疏》；薛稷之《书断》、《信行禅师碑》；褚遂良之《雁塔圣教序》、《伊阙佛龛》；颜真卿之《多宝塔碑》、《东方朔画赞碑》，《宋广平碑》等，每一帖均价值连城。

但是，习书法之人，始终无法绕开一个人，那就是晋王羲之，世人尊为"书圣"，若能得王羲之真迹，定可功力大进，天下人莫不逐之，即便是大唐皇室，亦出重金悬赏，甚至还可委任为官。郑以为见到《快雪时晴》，又岂能轻易放过呢！

雪已停，阙浪独自一人走在街上，腊月初一的晚上，长安城极为繁华，街边的酒肆客栈此时仍在营业，千家万户的灯笼把长安城映得红彤彤的，于寒夜中望去，煞是温馨。

今日与郑以为打斗了半天，又喝了酒，人较劳累，只想即刻找间客栈歇息，于是，他沿路找了几间客栈，却发现已全部住满，莫说人字房，连柴房和马厩都有人将就，其实这也难怪，年关时，地方各路节度使都会派心腹或亲自至长安晋见朝中重臣，名为联络感情，实则送些贿赂，以期来年朝廷能够调拨更多的银两，短短这几日，这层关系显得非常重要，做得好的话，新年能得到各方面支持会大大增加，所以，长安客栈在腊月初一全都爆满并不稀奇。

而此时，雪又下了起来，阙浪一时无措，举目四望，风雪夜归人，离家的浪子，不知今晚要住哪里？

阙浪继续往前走，见到一家青楼，鸨母看到阙浪，即刻过来招呼，这种情景阙浪见多了，挑不起兴趣，于是一言不发向前走，鸨母在背后用嘴嘟了他一下。

其实他已没太多选择，这种时候还想住宿，真的只能住在这种烟花之地，长安繁华，青楼自然不少，阙浪又经过了几家，无非是怡红、翠绿之流，这些地方阙浪是不喜欢的。

走了许久，仍无落脚处，却见远处街道有一酒肆亮着灯，年关将至，所有的场所都挂着大红灯笼，可那边却是两个白灯笼，阙浪心生好奇，走近一看，原来这不是酒肆，而是青楼，招牌上写着"冷院"两个字，看到这两字，一股寒气扑面而来，再加上这漫天大雪，阙浪觉得更加的寒冷，在门前往内一看，发现里面灯光昏暗，各种摆设都显得有些时日，一个客人都没有。

阙浪心生疑惑，跨步进去，鸨母也上前迎客，这鸨母与寻常的鸨母不同，寻常的鸨母一般都非常热情，好话连珠，这名鸨母却冷淡得很。

"公子，可有心仪姑娘？"
鸨母轻描淡写地问了一句，这鸨母已年近花甲，头发已白，但从气质上来讲，却有如空谷幽兰，这种气质绝非寻常百姓人家所能有，从这种气质来推断，这名鸨母年轻时一定有一段不寻常的过去。

"哦，在下只想住宿一夜，无需安排姑娘作陪。"
"公子误会了，冷院的姑娘从不以身作陪，仅仅是琴棋书画而已。"
"哦，这样呀，那你来安排。"
"那甚好，老身为公子叫十位姑娘。"

少顷，十位姑娘站成一排，每位姑娘都各有特色，有的手持古琴、有的持琵琶、有的带横箫、有的带瑟、个个风姿绰约，其中，有一名蒙着白色面纱的女子引起了阙浪的注意，他仔细地端详了一下，只见那女子着白裳，还披着白色纱巾，颇有西域风味，细细看去，透过面纱可以看清她的脸，这分明是一名绝色美女，更绝的是，那女子拿的乐器是一柄阮咸，世上弹阮咸的人已不多，而且难度很大，既然敢弹阮咸，绝非等闲之辈。

阙浪心动了，就点了她了，两人进入了天字房。阙浪简单地用了餐，与她聊了起来。

"姑娘怎么称呼？"

"在下花想容。"

阙浪大惊：

"花想容！原来你就是名满天下的花想容！"

"公子见笑了。"

"可是我听说你已被当今圣上选入宫中，怎会出现在这里？"

"唉，一入侯门深似海，从此萧郎是路人。"

"哦，明白了，你是说你入宫后还尚有牵挂，结果被赶出来？"

花想容陷入沉思，并不回答他，而是做了个建议：

"公子，小女子为你弹奏一曲吧。"

"好，不过在下有个疑问？"

"公子请讲。"

"阮咸高雅，难度极大，我朝会弹者少之又少，斗胆问一下句，姑娘家师是谁？"

花想容嘴角淡然一笑，并不应他，而是抱起阮咸，拨动手指，弹起古曲《望江南》，霎时，大珠小珠落玉盘，那琴声是百转千回，扣人心弦，阙浪对音律也略有研究，听着，仿佛一幅江南的画面在他的面前浮现。

曲罢，阙浪与花想容谈起了音律。

"想不到花想容姑娘能够把无比复杂的《望江南》弹得如此悦耳？"

"公子见笑！"

"姑娘可是江南人氏？"

"小女子生于扬州。"

"扬州好啊，真正的江南。"

"噢，看来公子对扬州很感兴趣！"

"嗯，波涛万里长江水，送你下扬州。"

聊到扬州，竟引起两人的共鸣，阙浪大发感慨。

"从风沙飞扬的地方来到扬州，杨柳春风、红袖满楼。"

"公子，英雄气短，儿女情长，不可淡了雄心。"

"姑娘提醒我了，世间像你如此柔媚撩人，正是江南好风景！"

"哦，公子是否走遍了江南？"

"江南无边，岂是我走得遍的。"

阙浪说完，饮了一杯酒，一股暖意涌了上来。

"公子见多识广，潇洒倜傥，想必处处留情。"

"多想与你相拥，游走于扬州的风月。"

"公子想多了，我还是在江南的渡口对你殷殷守望。"

这一唱一和，迅速在两人之间起了一些微妙的变化，花想容的眼神风情万种，开始对阙浪顾盼流连，阙浪也对她目不转睛，突然，花想容低下了头，不再看他。

阙浪不知她为何转变得这么快，就问她：

"想容姑娘，为何伤感？"

花想容目光变得忧郁，似乎在诉说着沧桑。

"公子有所不知，小女子入宫一年，竟未得圣上一幸，反被流放青楼，青楼也就罢了，却无法赎身！"

"喔，难道这冷院与其他青楼有所不同？"

"是有所不同。"

花想容就细细诉说了冷院的历史……

原来，历朝历代的皇帝一般都有后宫佳丽三千，而如此庞大的嫔妃数目，皇帝

一般是临幸不完了，再加上少数心机缜密的嫔妃，长期霸占着皇帝，而每年，后宫还要往民间再征秀女，如此一来，竞争就更加激烈了，而容颜易逝，如此一来，大部分的嫔妃就处于守活寡状态，基本上至死都未得一幸，于是，后宫里就充满了众多的怨妇，每天都要守望着同一个男人，而这男人却有可能一辈子都不看她一眼。

后宫里还有另外的一个群体，那就是"冷宫"里的女人，冷宫里的女人大部分是被暗算的，另一小部分是反被暗算的，总之，这个群体可谓是怨气冲天。花想容还算是幸运的，她至少凭借着沉鱼落雁之貌受到玄宗的一次临幸，但也是因为这次临幸，使她遭到众嫔妃排挤，四面树敌，多次被莫名其妙的阻止面圣，结果被诬陷"针刺木偶、诅咒圣上"，旋即被打入冷宫。

一入冷宫，翻盘的机会几乎为零，每日只有青灯剪影，对月惆怅，但冷宫里的女人个个的都是绝色佳人，且琴棋书画无不精通，玄宗皇帝也是个惜色之人，总觉得放任这群佳人老去，实在可惜，故多次流露惋惜之意，内侍高力士绝顶聪明，就向玄宗进言，提出让部分的后宫佳人转型，即从君用转入官用和民用，不得赎身，且卖艺不卖身，派大内密探监督，一有失身者斩立决，朝廷定期拨款供养这些艺伎，而艺伎所创造的价值有所盈利，则纳入国库，高力士亲自为其取名并题字"冷院"。

冷院有其独特的背景，人员毕竟都是属于朝廷的，这些人本来是要服侍皇帝的，个个心高气傲，现在被贬为服侍官员、商贾，一时半会无法放下身价，所以傲气十足，态度极为冷淡，除非碰到一些修养极高的风流潇洒之人，比如孟浩然之流。

阙浪与花想容聊起了《望江南》，懂音律的武人本来就少，何况还懂《望江南》，阙浪又生得俊朗飘逸，花想容一见，焉有不喜欢之理。

阙浪听了这段历史，不禁感慨。
"想容姑娘，原来冷院如此复杂，确实难为你了。"

花想容见到阙浪这种救命稻草，自然不肯放过机会，就挑逗他：

"公子，小女子想回江南，不知公子能否带小女子远行？"

"这……"

阙浪犹豫了，想让他为一个刚刚认识的艺伎去对抗朝廷，代价实在太大，花想容见他犹豫了，充满期盼的双眼瞬间又黯淡下去。

"公子，小女子知道，小女子只是浮生里的一粒尘埃，随风而逝亦无人理会，公子与孟浩然都是同一类人，均是有贼心无贼胆之人。"

"想容姑娘，在下绝非贪生怕死之辈，只是……"

"只是你不敢，只是你另有牵挂？只是你另有要事？阙浪，你们男人都是外强中干，表面上什么都敢，事到临头，却什么都不敢，什么都有借口！"

"想容姑娘，你这般推测，太以偏概全了，在下并不知你与孟浩然先生有什么恩怨，在下与浩然先生相识，对其极其景仰，你这般说他，在下不解。"

"孟浩然……"花想容对这个名字开始咬牙切齿，往事浮上心头，不吐不快……

那年，故人西辞黄鹤楼，烟花三月下扬州，孟浩然沿长江南下，游历至扬州，每日流连于酒肆，饮酒做诗，一时名动淮扬。那时，花想容还是小家碧玉，自幼丧母，家中虽不宽裕，但与父亲辛勤耕耘，也不至于贫苦。

那一日下午，阳光灿烂，孟浩然独自郊游，乘一竹筏沿溪漂流而下，山清水秀，两岸的田地里开满了油菜花，那日，花想容正在溪边浣纱，孟浩然远远望去，颇有清新之感，很想上前与其言谈，于是，撑起竹竿往那边驶去。

孟浩然此举略显唐突，花想容受到惊吓，急忙躲进旁边的油菜花地，惊恐地看着他。孟浩然笑了一下，不再贸然上岸，于是，他解下随身携带的阮咸，坐在竹筏上，对着花想容，即兴弹了一曲《望江南》。

花想容终日呆于农家，哪里听过这等天籁之音，听着听着，竟陶醉于美妙的音律，对孟浩然也不再恐惧，孟浩然索性再弹一曲，花想容就更加陶醉了，曲

罢，孟浩然哈哈大笑，然后趴到竹筏边，以手汲水，准备饮几口。

"公子，生水莫饮，小女子这边有水。"
花想容反倒劝他莫饮生水，孟浩然见时机已成熟，就弃舟上岸，向花想容行了个礼。
"多谢姑娘！"

花想容把带来的水倒了一碗给他，孟浩然一饮而尽。
"姑娘，此水甘甜，在下思量，若以此水酿酒，当是天下一绝啊！"

"公子喜欢饮酒？"花想容给了他一个笑容，这让孟浩然更加的神魂颠倒。
"在下平日喜小酌一杯，不知姑娘可否移步，与在下一同至城里饮酒？"
"公子，小女子从不出远门，若公子喜欢饮酒，可至我家。"
花想容对他做出了邀请，孟浩然大喜，就随她而去。

孟浩然到她家，她的父亲还在山里劳作，花想容即下厨炒了小菜，并把家中自酿的米酒端出，一打开酒壶盖，酒香四溢，孟浩然连声大赞，花想容为他倒酒，孟浩然一连喝下几大碗，竟诗兴大发，当即让花想容备下笔墨，写诗一首《耶溪泛舟》：

落景余清晖，轻桡弄溪渚。
澄明爱水物，临泛何容与。
白首垂钓翁，新妆浣纱女。
相看似相识，脉脉不得语。

"公子，这句'新妆浣纱女'指的是哪位姑娘啊？"其实花想容是明知故问。
"那就是姑娘你啊！"
花想容虽然知道他会这么说，但当听他这么说后，却也控制不住，即刻羞红了脸，孟浩然哈哈大笑，调侃她：
"你还是'脉脉不得语'比较好看！"

两人的距离再度拉近，花想容对孟浩然的那把阮咸非常感兴趣，就缠着孟浩然教琴，孟浩然也很有耐性，就慢慢地讲解，花想容天资聪慧，一点即透。

此后，孟浩然就经常泛舟而下，至农舍教花想容弹琴、下棋、读诗。孟浩然是个大师，亲自指点，花想容进步飞速，一个月后，竟能用阮咸完整的弹完《望江南》，孟浩然大喜，把跟随自己多年的阮咸转赠给她。

当然，孟浩然每次过来，都得趁花想容之父在外劳作时。两人一直暗中幽会，孟浩然乃风流倜傥之人，多次想在其家中无人之时与花想容发生肌肤之亲，可花想容一直保持着矜持，透露着那股倔强，并要求孟浩然速来提亲，孟浩然也不敢强逼，但也不想过早成亲，故终究未能得手。

花想容原名并不叫花想容，而是某日孟浩然醉酒，把太白先生的诗句"云想衣裳花想容"的后三字引入，作为她的别名。

阙浪听到这里，不解地说：
"听你一说，你们二位的感情已经相当好了，为何你如此恨他？"

说到这里，花想容本已微笑泛红的脸突然变得狰狞，骂道：
"都是因为那个贱人！"

那个贱人指的是她表姐，表姐生于名门之家，说话行事处处体现出大家闺秀的气质，且聪颖无比，琴棋书画无所不精，且丰韵迷人，某日，她来找花想容玩耍，给两人的感情蒙上一层阴影。

表姐到访后，与孟浩然谈起诗文，两人非常的投机，大有相见恨晚之意，起初，花想容也并不在意，表姐毕竟是客，待一会就走，而且也无法常来，但渐渐的，她发现孟浩然也不常来了，慢慢打听，却发现孟浩然已被表姐勾走，有一次，她欲至表姐家察看，却在桃花林中发现二人正在行鱼水之欢。

阙浪听到这里，又评了一句：

"喔，能从花想容的手里夺走孟浩然，看来必定是倾国倾城之辈喽！"

花想容听到这句评论相当不快，她恶狠狠地盯着阙浪：

"你的意思是她比我漂亮！"

"哦，非也非也，在下的意思是你们两位的风格不太一样。"

"你无需狡辩，你与孟浩然是一路人，当年孟浩然对她一见倾心，冷落了我。"

"想容姑娘，也许浩然兄只是找到琴棋书画的一个知音而已呢？"

"哪有那么简单，单单从孟浩然给她取的名字就可以看出我二人在他心中的位置。"

"喔，何以见得？"

"孟浩然给她取的名字叫做花已容。"

"花已容、花想容，这两个名字是有区别，花已容就是已容了，就是说已经很美了，而想容只是想而已，还没容呢，那岂不是说花已容比花想容更美？"

阙浪做了个精辟的分析，当然，他讲得太快，并无顾及到花想容的感受。

花想容两行泪流了下来。

"在他心中，我就是比那贱人差，他还四处宣扬，花想容是天下第二美女，而花已容才是天下第一美女。"

"想容姑娘，这天下第一与天下第二只是虚名而已，你又何必在意？"

"我在意，我非常在意，一定不能落在那个贱人之后。"

"唉，浩然兄只是一时陷入迷途，他最终还是会回到你身边的啊！"阙浪安慰他。

"回到我身边，不可能了，他今日有来，却不敢带我走。"花想容又抱怨。

"原来浩然兄来过了！"

"给我希望，再让我肝肠寸断，不如不来。"

"也许，浩然兄只是有难言之隐！"

"难言之隐，天下的男人都有难言之隐。"

"想知道我刚才为什么想让你带我走吗？"

"这个……，愿闻其详。"

"因为《望江南》，我因《望江南》而喜欢孟浩然，而你，也懂《望江南》，让我有孟浩然的错觉。"

原来，花想容把阙浪当成孟浩然的替代品了，这一点，阙浪是不悦的，于是，他向她强调："想容姑娘，阙浪替代不了孟浩然，孟浩然也替代不了阙浪。"

"是，你终归是你，他终归是他，终究是无法替代的。"

"你说对了，想容姑娘，阙浪绝非贪生怕死之辈，只是救你出去的人，应该是浩然兄才对，我作为旁人，不便出头，在下与浩然兄见过一面，甚是投缘，下次见到浩然兄，我会劝他回心转意，倘若浩然兄需要在下协助，阙浪义不容辞，救你于水火。"

花想容淡然一笑：

"谢谢了，阙浪，小女子记住你这句话了，好了，时辰不早了，先行告退。"

花想容退下，阙浪随即就寝。

第三章

梅花落

腊月初二，清早，日出，大寒天有阳光照射，让所有人的心情都一片大好，阙浪也起了个大早，背着剑往七日开走去。

七日开早已坐满了客人，郑以为在门口迎客，见到阙浪，互相问了个好。
"阙兄弟，昨晚留宿哪里？"
"冷院！"
"冷院，阙兄弟眼光独到啊，冷院的姑娘个个国色天香，不知点了哪位姑娘？"
"花想容！"
"哦，郑某也曾去过冷院，点过花想容，只是这花想容心高气傲，极难沟通，不知阙兄弟过得如意否？"

"还好，听她讲了一夜的故事！"
"花想容也会讲故事？"
"花想容讲的故事跌宕起伏，扣人心弦！"
"喔，看来阙兄弟风流倜傥，竟让花想容对你倾诉，在下佩服。"
"青楼女子，如此傲气，着实不该。"

"也是也是，阙兄弟，用过早膳了吗？"
"吃过了，今日我们继续比武。"

阙浪说完,即拉开架势,准备战斗,郑以为却不慌不忙,摊开纸扇。

"阙兄弟,此处比武,恐坏了七日开的生意,我们换个地方如何?"

"可以,要去哪里?"

"城外开阔,无人打扰,可否?"

两人就往西走去,途径西市,虽是清早,西市早已熙熙攘攘,一派繁忙景象,店铺林立,一望无际,有秋辔行、布衣行、药行、绢行、秤行、香料行、陶器行、乐行、马铺、酒肆等众多商家,来自五湖四海的买家卖家都在这里交易。西市是丝绸之路的实际起点,西域客商穿越沙漠,穿越天山,把远途拉来的货物运至长安西市交易,而大唐的丝绸、瓷器也是从西市为起点,西运至西域、乃至更遥远的阿拉伯、拜占庭,往东又至高丽、日本。

西市内,一位天竺人制作印度咖喱,阙浪不懂,看着好奇,郑以为就上前去,买了两个咖喱饭团,分而食之,味道鲜美,阙浪吃完,又买了两个,郑以为吃不下了,摆了摆手,阙浪觉得可惜,遂把这两个也吃下。

"阙兄弟,西市万货云集,普天之下所有的奇珍异宝,美味佳肴在这里都可以找到。"

"确实啊,当今圣上圣明,四海莫不臣服,才有今日盛景。"

"去年太白先生作诗《少年行》,轰动一时,指的就是他到访长安,终日流连于西市的形迹。"

"《少年行》,在下耳熟能详。"阙浪对这首诗是很熟练的,当即吟诵:

"五陵年少金市东,银鞍白马度春风。落花踏尽游何处,笑入胡姬酒肆中。"

"哈哈,阙兄弟饱读诗书,学富五车啊!"

"郑大官人过奖了。"

"《少年行》中的胡姬酒肆,在西市众多,只是时辰尚早,不然在下就请阙兄弟开开眼界。"

"郑大官人客气了,会有机会的。"

"机会?阙兄弟,倘若以后你我互为敌人,不知还能像如此闲庭信步。"郑以为话中有话。

"郑大官人多虑了，今朝有酒今朝醉，明日愁来明日愁，以后的事，很难预料的。"

"是啊，还是你看得开，人生轮回，世事无常，身不由己啊！"

郑以为突然发了很多感慨，阙浪反倒去安慰他。

两人再过群贤坊，出金光门，这里已经是长安城外，城外与城内自然是两番景象，大雪外的城郊，小径淹没，人烟稀少，河流冰冻，景色虽妖娆，但寒意却更加逼人。两人走着，前方树林中窜出一只小白狐，一扑，前面的田鼠被它抓住，只见它按住鼠尾巴，三下两下把田鼠撕开，迅速将鼠吃完。

两人均见过狐狸，但此种白狐，却是首见，此白狐额头同面窄，嘴尖，耳圆，尾毛蓬松，尖端白色，身体略细过赤狐，两只眼睛极为水灵，在雪径上，宛如雪地精灵。

两人停住脚步，看着那只小白狐，那小白狐吃完老鼠，并不离开，而是对望着二人，二人的嘴角都泛起了微笑，那白狐也不怕生，突然前腿合一，朝二人作了个揖，吱吱了几声，雪白的身体扭着一团，竟跳起舞来，只见白影闪闪，小白狐体肢如一，翩翩起舞，把二人都看得呆了。

民间对狐狸的传说甚多，《南山经》、《海外东经》均有记载，然所记之文，往往都是狐仙化为凄美女人，引诱书生之事，看到这只精灵，两人也不禁往这方面去想，传说只是传说，眼前的这只白狐应该不会化身为人吧，两人想到这里，都不禁莞尔。

"阙兄弟，这小白狐问候我们呢。"

"哈哈，可惜没有九尾，不然又是一段佳话了。"

阙浪语音刚落，那白狐往前小跑了几步，再回头望着二人，二人不解，疑惑地看着它，小白狐又向前小跑了几步，又再回头望着二人。二人明白了，原来那小白狐是要为他们带路，二人相视一笑，欣然上路。

片刻，那小白狐引二人来到了一片梅花林，那梅花林连绵数里，梅海飘香，一片冰清玉洁的景象，愈是寒冷，愈是风欺雪压，梅花就开得愈精神，梅香预送暖，梅花开的时候，正是预示着春天的到来。

两人来到梅林中的一小块空地，郑以为惦记着《快雪时晴》，向阙浪一抱拳：
"阙兄弟，你我将二次比武，可不能仅分出胜负这么简单。"
"噢，郑大官人，若我胜将如何？若你胜又将如何？"
"哈哈哈，若你胜，郑某赠银五十万两，若我胜，郑某只求一物。"
"何物？"
"《快雪时晴》！"

"你怎知我有《快雪时晴》？"
"昨日你收钱时有露出一角。"
"江湖传言郑大官融贯古今，仅凭字帖一角即可判断出《快雪时晴》，真是才高八斗啊！"
"过奖，郑某只是闲时喜舞文弄墨而已！"郑以为这句话显得过于谦虚。
"阙浪是个粗人，要这字帖也无用，只是这《快雪时晴》是家父在一山洞所得，是否是真品，在下也不敢确认。"

"哈哈哈，真品赝品，在下一望便知。"突然传来了另一个人的声音。

两人只顾着说话了，却未曾想这梅林中还有另一个人，这人一身书生打扮，手上还拿着一只毛笔，笔还滴着墨，而在不远处，有一张小桌子，桌上有酒，有纸，看得出那书生是在那里习字，郑以为见到那书生，竟喜出望外，上前一抱拳：
"有草圣张旭在，自然是一望便知。"
阙浪也听过张旭大名，盛唐草圣继承了王羲之、王献之的传统，字字有法，另一方面又效法张芝草书之艺，创造出潇洒磊落，变幻莫测的狂草，其状惊世骇俗，字之体势，一笔而成，偶有不连，却血脉不断，及其连者，气脉通于隔行。

阙浪也上前行礼，张旭手一伸："小兄弟，可否借帖一阅？"

阙浪并不推辞，把字帖给他，张旭接过，开始详看，渐渐地，可以看到他的眼睛逐渐露出光芒，面色变得红润，竟然手舞足蹈。

"真迹、真迹，右军真迹啊！哈哈哈哈！"

郑以为稍许宽心，对阙浪说："阙兄弟，那我们开始吧！"

那张旭一听他们要比武，即刻向阙浪建议道：

"二位英雄要比武，可否先将《快雪时晴》借我仔细端详，比武结束，再完璧归赵？"

草圣要研究书圣的真迹，若拒绝之，恐大伤其心，阙浪迟疑了一下，终究点了点头。

张旭再次拿到《快雪时晴》，竟有了朝圣的神情，仿佛世间万物都与他无任何关系了，为探寻书法之真谛，他无数次研究王羲之的字帖，可惜，书圣的真迹流传甚少，即便是拥有字帖之人，也怕遭盗抢而密藏不示人，太宗皇帝临死时，特下遗诏要求将王羲之的《兰亭序》真迹一同陪葬，右军真迹就在这种风气下越来越少，张旭虽贵为"草圣"，所见右军真迹却着实不多。

张旭专注地看着《快雪时晴》，而另二人继续谈论着比武之事。

"郑大官人，在下若负，《快雪时晴》即归你，倘若我赢，你的五十万两，在下并无兴趣。"

"喔，那阙兄弟要郑某何物？"

"不要你物。"

"阙兄弟，郑某不解。"

"豫中黄河泛滥，连年水患，百姓深以为苦，若在下赢之，请郑大官人再捐银一百万两，广筑长堤，以绝水患。"

阙浪说得冠冕堂皇，似乎不好拒绝，郑以为虽有钱，但一百万两并非小数目，另一点，他内心仍然认为兴修水利应是朝廷分内的事，而不应由这种商贾人士来牵头，倘若他做得太多，反而遭朝中大员及地方官员的嫉恨。

为何有此说？朝廷赈灾，必拨大笔银两，而各级官员即可趁机中饱私囊，郑以为把钱捐出去，是捐给少林方丈，请其统筹，各级官员不仅没得到任何好处，反而要费力配合之，绝对费力不讨好。

郑以为在商海中摸爬滚打了多年，焉能不知此理，自秦商鞅以来，阶层分四个等级，即"士农工商"，商是排在最后，即便你富可敌国，只要"士"不高兴，任凭你"商"再大，也随时会有灭顶之灾。

阙浪是江湖人士，哪能参透这等复杂之道理，只是救灾心切，就提出这等要求，于是他一直追问郑以为，要他迅速答复。郑以为不能明确表态，索性不理之，直接从腰间抽出软剑，攻了过去，阙浪立刻拔剑接招，短兵相接。两人虽然都使剑，差别却甚大，阙浪的剑是硬剑，刚猛异常，而郑以为的剑是软剑，长度长于普通的剑，可游走，可硬劈，时而力压泰山、时而四两拨千斤。

剑，古之圣品也，至尊至贵，人神尊崇，剑乃短兵之祖，近博之器，以道艺精深，佩之神采，用之迅捷，历朝王公帝侯，文士侠客，商贾庶民，莫不以持剑为荣。而剑，亦需有艺，是为剑艺，亦称剑法，剑法精湛者常纵横沙场，称霸武林，立身立国，行侠仗义，历传不衰。

阙浪招数简单，他的格斗理念只有一个字，那就是"快"，并不讲究招式，或者说他的招数非常的随意，根本就看不出他出自何门何派，他每一次出招都非常迅猛，如疾风，而且他出招有个特点，就是从不躲避对手的攻击，而是迎面观察对手，强调在对手将出未出之时，抓住时机予与对手致命一击，所以，他使剑停顿很少，动作连绵不绝，刚猛却不失韧性，而他的招数可简单地总结为劈、砍、崩、撩、格、洗、截、刺、搅、压、挂。

郑以为也绝非等闲之辈，要握好软剑，本身就是一件非常困难的事，剑虽长，

却无从发力，而且力度也很难把握，力过大，纯属无谓消耗，力小了，又不堪一击。这种情况下，须以内力运之，以气运剑，郑以为内力深厚，使起软剑来吞吐自如，飘洒轻快。

阙浪虽可抢在郑以为出招之前出招，但出招后发现郑以为又要变招，于是自己又必须跟着变招，郑以为又第二次变招，如此无穷循环。

两人时而上天入地，时而翻江倒海，剑锋所至，整片梅林片片梅花落，如下雨一般，红雨落于雪地，绚烂夺目。那小白狐见此番情景，兴奋异常，竟手舞足蹈，上蹦下跳，在红雨中穿行跳舞，而那张旭，一言不发，眼神随着二人的剑游走，梅花落在他的头上、肩上。

两人使出毕生所学，梅林银光闪闪，阙浪至刚、郑以为至柔，一刚一柔，刚柔并济，谁都拿谁没办法，就这么一直打着。忽然，郑以为感觉到阙浪的脸色有点发青，渐渐地，阙浪的剑没有那么快了，而且力度也不够。郑以为怕他使诈，也不敢立即贸然进攻，又过了一会，阙浪的剑势变得更弱，郑以为确定他没有使诈，一个转身，跳离阙浪，再又一转身，抖动软剑直刺，剑头靠近阙浪的手腕时再一打，阙浪不及躲闪，手腕被打到，即松手，剑应声而落，郑以为再顺势把剑架在他的脖子上。

"阙兄弟，你输了。"
阙浪并没回答，脸色很难看，郑以为收起剑，走向张旭，拿起桌上的《快雪时晴》，放到身上，转头向阙浪说："阙兄弟，承让了。"

阙浪的脸色更加的难看，突然，他眼睛一瞪，右手按住臀部，快步往梅林中冲去，解下裤子，大叫一声。一会，一股屎臭味飘了过来，郑以为捂住了鼻子。

张旭明白了是怎么回事了，哈哈大笑，拿起酒，狂饮几口，卸下发簪，披头散发，再把墨水泼向头发，至案前写字："忽肚痛不可堪……"

张旭之帖，从第四字开始，便每行一笔到底，上下映带，缠绵相连，越写越快，越写越狂，越写越奇，意象迭出，颠味十足，狂草情境发挥到了极致，旁边的郑以为都看呆了，连刚才还在跳舞的小白狐也停下舞步，呆呆地看着他，张旭越写越颠，纵横豪放，张扬宣泄，如泰山压顶，却变幻莫测，在奋笔疾书的狂草中，横空出世，令人惊心动魄。

"哈哈，《肚痛帖》成矣。"说完头发一甩，墨水把郑以为的脸都甩黑了。

郑以为全然不顾脸上的墨迹，激动地对《肚痛帖》做出点评：
"张兄，字如飞瀑奔泻，时而浓墨粗笔，沉稳遒迈，时而细笔如丝，连绵直下，气势连贯，浑然天成，粗与细、轻与重、虚与实、断与连、疏与密、开与合、狂与正回环往复，诸多矛盾竟合而为一，气韵生动、生机勃勃、波澜壮阔，张兄天马行空，不愧为草圣啊！"

郑对书法本身就是行家，这番点评并非奉承，而是十分中肯，有理有据，字字切中要害，听得张旭心花怒放，回应道：
"郑大官人过奖了，张某无拘无束惯了，写字时不免肆意宣泄。"
郑以为心里清楚，这《肚痛帖》必定可以成为天下名帖，今日若能收《快雪时晴》《肚痛帖》这两幅绝世名帖，实在大快人心。

"张兄，郑某对天下书法名家的作品有收藏癖好，若能收得张兄的《肚痛帖》，在下必定以金框裱之，作为我郑氏的传家之宝。"

"这……"张旭显得有点迟疑。
"张兄，郑某绝不会白白夺人所好，郑某愿意出五十万两银子以作为张兄的酒钱。"
"哈哈哈哈，郑大官人，你以为我张旭缺这五十万两银子喝酒吗？"

张旭并没有说大话，他的字帖，轻松就可卖个高价，曾经，张旭有个邻居，家

境贫困，听说张旭性情慷慨，就写信给张旭，希望得到他的资助。张旭怜之，便于信中回：只需说信是张旭写的，即可要价上百金。邻人信之，持信上街，引发多人抢购，后一富商出价二十万两购得。

买家购得字帖后，基本上就不会再去出售，只要得到他的片纸只字，都视若珍品，世袭真藏。张旭的作品也有分级别的，尤其像《肚痛帖》这种醉酒后以头发为笔的字帖，更是价值连城。

"哦，张兄误会了，张兄志存高远，定不差这几个钱，只是，郑某实在不知该用什么来跟张兄换帖啊！"

其实张旭并无太多嗜好，唯独嗜酒，每日都要醉酒几次，按他的说法就是：人生如酒，字大如天。于是他对郑以为说：
"素闻郑大官人府上藏有美酒千坛，都给我就行了。"

郑以为家中确实藏了很多好酒，而且这些酒都是从各地收集而来，若是那种较常见的名酒，反而不收，张旭也是抓住郑以为这点，才提要酒的要求。

"张兄好酒，天下闻名，美酒千坛只是江湖传言而已，寒舍地小，怎可容酒千坛，要不这样，郑某明日派人将酒送至府上。"
"哦，郑大官人会送什么酒？送多少？"
"郑某将最好的酒都送予张兄，屠苏草庵酒十坛、荆楚椒花酒七坛、杏花村十三坛、重阳菖蒲酒五坛、蟾蜍增寿酒八坛、夜合花欢酒四坛、桂花东酒六坛、戚夫人菊酒十四坛、哈尼新谷酒十一坛、绍兴女儿红十五坛、达斡会亲酒十二坛，波斯三勒浆十坛，如何？"

"哈哈，果然都是好酒，只是……"张旭有点吞吞吐吐。
"噢，只是什么？"
张旭把头凑了过去，小声地说："只是这'夜合花欢酒'可否多送几坛？"
郑以为明白他的意思，随即笑道：

"哈哈哈，张兄果然是性情中人，只是这'夜合花欢酒'只有四坛，全部赠予张兄了。"

"哦！"

张旭脸上露出失望的神色，郑以为是个聪明人，自然是不会让他失望，也把头凑过去，小声地对他说：

"郑某有美姬二名，来自西域高昌，尚未动之，可随酒一同送到府上。"

张旭一听大喜："好、好，速速送来。"

郑以为就如愿得到了张旭的《肚痛帖》，而阙浪，还在捂着肚子狂拉，却已拉竭，臀有烧痛之感，少顷，他拖着虚弱的身体走了出来，脸色苍白，对着郑以为说。

"郑大官人，那印度咖喱……"

"哦，原来你是印度咖喱吃多了，这印度咖喱虽好吃，但是是从天竺传入，初次多吃，恐肠胃不适。"

郑以为终于明白了为什么阙浪会突然功力下降，肠胃不适的人，反应肯定较慢，于是，他把《快雪时晴》掏出递向阙浪。

"阙兄弟，郑某胜之不武，《快雪时晴》先奉还，改日等你身体恢复，再战一场。"

阙浪并不接，回应道："输了就是输了，已无脸面再拿回。"

"阙兄弟，郑某行走江湖，道上的朋友都会给面子，全凭郑某一个理字，天大地大，道理最大，如果不是光明正大地赢你，郑某情愿不要这张字帖。"

郑以为虽然对《快雪时晴》垂涎三尺，但对脸面也极为看重，若接过字帖，恐以后对名声不利，名声对他这种有身份的人来讲，非常重要。

张旭就在一旁称赞：

"郑大官人如此光明磊落，令人佩服啊，阙兄弟，依愚兄之见，你就先收下，改日再战。"

阙浪也不好驳面子，干脆接过字帖，顺水推舟："那好，郑大官人，明日再战。"

阙浪在接字帖的时候，郑以为给得并不爽快，他还下意识地捏了一下字帖，其实他心里是一百个不愿意，只是这该死的虚伪，让他必须归还字帖，况且，即使明日再战，他也没有绝对的把握，他现在能做的，就是与阙浪保持一个相对良好的关系，从接触中再去发现他的武功弱点，再图机会。

郑以为对两人做出邀请："二位，时光闲暇，不如由郑某做东，一起到胡姬酒肆，小酌几杯？"
张旭不假思索地答应了："好啊，有酒喝，张旭是不会错过的。"
阙浪并未答应，理由很简单，他肠胃不好，不能饮酒，而且刚才还打了几个喷嚏，看来又受了风寒，再饮酒就更不好了，但张旭看出他的心思，劝道：
"阙兄弟，不必担心，在下带你去一间酒肆，那掌柜会调药酒，可御湿气，再把你肠胃暖之，我们再喝，如何？"

这等盛情的邀请，再推辞显然不合情理了，阙浪就点了点头，答应了他。
三人一起踏上进城的路，漫漫长路远，雪地里一片清静，那小白狐又窜了过来，为他们带路，大摇大摆地走在了最前头……

第四章

胡姬酒肆

张旭与郑以为一路说笑，阙浪一言不发，身体不适的人，情绪较低沉是正常的。小白狐依旧在前面带路，这倒激发了张旭的童真，于是，他故意跑到小白狐的前面去，跌跌撞撞地走起路来，兴致来时，还拿起身上的小酒壶，泯上一口。

那小白狐也通人性，见张旭走路如跳舞，也跟着一路跳舞，郑以为看得甚是开心，而阙浪还是一言不发，显得与环境不太协调。

"驾、驾……"前方路上传来急促的赶马声，听这阵势，数量应该不少，很快，一队人马就到了眼前，这是一队胡人，个个络腮胡子、扎小辫、着短衣、戴耳环、腰佩弯刀，径直冲了过来，眼看就要踏到小白狐了。

只见阙浪一个鱼跃，抱起小白狐，在雪地上滚了几滚，胡人马队呼啸而过，丝毫没有停下来的意思，小白狐受了惊吓，挣脱了阙浪的怀抱，跳进旁边的树林里，一溜烟，就再也难寻其踪迹了。

张旭见此情形，甚是恼怒：
"这胡人越来越嚣张了，想当初太宗皇帝斩突厥、破高昌、灭龟兹，四面出

击，转战长城，气吞天下，而今，朝廷却日见赢弱，让胡人飞扬跋扈。"

郑以为也感慨："中原已百年无大战，承平岁久，不识兵革，倘若开战，恐胜算不大。"

中原人士对胡人素无好感，只是近年来，大唐再次打通丝绸之路，与万邦贸易，大家在日常获利后，都懂得和气生财之道理，故胡汉矛盾较为缓和，然，胡人天性狡黠，逐鹿中原之心不死，此时虽天下太平，仍有不少胡人寻找良机，意图起事。

西晋江统在《徙戎论》中述说："非我族类，其心必异，戎狄志态，不与华同"，晋之前，汉人并不惧胡人，战国时，赵国大将李牧威震匈奴，大秦名将蒙恬曾亲率三十万秦军与匈奴决战，致使其七十余年"胡人不敢南下而牧马，士不敢弯弓而报怨"，卫青、霍去病远赴漠北，封狼居胥，即便是三国乱世，曹操也曾北征乌桓，扫荡诸胡。

胡人成气候，是在西晋后"五胡乱华"时期，彼时，华夏八王内乱，纷争不止，以至北方空虚，匈奴、鲜卑、羯、氐、羌等五胡入侵中原，前后在中原建立了十六国，胡汉冲突极为尖锐，中原六百万汉家儿郎死于胡人刀下，晋之士族，衣冠南渡，保存一丝汉家血脉，然，南方也不太平，羯人侯景起兵反梁，屠江南人口十之七六，致使原本繁华的江南千里绝烟，人迹罕见，白骨成堆，二十未复元气。

从此，胡汉不两立之念深深根植于汉人之心，三人谈论着胡汉之间的恩怨，均义愤填膺，然亦不得不承认，随着丝绸之路的兴盛，汉人与胡人贸易的重要性日益加重，若胡汉再次兵戎相见，势必两败俱伤，故两者势必亦来亦融合。

那小白狐被吓走了，倒引得张旭十分不快，从刚才他与白狐的玩耍，以及从白狐的舞姿，激起了些许灵感，只可惜，胡人马队的这一惊扰，让他的灵感戛然而止。阙浪与郑以为也颇为惋惜，狐狸本身就不常见，而白狐就更不常见了，今日定是有缘，才能一睹灵气颇重的白狐，本想再做接触，却横生意外，再也不见。

三人谈论着白狐，还有胡汉之间的过往，走着走着，不知不觉已来到了西市，清早时，郑以为曾说要请阙浪去胡姬酒肆，就再次提出，当然，他也邀请了张旭一同前往，三人虽对胡人不甚喜欢，但一想到酒肆里有西域风情，也就顾不了那么多了，欣然前往。

三人抬头一看，远远就望见了西市中的一间酒肆上就写着"胡姬酒肆"四个字，而这四个字的旁边又题了两行李太白的《少年行》的诗，"落花踏尽游何处，笑入胡姬酒肆中。"

想来，必是李太白的《少年行》太过于出名，以至于酒肆直接用名"胡姬酒肆"，郑以为就领二人前往之，早有一西域女子在外招手，这西域女子可与中土女子大不相同，生得明眸皓齿、身材高挑，笑时婀娜多姿，百转千媚。

三人都受不了这西域女子的召唤，加快脚步走了进去，阙浪的嘴角竟出现了难得的笑容。胡姬酒肆的掌柜也出来相迎，三人一看，不免诧异，这掌柜长相可不一般，膀阔腰圆，满脸胡须，最特别的是身体极其肥胖，腹垂过膝，约有三百斤。

"三位贵客，里面请、里面请。"
掌柜的笑容满面，与刚才的胡人马队截然相反，也许，生意人都是这样，笑脸相迎，方可生财，从这一点来讲，倒没有什么胡汉之分。

三人列席而坐，掌柜见阙浪脸色苍白，遂关怀之。
"客官，是否身体有恙？"
郑以为就向掌柜的说明了阙浪腹泻的情况，掌柜听完，从容地说：
"哈哈，明白了，常人做法，腹泻以药服之，其实，用药终究伤身，在下有一方法，名唤'水围城'，不服药，却胜于服药。"
大家都来了兴趣，就咨询掌柜何为"水围城"？掌柜就直接操作示范。掌柜将

阙浪请至另一间房间，并唤来十二名年轻貌美的西域女子，掌柜与郑以为、张旭到屋外回避。

这十二名女子进入房间，将阙浪的衣裳全褪去，其中四名将自己的衣裳也全褪去，四人从前后左右四个方向，以身体紧紧贴住阙浪的身体，四个人再抱成一团，将阙浪紧紧包住，其余的八名女子也围了上来，再紧紧依靠着那褪去衣裳的西域女子，为她们保温。原来，长安天冷，人若腹泻，身体必然虚弱，体温必然较低，若能用体温直接加热，则是补元气的绝妙方法，很快即可痊愈。

阙浪感受到这四名女子传来的体温，瞬间感觉到血脉疏通，精神焕发，一扫刚才萎靡不振的状态，少顷，那四名女子体温稍微降低，马上就有另四名再褪去衣裳替换上，保证输给阙浪的体温源源不绝。

郑以为和张旭隔着帘子偷看，心神往之，嘴巴张得大大的，约莫半个时辰，阙浪走出房间，跟之前比起来，已经是判若两人，显得容光焕发，精神抖擞。

四人再列席坐下，张旭看着阙浪，调侃道：
"阙兄弟，艳福不浅啊。"
"哈哈，这要感谢掌柜妙手回春啊！"阙浪向掌柜道谢，张旭也向掌柜致意：
"依张某看，此'水围城'应大力推广。"
"那是、那是。"众人都随声附和。

张旭又言："掌柜，'水围城'疗法甚好，但张某看来，这名称是否显得太俗？并无把十二名美人体现出来。"

"哦，这也是，何为水围城，女人属阴，是为水，男人属阳，是为土，即为城，水围城即表现了诸多美人围绕着一名男人的情景。"

掌柜不卑不亢，而此种解释也合情合理，这倒令张旭有点不悦，再辩道：

"那终究无体现医治之功效！"

掌柜不敢得罪客人，况且客人说的亦有道理，就不再言语，只是冲着他笑，郑以为就出来打圆场。
"如此说来，张兄一定有好名字可改，我等愿闻高见！"

张旭见有人了解他的想法，就面露笑容，捋了捋胡须，喝了杯酒，不紧不慢地说：
"十二名美姬服侍一人，羡煞旁人啊，那名字中一定要有个'姬'字，而此疗法不用药，却胜似用药，是以无药胜有药，那一定要有'无药'这两个字，故可定为'姬无药'！"

"好名、好名。"众人皆大声赞叹，草圣绝非浪得虚名。
"这姬无药，定可成为本店的一大特色啊。"掌柜听完，亦觉得非常高雅，就敬了张旭一杯。
"哈哈，那胡姬酒肆一定会生意兴隆，财源滚滚啊！"阙浪祝福道。
"托你吉言、托你吉言！"掌柜眉飞色舞，兴奋异常，生意人，找到新的盈利点，必定喜悦。

四人又喝了很多酒，这掌柜也非常人，聊起边疆形势来，侃侃而谈，大局观绝佳，胸怀大略，尤其对行军谋略非常在行，原来这掌柜以前经常在边疆贩马，纵贯西域各国，懂九蕃语，边疆战事多，他就经常与各国将领讨论，潜移默化中学了很多行军常识，回去再一消化，就变成了自己的谋略。

四人一直饮酒，顺便也用了午膳，至申时，三人起身告辞，郑以为准备付账，掌柜拒不收，他为感谢张旭给他取了个"姬无药"的好名，宴请了三人。

离别时，郑以为问了掌柜：
"掌柜，聊了这么久，还未得知掌柜尊姓大名？"
那掌柜对着三人抱拳，说出姓名：

"在下安禄山！"

三人均饮酒甚多，张旭不胜酒力，就先打道回府，郑以为以生意为由回七日开，两人就此作别，并约定明日再战。

阙浪一时不知该去哪里，就在这西市里走动，忽见前面人头攒动，不时传来喝彩声，就上前观看。原来，是一女子在舞剑。江湖舞剑者，无非是生计所迫，以花俏招数吸引眼球，以博得观者闲些银两，阙浪自幼习剑，对剑法颇有心得，他仔细观察此人剑法，发现招招精妙，绝非花拳绣腿之辈，而再仔细看，发现那女子竟是一名绝色美女，锦衣玉貌，令人窒息，仿佛是一件集外形、色彩、线条为一体，美轮美奂的精品瓷器，让人久看不厌。而她舞起剑来，再配上那件红装，宛若天外飞仙。

阙浪这两日与郑以为斗剑，一平一负，虽说今日的失败带有很大的偶然因素，可他没有占到上风却是不争的事实，他与郑以为之间只是在见招拆招，而今日看这名女子舞剑，总觉得她的剑法能够给他带来一些有益的弥补，虽然无法说出具体能够弥补什么，可潜意识里就这么认为，于是，他也站在一旁仔细观看，旁人若有丢下银两，他也跟着丢下些。

阙浪一直好奇此人的来历，就问了旁人，得知此女子竟然是名震天下的公孙大娘。这公孙大娘来历可不简单，她是皇宫第一舞人，善舞花剑，以一曲《西河剑器》名动天下。可是，公孙大娘此刻应在皇宫舞剑，怎会现在出现在西市呢？再一打探，得知原来这公孙大娘后被皇帝赐嫁予"一剑震河朔"的裴将军，但听说没多久，军中竟发生公孙大娘偷军饷事件，影响极恶，士兵几乎哗变，裴将军迫于压力，当着众将的面写一封休书，休掉公孙大娘。

自此，公孙大娘流落江湖，无以为生，就根据她的《西河剑器》创造出一个门派，名曰"西冷剑派"，一个"冷"字，即代表其心已冷，莫问红尘。

几年来，凭借她的绝世剑法以及美丽容颜，西冷剑派日益壮大，但是西冷剑派扩张甚快，又无其他谋生途径，故银钱周转甚是紧张，公孙大娘为撑局面，经常出面舞剑，其剑法早已天下闻名，每次出来舞剑，观者如潮，总可小赚一些。

此次舞罢，观者欢声雷动，纷纷丢下银两，公孙大娘也向众人致谢，她旁边的门徒也连忙弯腰收拾银两，阙浪上前拜会：

"公孙掌门，在下闽人阙浪，观姑娘舞剑，矫若游龙，一曲剑器，挥洒万千，在下钦佩不已，想与掌门论剑，不知赏脸否？"
"公子想与我论剑？"
"是的。"
公孙大娘并不打招呼，突然拔剑刺向阙浪，阙浪匆忙应战。

公孙大娘的招式与刚才的剑舞并无二样，仍然是《西河剑器》，不同的是，这次她发出了剑气，两人在大街上打斗，空间并不大，而公孙大娘的剑气却一圈一圈的逼了过来，旁人的衣服都被剑气逼得向外摆动，压迫感渐强，只好向外退却，把周边的摊子都碰倒了，一地狼藉。

阙浪向来以快制胜，但他的快，在公孙大娘面前，就显慢了，阙浪也有剑气，但与公孙大娘相比，明显也弱了不少，两人最大的区别是，阙浪的剑气是平面的，是随着剑锋发出去的，而公孙大娘的剑气，却是立体式的，完全密不透风，根本就没有破绽，阙浪的剑气一发出去，马上就湮没掉，反而公孙大娘的剑气层层紧逼，而周围的人也感觉到了这股强大的剑气，竟纷纷躲开，渐渐的，阙浪感觉连呼吸都很急促，出招也越来越勉强。

阙浪终于支撑不住，一柄长剑掉在地上，公孙大娘也猛然收招，那股强大的剑气瞬间荡然无存，霎时间，没有一丝风，天地间出现了可怕的静。

阙浪被震得虎口生疼，看着公孙大娘，一言不发，公孙大娘也看着他，对他说：

"能挡我四十招，也非常人了。"

阙浪在这么多人面前败下阵来，毕竟面子上挂不住，回了她一句：

"输即是输了，非常人与常人又有什么区别呢。"

"阙公子如此心高气傲，你可知，败在公孙大娘的手里，是一种荣耀。"

"此等荣耀，阙某消受不起。"

"哈哈，阙浪，可否移步？我们再行论剑。"

"我已不是你的对手，再次论剑有何意义？"

"阙浪，论剑不一定要用剑。"

阙浪思量，与公孙大娘这种一等一的高手论剑，不会有什么坏处，另外一点，公孙大娘完全没必要加害自己，于是，阙浪就点头答应她。

两人来到了曲江，曲江在大隋即是皇家园林，而到大唐，历位皇帝扩大了建设规模及内涵，修紫云楼、彩霞亭、凉堂、蓬莱山，最大的改变是，曲江变成了长安城唯一的公共园林，皇族、僧侣、平民均到这里汇聚盛游，并由此产生了世人津津乐道的曲江流饮、杏园关宴、雁塔题名等诸多文坛佳话。

两人走到一僻静处，公孙大娘开始发话：

"阙浪，你可知，我为何在长安舞剑？"

"愿闻其详。"

"两个目的，三年前我创立西冷剑派，影响日渐，门徒渐多，然剑派开销日渐，我亦不懂经营之道，只好舞剑以赚些闲碎银两，以做剑派开销。"

"噢，公孙掌门舞剑，收入不菲啊！"

阙浪说的是实话，刚才那些观剑的人，所掷的银两不在少数。

"唉，僧多粥少，再多的钱，很快就没了。"

"公孙掌门，在下有一事不明，当时你在皇宫养尊处优，为何要流落江湖，自寻烦恼？"

"你有所不知，当今圣上涉猎广泛，无论是音律、舞蹈、马球、书法、绘画都有极高的造诣，舞剑只是他偶尔心血来潮时才会想看的，所以，我闲置在皇宫，只是虚度，况且，俸禄也不高，不如出道江湖，形势虽险峻，终究自在。"

公孙大娘明显是在说谎，但从一个女人的角度来讲，被休掉这种事怎么好意思对生人说出口呢，现实中，好事不出门，坏事传千里，公孙大娘极为忌讳的事，其实刚才一位观剑者已一五一十地告诉阙浪了，但阙浪不露声色，继续试探她的想法。

"哦，明白了，公孙掌门是缺钱用。"
"唉，不当家不知柴米贵啊！"
"那请问公孙掌门，你的第二个目的是什么？"
"第二个目的，简单来说，就是要寻找西冷传人，将我毕生所学，倾尽授他，以壮我西冷剑派声威。"

"不知公孙掌门所指的西冷传人是哪一类人？"
"哪一类人并不重要，重要的是能否共鸣。"
"那要怎样才能共鸣？"

在阙浪来理解，西冷传人这四个字甚为沉重，绝非常人可以担当得起的。
"我一直都在寻找一名有慧根的人，而长安人才济济，遇见西冷传人的可能性较大。"

"那你遇到了吗？"
"有可能。"
"有可能是什么意思？"
"有可能的意思就是遇到了，但是不确定。"
"那要怎样才确定？"

"先传授一套武功，看看悟性究竟如何？"

"公孙大娘要传授武功，不知是谁有此荣幸？"

"是你！"

"是我？"

"能挡我四十招，说明基础好，能在剑气压迫下保持招式，临危不乱，说明心态平衡，不急于求成，能够在败阵的情况下不自暴自弃，说明够大度，虚怀若谷，所以，当然是你。"

"公孙掌门要教在下剑法，在下不胜荣幸，只是，在下闲散惯了，想让我加入西冷剑派，恐怕……"

"阙浪，我有说一定要让你加入西冷剑派吗？"

公孙大娘这么一反问，阙浪一时无语。

"我可以先教你一套武功，如若你练不好，我会废你武功！"

"练不好就练不好，为何要废我武功？"

"我公孙大娘一剑纵横天下，怎能教出窝囊废的弟子？"

公孙大娘说这句话的时候，面有愠色，阙浪大惊，今日是碰上了不讲理的女人，女人不讲理是很可怕的，女人永远都认为自己是对的，即使做错什么事情也都是对的，当她们认定一个男人是对的，就会无条件地把心目中的"对"强加在这个男人的头上，更可怕的是，她们还很喜欢制定标准。

标准是一个很难界定的东西，或者说，标准是相对的，什么叫练不好，如果让阙浪学了剑法再去与少林方丈比试，打输了是不是就界定为练不好？而阙浪打不过少林方丈在很多人看来是很正常的事情，而对阙浪来讲，情感上也是可以接受的。所以，阙浪就开始与公孙大娘理论起标准来，公孙大娘最后给他定了个明确的标准，就是给他十年时间，最终打过她才叫练得好，如果十年都打不过她，第十一年就会废他武功。

阙浪心想，这公孙大娘是剑派宗师，苦学十年要超过她，估计也没什么把握，其实说白了就是要他为公孙大娘效忠十年，而今后的十年，势必要事事听命于她，受其摆布，阙浪一个大男人要让公孙大娘指使，这恐怕说不过去，这剑法不学也罢，干脆拔腿就跑。

虽然肯定跑不过，但跑到人多的地方，兴许还会有点转机。但两人的武功差距实在太大了，阙浪才跑出几步远，公孙大娘就已略施轻功，落在他身后，朝他身上一点穴，阙浪即刻定住。

"阙浪，我再问你一遍，你是学还是不学？"
"不学！"阙浪的回答非常坚决。
"唉，想我公孙大娘空有一身绝学，想传授予人，却无人领情。"
公孙大娘大叫一声，提起剑，准备废他武功。

"住手！"一个中气十足的男音，一片柳叶也随声而至，打在公孙大娘的手腕上，公孙大娘的剑应声而落，柳叶飘至地上之时，那人也正好出现。

公孙大娘大怒，对着他大骂：
"裴旻，你这负心的人，老娘的事，与你何干？"

看来，公孙大娘对此人是恨之入骨，恨到对刚才说的谎话都不想掩饰了，而阙浪一听这个名字，眼睛瞪得很大，身体虽动弹不得，却抑制不住内心的欣喜。
"原来你就是裴将军，在下景仰多时。"

这裴将军来历可不一般，曾率军北征，被奚人重兵包围，乱箭四射，自古以来，大将军不怕千军，只怕寸铁，也就是，乱箭齐发，任你多大的本事也无法招架，然裴将军舞刀立马，乱箭皆迎刃而断，奚人大惊，遂解围而去，等到奚人都散去，士兵清点裴将军削断的箭，竟然有四千多根，自此，裴将军威震河朔。

话说那公孙大娘气愤不过，持剑向裴旻刺来，裴旻不敢怠慢，抽出佩剑招架

之，公孙大娘使出她新创的剑法"苍穹玉女剑"，招招凌厉，直奔要害，仿若两人间有着深仇大恨，而那裴将军只是招架和闪躲，并未出一招反击，像是不屑，又好像不想，总之，让人感觉裴将军的心情非常复杂，公孙大娘再次发力，裴将军仍没有反击，但渐渐招架不住，发梢被削掉一些。

情况越来越危急，一般来讲，夫妻都是床头打架床尾和，而这对打起来，女人势如猛虎，欲除之而后快，而男人却犹若灵猫，躲躲闪闪，两人终究没有硬碰，看似凶险，其实其乐无穷，阙浪虽无法动弹，却看得津津有味，还趁此良机，仔细看公孙大娘舞剑，这"苍穹玉女剑"的招式，倒学了一些，默记于心！

第五章

裴将军

公孙大娘欲刺裴旻，两人已在曲江打斗多时，只是裴将军顾虑重重，一直没有还击，而公孙大娘也伤他不得，被点穴的阙浪定在远处仔细地看着，终于，时辰过得较久了，阙浪的穴道也随之解开，但并没有走开，而是静静地观察着二位。

这么耗下去，终究没有结果，裴旻一想，即刻转到一棵柳树后面，公孙大娘的剑也劈到了，由于用力过猛，紧紧地钉在树上，裴旻连忙说：
"娘子，你我夫妻一场，为何下此重手？"
"你负我在先，何需对你仁慈？"
"是你财迷心窍，偷我军饷，惹得兵马哗变，按军法当斩，我念夫妻之情，网开一面，休你而已，已是宽宏大量了。"

"我宁愿当初你杀了我，省得天下人耻笑！"
"你是我娘子，我怎舍得杀你！"
"既是你娘子，为何还要休我？"

"箭在弦上，不得不发啊！"裴旻也是有苦衷的。
"一派胡言，事发后我拉你一起走，你偏不走，反而休我。"

"突厥十万雄兵蓄势待发，虎视眈眈，我若一走，边疆必乱，无以报皇恩。"

"呸，是你权力熏心，无法自拔，亏我当时只认你。"

"娘子，我心里清楚，你当时只认我，现在也仍然只认我。"

"我现在不会认你，今后更不会认你！"

"娘子，我深知，你并非贪财之人，却壮志凌云，偷军饷只是想自创西冷剑派。"

"你既知我，却不帮我。"

公孙大娘此时已将剑拔出，再次刺向裴旻，裴旻只顾说话，一时措手不及，衣服被她刺破，但仍然伤他不得，公孙大娘甚是恼怒，使出了剑气，逼向裴旻，剑气一出，顿时柳叶片片落下，跟刚才她与阙浪比剑时的剑气，明显盛了很多，看来公孙大娘是要出杀招，阙浪不禁为裴旻捏了把汗。

这下裴旻可不得不还击了，只见他大喝一声："公孙大娘，不要逼我！"

他也使出了剑气，瞬间，两股强大的剑气碰撞在一起，顿时，平静的曲江水变得躁动不已，一时狂风大作，曲江里的鱼也纷纷浮出水面透气，而剑气到之处，地上的积雪即化为水。

两人这么你来我往，斗了将近一个时辰，双方不分胜负。然公孙大娘毕竟是女流之辈，"苍穹玉女剑"后劲乏力，渐渐的，两人的形势起了微妙的变化。两人的剑气看似都密不透风，但也并非全无破绽，即剑气对土地的影响，剑气所到之处，泥土的硬度都随之变软，裴将军的功力较深厚，侵入地下的剑气深一些，而公孙大娘的浅一些。

即便如此，裴将军仍然难以在短时间内将其制服，所差别的是，裴将军处攻势，公孙大娘处守势，这场斗剑不管谁胜谁负，最大的赢家不是别人，正是阙浪，他站在一边坐山观虎斗，仔细观察两人的剑法，精妙之处，默记于胸。

冬天的黑夜总是来得特别早，时近黄昏，公孙大娘渐渐支撑不住，疲于招架，裴将军瞅准机会，大喝一声："满堂势！"

"裴将军满堂势"世人皆知，这几乎是大唐剑术的最好境界，公孙大娘哪里抵挡得住，瞬间，剑气从地下而起，将她托起，掀翻在地，公孙大娘落败，而裴旻见她摔倒在地，于心不忍，弃剑上前欲扶她。

"娘子、娘子！"
公孙大娘气愤不过，见裴旻奔来，顺手一剑刺向裴旻，而裴旻护妻心切，无暇躲避，竟被她一剑刺入胸口。裴旻随即倒下，公孙大娘一看闯了大祸，也吓了一跳，连忙摇他，旁边的阙浪一看，也顾不得许多，直接跑了过来，在伤口处点了穴。

他从身上掏出一粒药丸，立即让裴旻服下，说：
"此乃漳州片仔癀，可救命急用，现须速找郎中医治。"

公孙大娘显得慌乱，她刺伤裴旻只是下意识的动作，绝非她本人的真实想法，阙浪心里很清楚时间的重要性，他一运功，将剑折断，只留剑头在他胸口，抱起裴旻，向城区奔去，公孙大娘紧随其后。长安城的药局很多，却因近年关，且是夜晚，无人开店，走了多处，均大门紧闭，两人都快要绝望了。

阙浪思量，此时欲寻郎中，在城里是寻不到的，不如找一熟人问之，也许会有好的办法，于是，他也不计较太多，直接带着裴旻来到了"七日开"。

晚膳时间，"七日开"的生意非常火爆，喝粥的人很多，郑以为正在接待，而阙浪抱着一名伤者进来，吓到了不少宾客，郑以为一看，知事关重大，也不询问，直接引到后院，至房内放于床上。

郑以为看着裴旻，心生疑惑，问阙浪："这位可是威震河朔的裴将军？"
阙浪答道："正是裴旻裴将军。"
"裴将军的剑法天下无敌，能刺伤裴将军的人，剑法必定更高一筹了。"

"不一定。"

阙浪仅说了这三个字，其余的，他是想让公孙大娘来说。

公孙大娘低头不语，郑以为也看出了端倪，不再追问，即刻修书一封，交付予一下人，耳语几句，那下人接过，随即快马加鞭。阙浪就简单地介绍了一下，让公孙大娘与郑以为相识，郑以为也让下人备了些热粥予两人喝下，而对裴旻，则命人在房间里另加了一些火炉，增加温度，使其不至于过冷而发生意外。但公孙大娘一直忧心忡忡，阙浪安慰她：

"公孙掌门无需担忧，裴将军已服下片仔癀，一时性命无忧。"

郑以为也随即说道："郑某已命人快马恭请大内御医，片刻即到。"

公孙大娘闻之大喜，问道："御医？你请得到御医。"

"这等时间，也只能请御医了。"

"郑大官人，小女也曾在皇宫呆过几日，虽人微言轻，请不动御医，但对也御医略知一二，不知您请的是哪一位？"

"当世药王春申毒！"

"春申毒！可是小女子听说，春申毒精通的是妇科，对此剑伤，可有甚妙方？"

公孙大娘跟春申毒是有过一面之缘的，春申毒更多的是为后宫嫔妃医治妇科，公孙大娘有一妇科顽疾，曾私下里找他，春申毒给她开了一个药方，很快就痊愈了，但后宫嫔妃数目庞大，春申毒终日忙于治疗，公孙大娘再也找不到机会道谢，故两人的交情甚浅，更别提去请他了，由于她在皇宫内见识过此人，了解也较片面，故会有这等疑虑。

"哈哈哈，公孙大娘，你的崩漏带下，应该不再复发了吧。"

只见春申毒背着药箱，疾步走入，显然，他对公孙大娘刚才的疑问非常不悦，把公孙大娘找他看过妇科的往事说了出来，公孙大娘的脸立刻红了。

春申毒也不多说，即刻查看裴旻的伤情，再观察一下面色，问道：

"是否有服用漳州片仔癀？"

"是的。"

"嗯，多亏有服之，但此剑刺得太深，若贸然拔之，恐性命有忧！"

"那如何是好？"公孙大娘再度忧心起来。

"容我想想。"春申毒皱起眉头，来回踱步，看来裴旻的伤非常棘手，众人见他在思索，也不敢扰他。

约莫半个时辰，春申毒终于开口了。

"我先施予药王梅花针，控住经脉，将局势稳定之，然此剑已伤及心，且裴将军遇刺时，情绪较为舒缓，一反往日警惕防备之意，再者，他面对的是日思夜想的娇妻，喜悦与怜惜的情绪较多，如若能够回复当时的情绪，缓和裴将军的经脉，将剑拔之，速敷由我特制的金创药，或许有救。"

"那该如何回复之，请药王明示！"郑以为向春申毒讨教。
"须有柔和音乐，乐器当推胡乐三宝：胡琴琵琶与羌笛。"
"胡琴琵琶与羌笛，小弟设法取之。"

阙浪在一旁听着，想起了下午胡姬酒肆的安禄山，遂建议去请安禄山，郑以为接连称是，并再问春申毒：
"药王，还有其他器物需取之否？"

春申毒皱了皱眉头，说道：
"唉，此物非物，不易取之。"
"喔，药王请讲，裴将军是当世英雄，我等必尽力为之。"

"须请一长袖善舞的美姬，和乐声而舞，以缓和气氛。"
"公孙掌门即可舞之啊。"阙浪建议道。
"不可，公孙大娘伤其心太深，若再舞之，恐怕适得其反。"春申毒极力反对。
"那胡姬酒肆里美姬甚多，请一名来即可。"阙浪再次建议。
"不可，胡姬过于妖艳，下药过猛，亦是适得其反，依老夫看，最好能从宫内

请到一名嫔妃，效果最好。"

春申毒等于出了个难题，后宫的嫔妃，岂是想请就请，本身他今晚私自外出会诊就已经触犯皇宫戒律，更何况还要再请一个嫔妃？

但这根本难不倒郑以为，他心目中已有一个最理想的人选，那就是身居冷院的花想容。郑以为说出了他的想法，春申毒表示赞同，他也清楚，但冷院有大内密探监视着，如何绕过这些密探将花想容接出来，倒是个大难题，但郑以为却胸有成竹，这也难怪，"七日开"声名远播，郑以为广交天下豪杰，要说大内密探，终究是有几个跟他较肝胆的，但解决了大内密探，并不代表一定能请到花想容，那花想容心高气傲，即便是郑以为，也无十分把握，所以，这个难题就义无反顾地落到了昨晚与花想容促膝长谈的阙浪身上。

于是，郑以为带上诸多银两，叫上两辆马车，郑以为同阙浪坐同一辆马车。阙浪对郑以为带钱的行为颇为不解，问他：
"郑大官人，这裴将军重伤，于情于理，都应公孙大娘出钱医治，怎会由你出钱？"
"哈哈，阙兄，谁出的钱，并不重要，关键的是要让裴将军的伤好起来。"

"说的也对，但阙某有一事不明，对于裴将军，那公孙大娘根本就是在无理取闹，裴将军是一世英雄，世间喜欢他的女子无数，他怎会倾心于公孙大娘，甚至连性命都可以舍弃？"
"阙兄，男女情爱之事很难解释的，估计这种事，连辩机和尚都说不清楚。"
"辩机和尚身为得道高僧，却死在这个情字，令人惋惜啊！"

郑以为引用被后人称为情僧的辩机和尚来举例，是想说明裴将军对公孙大娘情深意切，无论公孙大娘对他做了什么，哪怕要夺他性命，亦在所不惜。

辩机是玄奘法师最为看重的弟子，生得仪表堂堂，才华横溢，年少有为，久负盛名，名列《大唐西域记》缀文九大大德法师之列，时年方二十六岁，《大唐西域记》开篇序言，即辩机所著，字字珠玑，竟引得高阳公主垂青。

然辩机是出家人，高阳是有夫之妇的公主，就注定了相爱的悲剧，如若当年辩机没有动心，他将毕生修行，超凡入圣，最终成佛。但最终无法躲过这个劫数，一番极乐后，东窗事发，辩机被腰斩，用生命祭奠了大唐公主的尊严和未来。

郑以为感叹道，一个过分完美的佛陀，就像高居于庙堂之上，供世人膜拜的泥塑，世人只会敬仰，却不会爱上，正因为辩机如此大逆不道，反显得有血有肉，纵使背负罪名，纵使他被世人斥为情僧，也无法遮挡他的光芒，无法抹灭他的神圣。

这倒让阙浪挂念起他与花想容的未来，虽然仅见过一面，但已深印脑海，他也说不清楚为何会有这种感觉，即便花想容选择了与他相爱，或许，这也将成为一段无果的感情。

想起这些，阙浪总觉得无端，他与花想容也就见了一面，哪来那么多的愁绪，还是先管管裴将军夫妇吧。

郑以为见他颇为恍惚，以为他在想着裴将军的事，就开导他。
"阙兄无须多想，裴将军如此喜欢公孙大娘，自然有他的道理。"
"那也是，只是裴将军重伤，公孙大娘连钱都不出，令人费解！"

"哈哈，阙兄，从道义上来讲，至亲之人受伤，眷属出钱天经地义，但公孙大娘爱财、如同她的剑法一样天下闻名，这种情况下竟然都不提钱，有三种情况，第一种就是性格使然，舍不得就是舍不得，而且旁边还有人可以出钱，就不站出来了；第二种就是很想出钱医治，但身上确实没钱，但这种可能性较小，我下午还听一客人说公孙大娘在西市舞剑，所得银两必然不少；第三种就是伤心过度，以至于什么都顾不得了。"

阙浪听完感叹道："人性本恶啊，但愿她是第三种。"

"喔，阙兄对人性也有研究？"

"人如沧海一粟，茫茫宇宙之尘埃，千百年后，谁又记得谁？"

"阙兄无需感慨，郑某以为，过好每一日，做好每一件事情，就是平生最大的慰藉。"

"也是，我几度挑衅于你，郑大官人却不以为意，甚是大度，在下好生崇敬。"

"哈哈，大丈夫行事光明磊落，立于信，义于诚，区区小事，只要不伤原则，在下能过则过。"

"郑大官人果然是做大事之人，眼光深远，视野开阔。"

"阙兄，在下以为，人有高低贵贱之分，而时间却无谁多谁少之别，一天十二个时辰都是一样，若太拘泥于小事，就相应没有时间去做大事了。"

"郑大官人有大智慧，古人常云，修身、治国、齐家、平天下！郑大官人应该入仕啊。"

"入仕，自古官场如酱缸，只怕郑某一旦入仕，难保出淤泥而不染。"

"郑大官人多虑了，如今是开元盛世，朝纲清明，入仕正当时啊。"

"阙兄，你有所不知，我煌煌大唐，看起来虽四海升平，实则病入膏肓。"

"郑大官人，在下只是一介武夫，对官场之事，一窍不通。"

"哈哈，阙兄言重了，你我虽接触不多，但你气度非凡，思维敏捷，武艺高强，定能成为一世枭雄。"

"枭雄，郑大官人太看得起阙某了，对我来说，枭雄不枭雄并不重要，重要的是人活一世，每日逍遥自在即可。"

"阙兄，志存高远啊！"

两人谈得投机，阙浪心头一热，将怀中的《快雪时晴》掏出，递给郑以为，郑以为却百般推辞，对他来说，他并非不喜欢这《快雪时晴》，而是他与阙浪早有约，若比剑胜出，则取此帖，他又是极好面子之人，怎会接受之？

"阙兄，郑某若凭实力赢你，再取不迟。"

"郑大官人，阙某只是真心与你结交，你若坚持比剑，阙某奉陪，但也不必将《快雪时晴》作为赌注，我们可每次比剑之后再开怀畅饮，不伤和气，不夺人所爱，岂不更好！"

"这……，阙兄一片盛情，只是，你这大礼也太重了。"
"阙某不懂欣赏，留着亦无用，你拿去便是。"
"那就恭敬不如从命了。"郑以为甚是感激，就把《快雪时晴》接过。
两人相视一笑，两只手紧紧握在一起，那种英雄识英雄的情谊，在两人的血液里流淌。

其实郑以为也怕，从这两日与阙浪的斗剑中来分析，自己的胜算并不大，顶多打个平手，早上赢他完全是偶然因素，对他这种极好面子之人自然是不能算的，虽然《快雪时晴》是个重注，但对阙浪来讲，《快雪时晴》并无太大作用，失去也就失去而已。

而自己若再捐银一百万两，势必将对七日开产生极为深远的影响，甚至会招来灭顶之灾，而且，他已捐二十万两让少林同光方丈代为统筹，已得罪了不少大员，若再捐予同光，恐会惹怒各级官员，但阙浪已明确把《快雪时晴》赠送给他了，那他必然要有所表示，于是，他想了个颇为曲折的主意，即将一百万两银捐给为人正直的裴将军，让裴将军分批的将银两用于豫中修筑堤坝。

裴将军本身并不管辖豫中，故其必须转交予当地的官员，但天下人对裴将军无不景仰，即使是贪，也不敢贪其太多，当然，这些全部是以裴将军的名义，郑以为做了好事，却要绝对保密的。

阙浪虽然不太理解为何要如此繁杂，但郑以为再捐了钱，终归是好事，于是见好就收，他只是提醒需注意一下公孙大娘，当然，眼下最重要的是治好裴将军。

想到原本定于明日的比剑，他问阙浪："阙兄，那明日的比剑继续否？"
阙浪思索了一下，应他："若裴将军伤势好转，那比剑继续，输的人就罚酒一坛吧。"

阙浪的这个建议非常善解人意，郑以为点头称是。

两人一路这么说着，已到了胡姬酒肆，酒肆里高朋满座，气氛十分热闹，安禄山在众宾客之间穿梭，两人说明了来意，那安禄山倒也爽快，虽然乐师都在弹奏，但他与客人协商，并倒贴了一些银两，进行清场，当然，这些银两由郑以为来付，客人都还好说，于是，安禄山带上胡琴琵琶与羌笛，还有两名乐师，坐上郑以为带来的一辆马车，直奔七日开。

请到了安禄山，就剩下花想容，两人直奔"冷院"而去，郑以为倒也厉害，三下两下就摆平了鸨母及大内密探，当然，这价格不菲。剩下的，就是阙浪的事了。

阙浪点了花想容，在她房里，说明了来意，花想容却犹豫了，她在皇宫里被斗怕了，总觉得这次也是个阴谋，而她与阙浪也仅仅有一面之缘，不敢太相信他。阙浪急了，这时间可拖不得，于是不管了，直接抱起花想容，并捂住她的嘴巴，朝门口跑去，那大内密探及鸨母已被郑以为买通，当做没看见，而其他姑娘都在各自房内，更是没有看见。

出来时，又下起了大雪，天气更冷了，马车疾驰，不时寒风吹进来，那花想容穿得单薄，冷得发抖，反而仅仅抱住阙浪，边抱还边看着他。

对花想容来说，阙浪与孟浩然之间，有着天壤之别，孟浩然是一书生，才华横溢，放荡不羁，却喜欢拈花惹草，对你好的时候百般侍候，却会在对你很好的时候突然失踪去眷顾另一个女人，毫无安全感可言，犹如一朵带刺的玫瑰，观之好看，握之有刺。而阙浪就不一样了，他为人正直，一身正气，也饱读诗书，对琴棋书画也都有研究，虽不及孟浩然，但亦有深刻的造诣，可是人又显得过于木讷，不是太解风情，花想容阅人颇多，虽只见过阙浪一面，但已对其做了很透彻的分析了，她反而希望阙浪能更坏一点，即使她心里还惦记着孟浩然，但孟浩然在哪里啊？阙浪的怀里又怎么那么温暖呢。

很快到了七日开，三人迅速跑进房间，安禄山三人早已恭候，春申毒见花想容过来，大喜过望，而房间里有较多的火炉，气温较高，花想容也不觉得冷了。

春申毒开始对每个人都作交代，医治过程主要有两大核心，第一就是春申毒自身的药王梅花针，此为前奏；第二就是花想容所唱的乐曲，她的乐曲将直接决定安禄山三人的伴奏的基调，花想容由于刚才与阙浪相拥，情感上有了微妙的变化，于是，她提议演奏《望江南》，在提出这个建议时，还故意望了一下阙浪，阙浪被她这么一看，再加上昨夜的《望江南》又被提起，不禁微微一颤。

春申毒一听要演奏《望江南》，自是十分乐意，此曲音调柔和、婉转、使人情绪放松，对缓和裴旻的伤势，有着绝妙的搭配作用，再加上屋内火炉较多，气温较暖，弹奏此曲，再合适不过了，而安禄山等三人对《望江南》也较熟悉，弹起来得心应手。

自此，一场对裴将军的拯救拉开了序幕！

望江南

春申毒见众人都准备好了，就掏出了药王梅花针。此针大有来历，"药王梅花针"中的"药王"指的并非当世药王春申毒，而是春申毒的师父、前药王孙思邈。

当年，孙思邈身体力行，以亲身经历及对针灸的感悟，著《龟经·运针九法》，书成后，多次用针，却始终无法达到预期效果，遂深深感受到一副好针的重要性，于是，药王奔赴春秋时期欧冶子铸剑之地秦溪山，在剑池旁寻找到欧冶子铸剑时遗留下来的少许铁粉，请人铸了五把小针，因针柄形如梅花，故孙思邈将其命名为"梅花针"，药王对其潜心研究，自创出二十五种运针法，在他留下的"梅花针图说"中载："梅花针，可跃身发之，蹲身发之……单发之，合发之，连发之。"

此梅花针精工铸造，再加上药王医术高超，很多绝症病人经此梅花针治疗，迅速痊愈，故此套梅花针名声大噪，而且又是世上独一无二之物，被世人誉为"药王梅花针"，春申毒作为孙思邈的关门弟子，深得药王真传，药王离世时，将此套"药王梅花针"传给了春申毒。

春申毒在胸口周围，凝神良久，早已举起针的手迟迟没有落下，按春申毒的功力，运针应是平常之事，而手举针不落，则说明情况异常凶险，以至于连当世药王都难以下手，众人也知情况危急，不敢干扰春申毒，心里都在为裴将军捏了把汗。

少顷，春申毒深吸一口气，急速呼出，对着裴将军的胸口旁的五个穴位扎了下去，同时不停地转动梅花针，额头上渗出了大滴汗珠，突然，他大叫一声："奏乐！"两只手仍然不停地转着针。

众人接到指令，即刻进入状态，只见安禄山抚琴，一名胡姬弹琵琶，另一胡姬吹起了羌笛，花想容工于阮咸，但今日她的主要任务是跳舞，于是，她就跟着琴声跳了起来。

正常来讲，《望江南》基本上只由单琴弹奏之，但这次又加入了琵琶与羌笛，琵琶声急切，羌笛声悠远，琴声悠扬，三种乐器合奏，将此名曲演绎得更加百转千回，而花想容听到《望江南》，又不知不觉地想起了孟浩然，可今晚阙浪又让她的心里起了波澜，今夜的《望江南》在她听来反而比平日更加惆怅，境由心生，花想容把舞跳得回眸一笑百媚生，只把旁边的阙浪和郑以为看得不禁发起了呆。

花想容也有她自己的烦恼，随着《望江南》的琴声，她的眼前仿若出现了太多花，太多水，眼花缭乱的色彩漾动里，看不明虚实，分不清究竟，水性的流淌中，绞碎了她多情的幻梦，终成镜花水月的虚幻。在孟浩然杏花春雨的涤荡中，度过了她最美好的青春时光，在与他两情欢悦的依偎里，写下了最纯真最深情的痴恋，也许是江南的细米酿出的酒太甜，不能振奋他，又或许是永远的情敌花已容太过于野性，孟浩然终究离她而去。

可眼前的阙浪，没有什么可以浇熄这位少年的壮志雄心，翠宇珠帘终究锁不住血脉里的远大志向，他喜欢那有风沙也有烈酒的地方，他有他的抱负，或许，他也有他心里的牵挂呢，这心里面的惆怅，他是否能体会得到呢？

阙浪看着花想容跳舞，心潮也不禁澎湃，他总感觉，花想容长袖善舞时，屡屡

对他暗送秋波，刚开始还是有点遮遮掩掩，到最后反显炽烈，而旁边的郑以为看到此情形，看了看两人，神色变得严峻。

胡人有能歌善舞的传统，安禄山虽然重达三百斤，弹起琴来却手指灵活，音色动人，他带来的那两名胡姬也把琵琶羌笛演奏得丝丝入耳，显示出非常良好的音律素养，当然，花想容的舞姿太过美妙，惹得安禄山也不时瞄她一眼。

最为紧张的莫过于春申毒，在音乐声和舞蹈中，他急速地转动着药王梅花针，额头不停地渗出汗珠，公孙大娘见状，忙拿起丝巾为其拭汗，公孙大娘的心情是很单纯的，她不停地祈祷，希望裴将军能够平安度过这一关，至于在这琴声下的种种玄机，她是无心留意的。

《望江南》快要终了的时候，春申毒猛地大喝一声："起！"，花想容被吓住，舞蹈戛然而止，安禄山的胡琴也停住，羌笛声也止住，还崩了一道裂缝，琵琶也控制不住，力道有变，断了弦。只见春申毒将剑头拔出，血并没有随之喷出来，他将旁边早已配好的金创药洒在伤口上，再次急速转动药王梅花针，众人都安静下来，看着春申毒。

春申毒突然停针，对着裴将军的中府、云门、尺泽、孔最、少商五个穴位点了下去，再以双掌突击太乙、下脘两穴，只见五根药王梅花针被强大的气流激出穴位，钉在了屋顶上。春申毒就此收功打坐，双目紧闭。接下来就是安静，可怕的安静，安静到可以听到呼吸声，大家都不敢妄自出声，一会之后，裴将军竟然苏醒了过来，公孙大娘欣喜异常，握住裴旻的手，喜极而泣。

紧张的气氛终于得到了缓和，大家都见到最想见的情景。公孙大娘想向春申毒道谢，却见春申毒脸色发青，径直倒了下去，众人吓坏了，连忙把他扶起来，春申毒虚弱地说：
"我没事，只是很累！"
郑以为一听，大为放心，他随即道：
"药王损耗太大，伤了元气，我这里有长白山千年人参，熬一碗喝下，很快就恢复。"

春申毒点了点头，不再说话，郑以为就吩咐下人去熬参汤。众人都围在了裴旻
的身边，裴将军看了看各位，用眼神表示了谢意。安禄山见裴将军已恢复，就
露出了微笑，并随即向大家道别：
"诸位英雄，裴将军性命已无忧，安某深感欣慰，胡姬酒肆还需安某回去打
点，安某就此作别，改日再请各位到酒肆一聚。"

公孙大娘连忙向他道谢，郑以为出门相送，阙浪也准备出去，但花想容的一个
眼色，一个指令，又让他停住脚步。
"阙公子，我们去看看参汤熬好了没有。"
两人随即往厨房走去。

而郑以为送安禄山送到了门口，就向安禄山说道：
"安兄，小弟有个不情之请，不知安兄可否应之？"
"喔，郑大官人请讲。"
"小弟见安兄的这把琴制作精良，音色纯正，实乃琴中珍品，小弟对音律颇有
喜好，安兄可否割爱几日，将此琴借我把玩几日？小弟定当小心看护，届时再
完璧归赵。"

安禄山一听他要借琴，顿时面露难色，这把琴，他可不想借给任何人，于是他
向郑以为说道："郑大官人，并非安某吝啬，只是此琴乃我父亲传予安某的传
家之宝，今日情况紧急，安某方才带出，实在不便借予你，郑大官人若喜欢
琴，小弟明日命人送十把好琴至府上，这十把好琴，均琴中精品，定不会让你
失望。"

郑以为见他不肯借琴，也不便再勉强，就命人驾自己的马车送此三人回去。郑
以为在春申毒拔剑时注意到了一个细节，其他乐器均有损伤，唯独安禄山带来
的琴没有丝毫影响，他就断定此琴必定是一把绝世好琴，再加上昨日听过孟浩

然的描述，他心里觉得，此琴莫非就是失传多年的"印度七弦琴"，于是就向安禄山借琴试探之，安禄山的拒绝让他加重了这份猜想。

花想容带着阙浪往厨房走去，短短的这一小段路程，两人都不说话，只是用心交流，昨夜、今夜是否还会有更漫长的等候，两人都不清楚，用眼角的余光恍惚看到身影，仿佛仍在回味刚才的浅斟低唱。

刚走到厨房，只见佣人托着一个盘子，上面有两碗参汤，两人同时说："我来。"
阙浪的右手就碰到了花想容的左手，这可是这两日来两人的第一次接触，花想容顿时把手缩了回去。

那佣人也不识趣，说道：
"二位是尊贵的客人，怎能让二位代劳。"
说完就径直地走了，只剩二人，阙浪看着花想容，花想容即刻把目光转移开，阙浪也感到不好意思，小声咳嗽一声，花想容会心一笑，问他：
"公子为何咳嗽？"

"呃，天气较冷，阙浪一时不适。"
"习武之人也会不适？我看，公子应是有心事未了，忧郁而咳。"
"呵呵。"阙浪显得木讷，不知如何应她。花想容继续挑逗他。
"公子晚上欲在何处住宿？"
"漂泊之人，四海为家，随便有个地方可遮风雪即可。"
"公子是当世英雄，怎可随便了之，不如今晚还是到冷院小住？"

花想容已经是非常明白地挑逗他了，阙浪岂会不知，就应她：
"冷院甚好，但终究束缚颇多，恐有不便。"
"公子可知，有小女子在，冷院不冷！"
"有想容姑娘在，冷院当然别有风味，不如这样，我看郑大官人是否另有安排，若无，小弟就去冷院。"

"唉，公子一世英雄，对住宿这种小事，竟遮遮掩掩，恐是小女子昨晚伺候得不够。"

花想容一路抱怨，但路程太短，没几句话就又到了裴将军处，此时，郑以为也刚好进来，就一起到裴将军面前，裴将军见到他们，虚弱而又忧心忡忡地说："安禄山有豺狼之相，绝非常人，日后必乱我中原，不如趁机除之，为天下除一大害。"

听到此言，众人均面露难色，安禄山再怎么有反相，那也是你裴旻的救命恩人，现在就想结果恩公的性命，于情于理，似乎都说不过去，于是，公孙大娘就解围道："官人，你刚苏醒，不要多说话，有什么事，日后再处理便是。"

裴将军听到公孙大娘唤他为官人，心中大喜，哪顾得上什么安禄山，他握住公孙大娘的手，略显激动说："娘子，你……"

公孙大娘伸出手，示意他不要说话，她也向裴将军表露了心迹。
"官人，奴家终于想清楚了，奴家差点要了你的性命，这笔债，奴家这辈子永远也还不清了，奴家愿意舍弃一切，长久侍奉在官人左右，官人如若厌倦官场，奴家也愿意随官人做一对闲云野鹤。"

裴将军甚是激动，紧紧握住她的手，嘴角一直在驿动，显然，公孙大娘这番大彻大悟让他非常的欣慰。旁边的花想容羡慕得很，不自觉地用眼角瞟了一下阙浪，阙浪被她的余光一扫，显得很不自然。

春申毒喝下参汤，元气恢复了许多，由于是擅自出宫，且有一段时辰了，再不回宫恐怕有失，于是叮嘱了裴将军几句，并留下一些药，起身告辞回宫。

裴将军已无性命之忧，阙浪和花想容再待下去恐不方便，于是，花想容也起身

告辞，阙浪也不失时机地提出要送花想容，郑以为也不插手，只是交代了花想容一些应付冷院大内密探的言语方法，并给阙浪一辆马车，让阙浪送她。

起初阙浪赶着马，花想容坐在车厢里，后花想容干脆爬出车厢，也骑在马上，并从后面抱着阙浪，阙浪赶着车，并不朝冷院赶去，而是一直在绕圈，两人都不说话，花想容一直抱着他，享受这份感觉，即便漫天飞雪！

今夜，花想容是必须要回冷院的，马车再怎么绕圈，终究是要往冷院驶去的，郑以为与大内密探关系良好，买了个面子，花想容是不能无限制的使用下去的，而到冷院，限制又非常多了，若不趁此良机把阙浪拴紧了，日后恐很难再抓住他了，于是，她心一横，从阙浪脖子的后面狠命地咬了一口。

阙浪大叫，花想容不管那么多，直接把他往马车里拖，马受了惊，没头没脑的往前方窜去，阙浪被她拖进车厢，花想容把他按倒，欲褪去他的衣服，阙浪大惊，心绪大乱，两手挣扎，但花想容的烈焰红唇已紧紧贴了过来，舌头一触，阙浪浑身一阵颤抖，再也不能自已，任凭花想容摆布，花想容也毫不客气，多年来她已无男人滋润，今日碰到心仪的男人，即如狼似虎地享用他。在下雪的夜，一架无人驾驶的马车在长安城里奔跑，马蹄声与女人的浪叫声相互交融。

花想容并不轻易放过他，接连几次，阙浪已有点虚脱，然两人只顾快活，完全忘了冷院的清规戒律，郑以为费尽心机打点，才从大内密探和鸨母手里把花想容借出半个时辰，而现在已两个时辰过去，如若朝廷现在突然派人来抽查，当晚出监的大内密探及鸨母必被重责，到时可不是钱就可以解决问题的。

今晚的大内密探是周自横，曾随陇右节度使哥舒翰在临洮大战吐蕃。一把大刀使得神出鬼没，吐蕃人曾出重金悬赏其项上人头，众多刺客趁夜袭之，却屡屡成为周自横的刀下亡魂。

临洮是李氏的发源地，春秋末，李耳西行函谷关，游河湟，涉流沙，访陇西十七年，终成《道德经》，临终时飞升于临洮凤台，天下李氏均尊临洮为始源。而大唐皇室姓李，故对临洮的守备异常重视，能够在临洮脱颖而出的将领，必定会让圣上刮目相看，玄宗皇帝看中周自横的才能，就将其调入神策军，守护圣驾，后创建冷院，须由心腹武将监护之，周自横就是最好的人选。

周自横自从进入玄宗的视野之后，从未让他失望过，但现今朝廷甚为腐败，各级官员均需结交巨贾以作晋升资本，郑以为天下闻名，自是人人都想拉拢的对象，周自横本身并非贪财之人，但世人皆醉我独醒，他若以清廉之身要在朝中立足，是十分危险的，即便你自身没有把柄，别人也会给你制造把柄，从这角度来讲，他仍然需要一名巨贾，以求自保。

故此次郑以为有求于他，他必须慎重的对待他，丝毫马虎不得，况且，郑以为也洞悉了他的喜好，那就是好色，冷院的姑娘个个倾国倾城，但圣命所在，周自横是不敢对她们下手的，甚是饥渴难耐，郑以为聪明绝顶，与其交谈片刻，就已握住其命门，答应事成之后，奉上二名西域美姬。

但今晚的事却让周自横坐立不安，于是，他交代鸨母几句，亲赴七日开找郑以为，郑以为今日非常劳累，早已睡下，下人费了些时候才叫醒他，当他见到周自横时，惺忪的睡眼即刻被放大，监督冷院的大内密探亲自来找他，必然是花想容与阙浪出了问题，而此事事关重大，不能让太多人参与，于是，他支开了旁人，周自横简单地说了一下，两人即一起外出寻找，此时，雪一直下，早已掩盖了痕迹。

两人焦急万分，跑了很多地方，也到冷院看了，花想容仍然没有出现，鸨母沏上热茶，心中虽也焦急，但仍劝二人不要着急，郑以为喝了一口茶，稍稍平静了下来，来回踱了几步，理了理头绪，对周自横说：

"周兄，那马是郑某亲自养的马，倘若两人出事，只要马无事，必定会跑回七日开，我看不如现在回七日开等，也许会有线索。"

这也是现在能想到的最好的办法了，周自横也表示赞同，随郑以为一起返回七

日开，两人就站在门口张望，果然，没过多久，远处一架马车朝七日开缓缓驶来，奇怪的事，那马车却无人驾驶，莫非阙浪和花想容已经遇险？两人面面相觑，深感大事不妙，遂朝马车奔去。

将近马车时，却听到花想容的浪叫声，两人原来是在车厢里缠绵，周自横大怒，飞起一脚踹向车厢，那车厢经不住他的重踢，厢顶及侧面一下子飞了出去，只剩两人一丝不挂地抱在一起，两人大惊，此时，一阵寒风吹来，将车上的衣裳吹落。

周自横咬牙切齿，他的职责就是保护冷院的姑娘不与外人偷情，一旦有失，自己的官职丢失不说，甚至还可能因此深陷大牢。眼前的这幅情景，对他来讲简直就是挑衅。
"大胆淫贼，吃我一刀。"

周自横拔出刀，朝阙浪砍去，阙浪大惊，他此时是没有反抗能力的，但郑以为是不会袖手旁观的，他也扑了过去，一掌打在周自横的手臂上，周自横手势一偏，刀深深地砍在马车上。

"周兄，使不得。"
郑以为力劝，而阙浪和花想容趁此机会，慌忙翻滚下车，捡起地上的衣服穿好，周自横也冲了过来，阙浪仓促应战，两人都没有武器，各自使出拳法，周自横使的是五形拳，而阙浪使的是金刚罗汉拳，两人在雪地上各施绝技，扬起阵阵雪花。

周自横身坚气壮，手灵足稳，眼锐胆壮，使的五形拳中含龙、虎、豹、鹤、蛇五种拳型，打得虎虎生威，而阙浪的金刚罗汉拳是少林七十二绝技之一，至刚至阳，无坚不摧，若被击中，对手随即眩晕。

刚开始，两人还势均力敌，难分难解，但到后来，发现阙浪渐渐处于下风，究其原因，跟他使的拳法有关，使金刚罗汉拳须有强大的元气做基础，否则打出的拳中气不足，而阙浪今晚与花想容缠绵过多，元气大伤，到最后，打出的拳明显力度不够，在周自横的猛烈攻击下只能疲于招架，元气不足则下盘必然不稳，周自横突然变了一下打法，一个简单的扫堂腿即把阙浪扫倒在地。

周自横使出鹰爪朝阙浪的喉咙抓去，欲取其性命，旁边的花想容一看，即死命地扑了上来，周自横的鹰爪正好抓在花想容的喉咙，他一看是花想容，急忙收手，用力不深，花想容也无大碍，但她显得大义凛然，对周自横说道：
"大人，阙浪是我今生的依靠，你若要杀她，请先杀了我吧。"
"哼，你这贱人，不用我亲自动手，仅凭你失身之罪，即可将你五马分尸。"
这句话让旁边的郑以为抓到了把柄，他不失时机地提醒周自横：
"周兄，你收受贿赂，私自放人出院，这事要是传出去的话，对周兄恐怕也不利吧。"

"你……"
周自横一时无语，他确实是收了郑以为的钱，倘若今日非要杀阙浪，自己也不会得到什么好处，郑以为再做个建议：

"阙兄与周兄素昧平生，只是一时急火攻心，无意中犯了周兄，实属无心之举，小弟必会尽力劝诫，保证不会再犯，而郑某再为周兄准备白银一千两，明日送到府上，为周兄压惊，周兄意下如何？"

周自横一时拿不定主意，各种思想在他的脑海里冲突着，郑以为的提议让他根本就无法拒绝，但是就这样放过阙浪，也让他心怀不满，郑以为恐他反悔，提醒他：
"周兄，倘若回得晚了，万一朝廷派员至冷院监察，恐怕……"

周自横还在权衡，听到这句话，知道自己已别无选择，况且卖个人情还能赚个白银一千两，并不吃亏，于是仰天大叫：

"罢了、罢了。"

郑以为见他答应了，心中大喜，连忙对周自横道谢，周自横也警告了一下
阙浪：

"你这淫贼倘若再踏入冷院一步，老子就将你碎尸万段。"

说完就带着花想容驾着那辆破马车往冷院驶去。

车上的花想容回过头来，痴痴地望着阙浪，眼神中充满了不舍，阙浪也望
着她，眼神中充满了留恋，花想容把手伸进怀里，掏出一张手绢，往阙浪
丢去……

第七章

陇上村

雪下得大，手绢被雪打到了地上，马车在雪地上留下的痕迹，也随即被掩盖，仿佛一切都不曾发生，阙浪跑了过去，捡起手绢一看，上面有梅花刺绣，突然，他觉得脖子后面甚是生疼，花想容刚才在他脖子上咬的那口非常深，竟然有血渗出，所幸天寒地冻，血出得并不多。

郑以为在一旁，十分不悦，阙浪今晚给他捅的娄子实在太大，他承认感情需要冲动，可这种冲动却给他带来了诸多后患，周自横是他与大内沟通的一条线，如今此线有可能就此断裂，甚是可惜。

下雪的夜特别冷，这种情况让他留在外面，对身体不好，这几日，郑以为一直没有留宿他，但现在再不留他，说不过去，他就走上前，拍了拍阙浪。
"阙兄，天气寒冷，请到寒舍住一宿。"

再怀念亦无用，阙浪收起手绢，随郑以为进去，里面确实再无房间，郑以为就吩咐下人把一间房稍做整理，再取来被褥，就此睡下。

半个时辰过去了，阙浪仍无睡意，今晚之事让他心烦意乱，索性爬起来，来到院子里，此时雪已经停了，望着天空，思绪不断地涌了上来，他的脑袋里全部

是花想容，竟然不知不觉踱起步来，沿着走廊来到一间屋子，这间屋子摆满了郑氏灵位，阙浪见到这些灵位，自觉失礼，桌上还有一些香，他就抽取几支，点上拜了拜，阙浪转身正欲走出去，却见郑以为走了进来，两人在门口相遇，都非常惊讶，郑以为的手里拿着一本账本，当他见到阙浪时，手不自觉地缩了一下。

"阙兄，夜深为何不睡？"
郑以为的言语中充满了戒备，也难怪，借宿他人，却乱闯房间，终究不好，阙浪也意识到了这一点，遂向郑以为赔礼。
"郑大官人，小弟今夜思绪较杂，无法入睡，随意走动，甚是失礼。"
"阙兄，此间是我郑家先祖安息之地，没什么事，就不要进来打扰了。"
"是、是、是，小弟即刻告退。"
阙浪甚是尴尬，低着头退出，此时有一阵风吹来，掀起了那本账本一角，不经意中，阙浪瞄到一个名字：史思明，贰拾万两。

阙浪退回房间，再怎么无法入睡，也不能再随便走动，就此挨到天亮，郑以为一大早就来看望裴将军，他已命人熬了一些桂圆粥，为裴将军补元气，公孙大娘就给他喂粥，甚是专注。阙浪也进来了，经过昨晚的事情，两人心里多少有点芥蒂，但郑以为毕竟是主人，不可失了礼数，就向裴将军告退，带阙浪到另一间房用膳。

两人吃着粥，郑以为说道：
"阙兄，昨夜只是简陋铺就，条件甚是一般，睡得并不自在，让阙兄受委屈了。"
"哪里哪里，这两日都是承蒙郑大官人照顾，小弟一直都在添乱。"
郑以为也不再跟他扯，话锋一转，直接讲到比剑的事情。
"阙兄，你我原定今日继续比剑，但昨晚事情太多，你我均体力有耗，不如休整一日，明日再战，如何？"

"也好，一切听郑大官人安排。"

"阙兄，这几日在下付太多精力于其他事，而七日开一年只开七日，今日已是第三日，若今日在下再做其他事，恐对生意有太大影响。"

郑以为说的是实情，七日开日进斗金，他有没有在现场，确实差别很大。

阙浪并非不识时务之人，吃完粥后，起身告辞。郑以为送他到门口，两人道别，阙浪刚一转身，郑以为叫住了他。

"阙兄留步。"

阙浪又转了过来，郑以为略带歉意地对他说：

"阙兄，寒舍条件较差，我看今晚……"

郑以为的话语很明白，就是不让他住这里，阙浪也反应过来。

"今晚小弟自行解决，郑大官人无须担忧。"

阙浪离开七日开，往市内走去，心里还在想着花想容，始终无解，心中烦躁，忽然想起他以前听说长安有个乐游原，是解愁之好去处，就一路打听，寻到了乐游原。

乐游原位于在长安城南，又位于大雁塔东北部，曲江池北面，是城内最高地，登上可北望长安城全貌，乐游原得名于西汉，汉宣帝经常携许皇后到此游玩，而乐游原上盛产玫瑰和苜蓿，风在其间，长肃萧然，日照其花，有光彩，以至于许皇后死后，汉宣帝思念她，即将其埋葬在乐游原。

乐游原历来被人吟诵，在杜工部的眼中，乐游原地势高爽，树木繁茂，碧草萋萋，站在乐游原上俯视底下的平地，犹如平掌一般，故于酒后写下：公子华严势最高，秦川对酒如平掌。阙浪登上了乐游原，居高远眺，四望宽敞，京城之内，俯视如掌，而原上自生玫瑰树，树下生有苜蓿，一阵风从其间吹过，一派荡漾的美景，然而这种情形，对于阙浪，却显得惆怅。

乐游原上有个凉亭，是当年太平公主所建，阙浪向凉亭走去，却见亭内有一人，端坐地上，一把武士刀搁在旁边，看来是个东瀛人，此时是上午时分，又

是临近新春，根本就没有游人，整个乐游原就只有两人。

阙浪走进一看，发现那人双目紧闭，两行热泪挂在脸上流淌，阙浪十分诧异，乐游原这个地方确实会让人伤感，如若能让一个大男人落泪，那么此事必定是一件十分重要之事，于是就上前问道：
"兄台何故忧伤？"

那人被这么一问，睁开双眼，看着阙浪，缓缓地说：
"我思念故国！"
"兄台可是东瀛人？"
"是，我是日本京都人。"

"哦，兄台既然思念故国，为何不东渡日本？"
"已向圣上奏请回国，无奈圣上不准，反而加官晋爵。"

"莫非兄台是遣唐使？"
"正是，在下西野翔，已出使大唐二十一年了，鬓已衰，却再未踏上故土一步。"
"原来您就是名震天下的西野翔先生，晚生能见先生一面，荣幸之至啊！"

作为遣唐使，西野翔可是大名鼎鼎，相传在日本，幼时即聪明异常，且勤学好问，上知天文，下知地理，包罗万象，而他的才华并不仅局限于文化，七岁开始习武，所学刀法精妙诡异，十二岁时亲手抓住一名武功卓绝的朝廷钦犯，从此名震日本，天皇得知后即把他招入皇宫，侍奉左右，在皇宫里，西野翔博览群书，并与日本大内高手切磋武艺，无论文武，皆突飞猛进，三年后，天皇要派遣遣唐使，西野翔无疑是最佳人选，于是，当时年仅十五岁的西野翔从京都出发，乘风破浪，披荆斩棘赶到长安。

进入大唐后，西野翔由于智慧超群，武功卓绝，是个不可多得的人才，故深得皇室器重，但也由于他太过于优秀，大唐皇帝始终不肯放其回国，只是升其俸禄及官职，想让他从此就留在大唐。

"唉，浮名对于老夫，皆是过眼云烟，老朽只想在有生之年，能够再踏上故土，拜见我的母亲。"
"西野先生，想必令堂年事也高了。"
"唉，已过花甲，老无所依啊。"
"西野先生，天朝不放行，其实先生也可抛下一切，暗自东渡！"
"沧海淼漫，百无一至，何况无人为伴，一人独自面对大海，未免绝望！"

阙浪明白了，这西野翔在寻找能够一起出生入死的伙伴，但东渡日本，一路惊涛骇浪，日本天皇已多次派出遣唐使，但能安全返回者也就十之一二，西野翔只能等，等一个机遇，运气好的话，可能很快就出现，运气不好，可能至死都不会有什么盼头。

西野翔突然发问：
"小兄弟，你愿意与我同行吗？"
"这……"
阙浪被这么突然一问，一时语塞，这问题该怎么回答呢，当然西野翔也不跟他较真，只是苦笑一下。

阙浪忽然想起一个人，他就是扬州高僧鉴真，鉴真与遣唐使颇有渊源，听说孝谦天皇派秘使说服鉴真，而鉴真也进行东渡，但船队中有内奸告密，致使东渡失败，此事天下人尽知，如果推荐西野翔去找鉴真，或许能够重燃鉴真东渡之心，结伴同行。阙浪就把鉴真说予西野翔，然西野翔并未有太大反应，回应他。

"老朽已找过鉴真大师了，然大师上次事败，惊动朝野，致使圣上对遣唐使倍加防范，老夫也被重点看护，只怕脱身更难了。"
"西野先生不必气馁，贵国与天朝来往甚密，终会有机会的。"
"唉，也是，小兄弟，佳节临近，大家都忙于走亲访友，怎么你会独自出游？"

"在下立志游历天下，最近到长安，素闻乐游原风景卓绝，故到此地一游，不想遇到了先生。"

"哦，你闻风景优美，故来游玩，可这美景对于老夫，却只是独自伤怀的好去处啊！"

"先生不必感伤，其实人只是沧海一粟，千百年后，谁还记得你是谁。"

"小兄弟，你年龄尚小，不可消极入世，当今是李家天下，尊崇老庄，但也并非无为而治，大丈夫应顶天立地，尽己全力，造福天下苍生，方为正道啊！"

"晚生谨记先生教诲，晚生有一不情建议，想问一下先生。"

"但说无妨。"

"晚生见先生今日甚是忧伤，恐对身体不利，晚生建议先生指点一下武功，以舒展一下筋骨。"

阙浪还未见识过东瀛刀法，今日见到西野翔，自然不会放过此良机。

"唉，世人皆不可信，看来你也是有求于我。"

阙浪被他这么一说，霎时脸都红了，西野翔并没有说错。

"罢了，人与人之间，正是互相有所求，社稷才会进步，老朽许久未出刀了，今日就让你见识见识。"

话音刚落，西野翔那沧桑的脸瞬间变得狰狞，直接跃起，抽刀砍了过来，阙浪反应也很快，立刻横剑一挡，随即转身拔剑。

日本刀法讲究力道、迅猛，再加上武士刀本身就较长，一时凌厉无比，阙浪从未见过这种阵势，慌乱中仓促招架。

阙浪习剑为主，虽然与多种兵器较量过，但持剑对刀，还是第一次，剑主要倾向于个人，所以在战场上剑用得极少，反而刀会更多，日本刀法讲究是切，刀身的弧度也增加了切的长度。而剑法比较轻盈，一般不讲究硬碰硬，也就是说，剑一直都是在寻找破绽，攻其不防，趁其不备。

西野翔这般大范围砍杀，势必破绽众多，但其力道刚猛，内力源源不绝，机会只在瞬间，阙浪虽看得明白，却根本没机会出手。

阙浪对于剑法，一向追求快，今日遇到更快的西野翔，自己的优势完全发挥不出来，西野翔虽然年龄较大，且用力颇大，却不见其力衰，阙浪被震得虎口生疼。

西野翔越战越勇，看来是打上瘾了，这样的磕磕碰碰让他很厌烦，直接一招狠狠地劈下去，剑瞬间被劈成了两半，阙浪大惊，问道：
"这是什么招式？"

西野翔不紧不慢地说：
"长河落日斩！"

"长河落日斩！"阙浪甚是惊讶。
"这是老朽自创的招式。"西野翔的语气不无得意。
"西野先生文定天下，武征四方，果然是旷世奇才啊！"阙浪的赞叹绝对是由衷的。
"唉，老朽这身本事，对内不能服侍父母，对外不能报效故国，空有满腔抱负啊。"
西野翔的言语中充满了遗憾。

"西先生未免顾虑太多，当下大唐号令天下，四海归一，为大唐效力，也不至于埋没了先生。"
"小兄弟，你居庙堂之远，不知政治险恶，现今的大唐，表面强盛，但实则已非以前的大唐了，倘若此时有一枭雄作乱，大唐的百万雄师，实则不堪一击。"

"西野先生，在下远居江湖，对天下大势并不了解，先生可否为在下略作分析。"

阙浪的朋友圈，基本上是武林人士，三教九流，再好一点的就是几位文人，若要切磋门派武功，风土人情，书法文章，那是手到拈来，但若要纵论天下形势，治国用兵，则无人精通，今日见到西野翔，完全可以对他醍醐灌顶，所以阙浪就虚心地向他请教。

西野翔沉吟了一下，回复道：

"好吧，反正这些话，我已向天子上奏多次了，只是杳无音信，那老朽今日就再为你分析一遍吧，只是内容较枯燥，你不一定喜欢。"

"先生见外了，能听先生一席……"

"请问尊姓大名？"西野翔显然不想听他的奉承之词，直接打断他，并顺便问他的姓名。

"在下闽人阙浪，宫阙的阙，风浪的浪。"

"宫阙的风浪，你的姓名如老朽身处之处啊。"西野翔听到这个名字，不禁感慨。

"甚是巧合。"

西野翔脱下外套，一翻转，里面竟然是一张大唐地图，置于凉亭地上，阙浪一看，不禁暗暗佩服，有这种兢兢业业，心系朝野的臣子，怎么可能会放他走呢。

西野翔先对他讲了形势概况：

大唐经太宗、玄宗的多次开疆拓土，先后平定辽东、西突厥、吐谷浑等地，疆域十分辽阔，为加强对边疆的控制、巩固边防和统理异族，玄宗设十兵镇，九个节度使及一个经略使统领，数州为一镇的节度使不仅管理军事，且兼领按察使、安抚使、支度使等职，兼管到辖区内的行政、财政、户籍、土地等大权。

节度使权力如此之大，手握甲兵及财税，使原来为一方之长的州刺史变为其部属，雄踞一方，尾大不掉。

唐初，太宗实行府兵制，天下十分之四的兵力驻守关中，保卫京师长安，故军力是外轻内重，有足够的军力保卫皇室，而设节度使之后，抽调众多兵马镇守边地，渐渐凌驾朝廷，军力外重内轻，故西野翔感慨，若有一名节度使生有异心，拥兵反唐，昼夜可饮马黄河。

太宗皇帝平定东突厥及契丹各族后，将其内徙至幽州，燕云遂成胡人杂居之地，胡化甚深，渐与中原疏离，为便于统治，任命胡人出任节度使，使得燕云之地的节度使拥有叛唐实力。

西野翔粗略地讲了形势，已让阙浪的思维变得清晰，以前，他所做的事情都较小，虽不乏英雄气，但终究无法进入到天下纵横这个层面，在西野翔短短的述说中，感觉自身已提升不少，于是，他再次恳请西野翔讲下去。

西野翔捡起地上的一根树枝，继续分析。
"节度使之事，就暂且不提了，此也是形势所迫，天子无奈之举。想当年，太宗皇帝精兵简政，卧荆尝胆，北灭突厥，东征高丽，西讨吐蕃，南平苗部，一时四海臣服，尊太宗皇帝为天可汗，大唐风光无限，然此后高宗无能，武后篡权，朝纲大乱，以致外族又有可趁之机。"

"先生所言极是，昔李靖以三千奇兵直捣大漠，击溃颉利可汗，灭其国，何等威风，而今大唐皇室内乱多年，以致外族再生异心。"

"而如今，连南诏弹丸小国也敢与天朝叫板，松赞干布四处扰民，高丽新罗再生事端。"西野翔忿忿地说。

"西野先生，突厥，沙陀，回纥虎视眈眈，我大唐如鲠在喉啊。"
"自秦皇筑万里长城始，天朝先民即与匈奴等诸胡展开血腥斗争，蒙恬、李广、卫青、霍去病曾大破匈奴，先民铁骑横扫漠北，致使胡人不敢南下

而牧马。"

"先生，您说的都是事实，但我汉军从未给胡人以致命打击啊。"

阙浪所提，倒是史实，西野翔认为，这已不能单纯地从军事斗争来分析，他给阙浪提了一个切入点，即从民族习性入手。

"确实，我们要追溯根源，汉人天生的特性，决定了其不可能给胡人最致命的打击。汉人是农耕民族，精耕细作，诸事均花心思，讲究春华秋实，这种习性注定了汉人天生就丧失了侵略性，只能被动防御，而胡人是游牧民族，逐水而居，依草而立，不喜筑城，性情野蛮，方法粗暴，具有天生的侵略性，所以一直是胡人南侵，汉人奋起抵御，顶得住，则中原无事，一旦顶不住，胡人越过长城，则天下无险可守。"

阙浪从未听过民族习性，觉得耳目一新，遂起了与他继续探讨的欲望。

"先生所言极是，此种观点，在下闻所未闻，确实，两种民族习性决定了两种行为，原先我汉人先民与胡人相抵并不落下风，只可惜，西晋八王之乱持续十六年，臣民被杀甚众，社稷严重破坏，给了胡人可趁之机，致使五胡乱华，胡人横行中原多年，汉家子弟被屠杀殆尽。"

西野翔长叹了一口气。
"唉，真是汉家炼狱啊，胡人进入中原，汉人就如奴隶一般任人宰割，胡人竟在北方建立十六国。不过，当时的汉人也出了一位不世悍将，对胡人还予颜色。"
"先生所说的可是武悼天王冉闵？"阙浪听说过冉闵，对其十分崇拜，就做了这番猜测。

"正是冉闵，当时，北方的汉人已面临灭种的可能，人数上已远远低于胡人，冉闵在危难之际，发出杀胡令，号令天下汉人反击胡人，一时间，群雄响应，前后屠杀胡人四百万，诸胡闻之心惊，不少胡部迁回大漠。"

西野翔继续说下去。

"可恨当时的东晋王朝，并不予冉闵任何支持，冉闵虽十战十捷，然终归寡不敌众，东晋援兵无望，被鲜卑慕容斩杀，而跟着冉闵的八十万关中百姓，均被鲜卑所杀。"

"东晋不出兵，奈何啊。"阙浪感慨。

"内斗，汉人喜欢内斗，自古都是祸起萧墙，内部不团结，就容易让外人侵入，唉，这也是汉人天生的特性，没有办法，即使是英明神武的太宗皇帝，也是斩杀亲兄弟上位。"

"先生所言极是，内斗确实是汉人的一大顽疾，不过好像治愈无望啊。"

"唉，继续斗下去，只怕胡人再次卷土重来啊，我刚听说，高仙芝率部与大食在怛罗斯决战，不知战况如何了。"

"先生莫惊，高将军百战百胜，何惧区区大食。"

高仙芝确实是位名将，阙浪早有耳闻，故对于高仙芝的这次战役，他是毫不担忧的，但是西野翔可不这么看。

"此番战役意义重大，可不像以往的任何一次战斗，胜了最好，大唐又可掠城取地，可是一旦败了，可就不仅仅是输了那么简单。"

"哦，在下愚笨，请先生指点。"阙浪想再听一听新观点。

"若败，则丝绸之路就此断绝，而丝绸之路一旦断绝，大唐的国力势必遭受严厉打击，日常开支都会受到影响，若日常开支无法维系，则军备势必陷入颓势，国与国之间的战争，说到底，都是银钱粮草的战争。"

"先生的意思是，经济决定政治！"

"对，经济决定政治，汉族是一个善于经营的民族，虽然农耕文化是一个开放兼容的文化，但终究是进步发展的趋势，相比胡人的游牧文化，生命力显得强多了。"

这些观点，阙浪可从未听过，他身边也没有哪个人具备这样的高度，可以说出

这样的话。

"听先生一席话，胜读十年书啊！"

"唉，你听我的话没有用，要天子听进去才有用。"

"圣上如此重用先生，一定会听进去的。"阙浪鼓励道。

"希望吧，圣上毕竟是圣上，总有他的理由，好了，老朽累了，想回去歇息，阙兄弟，以后若有来长安，记得到看望老朽，无论比武，讲兵论道，老朽一定奉陪。"

西野翔就向阙浪点明了地址，独自离开了乐游原！

第八章

九局下半

阙浪送别了西野翔，看着他老而弥坚的背影，心头不禁泛起了酸楚，都说男儿志在四方，可一旦拜别了故土，成就了一番事业，却发现自己再也回不去了，瞬间会觉得自己的一切努力都变得毫无意义，王昌龄有诗"闺中少妇不知愁，春日凝妆上翠楼。忽见陌头杨柳色，悔教夫婿觅封侯。" 柳树又绿，良人未归，时光流逝，春情易失，悔恨当初怂恿"觅封侯"的过错，怨之深，愁之重，自己的期望达到时也是自己的苦果酿成时，阙浪觉得，这种心境用在西野翔身上再恰当不过。

当然，若是用在自己的身上，其实也很符合的，他都不清楚为何要游历天下，难道不游历天下，此生就白活了吗？若每天都在家侍奉父母，教导儿女，就没出息了吗？而人每过一天，就老了一天，就向死亡逼近了一天，木犹如此，人何以堪，狐死尚且首丘，长城外面是家乡！

阙浪独自坐在凉亭里，西野翔走后，整个乐游原就剩下他孤零零一个人了，看着苜蓿和玫瑰，心中无限感慨，这种环境下，会让他不知不觉地又想到了花想容。

花想容被带回去后，估计会受到严厉的责罚，冷院可是有皇室背景的，周自横武功高强，虽然昨晚失利是自己仓促应战，但若要平等比之，阙浪却毫无把

握，况且，冷院由大内高手把守，可能还不只周自横一个，若碰上几个一起，小命肯定不保，阙浪不禁发起愁来，他不知此迷局该如何破之，一个人在凉亭里冥思苦想，不得其解。

转眼间，已至中午，阙浪顿感饥饿，于是就离开乐游原，往城里走去，这一次，他走到了东市。在长安，东市与西市齐名，位于长安城东，离皇宫很近，东西南北各长六百步，四面各开二门，中有"井"字形四条大街，把东市划分成九个方形区域，东市经营的商品门类有两千多种，店铺总数超过万家，异常繁华，可谓"四方珍奇，皆所积集"。

东市的东南角均以饮食行为主，都是来自各地的特色小吃，无论是燕塞的打卤面、涮羊肉，臭豆腐；巴蜀的荷叶软饼、龙抄手、赖汤圆；岭南的开煲狗肉、叉烧包、炒河粉；湖广的武昌鱼、棉花糖、美汤包；苏杭的春卷、西湖醋鱼、猫耳朵；齐鲁的奶油浦菜、花生糖、高粱饴；还是西域的高三酱肉、千层油饼、麻辣兔丁……

天下小吃，应有尽有，阙浪是闽人，离家已久，自是思念家乡的味道，于是，他慢慢搜寻来自家乡的小吃，走着走着，一个"漳浦肉圆"的招牌映入眼帘，这可一下子激起阙浪的食欲，倍感饥饿。

肉圆的制作材料并不难取，只需将上等猪瘦肉剁碎，再加入少许地瓜粉，捏成丸状掷入滚烫水中，片刻即可，在闽南是一种常见的小吃，其中又以漳浦制的肉圆最为美味，其所配的材料，地瓜粉比例，烹调用的水均有极其严格的标准，所以做出来的肉圆弹性很好，口感佳，若在汤中加入少许胡椒粉和芹菜，则味道更佳，昔陈元光入闽平乱，顺便把漳浦肉圆带到了长安，一时轰动长安，曾达到一丸难求的程度。

阙浪在异乡尝到家乡的味道，倍感亲切，狼吞虎咽地吃了四碗，而此时，正午的阳光照了进来，一下子暖和了起来，不觉精神一振，阙浪放下筷子，抬头看着天空，心情无比的舒畅。

远处走来了一位膀大腰圆、满脸横肉的胖和尚，腰间挂两把短刀，此时，店里的其他位置都坐满了，只剩阙浪这一桌还有位置，那和尚径直闯了进来，坐下，一拍桌子，大喊："小二，来五碗肉圆。"

和尚这样一拍，把阙浪碗中剩余的汤都给震了出来，阙浪一时躲闪不及，溅到了衣裳，他是个有洁癖的人，非常生气，就狠狠瞪了和尚一眼，和尚感觉到了阙浪的杀气，随即一掌拍了过去，阙浪岂敢怠慢，一侧身躲开，和尚的右掌也过来了，阙浪一退，躲过右掌，和尚又逼了上来。

阙浪抓起邻桌的肉圆，向和尚掷去，那和尚掀起袈裟，想把肉圆都遮掉，不想那肉圆全部穿透袈裟，飞向他的身体，和尚见肉圆竟可穿透袈裟，知道对手绝非常人，立刻深吸一口气，肉圆打在他身上，和尚身体一挺，肉圆沿着原路线弹回。

阙浪见肉圆弹回，随手抓起一支筷子，刺向飞来的肉圆，左刺右刺，竟将五颗肉圆串成一串，随手丢给门外乞讨的一位乞丐，那乞丐吃着肉圆，千恩万谢。

阙浪这一连串动作，潇洒异常，引得诸位客官连连喝彩，和尚恼羞成怒，解下戒刀，杀将过来，阙浪往后一退，柜台上有一箩生肉圆，他抓起来，一把一把地朝和尚掷去，和尚挥舞双刀，肉圆被劈成一瓣一瓣的，洒得满地都是。
"住手！"
一声喝令，两人停手，众人向外望去，只见一名明眉善目，仪表堂堂，身着白色僧袍的和尚站在门口，这和尚看起来俊美无比，眉宇间透露着一股淡雅的修养，与之前的那位和尚比起来，简直是人与兽的区别。

那名凶神恶煞的和尚见到他，立即毕恭毕敬地叫一声："师兄！"
"无天，本座只是去了一趟洛阳，你就破戒食荤，还与人斗殴，再破嗔戒，手持双刀，凶型毕露，香积寺的形象被你破坏殆尽，罚你面壁七日，潜心思过。"

"师兄教诲得是，小僧只是一时贪玩，坏了规矩，师兄莫再生气，小僧再也不敢了。"

那和尚走上前去，向阙浪赔礼道歉：
"阿弥陀佛，贫僧教导无方，乱了礼数，施主莫怪！"
"小事一桩，大师来自香积寺？"
"正是，贫僧来自香积寺，法号无法，他是我师弟无天。"

"原来是名震江湖的无法无天，香积寺果然是能人辈出啊！"
"惭愧，法号只是名称而已，悉心向佛才是根本。"

无法无天之组合在江湖上已颇有名气，两人是来自香积寺的师兄弟，均武功卓绝，特别是师兄无法，内功之深厚已如黄河泰山，连绵不绝，且自身的佛法修为也极为深刻，他崇敬情僧辩机，对辩机的所有著作均详细阅读，只可惜，自己未能与辩机生于同一时代。

当年，辩机和尚因与公主私通，被太宗腰斩，天下群僧莫不禁言，此后百年间，亦无人敢为辩机昭雪，唯独无法禅师从辩机的著作中悟道，并公开宣称辩机的著作让其顿悟甚多，而其身形外貌亦与辩机和尚神似，颇为潇洒，故世人皆认为无法禅师乃辩机转世。

对于这等评价，无法每每笑而不应，能够到达辩机的佛学高度，是出家人难以企及的，而对于辩机的春情往事，想必无法也不敢轻易去碰之，故将空余的精力转入研究棋艺，无法拥有辩机一般的智慧，故其棋艺，亦是天下闻名。直惹得天下英雄，乃至思春少女，对其无不崇敬仰慕之。

阙浪当然知道这种机会是可遇不可求，故提到：
"无法大师，在下闽人阙浪，久闻大师精通棋艺，在下仰慕已久，不知大师可否手谈一局？"

阙浪也是好棋之人，在家乡时也罕逢敌手，今日见到无法，当然不肯放过，无法刚从洛阳归来，也正好手痒，于是邀请阙浪前去香积寺对弈。

香积寺位于长安城南，这里南临镐河，北接樊川，镐河与滈河汇流，萦绕其西，幽而不僻，静而不寂。佛经有云：天竺有众香之国，佛名香积。高宗李治赠寺院舍利千余粒及百宝幡花供养，取名香积寺。武后与高宗都曾来此礼佛，并"倾海国之名珍"、"舍河宫致密宝"，赐予香积寺。

香积寺经净土宗始祖善导大师苦心经营，名声大振，他依据《往生论》等净土宗经典，倡导众生往生极乐，念"南无阿弥陀佛"名号，乘佛愿力，必定往生。

因善导大师在长安拥有众多信徒，这里又供奉着皇帝赐给的法器、舍利子，故前来瞻仰、拜佛的人络绎不绝，香火旺盛，香积寺岁寒独秀，声闻进道之场，种种庄严，尽比丘之异宝。

时已正午，两人在禅房坐下，摆开阵势。无法在围棋界早已享有盛名，而阙浪虽然棋艺也不差，但名声却相去甚远，无法禅师下棋有个原则，就是所下的每一局，都要有专人详细记录，不管输赢，事后再研究，可确保自己的根基越发牢固，这次也不例外，叫了一名懂围棋的小沙弥在旁边记录。

两人都有极高的天赋，尤其是无法，围棋界盛传他"落子有仙气，此中无尘机"将他捧到天人合一的高度，实则无法是一位长考型的棋手，每下一步，均考虑到后面的十步，大局观良好；而阙浪久居闽南，与人对弈，喜欢凭着感觉落子，有时候为什么要这样落子，他自己也不清楚，但就是知道必须要这么落子，也就是说，阙浪是一位感觉型的棋手。

两人的风格迥然不同，但个性都很鲜明，创造性也很特殊，两人均自成一家，各擅胜场。无法是长考型的，落子自然会比常人慢，阙浪也不催他，围棋须沉得住气，无法每落一子，均思考良久，只见其手悬半空，实则心中百万雄兵，

形势瞬息万变，旁边的小沙弥不能领会其用意，持着笔，哈欠连天。

转眼间，天色已黑，两人均不觉得饥饿，仍然全神贯注对弈，众僧知道无法禅师与人对弈，均不敢扰他，只是悄悄将饭菜置于旁边，等二人回过神来再吃，转瞬间又到深夜了，沙弥掌灯，饭菜也是凉了又热，热了又凉。

这是一场悬崖上的白刃战，两人对局角逐，呕心沥血，竭力施展平生绝技，从棋局看，可谓出神入化，气象万千，关键之处杀法精妙，惊心动魄，奇招频出。

世间下棋、赌博最易耗时，常常一连几日废寝忘食，却全不觉疲劳，无法与阙浪均是练武之人，内力深厚，几日不吃不喝并无大碍。鸡鸣了多遍，不知不觉中，两人已经对弈了七天七夜，也就是说，被罚面壁思过七天的无天也已经被解禁。

到了腊月初十，清早，双方已经对弈了九局，无法胜五局，阙浪胜四局，双方继续摆开架势，进行第十局，到了正午，第十局也下了大半，无天却浑身是血地跑了进来，大叫：
"师兄，不好了，季寞什鸠克杀进来了。"

季寞什鸠克是谁？他是来自天竺的一名僧人，太宗年间，当时大唐特使王玄策借七千吐蕃兵骑象渡河，横扫天竺，俘获了一位名叫季寞什鸠克的僧人，其骨瘦如柴，两眼却炯炯有神，精力旺盛，自称有两百岁了，且精于炼丹。

王玄策想到，太宗皇帝曾下诏遍寻天下有长生不老之术之人，就把他押回长安，献给太宗皇帝，太宗龙颜大悦，对其非常敬重，季寞什鸠克也不时炼制一些可长生不老的丹药送给太宗，太宗服用后，不仅没有延年益寿，反而在一年后驾崩，高宗即位后，将季寞什鸠克打入天牢，严加看守，准备问斩，不想却让他逃脱，牢房里只剩下锁链镣铐，没留下任何痕迹，所有人都百思不得其解，再也没有人见过他，季寞什鸠克就此销声匿迹。

时已隔高宗、中宗、睿宗、武后几朝，七十余载已过，季寞什鸠克渐渐被人遗忘，很多人认为他已死，即使没死，也有两百七十岁了，应该也闹不出什么动静了，但最近，季寞什鸠克却重出江湖，已几次三番到香积寺挑衅，其武功与中土流派不同，历经两百多年的修炼，其已练成了"无量捉鬼手"，此种武功的原理来自乌龟，乌龟的六肢均可伸缩自如，季寞什鸠克观察了乌龟多年，参透其原理，苦修一百多年，终于练就绝世武功，其手、脚、头均可长可短，其骨头可粗可细，能屈能伸，这种诡异的武功给人感觉像是可以把鬼捉住一样，故名"无量捉鬼手"，这也可以解释当时其逃走时为什么没有留下任何痕迹的原因。

无天和尚力劝无法停手，无法激战正酣，怎可就此罢手，无天可不管那么多，伸手要去抢棋盘，无法伸出右手，抵挡住无天，同时左手落子，无天也拿他没办法。

阙浪见事情紧急，就建议无法：
"无法大师，贵寺事务紧急，不如改日再下。"
无法并不同意，只是泰然自若地说："施主，该你了。"

阙浪见他那么淡定，也不强求，于是继续陪他下棋，只是无天一直在旁边干扰，让他有点心烦，无法见他心神不定：
"阙兄如此烦躁，恐对局势不利啊。"
无法在说这句话的同时，还挡了无天两招。

此时，季寞什鸠克闯了进来，无法根本就不看他，无天手持双刀迎了上去，季寞什鸠克身轻如燕，无天一出击，反而露出破绽，被他一推，直接跟跄倒在了地上。

季寞什鸠克站在原地，直接踢了一脚，那脚长长地踢了出去，约有原腿长的五倍之长，阙浪从未见过这种武功，一时心惊，反而自乱阵脚，把棋盘上的棋子打乱掉了，而无法出了一掌与季寞什鸠克对接，自是无暇顾及阙浪，导致棋局终于失控。

"阙兄，这千古名局被葬送了。"无法感叹道。

"小心。"阙浪挡了季寞什鸠克一拳。

无法从炕上跃起，随即与季寞什鸠克对决，季寞什鸠克手脚很长，每次出手出脚都把窗户桌子等打得粉碎，无法干脆从窗户跃出，两人来到寺内空旷的大院。

季寞什鸠克质问：

"无法，印度七弦琴该交出来了。"

"一派胡言，本座何来印度七弦琴？"

"那夜我受伤躲入香积寺，昏厥之前只见到你一人，醒来后发现琴已不见，琴肯定是你拿的。"

"妖僧，本座见你身受重伤，好心为你医治，却反诬本座窃琴。"

"想不到天下敬重的善导大师竟然教出你这种卑鄙下流的弟子。"

季寞什鸠克不管那么多了，再次出招，由于是在大院，他就更好发挥了，似乎他的手和脚都变得更长了，而无法出招的力度也随之加大。

无法的成名绝招是"千手如来"，所谓千手如来，实际上是描述他出招迅猛多变，与人对决时，常常令对手眼花缭乱，如有千手出击，而无法又生有佛相，故江湖人即将无法禅师称为"千手如来"。

阙浪在一旁观战，他以前也听说过季寞什鸠克，今日一见其人，甚是惊诧，没想到天下真的有两百多岁的人，他听说天竺有众多虔诚修行的苦行僧，苦练瑜伽、柔术，与毒蛇猛兽同眠，且精通彭老之术，他也听说天竺还有众多诡异的巫术及怪异的武功，今日见到的"无量捉鬼手"让他大开眼界。

两人势均力敌，从观赏的角度来讲，这场对决煞是好看，一长一短，一老一少，季寞什鸠克长拳一打出，瞬时又将手掌左切右切，而无法也使出了"千手如来"，两手左挡右挡，其他的手伺机反击，旁边的无天看得心急，提起双刀冲了过去，无法一看，一掌将无天打下，示意无天不要添乱。无天只得退下。

季窦什鸠克是朝廷钦犯，即使已过七十多年，他仍然是朝廷钦犯，所以一有踪迹，官府定会倾力追之，他袭击香积寺的消息早已传出，长安城的五千神策军即刻将香积寺团团围住，大将韩公略率人径直闯入，经旁边的小僧指点，下令：

"捉拿妖僧季窦什鸠克。"

季窦什鸠克一见局势不妙，心想脱身为上，且自己完全没必要与神策军硬拼，于是就避开无法，双长拳打向韩公略，韩公略大惊，急忙躲开，大骇，直接下令：

"放箭！"

万箭射向季窦什鸠克，而他对此早有准备，直接双掌打地，一个鱼跃，直接跃出了香积寺，再追已经来不及了。

而韩公略的这次决定有点草率，乱箭并没有射到季窦什鸠克，却射到了不少武功较弱、不能抵挡乱箭的小沙弥，无法甚为气愤，无天更是恼怒，将刚才拦下来的箭甩向韩公略，韩公略也不是吃素的，拔刀把箭都挡掉。

无法喝令无天：

"不可造次！"

无法走上前，面对韩公略。

"将军下令射箭是否太过草率，我香积寺僧众的性命难道就如同一个钦犯。"

韩公略是神策军大将，平时飞扬跋扈惯了，对于出家人，根本就不放在眼里的。

"大师，出家人都崇尚往生，本将这等做法，也是帮你的忙啊！"

旁边的阙浪可听不下去了，上前去说道：

"将军，菩萨面前打诳语，恐有报应。"

韩公略听到后，心里一惊，但仍然故作镇定，可他身边的那几个部将可就怕了，面面相觑，窃窃私语，韩公略也觉得不妥，在佛祖面前嚣张，终究说不过去，于是，就向无法强颜欢笑：

"哈哈哈，本将只是开个玩笑，大师莫怪！"

"阿弥陀佛，将军这个玩笑，未免开得太大了。"

"是大了点，是大了点，我韩公略向大师保证，即刻为受伤的僧众疗伤，并将贵寺受损的地方修缮好，同时，以个人的名义为贵寺添一千两的香火钱，不知大师意下如何？"

韩公略已经低下高贵的头颅了，无天可不同意，对韩公略大吼：

"谁愿意受你医治，如此虚情假意。"

无法见无天如此，恐再生出事端，就向无天喝道：

"无天，休得无礼，得饶人处且饶人。"

韩公略听着他们两位的对话，脸色一阵红、一阵白，只是自己错在先，况且香积寺又是佛门圣地，若再惹出事端，传出去恐对自己的名声不好，无法当然也知道这点。

"我师弟性情暴躁，韩将军莫怪，将军既然有心向佛，那贫僧也愿尽绵薄之力。"

无法这句话，给足了韩公略面子，韩公略问他：

"大师可是人称千手如来的无法大师。"

"阿弥陀佛，贫僧正是无法！"

"无法大师声名远播，今日一见，果然器宇轩昂。"

韩公略的这番赞叹，确是出自真心。

"过奖，韩将军率神策军守护天子左右，天下闻名啊！"

神策军可不简单，其是由当朝玄宗皇帝命陇右节度使哥舒翰成立的一支新军，主要用以防御吐蕃，同时也会承担保卫皇城的重任，也是禁军之一，实力雄厚，军中不乏周自横这种顶级高手，故玄宗特令神策军，若重犯季寞什鸠克一出现，即刻缉拿归案。

两人再寒暄了一番，并与阙浪、无天互留姓名，韩公略即令将军中特制的金创药敷予受伤僧众，并捐上一千两香火钱，收兵回营。

无法站在大院中间，双目紧闭，过了许久，阙浪上前唤他：
"大师、大师！"
良久，无法睁开双眼，长吁了一口气。
"阙兄，你我只对弈了九局半，尚未分出胜负。"
"大师何必在意，你已赢五局，自是你胜。"
"阙兄谦虚了，最后残局，谁胜谁负，终是无解。"

此时，一名小沙弥走了过来，手持一叠纸，已有一本书厚了。
"师父，这是您与阙大侠对弈的棋谱。"
无法接过，看着棋谱，建议道：
"阙兄，古人对弈，均以十局为限，你我尚缺半局，依贫僧之见，不如将此棋谱命名为九局下半，以传后人，阙兄意下如何？"

"九局下半，好名、好名，就依大师，此九局下半，必将成为棋界的传世名谱。"
阙浪对这个名称非常满意，当然，他对这个过程也很享受，同时，他还对自己的水平以及无法禅师的水平都估到一个很高的程度。此时，而无法再建议道：
"今日心境已衰，剩下半局，我看另找机会再把它下完吧！"
阙浪表示同意，同时反问了一下无法：
"大师为何对棋局的胜负看得如此之重？"

阙浪的这个问题，实则一语双关，说得不客气点，他是在质问无法为何不能免俗，对尘世的胜负都不能看破。
无法当然知道他的意思，他并不正面回答：
"阿弥陀佛，贫僧若不看重，早就成佛了！"

第九章

一曲轮回

经过七天七夜的对弈以及与季寞什鸠克的对决，两人均深感疲惫，阙浪与无法在斋堂里连吃几大碗斋饭，饭后再进行梳洗，阙浪倒头便睡，这一觉，他睡了四天三夜，醒来时已是腊月十三的傍晚了。

阙浪走出斋房，此时，在院子里碰到了无法，两人的心情都非常放松。

"大师，这几日可睡好？"
"阿弥陀佛，甚是安稳。"
"那就好，在下倒是做了个长梦。"
"哦，看来是夜长梦多，阙兄做了何梦啊？"

阙浪有点不好意思，小声地说：
"不瞒大师，在下做了个春梦。"

此时，无法的旁边有一个小师弟无欲，他一听，就询问无法：
"师兄，何为春梦？"

无法听到春梦这个词，已然不悦，而无欲再问他，他又不得不解释：

"无欲,世间俗人,均有欲象,而佛家讲究窄门,须把所有的欲望祛除,此为入佛之基础,春梦就是欲的一种,记住,所有的欲望都只是表象,须破象而入,所谓庙小妖风大,池浅王八多,你年岁尚浅,定力不够,今后需悉心向佛,勿辜负无欲之法名。"

无法不愧为一代高僧,一个颇为棘手的问题经他这么一点化,即被避重就轻,而言语中的"庙小妖风大,池浅王八多"间接批评了无欲的修行深度及反讽阙浪的低俗。

无欲似懂非懂地点了点头,无法对阙浪问的这个问题,颇不满意,遂邀请阙浪至斋堂用晚膳,阙浪也深知刚才自己甚是冒失,就跟着沉默,好在无天也来用膳,在旁边一直讲着其它话题,缓和了尴尬的氛围。

阙浪的的确确做了个春梦,梦中人毫无疑问是花想容,已有十日不见,不知佳人如何,想到此,不禁叹了一口气,旁边的无法见他叹气,关切地问了一下,阙浪将心中的担忧说出,无法听闻,深感棘手,佛门中人,本就该跳出三界外,不在五行中,思量了一下,就直接以佛门中人不便插手红尘往事为由,拒绝为阙浪出力。

此时,飘来了一阵悠远的琴声,在寺院的夜晚听琴,别有一番风味,所奏琴曲乃俞伯牙的《高山流水》,世能奏《高山流水》者已不多,此曲曲高和寡,演奏难度极大,须不断变换"泛、滚、拂、绰、注、上、下"等七大指法,以琴音描绘流水动态,抒发志在流水,智者乐水之意。此曲细分《琴韵》、《风摆翠竹》、《夜静銮铃》、《书韵》等四个小曲,需一气联奏,方可体现出"天人合一"、"物我两忘"的意境。

此弹奏者显然是位高手,旋律在宽广音域内不断跳跃和变换音区,移指换音时隐时现,犹见高山之巅,云雾缭绕,飘忽无定。突然又跌宕起伏,大幅度的左右滑音,接着连续的"猛滚、慢拂"作流水声,递升递降音调,两种极端巧妙的结合,息心静听,宛然坐危舟过巫峡,目眩神移,惊心动魄。

无法也是琴中高手，听得如痴如醉，一曲终了，微微睁开双眼，说道：
"轻舟已过！"

阙浪对音律也懂，附和道：
"大师，仁者乐山，智者乐水，此曲《高山流水》蕴涵天地之浩远，山水之灵韵啊！"

无法评道：
"阙兄，昔伯牙绝琴明志，只为悼念钟子期，依贫僧看来，伯牙也为再无世人洞悉自己的琴音而深感抑郁，这位鼓琴之士，能将《高山流水》奏得如此传神，想必也是恃才傲物、卓尔不群之人。"

"是啊，知音难觅，人生得一知己足已！"
"阙兄，世间能与贫僧对弈七天七夜的人，几乎没有。"
"大师，你我的九局下半险象环生，妙招频出，足可流芳千古。"
在琴、棋方面，两人颇有同感，顿时惺惺相惜。

此时，小师弟无欲来报："王摩诘来访。"
王摩诘即是王维，无法与王维并无交情，但王维天下闻名，素有渊明遗风，无法也早已想结识此人，就令无欲将王维请入寺中一叙。
王维一派仙风道骨的打扮，手持一把琴，无法迎了出来。
"久闻摩诘大名，王兄今日光临，敝寺蓬荜生辉啊！"
"不敢不敢，大师就是人称千手如来的无法大师！"
"阿弥陀佛，贫僧正是无法。"

阙浪在旁边，向王维点头致意，无法也为二人引荐。
三人坐下，各自寒暄了几句，王维表示，他刚从边塞归来，今日到长安面见天子，出宫时天色近黄昏，但他久闻香积寺清幽，就想过来听禅，由于内急，即在寺外的围墙下小解，踩到一泥土处，竟然隐约有听见琴音，王维甚为奇怪，反复试了几次，还是有琴音，于是就挖了下去，竟然发现了一把埋藏得并不深的古琴，埋在土里都可以听到琴音，肯定是把好琴，王维是好琴之人，随即在寺外演奏一曲《高山流水》，王维推测此琴可能是香积寺所有，故拾起进入寺内询问。

在一旁的阙浪称赞了王维：
"原来刚才是摩诘兄所奏，难怪有如天籁！"
王维摆了摆手，说道：
"小可清楚自身的琴艺，此琴绝非普通琴，但也有缺憾，如若能够突破此憾，当能更上一层楼。"

三人就对琴做了分析，一般来说，琴座普遍用桐木所制，较珍贵的也会用黄花梨木之类的，而此琴竟然使用了乌木，乌木可不仅仅是名贵而已，它兼备了木的古雅和石的神韵，须由地震、洪水、泥石流将地上植物生物等全部埋入古河床等低洼处，在缺氧、高压状态下，经长达成千上万年方才形成乌木，由于此木在地下万年不腐，已具有了极高的灵性，可通神，且乌木的数量极少，故只有在制作极其珍贵的佛像时才会使用乌木。

琴座已经做得如此名贵了，那配上最名贵的琴弦也是应该的，而此琴的琴弦，仅仅只能称为名贵，普通的琴弦是用蚕丝做的，即使是蚕丝做的，价格也是十分昂贵，毕竟要让蚕丝发出动听的声响，需要极高的制作手艺。

而此琴的琴弦用的是青铜，声音洪亮，但美中不足的是，某些较高的音节就上不来，因为力度太大就会断。《高山流水》曲风起伏跌宕，常常在寻常处出现大幅变音，王维弹奏时深知此种琴弦的缺陷，不敢太过用力，结果影响到了弹奏的完美度。

怎样的琴弦才能完美地演奏出《高山流水》，没人得知，但既然世上有这种曲谱，当然是会有相应的琴弦，况且，乌木琴座配青铜琴弦，确实有点暴殄天物。

王维道出心中的疑问：
"无法大师，此琴可是贵寺所有？"

王维这简简单单的一问，倒是把无法问住，当然，无法的回答也很巧妙。

"摩诘兄，此琴贫僧倒未见过，不知是否是其他人所埋？"

无法问完后，就暗中环顾四周，看看周边人的反应，他明白，在季窦什鸠克来闹事之后，出现一把好琴，相当于把自己的嫌疑弄大，他要看看，是不是有人想陷害他。

阙浪心里也起了深深的疑问，季窦什鸠克在香积寺丢失了印度七弦琴，并为此与无法大打出手。仔细端详此琴，极有可能就是印度七弦琴，但无法又矢口否认见过此琴，难道无法是在说谎，又或者是另有隐情。

旁边的无天眼神闪过一丝惊慌，立即被无法觉察，无法严厉质问他：

"无天，此琴可是你所埋？"

"师兄，我……"无天显得吞吞吐吐。

"到底是不是？"无法逼问他。

"是！"无天在他的逼问下终于承认。

"这么说，这把琴就是季窦什鸠克要找的印度七弦琴？"

"是。"无天回答得很干脆。

无法的情绪显然非常激动，他在香积寺拥有绝对的权威，任何人都不敢对他做出质疑。

"混账，我香积寺是佛门净地，一向不喜卷入任何纷争，你为何盗琴？"

"师兄，印度七弦琴是天下第一凶器，可抵百万雄兵，一旦落入季窦什鸠克之手，莫说香积寺，就是整个大唐，都有灭国之危险啊！"

无法听着，觉得很不可思议，一把琴何至于如此凶险？刚好阙浪在旁边，就把那天孟浩然对琴的典故说了一遍，无法才明白此琴的威力，但他对无天的知情不报也颇为不悦。

"无天，既然你已知晓此琴奥妙，又为何不告知本座？"

"小僧知师兄品行高雅，必会完璧归赵，小僧恐此琴流入妖僧手中，贻害天下。"

"混账，本座岂是昏庸无道之辈，难道会无视天下苍生之安危，以应自身洁好！"

无法说得生气，操起桌上的茶杯掷向无天，而无天不敢躲闪，硬生生的砸在额头上，渗出了血水。

王维在旁边看着，心中极其忐忑，他的一个无心之举，竟然让无天蒙受此难，他用愧疚的眼神看着无天，然后向无法求情：

"大师，我看可能是当时事态紧急，不能即刻禀报，而事后又恐大师责怪，故而没有上报，此事过了即可，请大师莫再动怒。"

无天听到这句，连忙向无法求情：

"师兄，事态紧急，不能上报，请师兄原谅！"

阙浪也在一旁帮忙求情，其实无法心里很清楚，无天密藏此琴，必然是另有目的，只是这目的是好是坏，无从得知，但众人都已经替他求情了，拂大家的意也不好，就给了个台阶下，饶过无天。

接下来如何处理这把琴倒是一件头痛的事情，无法的意思非常明确，他认为此琴既然有此等魔力，若不慎落入贼人之手，将给天下苍生造成巨大的灾难，干脆直接烧掉，众人也点头称是，无天心里虽然不同意，但也不敢作声。

阙浪有个心结，他听孟浩然描述，印度七弦琴神通广大，达摩祖师还可拂琴一曲退十万大军，眼看此琴就要被烧掉，他就向无法提出要求，希望能够在焚毁之前让他再拂一曲，这要求并不过分，无法当即应允。

阙浪接过琴，定了定心神，他心想，刚才王维已经拂过《高山流水》，但都不见什么异样，是不是曲种的问题，若弹一首激扬的曲子，是不是就可以让琴发

挥出威力？

阙浪这次选的是《十面埋伏》，其描写的是西楚霸王项羽与刘邦在垓下决战的情景，此曲高潮处，可使闻者感觉到两军的厮杀声，声动天地，屋瓦飞坠，仔细听来，还有金鼓声、剑弩声、人马声……会使闻者感到兴奋，恐惧。

阙浪选此曲，无疑是非常适合的，他的琴艺虽不及王维，但也还尚可，众人都听得入迷，阙浪也弹得用心，但自始至终，众人都没有什么不适的反应。一曲终了，阙浪内心也非常遗憾，但只能交琴予无法。

寺院中，早已摆满了柴火，无法大师认定此琴是凶物，故在焚琴前诵了《消灾经》，一举掷入火中，大火熊熊。烧了良久，琴仍无损毁，无法令人继续添柴，仍无所动，直至柴火已化成灰烬，只是琴弦被火化之，琴座却仍无损。

无法见之，将院中的一只石狮举起，砸向琴，那琴座还是无损，无法复砸几下，却见石狮缺了一角，琴仍无事。
"阿弥陀佛，此琴已通神性，非尘世之力可毁之。"

此时，三把飞镖分别飞向无法、无天、阙浪，三人机警，纷纷避开，再一次，四把飞镖飞向了王维，王维是读书人，不懂武功，三人急忙奔向王维，无法接了两把，无天也接了两把，阙浪则飞身将王维推开。

只见季寞什鸠克从天而降，掷下一颗黑丸，顿时烟雾弥漫，众人皆看不清楚，等到烟雾散尽，季寞什鸠克早已携琴而去。

无法神色凝重，自知事态重大，无天与王维都不敢吱声，倒是阙浪反来安慰他。
"大师不必过虑，在下刚才故意以《十面埋伏》试之，仍不见琴有杀气，可推测，此琴虽是好琴，倒不一定就是印度七弦琴。"
无法叹道："唉，可能另有机关，那季寞什鸠克是天竺人，自然懂得如何调琴。"

再待下去只是无趣，王维与阙浪随之告辞，两人分道扬镳。

阙浪突然想起了一个人，那就是郑以为，两人还有约，算起来，他已失约十日了。于是，他又走向七日开，七日开的规矩就是一年只开七日，现七日已过，七日开也跟往年一样，关门谢客。

天空又下起了雪，腊月十三离过年已经很近了，大街上挂红灯笼的、贴春联的也多了起来，一片红红的，在夜里更显得温馨，走到七日开门口，发现大门紧闭，却见一人戴着斗笠立在门口，走近一看，正是郑以为，阙浪就怀着歉意向他施礼。

郑以为并未抬头："阙兄，我已等你十日。"
阙浪甚是愧疚，就向他解释：
"郑大官人，小弟这几日……"

郑以为直接打断他的话。
"不必再说，阙浪失约自然有缘由，说与不说，终究于事无补。"
"也是，失约即是失约，多说无益。"阙浪也承认。

"那我们开始吧。"
郑以为撤下斗笠丢了过来，阙浪拔剑剖为两半，郑以为从腰间抽出软剑，乘势进攻，两人在雪地里打斗，阙浪这几日未曾活动筋骨，又有三日的良好休息，打起来甚是舒展，郑以为等了阙浪十日，心中有气，出招霸道。

两人剑花狂舞，还是跟以前一样，打得难分难解，一些夜行人驻足观看，经过几次对决，互相有一定的了解，再这么见招拆招下去，也只是轻车熟路，打着打着，阙浪心里有了想法，上次在曲江被公孙大娘逼迫，非要传授给他新创的剑法，也就是"苍穹玉女剑"，而与裴将军的对决中，她使的就是这套剑法，阙浪看她使了一遍，尚有些记忆，若现在使出，或许能出奇制胜。

那日，公孙大娘只顾着与裴旻比剑，来不及对阙浪传授心法口诀，而阙浪也显然没有领悟到此套剑法的精髓，完全照搬她的招式，一招一式较死板，一把剑被他使得颇为笨拙，不仅毫无威力，反而东施效颦，郑以为看出了几个破绽，准备一剑击之，却不巧正好踩到一个冰片，脚底打滑，减缓了速度，阙浪也趁此机会往后跃去，逃过这一劫。

两人都暂且停下，阙浪心里深知，这次运气颇佳，否则早就败给了郑以为，不能再靠这套"苍穹玉女剑"，要赢下这场比剑，还得另辟蹊径，他想起那日他也偷师了裴旻的"裴将军满堂势"，他亲眼见识了这招的威力，自己虽然只学个皮毛，但一旦剑法正确，即使只使出极小的功力，也可一招制敌。

心里打定主意，于是，他虚晃一剑，突然间使出了"裴将军满堂势"，一时间，气势如虹。对面的郑以为也出了绝招，奇怪的是，两人的招式竟然一模一样，竟然都是"裴将军满堂势"，此招是杀招，即便两人仅仅都只有裴将军的一成功力，仍然是杀招。

两人只是比武，相互间并无深仇大恨，完全没必要伤及性命，故两人在出招后都不约而同想到了收招，但收招又要讲时机，若一方收晚了，则收早的那一方必定丧命，即使两人同时收招，也会高速相撞，两人都会受到很重的内伤，双方都想到这点，故在收招时又有所保留，在这种情况下，其结果极有可能玉石俱焚，同归于尽！

眼见一场悲剧已无法避免，在这电光火石之间，只见两个身影飞了过来，各自踢了两人一脚，两人顺势滚到一旁，险情化解，抬头一看，竟然是裴旻和公孙大娘。

原来，这几日裴将军在郑以为处养伤，恢复得很好，裴将军为感谢他，就亲授了一些剑法，其中包括他的绝招"裴将军满堂势"，当然，郑以为也只是学了个皮毛，这次两人比剑，郑以为就使出绝招想制服阙浪，碰巧的是，两人竟然在同一时间、同一地点使出同一招式。

裴将军面带愠色，对着两人说：

"汝等只学个皮毛，就逞匹夫之勇，简直是拿性命当儿戏。"

裴将军说得动了气，竟咳嗽了起来，毕竟身体还尚未完全恢复，郑以为见状，连忙将其扶入府中修养。

阙浪向公孙大娘请教了"苍穹玉女剑"，并将刚才的形势说给其听，公孙大娘说道：

"此套剑法乃本人所创，乃西冷剑派的绝学，本人使之，颇为顺手，若不是遇上将军，本人敢说，定可天下无敌！"

公孙大娘的这句话有吹捧裴将军之意，她瞄了一下裴旻，发现他的嘴角露出了难得的微笑。她继续对剑法进行讲解，两个重点，无非是"苍穹"和"玉女"。

"苍穹"者，意为广袤的天空，即预示此套剑法博大精深，虽一剑一式亦可变幻无穷，刚才阙浪就是犯了此忌，以致威力全无，但若精心调教，假以时日，仍可融会贯通；

"玉女"者，意为美丽女子，即预示使剑时须懂得以柔克刚，公孙大娘以女子之躯创立此剑法，浑然天成，而阙浪是男儿身，使剑时未免急火攻心，无法做到至柔，已显先天不足，故再怎么勤学苦练，最多只能达到她的六成功力，终究不能达到最高境界。

能达到公孙大娘的六成功力已非常威力巨大了，当然，要达到或超过她那种高度，也有捷径可走，公孙大娘红着脸，说出了诀窍，那就是"挥刀自宫"。这可让阙浪听得心惊肉跳，此套剑法，不学也罢。

裴将军显然不喜欢公孙大娘说出"挥刀自宫"这种话语，就假装咳嗽了一声，众人并不再谈论。阙浪与郑以为深知，若无裴将军夫妇的这一脚，两人恐怕已非死即伤，于是都向裴将军夫妇道谢，并收起了剑，转到厅堂饮茶，郑以为拿出老枞水仙，向阙浪敬了一杯，阙浪饮过，连连赞叹。

"阙兄，此乃陈元光将军带回的闽茶老枞水仙，冲泡后，香含兰花，浓而醇，叶底黄亮朱砂边，为武夷岩茶中之望族，栽培历史已有数百年之久。"

闽人一向有饮茶的习惯，阙浪品尝了一下，感觉浓醇厚重，汤水顺滑，的确是好茶。

阙浪顺势将在香积寺的所见所闻说予郑以为，郑以为则专心地泡着茶，听得波澜不惊，他倒是对王维很感兴趣，向阙浪提出，若再遇到王维，务必带来一叙。

两人继续聊下去，慢慢地就转移到花想容身上，郑以为分析给他听，周自横已密收了一千两银子，想必上次那件事定不敢声张出去，如果阙浪非要去找花想容，完全可以大大方方地走进去，当然，银两要备足，以嫖客的身份去点花想容，没有人可以阻止他的，只是若在里面遇见周自横，未免尴尬。

阙浪没有想太多，在雪夜又前往冷院，冷风吹散了他一季的梦，他要用三生三世的真心，换来一生一世的回忆。

到了冷院，鸨母迎了上来，阙浪照例点了花想容，却被告知，花想容卧病在床，不能接客，阙浪一听，十分着急，就想去探望，鸨母告诉他若非要探视也行，但要付一样的价钱，也就是一千两，阙浪可不管这些，不就是一千两，当场就给了，其实他身上的钱就是上次郑以为给他的那个大金元宝。

鸨母就带她去花想容的房间，还未进屋，就隐隐听到花想容的咳嗽声，直把阙浪咳得心忧。

花想容得的是风寒，其实就是因为那晚与阙浪在雪夜中缠绵，激情过后未及时穿衣，天气极寒，一下子就冻到了，再加上那晚之事被周自横破坏，心中未免恐惧，同时对阙浪还心生怀念，几种因素积累在一起，无疑加重了病情。
然而，她一见到阙浪，自是喜上眉梢，病情一下子就得到很大的缓解，她在凄风苦雨里，终于在阙浪的身上找到了温润，阙浪握着她的手，深情地看着她。

第十章

壮志饥餐

时间仿佛停滞，花想容终于放下比米酒还要粘稠的思念，让阙浪的眼神在她身上肆无忌惮的扫来扫去，阙浪靠了过来，伸出手想解开她的衣裳，此时，窗户边却不适时宜地出现了一声咳嗽声。

原来，自从那次事件以后，周自横暗地里上奏朝廷，申请调拨了一批有一定武功基础的女武官，以加强防范力度，这批女武官就在冷院里上上下下地巡逻，若发现有什么状况，就即刻制止，情况严重时会上报。

阙浪叹了口气，这种意念式的感情让他觉得非常压抑，以他的性格，他怎么能让这种情形持续下去，但这种情况来看，想要进一步发展是不可能的，只能先着眼于眼前。于是，两人互诉衷肠，虽十日未见，却感觉有十年之遥，两人又聊起了江南，聊起了扬州，也许江南不再是阙浪记忆中的模样，却是花想容心中的永远之国。

太久了，扬州，我已找不到你，你也一定认不出我了，我再不是那个懵懵懂懂的小女子，我会在记忆中把你的一砖、一瓦、一桥、一桨，在风过花落间，捧入水波流转。

两人无法再突破最后一层防线，只能聊，用意念及言语，就这样过了一夜，

腊月十四早上，阙浪穿戴整齐，走出冷院，却见周自横正要进来，两人打了一个照面，略显尴尬，两人都清楚发生了什么事，周自横已猜出阙浪昨晚肯定是在冷院过夜，阙浪也猜出周自横正要来值守，阙浪嘴角一扬，给他一个浅浅的笑，这下倒让周自横出乎意料，于是，他也跟着笑了一下，即使这个笑容有点紧绷。

按理说，阙浪与周自横上次交手后，就不该再来冷院，这样除尴尬外，还有可能让两人想起前隙，再起冲突，但是阙浪并不管这些，郑以为已经给了他非常精辟的分析，周自横已经收了黑钱，肯定不想暴露，若给阙浪坏脸色看，一旦把他惹急了，把这事抖出来，对他官宦生涯肯定不好，而阙浪进来是有付钱的，有付钱，就是客人，周自横就必须接待，即使心里非常不乐意。

阙浪这一笑，同时也是自己在冷院的通行证，这天晚上，他又来到冷院，又碰到了周自横，周自横碰到他，反而自己先来个尴尬的微笑，阙浪照例付了一千两，照例点了花想容。
花想容今天的病情已好了很多，毕竟心病也是诱因之一，两人仍然继续昨晚的内容，如此，腊月十五、十六、十七，阙浪已经连续五个晚上在冷院过了，他已付出了五千两，却没有与花想容有再次的肌肤之亲。令花想容欲火中烧，而阙浪觉不值得，银钱这般花法，并未得到什么。

于是，两人就开始商量，看要如何才能既省钱，又能得到实惠。两人分析，冷院每到晚上就戒备森严，而在白天就很松散，没什么戒备，若能在白天神不知、鬼不觉的幽会，肯定是非常合适的，阙浪侦察了四周的地形，发现窗外正好有一棵树。

尽管是严冬，尽管白雪皑皑，尽管树叶落尽，但只要树还存在，就是希望。
腊月十八的早上，阙浪走出冷院，到附近食了早膳，悄悄地绕到了冷院的后面，找到了那棵树，爬上去，朝着窗户轻轻敲了三下，这是他俩的暗号，花想容随即打开窗户，阙浪一跃而入。两人一碰面，即褪去衣裳，尽情缠绵，已有十五天没有触碰了，两人甚是尽兴。

冷院在白天的戒备的确很松弛，那几名女武官并没有来巡逻，两人就一直在一起，直到午膳时刻将至，花想容才催促他跳窗而走，午膳后他又来了，一直到晚膳将至，阙浪方又离开。

至于晚上的时间，只有两种选择，一种是花一千两银子进来互诉衷肠，另一种就是不来，除此之外，绝无第三种可能。这天晚上，阙浪又花了一千两，银钱已告急，今晚再这么花一下就所剩无几，他也不可能厚着脸皮向郑以为借钱，虽然他知道郑以为肯定会借给他。长安的客栈甚贵，即使有钱，还不一定住得到，临近年关，价钱还得往上涨，他还得留一点以备食宿，所以他假说晚上要办事，就连续几天都是白天来，晚上不来。

到了腊月二十三，阙浪在吃过午膳后就身无分文了，整个下午他都待在冷院与花想容幽会，并告诉她，说有要紧事要办，这几日可能都不会来了，花想容虽不悦，也只能如此。

晚膳之前，阙浪又从冷院出去了，走在长安的大街上，两旁的酒肆，小吃摊飘来阵阵香味，惹得他口水直流，肚子在咕咕地叫着，但是没办法，他没钱，最直接的问题是今晚他已住不起客栈了。前几日，他住过七日开，住过香积寺，但现在再去麻烦他们，已然不妥，阙浪思量，城里无去处，那城郊呢，要是碰上个好人家，让他能避风避雪，再给口饭吃，一晚上很快就过去了，于是，他往城郊走去。

约莫半个时辰，阙浪忽然发现脚下鬼火四起，阙浪借助鬼火一看，竟然是一处乱坟冈，举目望去，一塚一塚的坟墓，密密麻麻的，鬼火就是从这些坟墓里窜出来的，阴森森的，在红蓝闪烁的鬼火间，前方竟然凭空出现了几层绿光，阙浪环顾四周，发现自己已被绿光包围，阙浪心中有点发怵，紧紧握住手中剑。

突然间，天空出现了一声狼叫，顿时，群狼大嚎，原来这层层绿光就是狼群的眼睛，狼群从四面八方向他发起了总攻，为首的一只向他扑来，阙浪看准了就是一剑，刺到喉咙，那匹狼呜咽一下，应声而倒，但转眼间，五六匹狼已赶

到，从各个不同方向向他攻击，常言道，乱拳打死老师傅，很多高手其实最怕的就是那种没有招式的，没有根据的，不要命的打法，群狼一起攻击，就是这个道理，阙浪必须以一招最实用的招式来应对，情急之下，他又想起了公孙大娘的"苍穹玉女剑"。

经过公孙大娘的指点，阙浪再使这套剑法，威力已不可同日而语了，剑气取自宇宙无际，已能够同时从四面八方出剑，且速度极快，公孙大娘创立的这套剑法，非常适用于受到群击时的还击。

虽然阙浪使剑的姿势并不好看，但绝对实用，扑过来的这几匹狼瞬间被割到喉咙、腹部等要害，倒在了脚下，再使一次，又有几匹狼倒下，阙浪杀得兴起，还主动追了上去，瞬间又杀了几匹狼，其余的狼见到此情况，一时不敢贸然上前，突然，又响起一声狼叫，瞬间，在不远的四周，全部闪烁着绿光，大批的狼群赶来增援了，少说也有五百匹。

五百多匹狼向他攻击，任你苍穹玉女剑再厉害，也无法敌得过群狼前赴后继，狼群再度攻了上来，阙浪的苍穹玉女剑大显神威，又有十几匹狼倒在地上，此时，一匹个头很大的狼直直的向他扑了过来，阙浪一剑从狼的嘴巴刺入，狼一剑毙命，但是其在剑刺入之时死死咬住了剑，阙浪一时拔不出来，死狼甚重，坠到地上，阙浪只能松手。

剑客无剑，威力瞬时大减，其他的狼就涌了上来，阙浪使出金刚罗汉拳，几头狼被他打得不敢靠前，其中有一头晕了过去，但很快就苏醒，乘阙浪不备，从他的小腿咬了一口，撕下一块肉，阙浪感到一阵剧痛，但群狼再次扑了上来。在这千钧一发时刻，突然听到了一声狐狸叫，狼群顿时停止了攻击，纷纷立在原地，虽然仍然眼露凶光，张大嘴巴嗷嗷叫着，但却不再攻击阙浪。狼群中豁然让开了一条道，却见一只白狐走了出来，阙浪感觉很面熟，借助鬼火一看，发现其左耳上缺了一个角，就是当时与郑以为在梅花林中比剑出现的那只小白狐，今日再见此白狐，竟与群狼共舞，而其一声令下，即可让狼群停止攻击，看来这只小白狐在狼群中有着崇高的威望，是当仁不让的首领。

自古以来，狐狸鸣叫，世将出英雄，秦末，遣发渔阳戍边的陈胜、吴广行至大泽乡，暴雨延误行期，按律当斩，众人心中明白，反是死，不反亦死，但无人出头挑明，陈胜为使众人服他，就让吴广半夜于神庙假扮狐狸叫"大楚兴、陈胜王"。狐狸智慧颇高，带有仙气，众人一听狐仙拥护陈胜，遂对其刮目相看，陈胜见时机成熟，喊出"王侯将相，宁有种乎？"一下子点燃了众人反抗暴秦的怒火，天下群雄，莫不响应。

而今日小白狐再次出现，而且还是在如此诡异的地方，如此恐怖的事件背景下出现，是否对阙浪预示着什么，这一点，阙浪也不清楚，周围均是亡魂、禽兽，更无人能懂。

小白狐走到他面前，看了一下阙浪，露出了微笑，一转身，跳起了舞，小白狐跳舞的时候，群狼跟着附和，一时，狼嚎声四起。小白狐只是简短跳了一下，它是想唤起阙浪的记忆，阙浪当然不会忘记那日在桃花林，他与郑以为比剑，张旭饮酒写字，小白狐随落花翩翩起舞的情景，这一幕让他屡屡回味，在与郑以为为数不多的会面中，都会提到这只古灵精怪的狐狸。

阙浪的腿在滴着血，小白狐走了过去，对着伤口舔了几下，很奇怪，疼痛感竟少了许多，看来，这小白狐的口水有着治伤的神奇功效。正想着，那小白狐走回狼群，向天叫了一声，一时间，狼群全部撤退，小白狐仍然站在那里，望着阙浪，此时，远处响起了一声狼叫，那小白狐遂转头奔去，与狼群汇合。

阙浪不敢相信自己的眼睛，他也明白，那日在梅花林路上救了它一命，今日它是来报恩的，硬是在群狼的口中将他救下。

经过这一番打斗，阙浪感觉到了深深的饥饿，喝了口自带的水，定睛一看，不禁自嘲。

"痴汉，如此美味在眼前，为何不吃？"

于是，找来柴火，再把狼的皮剥去，除去内脏，架在火上烤，狼肉飘香，阙浪大口吃着。

约莫半个时辰，阙浪隐约听到远处有驼铃声，深夜有人，甚是凶险，阙浪放下狼肉，握剑，小心提防。驼铃终于近了，一看，原来是一名年轻的胡人牵着一匹骆驼，驼着两大包货物。看来是来长安贸易的，既然是商贾，就没那么危险了。

那胡人见到阙浪，向其行礼。
"这位兄台，小弟路过于此，天黑夜冷，可否与兄台小聚取暖。"

阙浪见其和善，无甚凶险，就松开紧握剑柄的手，邀其一起坐下，两人小叙，原来此人叫史朝义，专从西域运送皮裘至长安贩卖，今日白天一直下雪，误了路程，故今时才赶到长安郊区。阙浪扯下一根狼腿，递予史朝义，史也不客气，接过大口吃着。

"阙兄，吃肉无酒，甚是无趣！"
史朝义从骆驼上取了两个皮囊，一人一个，皮囊里装满酒，阙浪打开，嗅到了一股特殊的奶香味，尝之，甚觉味美，香甜、还有酸辣，竟有一种飘飘欲仙的感觉，史朝义告诉他，这是马奶酒，取自草原鲜马奶，酿制成后还必须装在皮囊里，再整日奔驰颠簸，使皮囊中的马奶酒颤动撞击，变热发酵，最终甜、酸、辣兼具。

阙浪将刚才的奇遇讲述给史朝义听，发出一个疑问：
"一只狐狸，如何能够统领一群狼？"

史朝义来自西域，而西域经常有群狼出没，当地人对狼的习性已甚为了解，阙浪问他关于此方面的问题，也算是问对人了，不过，这个疑问也令史朝义不解，他只能从狼的习性来解析。

狼喜群居，一小群狼的数量大约十只，寒冷时候最多可到四十只，以家为小群，由最强的一头狼统领。幼狼成长后，会留在小群内照顾弟妹，亦可能继承群内统领地位，但更多的会迁移出去，成为迁徙狼，一个迁徙狼群至少百来头，而阙浪遇到的狼群有五百匹之多，那就是一个巨大的迁徙狼群了。

狼群中最出众的才能成为狼王，狼王拥有至高无上的权利，这小白狐能够从五百只狼中脱颖而出，只能有一个解释，就是小白狐曾是狼王的伴侣，狼王死后，新狼王还未选出，而狼群本身就纪律严明，在新狼王登基之前，先由"狼太后"摄政。

阙浪听到这些，不禁哑然失笑，但转念一想，大唐朝的武后不也是这样上位的嘛，人可以这么做，禽兽也会这么做，至于狼为何会爱上狐狸，就不得而知了。

两人在乱坟冈吃着狼肉，喝着马奶酒，颇有豪气。史朝义细数了地上的死狼，有四十三匹之多，见阙浪能够一人屠群狼，心中顿起敬意，掏出一把短刀，赠予阙浪。
"阙兄，这是我族酋长授予小弟的一把刀，有勇敢之意，已珍藏十年，小弟对阙兄甚是敬佩，今日将此刀赠予阙兄。"

阙浪接过短刀，拔出一看，寒光闪闪，的确是一把好刀。
"史兄弟，此刀是你所爱，阙某怎可受之？"
"宝刀赠英雄，阙兄乃当世豪杰，须佩此刀壮之。"
"好，恭敬不如从命。"

阙浪不再推辞，收下此刀，两人对视，哈哈大笑，遂再吃狼肉，饮马奶酒。

史朝义做的是皮裘买卖，狼皮可是上等的皮料，于是向阙浪提议，愿意以每张一百两的价钱买下这四十三张狼皮，阙浪不肯受，坚持将狼皮送之。史朝义表示，此批狼皮是阙浪用命搏来的，若相送，则情义太重，恐受不起，两人推来推去，史朝义以两千两的低价收得。

阙浪帮他把狼皮剥开，装上骆驼，看着满地的死狼，阙浪思量，狼肉美味，干

脆取一些，明日到长安叫卖，定可小赚一笔，但数量又太大，索性就取其精华，把狼腿全部割下来，筹得一百六十多根，史朝义给了他一只布袋装狼腿，阙浪再烤了十多根狼腿给史朝义，以做干粮，自己留一百五十多根。

此时城门已关，两人也无处可去，干脆就在乱坟冈枕着死狼睡了一夜。其间，鬼火通宵闪烁，两人有伴，也不怕之。天明后，两人牵着骆驼进入长安城，为保新鲜，阙浪一到东市就进去卖狼腿，而史朝义要去西市，两人相约日后再见，就此分手。

狼腿可是绝顶美味，但豺狼凶险，往往有猎人猎狼不成，反丢性命，长安多达官贵人，肯出高价食狼腿，阙浪一叫卖，即刻引来大批买家，阙浪对买卖并不精通，他求的是迅速将其卖出，故要求买家必须全部购去，起初出价很低，一根狼腿出价二两，价格一出口，买者蜂拥，为狼腿争得面红耳赤，阙浪一时无措，不知该卖给谁。

人群中有人大喊："每根三两，狼腿归我。"
话音刚落，马上有人加价到四两，很快就有人加到五两，人群中多人竞价，经过激烈的角逐，已有人叫到了二十两，阙浪心中窃喜，每根二十两，总价就是三千两，差不多了，于是就卖予那人，收得三千两。

加上昨晚卖狼皮给史朝义的那两千两，一共就有五千两进账了，阙浪这下子腰板又硬起来，燃起再会花想容的欲望。

但昨晚与狼群一战，衣裳沾满了血，肮脏不堪，这样去见花想容，恐怕不好，于是就在东市买了衣裳，然后又找了家客栈，用过午膳后再美美地睡了一觉。醒来时已是午后，阙浪连忙往冷院赶，倘若太晚来，天色暗了，守备就森严了。

他来到了那棵熟悉的树下，熟练地攀爬上去，发现窗户紧闭，阙浪就伸手连续敲了三下，之前，花想容一听到这暗号会即刻开窗迎接他，今天却没有，阙浪觉得奇怪，就俯在窗户上听，觉得里面有非常急促的穿衣声，听这气息，应该不止一人，阙浪很想有破窗而入的冲动，但他也深知这么做的后果，就按捺住，舔了舔手指，戳破了窗纸，一看，里面的情景让他十分震惊。

只见花想容与一名男人正慌慌张张的穿衣服，那男人书生打扮，背对着他，一时看不清他的面目，显然，两人定有奸情发生，从两人的慌张程度来推测，这男人肯定也是偷偷溜进来的。这时，花想容朝那个男人指了指床底，那男人迅速躲到床底下。

花想容就走过来开窗，当他看到窗纸破了一个洞，立刻明白了怎么回事，反倒变得镇定，就很从容的给他开了窗。

阙浪进来后，坐在凳子上，面色凝重，一言不发，花想容走过去，掀开床帘，叫床下的人出来，那书生出来后与阙浪打了个照面，两人均是一脸错愕，原来，此人正是孟浩然，两人不免尴尬。
"阙兄弟，好雅兴啊！"
孟浩然先向他开口，以示友好，阙浪可不买账。
"浩然兄是读书人，躲在床底下，成何体统。"
"阙兄弟有所不知，老夫躲在床下，只为寻找作诗的思绪。"
"放屁，孟浩然，你斯文败类，既已抛弃花想容，却再起色心，玩弄她的身体。"

孟浩然的脸色青一块紫一块的，不知该如何应对，花想容倒很大方的替他回答：
"阙公子，小女是心甘情愿的，与他无关。"

阙浪听到这话后，甚是惊讶，他无法想象，前几日花想容还与他卿卿我我，对孟浩然咬牙切齿，今日见到孟浩然，却完全倒向他那边。

"浩然，你先回避一下好吗？"

花想容让孟浩然先走，孟浩然也识趣，他从窗户爬上那棵树，溜了下去，花想容就开始向阙浪解释。

"阙公子，小女对不起你，你对我恩宠有加，小女子终身铭记，但孟浩然是我今生的第一个男人，我无法忘却。"

这种解释显然让阙浪无法满意，就忿忿地质问她：
"既然你对孟浩然念念不忘，为何还与我缠绵？"

"阙公子风流倜傥，才貌双全，一掷千金，又懂得体贴，你这种男人，我岂会不动心！"
"那如果再出现一位比我更潇洒，更富有，更体贴的男人，你会不会动心？"

"不会的，我的心只属于……"花想容讲到这里就讲不下去了。
"属于谁？"阙浪再问。
"属于你们两个。"花想容的这个回答非常的坦诚。

"荒谬、荒谬，阙某退出，你找你的孟浩然去。"
阙浪非常的生气，花想容比出手势，让他安静点，此时已天近黄昏，要是惊动那批女武官，后果不堪设想。阙浪哪管得了那么多，他已为花想容倾注了真实感情，却未曾想，她竟是一个摇摆不定的女人，越想越气，于是拿起桌上的茶杯往地上一摔。这一摔可不得了，立刻引来两名女武官。

"大胆淫贼，竟敢擅闯冷院。"
这两人持剑冲了进来，当然，她们不是阙浪的对手，阙浪只一招，就把两人都点了穴，他不想过多纠缠，往窗户冲去，准备跳下去，这时，花想容扑了上来，一把抱住他。
"带我走，不然她们会杀了我。"

阙浪不想理他，但花想容死死地抱住他的脚，一时无法脱身。花想容继续大哭，要求阙浪带她走，门外，已清楚地听到追赶上来的脚步声，一旦让这批人进来，再想脱身就很困难了，阙浪就点了个头答应她，顺势扶起她，窗户边有一支阮咸，在跳出去的瞬间，花想容伸手一抓，把阮咸也一起带走。

此时，已有一群女武官闯了进来，见他们已经跳窗，就冲到窗前，举起手中刀剑，向二人掷去，阙浪听到后面风声，即刻拔剑左挡右挡，掷过来的刀剑纷纷偏离，掉在了地上。

第十一章

恩如一夜

两人逃出冷院，一路狂奔，此事惊动了周自横，他骑上一匹快马紧紧追赶，阙浪带着花想容，任你武功再高，也跑不过周自横的那匹马，于是在乱坟冈，周自横追上了两人。

"淫贼，竟敢拐骗皇宫才人，还不过来受死。"
"周自横，你私收贿赂，触犯大唐律，当心我揭发你。"
阙浪也知道他的软肋，直接说出他收郑以为贿赂的事相威胁。

"那要看你有没有命去说。"
周自横腾空而起，拔刀向阙浪砍来，阙浪即刻抽剑一挡，后退几步，摆开架势，两人在乱坟冈展开决斗。

两人是第二次决斗，上次阙浪元气不足，以致败北，这次可就不一样了，他集中精力，运气于剑，此时，天色渐渐暗了下来，而花想容在旁边心焦的祈祷着，如若阙浪败北，那么等待她的，必定是死路一条。

周自横是大内高手，上次又赢过阙浪一次，自然是信心满满，所使刀法，大开大合，极为刚猛，阙浪疲于应付，上次的对决落于下风，心中有阴影，于是，他只能速战速决，突然间使出了裴将军满堂势。这一招让周自横始料不及，只好慌忙躲闪，阙浪学到的只有裴将军的两成，但这两成，已令对手狼狈不堪，也幸亏只有两成，只是让周自横的脚被刺到，若再斗下去，必有性命之忧，周自横将手中的刀朝阙浪抛去，急速上马逃去。

阙浪一闪，躲开这一剑，一旁的花想容见阙浪赢了，自是心花怒放，冲上来搂住他，阙浪却很反感，挣脱她的拥抱，花想容顿时觉得尴尬。

"花想容，你我已恩断义绝，从此天各一方，各走各路。"
阙浪在说这句话的时候，异常坚决，花想容看着他的表情，知道再说无用。

"公子，我已是绝路之人，魂魄一去，如同秋草，我知公子心意已决，多说无益，从此公子与我形同陌路，咫尺天涯，公子若念旧情，请听我抚琴一曲，再走不迟。"

阙浪听到这话，心头一阵酸楚，叹了口气，席地而坐，花想容稍事整理了一下妆容，拿起阮咸，再次抚了那首《望江南》。

阙浪听着这首熟悉的曲子，往事历历在目，江南，你为何不再是我记忆里的模样啊，江南的水啊，你呼应着我午夜梦回时无法停歇的叹息，你为何不呼啸奔腾，却总是这样缓慢流淌？你在迟疑什么？你在叹息什么？

一曲终了，花想容不再开口，眼含着泪，看着阙浪，离别终究来临，阙浪扭过头，向前走去，他无法忍受背叛，无论以什么理由，几日前，他还与这个女人如胶似漆，几日后，他与这个女人将一刀两断，一切恩怨都将随风逝去。

花想容见挽回无望，心一横，拾起地上的剑，往脖子上一抹，一股热血喷了出来，阙浪听到异样，转身一看，大惊失色，连忙扶起花想容，点住脖子的穴位止血。花想容尚有气息，微微睁开眼，看着阙浪。

阙浪撕下衣裳，包住伤口，当务之急是要找一名郎中为其医治，长安是不能去了，只能再往远处奔去，此时，又隐约响起了狼嚎声，阙浪想起昨夜的恐怖经历，加快了脚步。

幸亏尚有月光，阙浪靠着这微弱的月色继续前行，穿过了一片树林，继续疾驰，突然脚底一打滑，两人都摔倒，直直的往前滑去。原来是踏上了一条河，此时已是腊月二十四的夜晚，天寒地冻，河流早已结冰，阙浪本来就走得很快，一摔竟顺势滑出去好远，停下来时已到对岸。

阙浪把花想容抱上岸，夜晚天冷，月光又隐了起来，天空下起了雪，阙浪是习武之人，运一下气，就不觉得冷，但花想容可就不一样了，受伤的人遭遇这等天气，风吹到脸上如刀割一般，两排牙齿在打颤，若再不找到人家，喂一下热食，恐性命有忧，阙浪连忙脱下一件衣裳，披在她身上，继续赶路。

终于见到了不远处有微弱的灯光，阙浪大喜，加紧脚步，走近一看，见门头上写着三个字：国色庵。

原来是尼姑庵，荒野之中的尼姑庵会令人觉得诡异，到了此处，阙浪更觉寒冷，但顾不上这些了，救命要紧，正要敲门，大门竟奇迹般地开了，一名老尼姑和一名小尼姑掌灯而出，直接向阙浪说：
"阿弥陀佛，速将女施主送内医治。"
阙浪十分诧异，这老尼姑怎会知道他们要来，还知道花想容受伤，就向其询问原由，那老尼姑双手合十，淡定的回答他：
"阿弥陀佛，心中有佛，万事皆可感知！"

阙浪顾不得细想，就随两位尼姑入至一禅房，老尼姑检查了一下伤势，说：
"为情自尽，可叹啊可叹！"

老尼姑的这句话直击阙浪心窝，令其羞愧不已。

"师太，她还有救吗？"

"当然有救，她留了力，并非真心想死。"
"喔，师太怎知她留了力？"
"因为这种事老尼也干过。"

老师太说得很激动，突然伸出脖子，走近让阙浪看，只见她脖子上有一道长长的疤痕，看来这老师太也是性情中人啊，虽年事已高，但从气质上来讲，有如空谷幽兰，这种气质绝非寻常出家人所能有，从这种气质还有那道疤痕来推断，这名师太一定有一段不寻常的过去，这可勾起了阙浪的好奇心。

"敢问师太法号？"阙浪问道。
"阿弥陀佛，贫尼法号野渡。"
"哦，野渡师太，幸会幸会。"

那小尼姑已奉命取来了金创药，野渡为她敷上，并包扎好，安排其休息。阙浪端详起了那位小尼姑，只见她生得唇红齿白，面若桃花，碎步行走，虽着佛门青衣，却清新可人，阙浪不禁心生好感，于是就问她。

"敢问这位小师太法号？"
野渡听了并不开心，她不希望自己的弟子过多的与男人接触，所以就回应他：
"施主，相逢何必曾相识？"
阙浪觉得尴尬，附和着："也是、也是。"

"施主，时候不早，早点歇息吧。"
野渡建议道，阙浪略显迟疑，野渡提醒他：
"女施主已无大碍，休息几日即可痊愈，施主不必担忧。"
"多谢两位师太，只是，尼姑庵留宿男客，不太方便吧。"
老尼姑回应他："施主，心中有佛，又何惧闲人细说。"
两位尼姑将他引到一间斋房，房内仅一张炕，炕上铺了一些稻草，一张草席，

重要的是，还是有一床被子。

"施主，斋房简陋，请勿见怪，炕里还有柴火，时辰已不早，请施主早点歇息。"
"多谢师太！"

两位尼姑出去后，阙浪就开始加柴生火，火光映在他的脸上，一股暖意涌上心头，在外的浪子，总会有那么几件事让自己感动。阙浪褪去外衣，躺下就寝，生了火，不会再那么冷了，再加上今日消耗颇大，阙浪很快就睡去了。

少顷，睡梦中觉得有什么东西在舔他的脚底，黏黏的，阙浪细想之，这种荒野还有尼姑庵，而野渡师太似乎全知道他的心事，现在又有什么东西在舔他的脚底，莫非碰上冥界人士，阙浪不禁毛骨悚然，但想归想，平安为重，他突然跃起，即刻拔剑，却发现舔他脚底的正是那只小白狐，而小白狐见到阙浪，就吱吱地叫着，前爪还向外面指了指，这小白狐在狼群中救过他，自是不会害他，肯定是有什么事。

看来，野渡师太预先知道他在乱坟冈之事，也定然是小白狐所告知，此狐极通人性，想必是用一种特殊的沟通方式与野渡交流，又或者说，小白狐与野渡已相处甚久，彼此都已达到心灵相通的地步。

此时，小白狐跳出门外，又吱吱地叫着，阙浪就跟了出去，最后走到了花想容的斋房，却见房内烛影摇红，预示着某种不祥之兆，阙浪心中一惊，即刻冲了进去，发现那名小尼姑手持一把剪刀，正对着花想容的脖子准备刺下去，阙浪一惊，将整柄剑掷出，撞到小尼姑的手，剪刀应声而落。

小尼姑见事情败露，夺门而逃，阙浪上前阻拦，只一招，就将其擒住，此时，花想容渐渐苏醒，张开眼睛，见到小尼姑，惶恐地说：
"是你！"

"没错，你这贱人，今日要取你性命。"

那小尼姑忿忿道，即使是被阙浪控制住，仍发射出恐怖的杀气。两个女人都不能做出大的动作，只能恶语相向，阙浪渐渐听明白了，原来，这个小尼姑就是被孟浩然誉为天下第一美女的花已容，至于她为什么会在国色庵当尼姑，尚不知晓。

唯一可以肯定的是，花已容也被孟浩然抛弃了，或者不能用抛弃来形容，因为孟浩然近期仍然有找过她，只是缠绵后便走，留给花已容固定的遗憾和永远的期盼，所以用遗弃来形容会更好，遗弃可能仅仅是遗忘的放弃，一旦哪一天想起来，还是会重温旧梦的，而抛弃，就是抛弃了。

孟浩然这种浪子心态让阙浪甚为不齿，在七日开与他接触后，阙浪感觉孟浩然学术渊博，潇洒倜傥，对其十分钦佩，才会与郑以为同意将二十万两的赈灾款交付予他。但又没想到孟浩然对待感情如此的不专一，其实阙浪并不是不齿，而是一种惶恐的嫉妒，男人总会在心里不自觉地流露出对异性的渴望，这种渴望还体现在数量上，每个男人都避免不了。

阙浪生得一表人才，武功卓绝，但是性格是决定因素，很不幸他的性格让他略显沉闷，不懂甜言蜜语，猜不透女人心思，在外在的张力上，他与孟浩然有着先天的巨大差距，孟浩然时而醉酒作诗，时而击筑而歌，文采风流，潇洒倜傥，天下美女见之，无不倾心。

阙浪喜欢伺机而动，待人接物较为沉稳，偶露峥嵘时往往是在与人对决，虽懂琴棋书画，但与孟浩然相比，还差了一大截。故两人的差距就直接体现在对异性的拥有数量上，即使孟浩然比他老，阙浪只能表现为不齿，而他一旦表现出不齿，他就输了。

这两人女人仍然没有停止争吵的意思，所说言语，也渐渐流于低俗淫秽，阙浪是斯文人，听不得此等恶语，甚是心烦，花想容之前给他的印象是婉约的，花已容之前给他的印象是恬静的，看来也不过如此，至少让他看到女人的两面性，让他永远都看不明。

他就地取了绳索，把花已容绑在椅子上，躲在一旁看她们争吵，后索性走出斋房，望着天空，快过年了，月亮也渐渐变圆了，阙浪莫名地涌上了一股寂寞，突然他想起了那只小白狐，四处一看，那小白狐早已不见踪影。

倒是野渡师太突然出现，月光如水照缁衣，手持拂尘，目光冷峻地看着阙浪。
"阿弥陀佛，施主何故伤我弟子？"
"师太，那小师太欲加害我友，在下只是制止而已。"

野渡师太的出现总是出人意料，阙浪突然觉得，这野渡师太是否就是狐仙转世？而那只小白狐就是她的师妹，阙浪这么一想，不禁毛骨悚然，再乍一看野渡师太，仿若不属于这个世界，也许是出家人不食人间烟火之缘故，师太总是一身的素，素面、素颜、素衣，连声音亦是带有哀怨的素，她的眼神里总是呈现出似断非断，欲说还休之感。

但是，当她遇到紧急状况，阙浪的这种臆断，被全部颠覆，只见野渡径直走进斋房，见两人仍在争吵，即刻喝令。
"住口，无仁，你身为佛门弟子，竟欲谋杀施主，犯了杀戒，又口出污语，再犯嗔戒，罚你面壁十日。"

阙浪从野渡的口中方才得知花已容的法号叫无仁，当然，他迅速为花已容松绑，而花已容见野渡发威，自是不敢违抗，随即离开斋房。

野渡走向花想容，目光中带着鄙夷。
"阿弥陀佛，佛门乃清净之地，施主这般吵闹，甚是不雅！"
花想容觉得愧疚，低下了头，野渡叹了一口气。
"施主这般动怒，伤势恐怕加重。"

三人也没再说什么，各自安歇，第二日清早，阙浪起了个大早，思量着，这花想容伤重，不能再上路了，况且自己对她也没什么想法了，而国色庵也不宜长期留宿男人，于是就找到野渡师太，给色庵添了五百两的香火钱，让她好生照料花想容，野渡经历昨晚之事，心有不悦，但见阙浪出手阔绰，也就不再计较，答应了他的请求，至于花想容与花已容的关系，她自会协调。

阙浪再次一个人上路，究竟要去哪里，他也不知道，突然想要回家，但已是腊月二十五了，再过五天就过年了，南方路途遥远，五天的时间是赶不回去的。

阙浪是异乡人，独在异乡为异客，过年时节，大家都想与自家人团聚，此时去打扰本地人甚是无礼，那最好是找像他这样漂泊在外的浪子，大家惺惺相惜，肯定很合适，至少他可以找安禄山、西野翔，哪怕去香积寺也可以，佛门中人不会计较那么多的。

昨夜惹了周自横，正在风头上，白天进长安甚是冒险，阙浪就等到晚上才潜入长安城，一想到自己还有些银两，干脆就到胡姬酒肆。安禄山见故人来访，甚是欣喜，取出西域上等的葡萄酒，再取出两只酒杯。
阙浪看到酒杯，赞道：
"葡萄美酒夜光杯，欲饮琵琶马上催。"
安禄山甚是开心。
"阙公子果然识货，这王翰的《凉州曲》没有白写啊。"
"过奖，王翰久居边塞，豪情万丈，在下一直想能够饮马长城。"

这两只夜光杯薄如蛋壳，质地光洁，夜光杯乃由西域和田玉所制，安禄山倒了两杯酒，杯体顿时生辉，光彩熠熠，酒色晶莹剔透，令人爱不释手，酒以杯名世，杯因酒增辉，只把阙浪看得心旷神怡，豪情大发，端起酒杯一饮而尽！

那安禄山也豪爽，与阙浪连干几大杯，两人都是在外漂泊的浪子，在过年前，对家乡甚是思念，花开花落是一个轮回，就要冬去春来了，安禄山端起酒杯，劝道：
"劝君更尽一杯酒，西出阳关无故人。"
阙浪一听这诗，心中一激动，又连喝几杯，并评论道。
"王摩诘的诗，畅快中有忧愁，甚合我意。"

"在下也曾有幸见过王摩诘，只是一直无机会与其饮酒。"安禄山感叹道。

"安叔，在下与王维有过一面之交，若再碰面，我再为安叔引见。"

"甚好，甚好，天朝地大物博，人才辈出，安某最喜广交天下豪杰。"

两人聊得甚是欢心，不知不觉已饮了许多，阙浪醉倒在胡姬酒肆，醒来时已是腊月二十六的清晨了，突然发现自己全身赤裸，身边躺着一名一丝不挂的女人，正搂着他酣睡。阙浪细细观察了她一下，却是一名胡姬，黑发卷曲，高高的鼻梁，大大的眼睛，细长的睫毛，嘴唇很红很湿润，最惊艳的是鼻子左边长了颗红痣，将脸映衬得分外妖媚。

这可是一名绝色美女，阙浪细想起昨夜醉酒，想必此名胡姬是安禄山安排的，阙浪掰开她的手臂起身，那胡姬被他碰醒，睁开双眼，虽是睡眼惺忪，却也含情脉脉，阙浪被她一看，反而慌乱，一掀起被子，发现有几滴血印，想来这胡姬将处子之身给了他，阙浪思量了一下，匆匆起身穿戴好走出房间。

安禄山早已坐在门口，笑眯眯地看着他。

"阙公子，我这侄女如何？"

阙浪大惊，这女子竟然是安禄山的侄女，此事可非同小可。

"安叔，这从何说起？"

安禄山仍只是笑，并为他奉上早茶。

"阙公子有所不知，安某在楼兰有一义弟，只可惜五年前连同我弟妹死于战乱，留下十四岁的女儿莎菲娅，着实可怜，义弟临死前托孤于我，要我帮她抚养成人，再找个好人家就嫁了。"

安禄山说着，不禁流下两行热泪，他轻轻地拭去，继续说。

"这几年来，我对她视如己出，悉心栽培，琴棋书画，均请名师指点，莎菲娅天资聪颖，一学即通，我就把她带到中原，见识大唐盛世，顺便为她物色一位如意郎君，经过与阙公子的接触，安某觉得公子一表人才、风度翩翩、武艺高强、宅心仁厚，又尚未娶亲，实是不二人选，安某爱才心切，就斗胆为你做主了。"

阙浪听他这么一说，都不知该如何回答，这时，两位年纪与他相仿的少年走了进来，向安禄山行礼，称其为父亲，安禄山笑呵呵的为两人少年引荐。
"来来来，庆宗、庆绪，快来见过你们的妹夫阙浪，以后就是一家人了。"

阙浪分别与安禄山的长子安庆宗、次子安庆绪照会了一下，安庆宗一身汉人书生打扮，颇有名仕风采，若不仔细看，竟不知其是胡人，而安庆绪虎背熊腰，孔武有力，双目炯炯有神，一看就知身手不凡。
安禄山此时的心情颇为欣喜。
"得此人才，实乃我安家之幸啊，来啊，速速通知长安显贵，明晚就为阙浪和莎菲娅举行成亲大典。"

安禄山见生米已煮成熟饭，就想再加一把火，索性举办婚典，让阙浪安心下来，对此，阙浪是毫无准备的，他只是昨晚多饮了几杯酒，明晚就要稀里糊涂当上新郎，况且，他对莎菲娅一无所知，虽然已有肌肤之亲，但双方从未有过交流，若贸然答应，恐以后会有不利，于是，他想了一个非常好的借口来推辞。

"安叔，承蒙您厚爱，阙浪能有此高攀，不胜荣幸，但以我中原规矩，婚姻大事，需由父母定夺，做儿女的不可自作主张，在下想先回一趟老家，询问家中父母，再做考虑。"

一旁的安庆绪听了后，颇为不悦。
"阙浪，你是觉得我家的莎菲娅配不上你？"
"安二兄误会了，莎菲娅乃楼兰明珠，阙浪只不过沧海一蝼蚁，自惭形秽而已。"
"我最受不了你们中原人，做事扭扭捏捏。"

一旁的安庆宗呵斥安庆绪，并向安禄山请示。

"二弟，休得无礼。父亲，阙兄弟在大唐长大，当以大唐习俗为主，我看这样，今天已腊月二十六，即将过年，若让阙兄弟返乡，亦赶不上过年，干脆如此，我挑选两位伶俐下人，再备一份厚礼，去接阙兄弟的双亲至长安商议，两家结秦晋之好，岂不妙哉？"

安禄山听着，连连点头，就示意安庆宗。
"此事你全权操办，切不可失了礼数，至于成亲庆典，请二老过来后再议。"
安禄山转过头来，对着阙浪说。
"贤侄，你看这样妥否？"

阙浪一看，这样自己还走不了，缓兵之计也行不通，束手无策，但也没有办法，与莎菲娅已过洞房，此责任是推卸不了的，就勉强点了点头，算是同意。
安禄山大喜，哈哈大笑，旁边的安庆绪见情绪已缓和，就上前去，向阙浪抱拳赔礼。
"妹夫，庆绪乃一介武夫，心直口快，请勿见怪！"
"哪里，哪里。"
面对着二舅子，阙浪又敢如何？

安禄山在旁，看着安庆绪，露出满意的笑容，对他赞赏道。
"度量天下，不耻悔过，此大丈夫之所为。"

第十三章

箭在弦上

对于安排接阙浪父母至长安这种大事，安禄山自然不敢怠慢，必须要有一名自家人出面方显隆重，他考虑到路途遥远，一路情况凶险，安庆绪武艺高强，派他去接最合适不过，于是，安庆绪带着阙浪的书信，匆匆赶往南方。

阙浪对这种突如其来的姻缘显然不知所措，莎菲娅来自楼兰，平时都蒙着面纱，只露出双眼，她的眼睛十分水灵，很深的双眼皮，深邃的双眼衬着长长的睫毛，无论从哪里看，都显得灵动，这种清澈可绝非普通人可以承受的，即使是阙浪，当莎菲娅对他暗送秋波时，他竟然不自觉地避开了，说不上是腼腆，也说不上是不喜欢，亦或是心里深处曾经出现的不配拥有的想法。

楼兰已逝，孔雀河早已干涸，莎菲娅告别落寞的胡杨来到大唐，长安的繁华与西域有着天壤之别，莎菲娅抵达不久，即习惯了长安城的风土人情，而安禄山对她也十分照顾，让自己有了很强的归属感，与阙浪亲近后，感觉阙浪一表人才，在心里已决定了要死心塌地地跟着他，所以，她只有一见到阙浪就喜上眉梢，而阙浪对她也不会太反感，毕竟他刚与花想容分开，感情已然空虚，莎菲娅这种绝色美女在适当的时候出现了，正好填补他内心的寂寞，至于她是中原人还是西域人，根本就不重要，于是他与莎菲娅夜夜笙歌，一时身体感觉有点亏空，好在安禄山也明白阙浪的勾当，就给他炖了长白山千年人参，才使他恢

复了一些元气。

转眼已到大年三十，明日即是大年初一，新年来临，不管是谁，心中都充满了期待，所有人都想以崭新的姿态迎接新年的到来，胡姬酒肆也按照中原的习俗，布置一新，当然，大年三十是不会有多少客人来造访的，每个人都只想与家人团圆。

阙浪在胡姬酒肆已呆了几日，甚是烦闷，就于清晨外出透气，周边就是西市，西市大多是西域、波斯、大食等地的商人在营业，但今日肯定是没生意了，大家就享受一下这难得的假期，好好休整，当阙浪走过时，都对他报予善意的微笑。

阙浪也是不担心会撞到周自横的，周自横虽是朝廷命官，但也要过年，多一事不如少一事，自是不可能在此时还大费心机去抓捕他。

不知不觉，阙浪走到了七日开，想起多日已不见郑以为，甚是想念，但七日开一年只开七日，此时要找他只恐不易，于是，他沿着七日开找到郑府大门，上门求见，郑府的人却告知郑以为不在，若要相见，请明年腊月初一开店日再到七日开拜访，阙浪对此早有预感，也不强求，随即离去。

走到另一角，却发现了一个身影颇为熟悉，仔细一看，原来是安庆宗，他正从巷子的小门小心的走出，阙浪忙躲到一旁，偷偷看去，竟发现郑以为的半张脸，当然，郑以为是站在门内，那半张脸仅仅是一闪而过，安庆宗也看了看四周，谨慎地离开。

阙浪心中甚是费解，这安庆宗跟郑以为是什么关系？郑府的人为何又强调郑以为不在？江湖上曾有风闻，郑以为关系通天，与朝中各位大员来往甚密，若各地官员想要晋升又苦无门路时，找郑以为准没错，虽然价钱不菲，却绝对有效。

七日开是郑以为精心布置的一个权钱交易场所，七日开里的所有餐点，均是天价，但这天价背后，却另有文章，例如一位客人所付餐金为十万两，这十万两中将会有六万两通过郑以为之手到达想要贿赂之人的手里，而另四万两将落入郑以为口袋，扣去至多五十两的食物、人工、铺租成本，郑以为净赚三万九千九百五十两。

当然，郑以为敢收如此昂贵的价格，也有他的道理，他做事甚是诚信，明码标价，童叟无欺，且承诺言必行，行必果，倘若失败，他会以餐金的十倍赔偿给客人，也就是说，倘若付十万两的餐金，事未办成，就将收回一百万两。
郑以为神通广大，与当朝宰相李林甫，宦官红人高力士均交往甚密，故只要他一出马，没人敢不卖这个面子，郑以为在这种优势下做得顺风顺水，从未失手，多种因素叠加，客人对其极有信心。

这些传言毕竟只是传言，阙浪并不敢确信，只是他看到安庆宗与郑以为有来往，隐隐约约觉得，两人在进行着一些不太见光的勾当。

心中的谜团一时无解，遂不想管太多，继续前行，走着走着，来到了冷院，睹物思人，甚觉伤感，冷院仍然一如以往的清萧，只是随着这过年的气氛，把之前的两只白灯笼换成大红灯笼，让人不会感觉到太深的冷意，阙浪不敢逗留太久，恐被人认出，过年时节再去惹是生非终究不好。

回到胡姬酒肆，莎菲娅已望穿秋水，没有阙浪，她的灵魂踏实不下来，她能够从阙浪的一举一动中得到最大的慰藉，哪怕是短短的思念，却也是幸福的，思念是糖，甜而忧伤，阙浪一回来，莎菲娅就亲自下厨去为他炖人参汤，当然，这人参汤的做法，是安禄山教她的。

阙浪百无聊赖，先回屋休息，随手拿起一本书正欲读之，仿佛听到隔壁有人在窃窃私语，趴在墙上细听，却是安禄山、安庆宗父子。

"父亲，郑以为已有回复，一百二十万两银已送至相府，不日将有消息。"
"嗯，好得很，这郑以为果然名不虚传。"

"父亲，史叔叔派人传话，他已刚在幽州当上捉生将，手下统率五百兵马。"

"嗯，五百兵马是少了点，但好歹也是个开始，速回复你史叔叔，让他安心上任，待我入朝后，再想办法扩大基础。"

正巧，莎菲娅炖好了人参汤端了进来，阙浪不能再听下去，就趁热喝了人参汤，不一会，感觉下腹燥热难当，汗如雨出，一看到莎菲娅含情脉脉，即刻拖进屋内交合，直到申时，安禄山派人敲门通知要围炉，方才作罢。

安禄山、安庆宗、莎菲娅、阙浪围坐在一起，吃着火锅，饮着烈酒，大家辛苦了一年，此刻全忘却，整个长安城爆竹声阵阵，不绝于耳，安禄山心情大好，与阙浪痛饮，午夜时分，众人都醉得不行，莎菲娅也扶着阙浪入房。

阙浪这几日与莎菲娅夜夜笙歌，夜御七次，十日后发现自己竟体力不支，任凭莎菲娅怎么摆弄，元阳就是萎靡不振，喝再多的人参汤也无效果，阙浪思量自己纵欲过度，就与莎菲娅分睡七日，七日后却仍无起色。

这下莎菲娅可不高兴了，本来还有耐心等待的意思，后来看不行了就催促他去看大夫，阙浪也悄悄地去找了几位郎中，喝下不少偏方，但仍不见效，正月十五那晚，他与莎菲娅赏完花灯回来后缠绵，阙浪仍然不举，莎菲娅一脚把他踢下了床。

阙浪受此大辱，心情不佳，半夜起来饮酒，他明白，若不治好，此生将废，于是他想起了春申毒，当世药王应该有办法，但春申毒是太医，岂是说找就找的，阙浪思量，春申毒与郑以为交往甚密，找郑以为应该有办法，但他又找不到郑以为，不知如何是好。

正月十六，胡姬酒肆又来了一位故友，正是张旭，阙浪就请其饮酒，张旭酒劲一上头，人又开始疯癫起来，阙浪知道郑以为很尊敬他，向其询问如何接触郑以为，定有办法，于是就问他，张旭听完哈哈一笑："这有何难，取笔墨来。"

阙浪大喜，即刻备好笔墨，张旭持笔蘸墨，随即挥毫，写下曹孟德的《观沧海》。

"东临碣石，以观沧海。水何澹澹，山岛竦峙。树木丛生，百草丰茂。秋风萧瑟，洪波涌起。日月之行，若出其中。星汉灿烂，若出其里。幸甚至哉，歌以咏志。"

草圣出手，如惊电激雷，倏忽万里，笔法奔放不羁，而又不离规矩，行文跌宕起伏，动静交错，满纸如云烟缭绕，有悬崖坠，急雨旋风之势，通篇气势奔放，运笔无往不收，如锥划沙，无纤巧浮华之笔，连绵环绕，两字若一字，一字若两字，章法上，疏密悬殊极大，书写上奔放、写意，线条不强调提按，中侧锋并用，笔锋落端部一侧，立转中锋，同时流畅中又往往生出圭角，有不可端倪之感。

此帖绝对是名品，但该如何用其来引诱郑以为，阙浪不得其解，遂再问张旭，张旭对他耳语几句，阙浪一听，大喜。

正午一过，阙浪来到郑府，敲门欲见郑以为，郑府下人仍回答郑以为外出云游，阙浪就给那下人一封信，要求郑以为回来后立即交给他，俗话说，宰相管家七品官，为确保此信尽快到郑以为的手里，阙浪给了那下人一百两的赏银。这封信里有两张纸，一张是《观沧海》的上半部，阙浪依张旭之计，将字帖一撕为二，先给郑以为上半部，另一张是阙浪的亲笔书信，内容无非是若要张旭真迹下半部，请到后巷取之。

阙浪闲庭信步地来到了后巷，他知郑以为酷爱书法，而草圣张旭的真迹更是千金难求，张旭得到上半部，定会着急索取下半部，果然，一个时辰后，郑以为亲自打开后门，悄悄地迎阙浪入内，阙浪也不吊他胃口，一入郑府就将下半部奉上，郑以为拿到下半部后，就与上半部拼接在一起，一时手舞足蹈，眼睛中放出异样的光芒。

阙浪见时机成熟，就向他说明身体有恙，要见春申毒，郑以为沉吟了一下，太

医可不是想见就见的，当然他也知道这个人情的逃不了了，也不多说，当即修书一封，命人急送春申毒，很快，春申毒回复，正月十七清晨在郑府见。

翌日，春申毒如约而至，三人在一间屋内，阙浪也不避讳，将自身的问题说出，春申毒为阙浪做了极其详细的检查，并询问了近期的服药进补情况，想了片刻，摇了摇头。

"阙兄弟，你纵欲过度，元阳严重亏损，已彻底丧失造精功能。"

阙浪听了极其惶恐，以颤抖的口音问春申毒。

"药王，在下还能救否？"

"哎，阙兄弟，此种症状几乎无药可救啊！"

郑以为在旁边听着，也为阙浪惋惜，就向春申毒说道：

"药王，阙兄弟也不容易，药王妙手回春，还是再想想办法。"

春申毒起身踱着步，作为当世药王，不管是任何症状，只要碰到了，都有义务去攻克之，这也是他行医的乐趣之所在，药到病除，对一名大夫来讲，是具有很大的快感的。

"当年，先帝纵欲过度，再加上年岁已高，也至不举，众太医轮番会诊，却束手无策，先帝大怒，将几名太医斩首，并钦点我师父为其治之，师父遍寻名方，亦毫无起色，后幸得一胡僧指点，以一偏方治之，终于治好。"

阙浪一听，满怀希望，遂向春申毒要求：

"哦，那既然能治好，何不使用之？"

"阙兄弟，不是在下不为你治，而是当年我师父根本未将此法传授予我，且胡僧已不知所踪，在下毫无把握，若强行治之，恐反丢了性命。"

"药王，阙某若仍此状态，生不如死，干脆一死了之，一了百了。"

"阙兄弟不必泄气，在下努力而为，试试看吧。"

春申毒讲出了治疗的基本方法，阙浪的功能已彻底丧尽，若在其身做文章，徒劳无益，需借助外力及外物，而此外物极其难找，须找到一匹雄性西域汗血宝马，朔其阳毛，再将此阳毛移植至阙浪的男根处，宝马的阳毛一旦从马取下，就片刻耽误不得，须立刻移植，方才有效。

阙浪一听有戏，即刻掏出两千两银子奉给春申毒，春申毒也不客气，先收下了，他思量道，西域汗血宝马极其名贵，一时还不好找，想来想去，唯有镇守河朔的裴将军可弄到汗血宝马，但裴将军伤势较好时，已带上公孙大娘，离开长安到河朔戍边了。阙浪觉得此事不难，上次帮裴将军治伤，自己出了不少力，若自己亲自去找他，谅也不会推辞，于是，他返回胡姬酒肆，与莎菲娅做个短暂告别，并向安禄山说自己有急事须马上外出，赶往河朔，去寻汗血宝马。

这汗血宝马大有来历，汉初白登之战，汉高祖刘邦率三十万大军被匈奴骑兵所困，匈奴骑兵骁勇善战，其所乘坐的马英俊神武，体型优美，轻快灵活，具有无穷的持久力，匈奴依靠此马，大肆截杀汉军，高祖深感惶恐。

《汉书》记载，大宛国贰师城附近有一座高山，山上生有野马，奔跃如飞，无法捕捉，大宛国人春天晚上把五色母马放在山下。野马与母马交合了，生下来的就是汗血宝马，肩上出汗时殷红如血，胁如插翅，夜行八百，日行千里。

后张骞出使西域，归来上奏："西域多良马，汗血。"，故此马被中原人士称为"汗血宝马"，汉武帝听后十分震惊，思量若能引进此良马改善中原战马品质，我大汉骑兵的战力将大幅提升，至元鼎四年，敦煌囚徒暴利长，在当地捕得一匹汗血宝马进献汉武帝，武帝得此马，欣喜若狂，称其为"天马"，并作歌咏之，歌曰："太一贡兮天马下，沾赤汗兮沫流赭。骋容与兮万里，今安匹兮龙为友。"

武帝深知，仅一匹汗血宝马不能改变中原战马的品质，为夺取"汗血宝马"，最初，汉武帝遣使团百人，着一匹纯金马出使大宛，希望以重礼换回种马，使

团至大宛国首府贰师城，大宛国王深忧一旦大汉取汗血宝马，骑兵实力定会大增，两国若兵戎相见，大宛必遭灭国之灾，于是直接拒绝，而汉使归途中，金马在大宛国境内被劫，百余汉使被杀，武帝大怒，遂命李广利率骑兵数万，行军八千里，到达大宛郁城，可惜初战不利，未能攻下大宛国，反遭其辱，大军死伤殆尽，只能引残兵退至敦煌。

三年后，汉武帝再命李广利出征，率兵六万，另带两名相马师随军，此时大宛国兵变内乱，国力空虚，国被攻破，后两国议和，汉军在大宛自行选马，选得良马数十匹，中等以下雌雄马三千匹，经长途跋涉，到达玉门关时仅余汗血宝马一千匹。

汗血宝马体形好、善解人意、速度极快、耐力好，适于长途行军，引进了"汗血宝马"的大汉骑兵，果然战斗力大增，在一场远征楼兰的作战中，大汉一支骑兵队全部骑汗血宝马上阵，敌方人数众多，数倍于我，然大汉久经驯养的汗血宝马，却神态自若，在战场上跳起舞步，敌方马见汗血宝马高大勃发，竟全体胆怯，不战自退。

汗血宝马从大汉进入中原，曾兴盛数百年，但终究数量较少，水土不服，难以同化，且由于其性情暴躁，军士为易于操控，只能将其阉割，慢慢的数量就少了下来，以至唐时，已难觅其踪迹，为保持战马的战力，故只在军中留下一些种马，令其与当地马杂交，所生的马虽非纯种，但也不至于太差。

阙浪赶到河朔，裴将军置酒，阙浪向其说明来意，当然，对裴将军他也不隐瞒其真实的意图，裴将军听完后哈哈大笑：
"阙兄弟，你来对地方了，整个大唐，也就本将这边还有一匹汗血宝马，这匹马，可是大唐的国宝啊，原是圣上的坐骑，后经查证，全大唐只剩这一匹马，圣上就将其放至河朔军中，作为种马。"

阙浪一听有马，欣喜之情溢于言表，与裴将军连干三杯，裴将军喝下酒，话锋一转：

"阙兄弟，你要取其阳毛，亦非易事。"

原来，玄宗皇帝对此马爱惜有加，将马派往军中，置专职马官三十人，由大太监曹怀春统领，直接听命于皇帝，此马的饮食，行踪，甚至排泄，与何人接触，与何种马交配，时间长短，均要成册，由曹怀春编辑，送至长安。

这曹怀春虽与裴将军有点交情，但此事事关重大，且曹直接听命于圣上，曹怀春可能不敢，若被拒绝反伤和气。所以阙浪就面临着两个困难，第一，他必须设法取到种马的阳毛；第二，取到阳毛后须立刻进行移植。

所以，即使曹怀春很爽快给马的阳毛，也无济于事，因为春申毒是太医，要他到河朔是不可能的，阙浪不禁皱起眉头，看来此事难度极大。

此时，公孙大娘走了进来，这公孙大娘原先曾挪用军饷，惹得士兵哗变，此次裴将军将其带回，公孙大娘也诚恳地对裴将军帐下众将赔礼，众将不敢拂裴将军之意，再加上军饷也已拿到，裴将军也曾当众休过公孙大娘，算是严惩，故就此作罢，公孙大娘就留在了军中。

公孙大娘在长安时，对阙浪颇为欣赏，一直想收其为徒，就坐下来一起饮酒，两人的话题就戛然而止，毕竟在一女人面前讲这种话题实在不雅，阙浪见暂时无解，干脆就不去多想，把酒言欢，喝得甚多，裴将军也留他在军中多住几日。

晚上，裴将军与公孙大娘就寝，裴将军酒后失言，将阙浪之所求讲予公孙大娘，公孙大娘一听大喜，世间还有此法，若将种马的阳毛移植至裴将军，那裴将军岂不是威力大增，她一兴奋，就摇了摇裴将军，哪知裴将军已沉沉睡去，鼾声如雷。

公孙大娘暗暗下定一个决心，一定要先帮阙浪，然后看有没有效果，若可以，如法炮制给裴将军，心里想着这些，翻来覆去的睡不着，索性起身，走

出军营。

皓月当空，公孙大娘望着明月，却百思不得其解，正思索着，却见一人向自己走来，走近一看，原来是曹公公。

公孙大娘连忙向其行礼：
"曹公公，这么晚了还不睡？"
"新春佳节，杂家远在异乡，思念故土，难以入睡。"

曹怀春是太监，两人站在一起，是无需避讳的，故可以大大方方的谈论，这曹怀春是咸阳人士，家中排行老三，自小入宫，聪明伶俐，且擅长相马，深得圣上器重，故委以重任，派至河朔，公孙大娘见曹怀春思念故土，心中暗喜，计上心头。

"曹公公有几年未回家了？"
"唉，杂家七岁净身，至今已三十年未返乡，也不知家中老母如何了。"
曹怀春说得有点伤感。

"曹公公为大唐操碎了心啊，皇上应给您一个假期。"
"唉，杂家多次上奏，皇上也不恩准，只是赏些金银细软，实则无益。"
"曹公公，小女子有一计，可让曹公公返乡，而又不至于耽误了圣上的重托。"
"哦，有何妙计，快快说来。"

公孙大娘就把计划说出，她让曹公公称病，此病极烈，易传染，郎中除外，任何人都不得探视，当然，郎中是裴将军的人，而曹公公就可趁此机会，易容潜回咸阳，而种马的日常事务，可交给裴将军全权代理。曹公公听到此计后，低头踱步，不语，他觉得此计可行，只是种马之事交给裴将军，终究有点不放心，公孙大娘看出来了，直接激他。
"莫非曹公公信不过裴将军？"
"哦，那倒不是，那倒不是。"

"公公不必多虑，种马之事，有我和裴将军为您代劳，您大可放心返乡探望太夫人。"

曹公公叹了一口气，他抵御不住这永远的乡愁，依了公孙大娘的计谋。两人都返帐做准备，半夜，裴将军醒来，公孙大娘将计划说出，直把裴将军惊得一身冷汗，连连责骂。

但是，箭在弦上，已不得不发！

第十三章
天上人间

翌日，军营传来消息，昨夜曹公公不幸得一怪病，此病会传染，已有两名探望的军士亦得此病，于是，裴将军紧急下令，由随军郎中将曹公公置于专用帐篷，任何人都不得探视，所用饮食均由专职郎中传送，曹公公患病期间，其所有事务，均由裴将军代管。

那三十名专职马官一时群龙无首，一见裴将军接管，也只能服之，而此时，曹公公早已易容成一名老秀才赶往咸阳。公孙大娘深知，此事须尽快了结，一旦事情败露，将有灭门之祸，遂连夜做好部署，并预知阙浪，让其依计行事。

裴将军下令，鉴于马官至河朔驻军多日，从未歇息，特令全体马官公休五日，且每人领赏银一百两，当然，这总数三千两银子是阙浪出的。这批马官在曹怀春的领导下，整日战战兢兢，不敢越雷池一步，突然间裴将军给了这么大的恩惠，众马官无不欢呼雀跃。

裴将军又以天冷风大为由，为马厩增高了栏杆挡风，将马头都盖了一部分，无法见到全貌，即使是那批马官，若没有走很近去看，很难肯定这匹马是否是原来的马，当然，他们远远瞧其颜色即可，这匹种马是白马，只要一看到白色马头，就权且默认是汗血宝马了，至于其他的，根本就无暇去细想，即使出了事，也有裴将军顶着，及时行乐才是关键。

夜近三更，裴将军以视察为名，悄悄地将一匹白马放入，将汗血宝马换出，牵至于帐中，刷成枣红色，趁着夜色，急忙赶往长安，汗血宝马一跑动就会汗血，血浆渗出，公孙大娘早就想到这点，故刷成枣红色是最好的掩饰。

汗血宝马行速极快，可日行千里，夜行八百，比任何马都快很多，而此马已多日未长途奔袭，这么一骑，十分兴奋，故阙浪跑了一晚，长安竟豁然在望，天亮后进城，阙浪直奔郑府，当然，上次他与郑以为已约定了一个暗号，故很快见到郑以为，直接牵马进府。

郑以为不敢耽搁，急令下人将一封早已写好的信，速请春申毒，夜晚子时，春申毒来到郑府，阙浪已沐净全身，春申毒也不多说，取出一小刀，对阙浪说。"甚痛，忍住。"

为减轻他的痛楚，春申毒将一根短木棍放到他的嘴里，示意阙浪咬住，然后掰开阙浪元阳的前端，露出元头，直接在上面划了一刀，同时还往下切，这是要保证深度，阙浪疼得汗珠直淌，两排牙紧紧咬住木棍。春申毒连忙找到汗血宝马的元阳，拔起一根阳毛，种马受痛，嘶叫了一声，春申毒将毛囊的那头种入阙浪伤口处，并撒上药粉，伤口被药粉一激，阙浪痛得脸色发青，啃得木棍吱吱响。

药粉一撒，伤口也随之止血，春申毒嘱咐他，须等伤口痊愈后方可有淫念，否则伤口撑开就有可能前功尽弃，更严重的是，元阳也没得救了，阙浪吐出木棍，大口大口地喘着气，点了点头。

少顷，阙浪问他会不会见效，春申毒的语气并不肯定，他只说按其的方法来做，应该可行，阙浪知道再多问也无益，不如安心休息，等伤口愈合后，自然会有结果。而春申毒也不能待太久，随即回宫，阙浪就对郑以为说了借马的经过，郑以为听了甚是后怕，这可是灭门大罪，阙浪并不以为然，提醒郑以为须

帮忙尽快还马，以免夜长梦多，郑以为连忙派一心腹，再将种马刷了一遍，骑着汗血宝马，喂料后连夜赶往河朔。

阙浪回到胡姬酒肆，莎菲娅对他可没什么好脸色，阙浪也无所谓，心想几日后再收拾你，就不去扰她，安心睡下。

郑以为的心腹很快就将汗血宝马骑回河朔，依照公孙大娘早先对阙浪的嘱咐，于半夜时牵入军营，裴将军悬着的心总算放了下来，这几日他提心吊胆，但却需故作镇定，每日对种马的记录照旧。

五日后，曹公公"病愈出帐"，裴将军也将种马的管理权奉还，曹公公详详细细的检查了种马，一切尚好，种马一如以往的精神，曹公公的脸色却突然阴了下来，质问他：
"裴将军，这马怎么少了根阳毛？"

曹怀春不愧是相马神人，连少了根阳毛都洞察得出来，这让一旁的裴将军非常的尴尬，倒是一旁的公孙大娘脑筋转得快。
"曹公公，种马已多日未见母马，发情掉根阳毛亦属正常。"

曹公公与汗血宝马朝栖暮处多年，对其习性一清二楚，岂是公司大娘一句话就可糊弄的，况且他也从马的神情中判断出马经过了长途跋涉，他极其委婉的对裴将军说：
"裴将军，汗血宝马骑着的感觉尚可吧？"

裴将军夫妇知什么都瞒不过他，就尴尬地笑笑。从曹怀春的角度来讲，自己也得到了好处，三十多年未返乡，也是裴将军夫妇给了个机会，大家各取所需，谁都没占谁的便宜，况且，种马只是少了根毛，无伤大局，而来日方长，大家还得共事下去，若把此事闹大，对自己也没什么好处，于是，他就表情严肃的走近，握着裴将军的手，以警告的口气对他说：
"下不为例！"

阙浪在忐忑不安中度过了十日，伤口基本愈合，那日正午，大雪刚停，冬日当天，阙浪突觉小腹燥热，口干舌燥，他以为自己患病，就返回房内，莎菲娅一看，也入室照看他，阙浪大颗的汗珠从额头上流了下来，元阳却不停在动，搅得衣裳乱舞，莎菲娅一看，将他衣裳褪去，却见阙浪的器具甚伟，元阳变得巨大，不论长度还是粗度均远胜从前，更惊奇的是，元阳头上竟然长着一根毛，傲然挺立。

看来种汗血宝马的毛开始生效了，阙浪忍受不了，将莎菲娅按在床上，一阵猛烈抽插，将莎菲娅弄得大叫，安禄山等人在外面听到，会心一笑，也不管他。

这一战，直到日落西山，安禄山备了晚膳，唤其就膳，两人方才暂且作罢，莎菲娅红着脸，且不时走神思考，她看到阙浪，竟会低头羞涩，好似初识一般，阙浪则大口进食，看来消耗颇大，一旁的安禄山不禁暗暗发笑。

戌时，两人再度入房，再次大战，直至鸡鸣，莎菲娅体力不支，向其告饶，阙浪方才作罢，两人均气喘吁吁。

天亮后起床，莎菲娅对阙浪的态度大为改观，又回到了初识的样子，对阙浪言听计从，百依百顺，阙浪见宝马种毛成效，心中大为宽慰，当然，他心中还是有所担忧，他担忧几日后又会失效，所以心中仍在祈祷着。

又过了十日，阙浪仍然是百战不殆，知疗效已稳，终于宽心，并通过郑以为向春申毒通报，春申毒闻后甚是宽慰，作为药王，每一种疑难杂症都有义务去攻克。阙浪也给公孙大娘写了封密信，因为公孙大娘急切地想知道结果，信上简短的写了几个字："奇效，器巨，时久！"

阙浪自此心情舒畅，自从元宵过后，胡姬酒肆的生意就一如往年，日日车水马龙，阙浪也帮助安禄山一同招呼客人，甚是快哉，安禄山对这个义女婿也是喜爱有加，逢人便夸，并把阙浪将与莎菲娅成亲的消息放出，客人连声道贺。

经过这阶段的接触，阙浪对这桩姻缘慢慢地开始不排斥，但也并非完全乐意，准确的说，是有点不在意了，短短一月，莎菲娅对他冰火两重天，让他体会到善变的特征，是冷还是热，莎菲娅就在那里。当然，最后结果如何，还需等其双亲到长安后方可决定。

话说安庆绪风尘仆仆赶往闽地，终于在元宵节这一天来到漳浦，阙浪一家均是信佛之人，当地的村庄叫堘楼村，堘楼村的信众就在村北侧的山上建了座寺庙，名曰"海月岩"，背山面海，并辟石洞为佛台，俯瞰大海，此庙甚灵，每当月华初上，必照佛顶，故名海月岩，主殿依天然石洞而建，顶盖一巨石，寺内石壁雕如来佛一尊，旭日初照之，是为"日出窥禅"。

海月岩最神奇之处当是中秋月圆之夜时，月光经岩下"羊角潭"水面反射，竟然直直的映在如来佛胸口，是为"月照禅心"，寺前对联云："海气凝云云气结成罗汉相，月光映水水光返照菩提心"。寺前旷埕，凭栏远眺，海天辽阔，烟波浩渺，甚为壮观。岩间多处石刻，依景而镌，古树蓊蔚，幽静凉爽，别有洞天！

阙浪的双亲对佛一向虔诚，在阙浪七岁时，举家迁往山中，在海月岩旁住下，入为俗家弟子，平时帮僧众清理寺院，种菜做饭，虽对佛法悟性不高，但对佛敬仰有加，日子倒也充实，阙浪也在此得到寺内高僧指点，练就一身好武功。

海月岩后山有一深不见底的山洞，名曰"知止洞"，初识之士会以为洞名取自《礼记》"知止，而后能定"，其实不然，"知止"在海月岩是为"知难而止"之意。

相传知止洞隐有一条千年金蟒，平日相安无事，但每年八月十五中秋月圆之夜，即性情大变，潜出山洞咬死僧人牲畜，而此蟒已然成精，官军曾对其水淹、火攻，均奈何不得，反折了几条性命。当地人莫不心惊，中秋夜尽迁外乡，但仍有少许不知情的过路人葬身蛇口。僧人为警示世人，就将此洞命名为知止洞，并立碑告诫之。

此种情形持续了十几年，后来，某年中秋夜，不知从何地跑来一只白狐，与金蟒大战于海月岩，只打得地动山摇，海水也被搅得躁动不安，月亮都为之黯然失色，翌日清晨，一切都平静了下来，僧人们在知止洞的洞口发现了金蟒和白狐的尸体，那白狐死死的咬住了金蟒的七寸，而白狐也力竭而死。

僧众及村民均认为白狐是上天派来解救苍生的，就在洞内立了个狐仙雕像，每日香火进贡，日积月累，狐仙的灵气渐重，有求必应，周围的树木花草均成了灵丹妙药，身体不适者至知止洞参拜狐仙，采药治病，祈求平安。

如此一来，海月岩知止洞扬名天下，众多文人墨客，达官显贵均仰慕狐仙，至洞中一拜，留下不少墨宝，当然，香火钱是免不了的，使得海月岩的香火更加兴旺。

之前，阙浪双亲成亲多年，却一直无孕，两人就到海月岩参拜狐仙，竟在洞中拾到一张字帖，乃书圣王羲之的墨宝《快雪时晴》，两人不识字，但心中明白此乃狐仙给的善缘，即收起藏好，秘不示人，果然，一月后，阙母就怀上了阙浪。

两人诞下阙浪后，就经常带着阙浪到海月岩答谢，而阙浪每次到知止洞，都会凝视狐仙许久，让僧人们感慨：此人必与狐仙有缘！

阙浪长大后，双亲才把《快雪时晴》作为传家宝传给他，阙浪就带着字帖游历天下，后逢郑以为，两人英雄相惜，阙浪才把《快雪时晴》相赠。而阙浪到了长安后，果然几次遇见了白狐，验证了海月岩僧人们的预测。

安庆绪到此古刹，胡人身上的戾气瞬间收敛，竟变得本份谦逊，与阙浪双亲见面后，嘘寒问暖，旋即发出邀请，而二老听说阙浪即将成亲，十分欣喜，即刻收拾行李，第二日，与僧众道别，随安庆绪北上。

安庆绪将与二老结为亲家，自是不敢怠慢，专门以一架马车载之，南方天气性温，冬天亦无冰雪，安庆绪赶着马车，顺便欣赏一下风景，春雨年年如约而来，一样细细飘洒，闽南多丘陵，赶着车，未免一身湿气。

一路上，二老带了许多土特产，分予安庆绪，三人倒是处得愉快。不日，赶到福州地界，安庆绪却病倒了，原来，北方历来干燥，突然来到南方湿润节气，易得风寒，这可苦了二老，在福州人生地不熟，不知该去哪里。好在安庆绪随身带了不少盘缠，就找了个客栈住下，请了郎中医治。

二老悉心为安庆绪照料，端屎端尿，煎药喂饭，整整十五日，安庆绪才恢复过来，他对二老感激不尽，但内心的纠结也日益加重，原来，从长安出发前，安禄山交代给他一个绝密任务，就是要他在路途上秘密杀死阙浪的双亲，再制造灾难或人祸假象，以让阙浪能够死心塌的为其效力，接受这任务时，这只是一个简单的任务，但现在不同，一下手，必定不仁不义，若不下手，则不忠不孝。

安庆绪带着复杂的情绪上路，二老见他眉头紧锁，以为他大病初愈，元气不足，就不敢打扰他，只是依旧为他端水照料。人是有情绪的动物，容不得别人对他好，二老对安庆绪越好，他就越痛，而痛分两种，一种是痛苦，另一种是痛快。安庆绪认为，使他痛苦的人都该杀，杀了才会痛快，所以他每次杀人时，都非常痛快，但是阙浪的双亲已经让他感到痛苦，那是不是该杀呢？

车行祭酒岭，此乃进出福州的必经之路，岭上有亭，安庆绪心一横，闯入车厢，阙母见到他，慈祥的端上一碗汤。
"贤侄，你大病初愈，需进补，老身为你熬了一碗参汤，趁热喝了吧。"

安庆绪无言以对，本想拔刀的手却伸了出去，思绪的激烈让他的手在颤抖，参汤泼了少许，阙父看了，甚是惋惜。
"贤侄，看来你元气未复，只是南方人参难买，只有这一碗，待到北方，老汉再给你配个枸杞汤补身。"

安庆绪大叫一声，把碗一摔，拔刀出鞘，二老惊慌。
"贤侄，这是为何？"
"不要问我为何，自古胡汉不两立，要怪，就怪阙浪。"

安庆绪眼中含着泪，一发狠，手起刀落，却砍到车厢木墙上，还是下不了手，
二老已吓得瘫在车厢底板上，安庆绪抹去眼泪，大呼"罢了、罢了"，用缰绳
将二老的手反绑，急速赶车。他思量着，既然狠不下心来杀二老，索性将他们
囚禁起来，而要囚禁到哪里？他想起了莎菲娅在楼兰还有一位远堂伯父易卜杜
拉，与他的父亲安禄山交情甚好，且易卜杜拉统领楼兰天牢，手握重兵，将二
老囚禁到那里必万无一失。

一路向西，安庆绪过长安而不入，在顺利抵达楼兰，并特别交代易卜杜拉在囚
禁二老时一定要好生招待，易卜杜拉一一答应，安庆绪方才放心返回长安。途
中，他在自己的身上刺了几刀，用金创药敷之，快马赶回长安。

阙浪听说安庆绪赶回，心中大喜，快步跑出迎接二老，却见安庆绪独自面容憔
悴，阙浪心中一惊，急忙问询。安庆绪扯开衣服，身上的伤口犹新。
"阙兄弟，我接令尊令堂至福州途中，遇山贼袭击，我虽力战，但山贼势众，
我一人一时无法顾全，山贼可恶，竟对二老下毒手，将二老推下悬崖。"
阙浪听到这里，眼睛变得血红，大叫要至福州斩山贼，安庆绪劝住了他。
"阙兄弟，我已为二老报仇，山贼已全部命丧我手。"

阙浪听完，甚是悲痛，对安庆绪说：
"阙浪身为人子，理当至坠崖处凭吊，请安二兄为小弟引路。"

声音不大，却非常坚决，一旁的安禄山出来主持。
"阙浪未报亲恩，应祭奠二老，庆绪，你就带阙浪，再走一遭，但为防路途凶
险，须多带些人马随行。"

安庆绪领命，安禄山又对旁边的莎菲娅说：

"汝虽未过门，但已是阙家之人，可随阙浪前去祭拜。"

一行七人由长安出发，赶往福州，至祭酒岭边的山崖，阙浪与莎菲娅双双跪下，痛哭流涕，祭拜一日后，一行人依依不舍的往长安赶。

安禄山的安排甚是高明，既抚慰了阙浪，又可让其对他死心塌地，对以后的霸业将有极大的帮助。事后，安庆绪找了个合适的时机，将事情真相悄悄地告知其父，安禄山勃然大怒，大骂竖子误事。但气消后，冷静想之，也不再追究，他看到自己的儿子尚有一丝人情味，也并非坏事。

安禄山这几年在长安苦心经营，小心做人，他希望有朝一日，能够在中原扬名立万，创一世霸业，所以，他一直在积累人脉，不论高官巨贾，还是三教九流，只要觉得有用，都会尽心尽力地去结交。

阙浪是他预想中一枚极其重要的棋子，他可以在胡汉之间作为一个良好的沟通，对阙浪的使用，颇为讲究，他甚至可以牺牲自己的义女莎菲娅，用美色去拉拢他，当然，安禄山步步为营，接下来，他要对阙浪实施下一步安排。

几日后，长安城的显贵、商贾、文人墨客、武林人士都收到了一封请柬，就是阙浪将与安禄山的义女择日成亲。郑以为的请柬是安庆宗给他送的，但郑并不想露面，就想了个推辞，修书一封，并备上贵重贺礼，让安庆宗带回。

阙浪不明真相，想到双亲已逝，安禄山算是他的长辈，他的话必须得听，再加上他已在胡姬酒肆生活了月余，对莎菲娅有所眷恋，与她成亲，势在必行。那晚，高朋满座，令阙浪意外的是，裴将军与公孙大娘也来了，按理说，边疆局势迷惘，裴旻身为大将，此时来赴宴似乎颇为不妥，但公孙大娘一脸兴奋，阙浪一想，顿时明白，定是公孙大娘收到了他的信，今日赴宴是假，移植天马阳毛才是真，但是，要移植天马阳毛须带天马前来，他也知道曹公公的厉害，如若真如此，两人定是花费极大的心血摆平曹公公，也许曹公公又回咸阳老家了呢。

时过不久，裴将军夫妇借故离开，阙浪走到外面相送，看见裴将军牵着那匹刷成枣红色的天马，往七日开的方向跑去，公孙大娘还回过头来，朝阙浪会心一笑。两人找到了郑以为，春申毒早已在此等候，即刻为其移植，经过上次对阙浪的移植，春申毒有了十足的把握，很快就帮裴将军移植好，当然，郑以为决不会放过此良机，也移植了一根汗血宝马的阳毛。

最困难的当数春申毒自己，早在他得知上次为阙浪移植成功后，他就一直在等这个机会，一定要为自己移植，对他来讲，这可是天上人间的区别。

所以，在为裴将军及郑以为移植后，他吞吞吐吐地向裴将军要求，再拔一根阳毛，郑以为闻罢哈哈大笑，对其说道：
"想不到药王也是性情中人啊！"

裴将军这个面子是一定要给的，回去后，要跟曹公公解释少掉两根阳毛或者三根，其实是没太多区别的，他甚至亲自挑选，在汗血宝马的元阳处挑得一根特别粗壮的阳毛，拔下付予春申毒，但是，春申毒平时对别人动刀惯了，今日要对自己动刀，却下不了手，毕竟，医不自治，但现场的其他人虽然都是耍刀高手，却没人敢代劳，这一刀，还得自己来。

春申毒看着自己高昂的元阳头，手持着刀，迟迟不敢下手，裴将军走过去帮他扶住元阳，春申毒闭上眼，大叫一声刺了下去，却听到裴将军惨叫一声，原来，春申毒高度紧张，没有刺到自己，反而刺到了裴将军的手。

裴将军把手撤掉，郑以为说道：
"看来药王今日定是无法为自己下这一刀的，那就让小弟代劳吧。"
说完，夺过春申毒手中的刀刺了下去，这次倒是刺中了，春申毒大叫一声，然后往下一看，说道："太深了。"

这下可把郑以为吓到了，一时手足无措，慌乱中竟然又把春申毒的元阳扎了一刀，春申毒再次惨叫，裴将军连忙建议道：

"不紧要、不紧要，既然是两刀，那就种两根吧。"

对于种两根是否可行，春申毒自己是毫无把握的，因为物极必反，如若不慎，可能会造成终身遗憾，但现在已别无选择，只能试试，裴将军又为他挑了一根，春申毒忍住剧痛，自己为自己种植，这下，再也没人敢帮他了，所有的都只能自己来，费时较为漫长，竟然种了一个时辰，大家看到他最终顺利地种植了，才松了一口气。

边疆形势多变，裴将军不能待太久，夫妇两人骑上汗血宝马，连夜赶回河朔，公孙大娘的心情始终是愉悦的，这次的效果她满怀期待，即使一路上寒风刺骨。汗血宝马许久没有人骑，这次，两人压在它背上，反而激起它的奔跑欲望，未曾加一鞭，就已跑得飞速，夜路较颠簸，裴将军的伤口时不时抽一下，让他不停地皱眉头，公孙大娘明白他的处境，只是笑着，将头偎依在他背上，犹如靠住一座山。

而春申毒也不敢多逗留，即刻回宫，但元阳伤口疼痛，走起路来甚是不雅，郑以为就安排了轿子，嘱咐轿夫慢行，将其慢慢地抬回大明宫。

第十四章

黑衣大食

阙浪虽来长安不久，却也结识了一些人物，这次婚庆，遣唐使西野翔大驾光临，作为日本国在大唐的名人，西野翔一出现，即刻在人群中引起了不小的骚动，当然，西野翔也很给阙浪面子，击筑而歌，一时宾客寂静。

曲罢，宾客仍然静静回味，安禄山赞道："好一首东瀛名曲《居酒云追月》！"西野翔稍显激动，想不到大唐竟然有人识得此曲，他以一种钦佩的眼光看向安禄山，安禄山兴致大发，取过他的那把家传古琴，抚了一曲《凤求凰》。

琴亦可做媒，《凤求凰》是西汉司马相如所作，当年就是凭此曲赚得卓文君，今日安禄山当众抚此曲，自然有祝福莎菲娅与阙浪的深意，西野翔对此曲欣赏，不停地点头，而人群中也投来了赞叹的目光，安禄山一曲奏罢，片刻，掌声雷动，西野翔极其钦佩，安禄山微扬起头，露出得意的笑容，突然，一只手伸到琴桌，一把将琴抓住，一缩，琴竟然跟着手缩回到一名黑衣大食人，那人随即一跃，跳出屋外。

由于事发突然，竟没人反应过来，安禄山得意之际，自然放松警惕，以至于让人得手，黑衣大食人均用黑纱蒙面，大唐西市大食人众多，大家也就见怪不怪，而今天的宾客来自五湖四海，特别是西域来人众多，均盛装到访，安

禄山又是胡人，几乎所有人认为，这名黑衣大食人是安禄山的客人，也就没人过问。

阙浪对这只手太熟悉了，这分明是季寞什鸠克的"无量捉鬼手"，他没有多想，撇下众人，追了出去。
安禄山脸色大惊，他清楚把琴丢掉意味着什么，迅速跟上。至于安庆宗与安庆绪，两人是不能都出去的，而莎菲娅又在洞房里，现场若无人招呼，那对宾客可是大不敬，安庆宗迅速做出决定，让安庆绪跟随出去，自己留下来稳定场面。

此时天色已近黄昏，季寞什鸠克一身黑衣，仍可隐隐见到其影，阙浪与安禄山不敢怠慢，紧紧追随，但季寞什鸠克轻功了得，想一时半会追上，甚有难度，阙浪和安禄山追了一程，仍然有段距离，且天黑得快，再过一会，一身黑衣的季寞什鸠克即要隐没在夜色，任你再如何寻找，亦是毫无用处，眼看就要追不上了，却冷不丁的从后面射出一支冷箭，一下子射中他的黑衣，将整件黑衣钉在了一棵树上。

但可惜的是，并没有射中身体，季寞什鸠克一挣脱，留下黑衣，从地上捡起三颗石头，朝阙浪他们扔去，趁他们躲闪之时，隐没入前面的这片树林，再无踪迹。

那射箭的人正是安庆绪，此箭差之毫厘，让阙浪和安禄山不禁扼腕，找不到季寞什鸠克，安禄山甚是焦急，大汗淋漓，阙浪就安慰他：
"义父不必焦虑，一把琴而已，我们再想办法。"

按大唐的习俗，阙浪应该要叫他"爹"比较合适，但阙浪始终觉得别扭，就称呼这个问题与安禄山探讨过，安禄山也不拘小节，告诉阙浪怎样舒服就怎样叫，于是，阙浪就随了莎菲娅，称他为"义父"。

但现在的义父却十分担忧，直接瘫坐在地上，气喘吁吁，阙浪就不停地安慰他，安禄山向阙浪询问夺琴者的来历，阙浪就将季寞什鸠克的来龙去脉详详细细地说予他听，安禄山听到季寞什鸠克有到香积寺夺琴一事，顿时像是明白了什么，一声长叹，阙浪见他忧心，心知此琴对其必有莫大的干系，就试探性地问了一下，安禄山只说这是家传至宝，今日心情不佳，回去后再告诉他，阙浪也不想再问，安庆绪走上前去，将黑衣收起，三人赶回胡姬酒肆。

今晚宾客甚多，新郎官与岳父、小舅子突然离席，而莎菲娅还蒙着红盖头躲在洞房，剩下安庆宗独撑场面，那安庆宗也不愧为安家传人，一身锦衣，风度翩翩，以长兄的身份对宾客一一敬酒，席间谈笑风生，并不冷场，只至三人返回时，众宾客仍在。

回到酒肆，西野翔甚是关切，就向阙浪询问了原由，西野翔是智者，智者自有他独特的见解：
"安掌柜不必忧心，季寞什鸠克窃琴必有其可用之处，过不了几日，江湖必定会有琴的消息，到时顺藤摸瓜，再谋夺琴！"

一旁的安庆宗也劝他：
"父亲，西野大人言之有理，那妖僧已无音讯，急亦无用，今日是义妹大喜之日，不如一醉。"
安禄山倒也释然，深知此时再追究亦于事无补，即便内心忧虑，脸上却笑靥如花，与宾客共醉，而阙浪是新郎官，自然是被灌酒的对象，一杯接一杯，渐渐的，模糊了双眼，那一夜，阙浪醉了，众人将其扶进了洞房，烛影摇红下，阙浪掀起莎菲娅的盖头，眼前的莎菲娅轻灵美丽，笑语如嫣。

这是莎菲娅想要的幸福，在小时候，她想象着若干年后的某一个时刻，有一位风度翩翩的公子张开双臂拥她入怀，那个人一直都住在她的心里面，虽不知容颜，也不曾遇见，却十分想念，也许那个人只是在天涯，也许那个人就在奔往楼兰的路上，她在时刻等待，长久而无声地向路上张望，等着那个人从楼兰将她接走。

可是，她等的人还未来，楼兰就已狼烟四起，刀光剑影中，她的双亲撒手而

去，危急时刻，他的义父安禄山拍马杀到，击退仇人，将其救起，离开楼兰，她曾无数处幻想着那个人抱着她奔驰在这条路上，没想到那个人没来，义父却来了，在路上，她知道她今后的人生将由义父掌控了，义父让她向东，她就不能向西，义父要是给她安排婚姻，她也只能接受，运气好的话，也许那个人会由义父来安排啊，想到这里，她就笑了，那个人不正是眼前的阙浪嘛！

莎菲娅让阙浪心驰神往，借助酒兴，两人行周公之礼，阙浪的元阳上种的那根马毛起了作用，坚硬无比，莎菲娅甚是满足，随后甜甜睡去，阙浪经过这一番折腾，反而酒醒，转头一看，莎菲娅的双腮泛红，如三月桃花，呼吸均匀，胸脯一起一伏，甚有节奏，阙浪端详着她，渐渐的，回想起了往事。

往事的主角当然不是莎菲娅，而是那位曾与他如漆似胶的花想容，他不知道花想容现在如何了，国色庵的野渡师太对她如何，花已容有没有与她重归于好，花已容为何法号无仁？这一切让他心烦意乱，明明已将其抛开，心里却又放不下，于是走出洞房，移步庭院散心，却见庭院里早有四人，趁着月光，远远望去，是安禄山、安庆宗父子，另两人竟然是郑以为和孟浩然，四人均眉头紧锁，阙浪知四人定是为失琴一事烦忧，就上前去，与四人一起，他虽与孟浩然有隙，但此时不便再生事端。

安禄山先问孟浩然：
"浩然兄，安某百思不得其解，天下好琴不计其数，安某的琴虽是家传至宝，但也不见得有多名贵，那季寞什鸠克为何偏偏要夺安某的琴？"

郑以为与孟浩然对上，追问道："是否此琴有什么玄机？"
孟浩然对天下名琴均有所了解，沉吟片刻：
"据孟某所知，前几日季寞什鸠克从香积寺夺走一把琴，据说是印度七弦琴。"
"江湖传闻印度七弦琴弹之可抵千军万马，但香积寺的那把琴似乎平淡无奇，并未显现出什么威力。"
"可郑某听说，无法大师用火烧、石砸，只能将琴弦毁坏，琴座却毫发无伤！"
"这就是原由，那把琴的琴座就是印度七弦琴的琴座，而琴弦，已被人换过。"

"那浩然兄的意思是，安掌柜那把琴的琴弦就是印度七弦琴的琴弦。"

"不敢完全肯定，但可能性很大！"孟浩然的结论下得并不坚决。

"那要怎样才能确定？"一旁的安禄山见有点眉头，着急地问。

"那季寞什鸠克夺到琴后，必定会将琴弦配之，若确是印度七弦琴，则天下大乱！"

孟浩然忧心忡忡，四人面面相觑，不知如何是好。

"天下大乱，从哪里乱起？"安禄山问道。

"季寞什鸠克与大唐皇室有不共戴天之仇，应是从皇宫乱起。"孟浩然答道。

郑以为有他不同的观点：

"郑某觉得不大可能是会从皇宫乱起，那季寞什鸠克也不敢完全确定这琴能配，定会找一个人口稠密的地方试之。"

"郑大官人言之有理，那您觉得那妖僧会从哪里试之？"安庆宗问之。

"定是一个习武之人较少的地方，依在下看，可能是西市或者东市。"孟浩然推断道。

安禄山大惊失色，胡姬酒肆就在西市，如此一来，岂不是要有灭顶之灾，突然间，悠远的夜空传来琴音，此曲正是阙浪弹过的《十面埋伏》，看来，季寞什鸠克真的拿西市开刀了，片刻，西市睡梦中的人们哀嚎四起，众人听得琴音，均感头昏脑涨，眼珠暴起。

躲在茶花后的阙浪也有同感，他担心莎菲娅的安全，遂往地上一滚，潜回房内，正好莎菲娅撞门而出，痛苦万分，安庆绪也从旁门赶来，阙浪与他都有武功，屏息运气，捂住莎菲娅的耳朵，把她往地下酒窖拉。

到地窖入口，其他人也都到了，全部躲了下去，关上门，琴音依稀，杀伤力已小了很多，但仍让人感到烦躁异常，一群人躲到了地窖，莎菲娅还穿着红装，

孟浩然微笑着向阙浪祝福，而在阙浪看来，这种祝福更像是一种挑衅，毕竟两人之间还有花想容的恩怨。

安禄山自言自语道：
"看来确实是印度七弦琴的琴弦，这么多年，我却一无所知。"
旁边的安庆宗满脸狐疑，问道：
"可是，究竟是谁将此信息传予季寞什鸠克？"

安庆宗的这个问题问到点子上了，一定是有人传达给了季寞什鸠克，否则不会如此凑巧，可是季寞什鸠克已经是人人喊打了，又有谁会去予他诉说呢？毫无疑问，这一群人当中，嫌疑最大的是孟浩然，只有他最了解印度七弦琴，所有人都这样想，于是，所有人的目光都齐刷刷地瞄向了孟浩然。

孟浩然感到浑身不自在，他明白自己成了众矢之的，他必须为自己辩解：
"为何看我？难道怀疑孟某私通？"
安庆宗进一步质疑：
"浩然兄对印度七弦琴太过了解，令人不得不疑啊。"
孟浩然大怒，呵斥道：
"竖子，思维太过简单，容易被人利用，倘若孟某私通，请问居心何在？"

孟浩然的反问确实有道理，私通季寞什鸠克，对他完全没有用处，众人皆非愚鲁，也就释然，然而，究竟是谁私通？一时半会也得不到答案，索性不去想它，就在此刻，琴声戛然而止，看来，季寞什鸠克只是像做个试验。

少顷，众人离开地窖，这次的破坏并没有想象中那样重，原来西市繁荣，客商货物众多，几乎每户均有下挖地窖以储存货物，琴声响起，众人均本能的潜入地窖，琴声歇后，再走上地面，此次虽无人员伤亡，但一些拴着的狗却都暴毙，七窍流血而亡，此事早已惊动了神策军，韩公略率一帮人马赶来，他与阙浪相识，遂问了情况，听完深知事关重大。

第二天一早，长安城比以往多了一份肃杀，神策军布满了各个角落，季寞什鸠克的画像贴满了墙壁，所有的胡人都成了怀疑对象，安禄山也无心经营，索性挂出歇业三日的告示牌，阙浪闲着无事，就独自到城里走走。

各处都在搜查，阙浪就只能随便走走，不想，却走到了冷院，往事涌上了心头，想起这里的人和事，他在这里惹下的事尚未了结，他也明白，周自横只是职责所迫，不然其实此人还是值得结交的，何不趁这个机会与他重修于好，当然，重修于好的前提是要赔点银两的，这一点阙浪还是很明事理的，倘若谈不成，大不了再打一场，他也不怕。他走了进去，冷院还是一如既往的萧条，鸨母迎了上来，她一眼就认出了他，但并不畏惧，她随时都可以调动冷院里面的女武官，阙浪倒是谦让，作了一揖，向其询问周自横的情况。

这一问可不要紧，原来周自横追杀他的那天，返回途中遇上了狼群，周自横虽武功高强，怎奈群狼凶猛，被扑倒在地，危急时刻，他的坐骑扑倒在他身上，群狼只顾咬马，冷院里面的女武官刚好持火把赶到，群狼遇火恐惧，随即散开，周自横被救起，浑身是伤，手脚身体均被重创，但是，最严重的是，脸被咬掉了半边，正滴着血，偶尔还能看到白点，那正是腮帮被咬掉后露出来的牙齿。

周自横当时无镜子，并不清楚事情的严重性，面对着赶来的下属们，不好意思说出他比剑负于阙浪，只说是没追上，返回途中不幸身陷狼群，女武官们也不再多问，只是与周迅速返回。

周自横返到家中，一照镜子，见到镜中如恶鬼般的容颜，一时狂性大发，将周府上上下下砸了个遍，拔刀砍伤了几个下人，还点火烧宅，好在诸多邻人及时赶来，居高泼水，火势才被及时扑灭。

周自横身心俱创，起初还有遍寻名医医治疗，然名医只能治其伤，不能复其颜，即便是春申毒率领的太医组，对其容颜亦无能为力，周自横遂心灰意冷，从此不再过问世事。由于毁容，朝廷也不追究他看丢花想容的责任，只是让他

安心养伤，俸禄照发。

周自横不在冷院，鸨母就理所当然成了领头人，当然她是没什么兴趣去追寻花想容，她只想尽快遗忘这件事，至于责任，那是前任的事，现在的冷院，是她说的算，再提花想容，只会对她的政绩抹黑，再说了，即使真的去追捕，她也完全没把握能斗得过阙浪，少一个敌人就多一条路，在这一点上，鸨母可是比她的前任周自横老谋深算得多，所以即使阙浪送上门来，她也不想大动干戈。

阙浪的心里涌起一丝愧疚，毕竟此事因他而起，遂向鸨母询问到周自横的住处，信步来到周府，府上的下人回复他，老爷已于昨日独自离开长安云游去了，至于去哪里，没人知道，阙浪不免失望，了然无趣中，他想起了香积寺，想起了无法无天。

漫漫长路远，时已值早春，万物也有了苏醒的气息，远远望去，香积寺倒也春意盎然，寺前有一片大草丛，经过整个冬季雪的肆虐，草在春风中解冻，呈现出一片生机勃勃的绿，让人看去心情大好。

阙浪加快了脚步，走到了草丛，突然之间，一只野兽高高跃起，向他扑来，阙浪一时大惊，就地一滚，避开这一扑，连忙爬起，却见到了一种从未见过的巨鼠，其身型有猎犬大小，棕色的毛里透着点白，鼠头上长着兔子的耳朵，前肢短小，爪子还抓着些青草，而后肢却长而粗壮，显得强健有力，弹力十足，其尾巴又粗又长，蹲着支撑起身体。

阙浪看了看，觉得巨鼠的模样甚是亲善，感觉不出有什么恶意，就缓缓走近，刚俯身一下，那野兽的腹部竟然钻出一只什么东西，吓得阙浪后退了几步，定睛一看，却是一只古灵精怪的小鼠，正扯着嘴向他微笑，那小鼠就住在巨鼠腹部的一只肉袋里，令人惊奇。

那小鼠还在探头探脑，巨鼠就伸出前爪将其按进袋中，那小鼠耐不住，又把腿伸了出来，巨鼠将其腿按进去，小鼠就将尾巴甩了出来，让人看了忍俊不禁，这时，远处又蹦来了一只巨鼠，那巨鼠一跃，竟有二十尺高，阙浪见过虎跃，可虎也没其跃得这么高啊，而且，虎是用四肢跳跃，而巨鼠仅用两条后腿，还迅疾如风，转眼就跳到阙浪眼前，这只巨鼠跟原先那只倒没有什么不同，唯一不同的是，其腹部并没有袋子，看来，这是一只雄巨鼠，而刚才那只是雌巨鼠，今日可是一家三口造访了阙浪。

雄巨鼠一赶到，就和雌巨鼠一起往外蹦去，看起来甚是欢快，阙浪看着背影，嘴角不禁露出一丝笑容，心中泛起了对家的眷恋，在他幼年时，双亲拉着他的小手，漫步于乡间的小路上，父亲牵着他的手在海堤上奔跑，在草地上放风筝，让他骑在他的头上登上海月岩，只可惜，这一切都只是记忆了，子欲孝而亲不在，树欲静而风不止，兽犹如此，人何以堪！

远处又出现了两个人的身影，是故人了，从走路的身形阙浪一眼就认了出来，正是无法无天，碰面了，做了问候，阙浪好奇，就向两位询问了巨鼠的来历。

原来，上月发生一起震惊大唐的大事，就是扬州大明寺的鉴真大师一行东渡日本，在东海遇上风暴，众人对船极力控制，于惊涛骇浪中小心前行，此时，却见到一艘满载大象、狮子、老虎、猎豹、巨蛇等野兽的船，那船失去了控制，在风浪的驱使下向鉴真大师的船撞来，顷刻之间，两船都遭到了重创，鉴真船大，桅杆折断，船身破了个洞，所幸洞并不太高，故进水不多，而那艘船较小，一下子就倾覆了，船员全部落水，而鉴真船的桅杆狠狠地砸在了笼子上，笼子崩开，野兽全部跑出，在船即将沉入海里之际，几十头一齐往鉴真船上一跃，然鉴真船高，纵使是老虎狮子，也跳不上去，纷纷落水，只有两头巨鼠蹦了上来。

鉴真大师的船桅杆已断，已然无法按照意愿行驶，只能任其漂流，结果东海的季风仍然将其吹回扬州，此次东渡，以失败告终，众人心中沮丧，不想上岸后，那两头巨鼠即诞下一只小鼠，算是让众人伤感的心情着实欢快了一下，鉴真认为遇上了神鼠，就命人将巨鼠送往长安，献给玄宗皇帝，然长安是都市，神鼠无从跳跃，玄宗皇帝就听从高力士的建议，命人将神鼠送往香积寺，赐名

"国鼠"，让僧众好生供养，香积寺地处远郊，又有灌木草丛，食物供应倒是丰富，冰雪解冻后，神鼠在香积寺倒是活得自在。

由于是圣上所赐，所有僧众对国鼠均仔细饲养，不敢有一丝一毫的怠慢，还经常为其搭配野菜，国鼠一开始不吃，几日后，小尝了一下，竟觉美味，遂大口吃光，僧众也就每日为其配备，为保护国鼠的安全，国鼠休息时，须派人在树丛里把守，以防有人和兽偷袭，同时，还定期在香积寺的周边驱赶野兽，几日下来，国鼠与僧众相处得其乐融融，所以国鼠见到阙浪，并不怕生。

出家人的生活无非是青灯面佛，顶多练练拳脚，国鼠的到来，反让这一帮僧众增添了不少乐趣，无法无天也乐在其中，每日都出来观摩国鼠，与其一起跳跃。

阙浪了解了国鼠的来历，不禁心驰神往，就与无法大师说道，今生只想在香积寺剃度，每日与这国鼠做伴，倒落了个逍遥快活。

无法闻罢，知其只是个玩笑，就不无调侃的复他：
"阿弥陀佛，施主六根未净，尘缘未了，为佛门所不容啊！"

第十五章

十面埋伏

无法大师是武学奇才，人称千手如来，打起来双手疾速如飞，有如千百双手，而相对于其出神入化的掌法，他的腿法就显得较为单薄，至少还未有使出过令世人称道的绝招，这一点无法心中亦深知，故平日即潜心钻研，希望能够自创出一套惊世骇俗的腿法。

此次与国鼠朝夕相处，他渐渐从国鼠的日常行为中渐渐发现了一些规律，并依此为基础，进行摸索，终于悟出了些门道，并融入到武功训练中，一时间，脚法突飞猛进。

国鼠善跳，两条后腿不仅强健，还很灵活，更绝的是，其尾巴势大力沉，一次横扫，足可以置人于死地，无法观摩数日，自创一套腿法，称为"国鼠神腿"，每日与无天对打、练习，找出不足，不断改进。

无天直接受益于无法的赐教，习得"国鼠神腿"的一招半式，即已志得意满，目空一切，这次见到了阙浪，想起上次在东市交手，胜负未分，心中有气，遂直接向阙浪挑战，无法也正想看看国鼠神腿与其他武功的对决，以便找出破绽，再做改进，故并不阻止，而是微笑着向阙浪致意，阙浪欣然应战，他也不怕无天，两人交手过，对其的底细还是了解一些的。

而现在的无天却对他不屑一顾了，直接使上国鼠神腿，只见其在空中划出一道弧线，这道弧线跟平常使出轻功所划的弧线不太一样，阙浪抬头观察了他，无天飞过，太阳直接晃了阙浪的眼，阙浪本能的遮了一下眼睛，然而，无天的双脚到了，急速地向他连环踢，阙浪根本来不及防范，连架势都还没摆好，就连中几脚，慌忙向后退去，摔了个四脚朝天，甚是滑稽，不远处的小国鼠钻出袋中，对着阙浪咧嘴一笑。

这下无天可是自满得很，无法看出端倪，训斥他：
"阙施主是被日光晃了眼，并非汝技高一筹。"
无天听到这话可不服气了，向阙浪比出手势，发出挑战：
"来来来，再行比过。"

阙浪也不服气，立即答应他，刚站起来，无天又划了一道弧线，双脚踢了过来，阙浪使出金刚罗汉拳，一拳挡一脚，但即便如此，仍被逼得连连后退，无天连踢几脚后，用力一蹬，跃到远处，紧接着又划出一道弧线，展开第二波攻击，阙浪再使出金刚罗汉拳，再次抵挡，金刚罗汉拳须有至阳真气支撑，如此反复几次，倒是消耗不少，无天也看出他的破绽，一次比一次犀利。

阙浪深知，再这样下去，无需多久，必然会被无天再次踢倒，在无天往后蹬的那一瞬间，他必须迅速想好策略，任何一种武功，都会有破绽，阙浪是个爱思考的人，他以前总结过，脚法基本要素无非就是速度、力量、精准度、耐久力这四点，纵观无天的脚法，速度力量都尚可，耐久力还没出现问题，毕竟跳跃是一种借势，而精准度方面，就显得有所欠缺了，阙浪观察到，无天每次落脚的部位都不同，至少不是每次都对准最佳部位，阙浪一下子就有了想法，他的两条腿还未出招。

这次，无天又袭了过来，阙浪瞅准了，突然一个转身，右脚往后一蹬，正好踢到无天的臀部，无天猝不及防，摔了个倒栽葱，匆忙爬了起来，嘴巴里却塞满了泥巴，远处的小国鼠又笑了一下，被母国鼠一把按回了袋中。

无法仔细的观摩了全过程，经过这次比武，无法对这套国鼠神腿的优劣性都有了大概的了解，至于有缺陷的地方，该如何改进，他心里也有了个数，当然，无天作为香积寺的二号人物，输了阙浪，他也很没面子，但出家人的风度还有，只好赞扬了阙浪：

"阙施主武艺精湛，反应敏捷，本座自愧不如啊！"

无法说完后，用眼角的余光扫了一下无天，意思是让他速速离开，省得在此丢人，无天看得懂他的责备，惶恐着退下，阙浪当然知道这只是一句客套话，不会当真，况且，无法的武功远在无天之上，若是真的与他交手，估计早就一败涂地。

两人就闲聊着进到寺内，无法吩咐小沙弥煮水泡茶，无法从内室里，小心翼翼的取出茶具和茶叶。茶具是白瓷茶具，此茶具产自邢窑，乃邢州故友所赠，而邢窑白瓷乃天下名瓷，所产白瓷胎体坚硬、细薄，釉色洁白，微闪青灰，坯质致密透明，无吸水，音清而韵长，故而有"类银类雪"之称，阙浪随手拿起一只茶杯，迎光端详道：

"通透洁白，能映茶汤色泽，茶具珍品啊！"

有了如此珍贵的茶具，肯定少不了好茶叶，而无法拿出的茶叶可不简单，是玄宗皇帝御赐国鼠时附带的赏赐，无法倒也大方，见阙浪过来，就拿出来泡，阙浪是闽人，善饮茶，无法就将茶叶给其过目，阙浪看了看，又捧在手心，闻了闻，说道：

"在下没猜错的话，应是闽地武夷山出产的正山小种！"

"阙施主果然是懂茶之人，来，这茶应由懂茶的人来泡，有劳阙施主动手喽！"

阙浪并不推辞，他确实懂茶，捧起茶叶介绍道：

"武夷山茶，在山者为岩茶，在水者为洲茶，最佳者曰工夫茶，工夫茶之上又分小种，而精品又只限定于极小范围，须于气温低、雨水多、湿度大、终日云雾缭绕之地方可，此范围名曰正山。"

"哦，原来这正山小种的名称是这样来的，可这茶叶色为何如此之黑？"

"武夷山多松树，熏制时均用松针和松柴，故色泽呈黑色，但也因此掺入了松树的香味，味道上佳。"

"原来如此，难怪香气中带有松烟香。"

"冲泡也很讲究，在闽地，冲泡正山小种须用'还香十二式'。"

"还香十二式？"

"所谓还香十二式就是冲泡须严格经过十二道工序，缺一不可，来，阙某为大师冲泡。"

水还在烧，阙浪开始为其演示。

还香十二式之第一式：宝光初现。

正山小种锋苗极好，色泽乌黑润泽，上等茶叶的色泽名曰宝光，阙浪再请无法禅师赏之。

还香十二式之第二式：清泉初沸。

须取上等泉水，香积寺位于长安远郊，自有上佳泉水，但水只能加热到微沸，须见到壶中上浮的水泡，则"蟹眼"生。

还香十二式之第三式：玉润温壶。

用初沸之泉水，注入瓷壶及杯中，为白瓷温润，生温，而剩下的水，须继续加热。

还香十二式之第四式：王子入宫。

正山小种是贡品，每年都要进贡皇宫，故武夷山人也将正山小种称为王子茶，故用茶匙将茶叶轻轻拨入壶中的程序被称为王子入宫。

还香十二式之第五式：悬壶高冲。

就要进行正式的冲泡，刚才初沸的水，此时已是"蟹眼已过鱼眼生"，正好用于冲泡，而正山小种一定要悬壶高冲，只有高冲，才可以让茶叶在水的激荡下，充分浸润，以利于色香味充分发挥，此举是冲泡的关键。

还香十二式之第六式：等量齐观。

将所有茶杯放一起，斟茶时，须用循环法，可确保将壶中之茶均匀的分入，使每杯茶都色、香、味一致。

还香十二式之第七式：喜闻幽香。

正山小种是高香茶，其香浓郁高长，又有"茶中英豪"、"群芳最"之誉，一杯茶到手，先要闻香，沁人心脾。

还香十二式之第八式：观汤赏色。

茶冲好后须闻香再观色，茶汤的明亮度及颜色，表明茶的发酵度及鲜爽度，汤色红艳，若有金圈，则为上品，无法一看阙浪冲的茶，杯沿果然有一道明显的金圈，看来进贡皇家的贡品肯定差不到哪去。

还香十二式之第九式：醇香初品。

闻香观色后即可饮之，但须缓缓品饮，正山小种红茶以鲜爽、浓醇为主，滋味醇厚，无法品之，感觉有带松烟香及桂圆汤味，喉韵明显，回味绵长。

还香十二式之第十式：余韵再赏。

一泡之后，可再冲泡第二泡茶，无法饮之，极其回甘，浑身上下肠胃甚觉顺畅。

还香十二式之第十一式：三品得趣。

正山小种通常只冲泡三次，口感各不相同，细饮慢品，徐徐体味茶之真味，方得茶之真趣。

还香十二式之第十二式：收杯谢客。

正山小种性情温和，易于交融，为保持茶杯的敏感度，故三泡饮后，即收杯谢客，须至少隔两个时辰方可再用，当然，阙浪只是点明，无法觉得两人之间也不用讲究太多的繁文缛节，故继续冲泡。

阙浪来找无法，主要还是要商量这印度七弦琴的破解方法，无法沉吟半晌，摇

了摇头。

"依本座看，这印度七弦琴魔力无边，非本座智慧能够破解，不如寻求天下志士，集思广益，兴许有法可解？"

"大师的意思是广召天下英雄共讨之？"

"正是此意，应有三条线，第一条线为官府，但还得再吃一次大亏，官府才会花重金悬赏能人，第二条线为武林，天下武功，无奇不有，印度七弦琴既然能够杀人于无形，武林中可能也会有绝世神功与之相克。"

"那该去哪里寻找绝世武功呢？"

"这就很难说了，阙施主若要寻找，不可忽略一个帮派。"

"哦，大师指的是？"

"丐帮！"

"丐帮！"

"嗯，丐帮乃天下第一大帮，三教九流，耳目众多，一些官军无法企及之地，丐帮却能轻易渗透，若有丐帮相助，则希望大增。"

"阙某明白大师之意，只是那丐帮帮主吴少棠性情古怪，且长安神策军曾围剿丐帮，长安弟子被屠杀殆尽，几近灭帮，被迫将总舵牵往洛阳，吴少棠率领残部中兴，从此对帮外之事已不太热心过问了。"

"阙施主的意思，本座明白，但此事事关大唐生死存亡，无国哪有帮？相信吴帮主亦深明大义，定会放下成见，助你一臂之力。"

"大师言之有理，如若有可能，在下愿意试之，大师，那第三条线呢？"

"第三条线难度就更大了，这印度七弦琴是天竺来物，在大唐可能没有天敌，故应跳出大唐，往西域、大食、天竺、日本、西洋、吕宋等外国寻找。"

"跳出大唐，这可谈何容易啊！"

阙浪所言非虚，昔日玄奘法师到天竺取经，就已历尽九九八十一难，现要找那么多的国家，确实难度巨大。

"阿弥陀佛，敢问阙施主，天下大事有易乎？"

"那也是，只是阙浪乃一介匹夫，为何要担此重任？"

"阿弥陀佛，倾巢之下，岂有完卵？本座虽是出家人，早已跳出三界外，尚且明白此理，阙施主一身本领，理当纵横天下，报效国家，为何有此丧气之一问？"

无法这一番话讲得大义凛然，让人无法辩驳，阙浪听后，反而自责，脸颊微红，饮下一杯茶掩饰尴尬之形。

"大师，阙某只是觉得势单力薄，故有此问。"

"嗯，阙施主要牢记，无国即无家！"

"阙某牢记于心。"

"阙施主刚才提到无人相助，其实都可以解决，官军可找神策军韩公略，相信会由他来主导，江湖事可找郑以为，此人极其低调，通官通商，与武林人士保持密切来往，若向他打听吴少棠，兴许会有一些好的线索。"

"原来大师也认识郑以为。"阙浪不禁惊诧。

"七日开一年只做七日生意，本座曾慕名前往七日开食用白粥，恰逢掌柜郑以为，坚决不收银两，我二人即移步闲聊，对其良好的人脉网惊叹不已。"

"那倒也是，郑大官人确实有这实力，阙某会去考虑，那第三条线要找谁？"

"没有第二人选，只能找遣唐使西野翔。"

"你是说西野翔先生！"

"嗯，只能是他，西野翔上知天文，下知地理，见多识广，不论对大唐，还是对大唐之外的国家，均有一定的造诣，找他最合适了。"

"西野翔先生确实才智过人，全大唐的人对其都十分敬佩，找他应该会有所收获。"

阙浪对西野翔做了称赞，又问无法。

"大师与西野翔先生相识？"

"不识！"

"哦，那你们两人就从未见过喽！"

"虽从未见过，本座却与其神交！"

阙浪倍感惊讶，无法却流露出对西野翔仰慕的神情。

"西野翔虽非中原人士，其对事物的看法，却远超我大唐诸多贤人，相信此事若让其来分析，应该跟本座相差无几，甚至比本座还要透彻，故本座对其甚是钦佩，虽从未见面，本座已与其神交！"

看来无法非常自负，阙浪给他做了个比喻，若无法是当世孔明的话，那西野翔岂不是司马懿，无法也顺水推舟，将阙浪比作鲁肃，对于这个比喻，阙浪心里是不太认可的，鲁肃是个忠厚老实的人，虽也做成了一些事情，但始终是一种迂腐的形象，阙浪的心里其实更认同赵云的，赵云一身白袍，有勇有谋，风度翩翩。

两人正说着，忽见一小沙弥急匆匆地跑了进来。
"何事惊慌？"
"长安城内出大事了，妖僧季寞什鸠克袭击大明宫，弹奏一琴，其音可杀人，神策军伤亡惨重，大明宫危矣！"
"阿弥陀佛，该来的终究会来，大唐从此不太平，阙施主，国难当头，匹夫有责，且随本座奔赴皇宫，保护圣上。"

阙浪自然义不容辞，无法无天带上了部分棍僧，赶往皇宫，一路上，早有周边的军队勤王，一些武林人士得到消息，也一同赶来，到大明宫一看，乱作一团，只见诸多神策军倒在地上，新赶来的人员一听到琴声，也都不适，定力较好的，运内力抵御之，较弱者，早已倒地，双手捂耳呕吐，头晕目眩，一些宦官宫女躺倒在地翻滚。

季寞什鸠克的目的很明显，就是攻陷皇宫，杀死大唐皇帝，以雪前耻，所以，他一夺到琴，即刻在西市试奏，发现效果极佳，遂于第二日就直接对准大明宫，宫内大内高手众多，但被印度七弦琴一压制，犹如龙翔浅底，一身武功施展不出。

季寞什鸠克坐在大明宫前独自弹奏，而他带了数十名天竺胡僧，均赤目象鼻，红发粗眉，胸挂巨型佛珠，其状甚是恐怖，手持戒刀，在印度七弦琴的作用下，逢人便砍，犹如切瓜，大明宫虽高手如林，人数众多，怎奈被印度七弦琴所困，形同一支朽木，被天竺胡僧一切便死。

而玄宗皇帝早已通过地下密道潜入暗室，天竺胡僧虽已进入皇宫，却遍寻不着，而他们的作用很依赖于琴声，当听不到琴声时，就得完全靠自己的武功，当碰到高手时，就会被缠住，季寞什鸠克也深知此缺陷，就边弹边走，步步紧逼，琴声过时，人头落地，血溅皇城。

皇宫前已聚集了文武百官，其他各界人士，如郑以为，安禄山，西野翔等都来了，一帮文人如孟浩然、王维也忧心忡忡的站在那里，众人只能站在琴声的边缘，季寞什鸠克前进一步，他们也跟随着后退一步，奈何不得。

西野翔领着一群遣唐使站在前面，显得沉稳，阙浪知道其必有对策，就向其询问，西野翔沉默半晌，对众人说：
"有三步可止之，第一步：妖僧终有力竭时，琴声一止，便有破绽，记住，须有人打头阵，先缠住妖僧，让其无法弹琴。第二步：在下再迎面而上，能夺琴最好，若夺不了，就毁之。第三步：剩余人等再一拥而上，捉拿妖僧。"

西野翔的这番分析在情在理，众人纷纷表示要打头阵，而西野翔则提醒众人：
"这头阵十分关键，一旦有失，则会激怒妖僧再次大开杀戒，不容有误，故此人须有绝顶武功，不知汝等可有把握？"

西野翔说的是实际情况，换做平时，自己的小命赔掉就算了，但是这次，若赔了自己的小命，也会搭上别人的性命，责任重大，无十分把握，自不敢上前，阙浪、郑以为原有此意，却恐有失，踌躇不前。

人群中的无法大师沉吟片刻，走到西野翔面前。
"阿弥陀佛，在下香积寺无法，不知西野翔是否信得过本座？"

"原来是无法大师，在下早有听闻，一直想与大师结缘，大师武功盖世，天下皆知，打头阵，再适合不过了。"

季寞什鸠克弹的曲子仍然是《十面埋伏》，看来，他只会弹这一首，又过了半个时辰，大明宫已血流成河，众人看到生灵涂炭，均心如刀割。渐渐的，那琴音慢慢降了下来，再来了一个停顿。

无法见时机已来，不容多想，直接一招国鼠神腿，在天空中划出一条美妙的弧线，他的招数虽与无天相同，但威力却大多了，而且无天的弧线是平弧，就是直着身体在踢，无法可是旋转着身体在踢，季寞什鸠克大惊，立刻腾出双手，打出无量捉鬼手，无法步步紧逼，只见天空中的两只长手越来越短，显然，其已被无法压制住。

西野翔一看，即刻抽出武士刀，飞身上前，使出长河落日斩，此斩力大无穷，明显是奔着琴去的，季寞什鸠克一侧身，刀劈在琴上，溅出火花，可琴却毫发无损，连琴弦都无任何损伤，这种结果让西野翔大惊失色，季寞什鸠克腾出左脚，踢向西野翔，其慌忙避开，此时，众人已如潮水涌了过来，情急中，季寞什鸠克用左脚拨了琴弦，发出急促的琴音，众人又被琴音逼了一下，功力大减，无法只得反弹回去，西野翔及众人也往后退去。

在这关键时刻，季寞什鸠克抓起琴，扔下一颗黑丸，瞬间周围烟雾弥漫，转眼即不见踪影，那数十名天竺胡僧听到琴音有变，知不可恋战，每人都扔下同样的黑丸，消失得无影无踪。西野翔对自己刚才那一刀颇为不解，他的长河落日斩可达削铁如泥的地步，为何连琴弦都斩不断。
孟浩然就上前，向其大概讲了印度七弦琴的来历，西野翔若有所悟，感叹道："妖僧有此琴，大唐危矣！"

大明宫内血流成河，到处都是宦官、宫女、军士、官员的尸体，季寞什鸠克只用区区数十人，就可以让皇宫死伤惨重，但所幸的是，在众人的拼死保护下，玄宗皇帝及皇室宗亲均逃过一劫，看到臣民生灵涂炭，玄宗皇帝不禁流泪，并深度自责，认为季窦什鸠克只是要找他一人报仇，可他却搭上了如此多的性命，于是，他撕下龙袍，咬破手指，当场写了一封"罪己诏"，昭告天下，责怪自己疏于管理，一直未能对季窦什鸠克采取什么措施，以致于让其有机可乘。

皇帝竟然发布"罪己诏"，这是旷古绝奇的事，普天之下，莫非王土，率土之滨，莫非王臣，从来只有君罪臣，天经地义，而皇帝竟然"罪己"，这让所有的人感到了惶恐，黑压压的全跪下了。玄宗皇帝直呼平身，平时他只是在朝堂接受文武百官的朝拜，这一下子在宫外见到了大臣、士兵、甚至是黎民百姓对他下跪，皇帝看了，阵势更大了，反而心舒！

跪在下面的安禄山偷偷瞥了皇帝一眼，这是他第一次面见大唐皇帝，这可是个千载难逢的好机会，安禄山眼珠一遛，计上心头！

第十六章

雪域光芒

阶层越高的人，往往时间越少，人往高处走，水往低处流，这是每一位入世之人的天性，即使清静如寺庙，也有方丈、长老、寺众之分，故所以，如何在转瞬即逝的时机内让高层认识并且赏识，将直接决定一个人的未来走向，今日所有人都见到了大唐帝国的统治者，也就是说，所有人都有机会，但如何去施展，学问可就大了，不可太唐突，太唐突可能会被视为袭击，神策军一刀就砍了，但也不能太平淡，太平淡了对不了味，不会有任何后续，所以，如何引起玄宗皇帝的注意才是关键。

安禄山突然站了起来，这一下子倒惊得神策军一身冷汗，入鞘的刀又都拔了出来，玄宗皇帝也注意到他了，安禄山又上前几步，韩公略大声警告："放肆，来者何人？"

安禄山再次跪地，大声说："草民西域安禄山，见圣上悲天悯人，爱民如子，竟亲下罪己诏，草民感激涕零，想为圣上分忧。"

安禄山边说边用膝拖行，地上都拖出了两条血痕，对他三百多斤的体重来说，显得诚意十足，玄宗就问他：
"汝一介草民，何德何能，如何为朕分忧？"

"草民久居西域及大唐两地，对两地风俗人情均有极深的了解，那印度七弦琴是从天竺而来，琴座及琴弦曾分散各地，而琴弦是从草民的祖传宝琴中夺得，草民在西域及天竺均有众多朋友，草民可以此为线索，捉拿妖僧季窦什鸠克。"

玄宗听了大怒：
"你是说那琴的琴弦是你的祖传宝物？"
"是的，但草民一直不知此玄机，结果让妖僧利用，实在罪该万死。"
玄宗冷笑几声："说得没错，你是该死，来啊，将此刁民拿下，凌迟处死。"

这一决定让在场所有人都惊愕，阙浪等一干人即刻哭喊着向玄宗求情，尤其是郑以为，颤了一下，急忙向宰相一直使眼色，宰相一看他的眼神，竟神态自若弟向玄宗求情。
"圣上，这安禄山虽然罪该万死，但琴弦是从他手里流出，而那妖僧季窦什鸠克已逃窜七十余年，始终没有伏法，微臣认为，杀安禄山亦于事无补，不妨先留其一条性命，兴许能够戴罪立功。"

当朝宰相竟然为一初次见面的胡人求情，这让其他人都觉得不可思议，阙浪亦觉得蹊跷，忽然想起他曾偷听到安庆宗向其父报道一百二十万两送至相府，难道是这笔银两起了作用，而郑以为又扮演了什么角色？这一切让阙浪的心中迷雾重重，当然，迷惑归迷惑，在这节骨眼上，还是求饶要紧，于是，他就跟着众人一起磕头。

玄宗皇帝见这架势，顿时沉默了下来，第一次在平民面前露面，就要杀人，恐怕有损天子名声，但君无戏言，已下令要杀，如若不杀，对天子声威更有影响。安禄山虽然是跪在地上，但眼睛一直斜斜地观察着玄宗的眼神，他看出了天子心中的矛盾，旋即大声说道：
"草民贱命一条，魂魄一去，如同秋草，但天下知道琴弦特性者，唯有草民一人，若草民死去，追捕难度定会陡然增大，妖僧再作乱，定会生灵涂炭，圣上是明君，仁政爱民，定不忍再目睹血流成河的场景，草民斗胆，恳请圣上先留

草民一条贱命，容草民通过各种关系，协助捉拿季寞什鸠克。"

旁边的宰相也趁机进言，帮忙求情，但玄宗仍未松口，安禄山知道今日若不付出点代价，恐小命难保，他突然抽出一把短刀，直惊得神策军一下子将其包围起来。

"圣上有令必出，赏罚分明，草民其罪当诛，一根琴弦一刀了结，七根琴弦就七刀了结，以消圣上心头之恨。"

安禄山说完立刻往自己的左边大腿深深地刺了一刀，拔出，一股血喷了出来，紧接着，他又往右边大腿刺了一刀，又一股血喷了出来，把身旁的郑以为喷得满身是血，然后又刺了左手手臂，留着右手，往腹部连刺两刀，安禄山刺得极深，肠子都流了出来，拖在外面，其状甚是恐怖，在场的人看得心惊肉跳。

若换成其他人，恐怕早已放弃，或者早已一刀结果了自己，了结这等痛苦，但安禄山胡气颇重，又往右胸刺了一刀，这已是第六刀了，玄宗皇帝直直的看着他，面无表情，作为大唐帝国的统治者，他见惯了大风大浪，也经历过刀光剑影，景龙四年，韦后临朝摄政，任用韦氏子弟统领神策军，并效法武后，自居帝位，当时还是临淄王的玄宗，联合太平公主发兵攻入大明宫，杀韦后、安乐公主、上官婉儿及诸韦子弟，迫少帝让位，立其父相王李旦为帝，就此结束韦后之乱，然后又诛杀其姑太平公主一党，开创开元盛世。

对于胡人，只要有才干又有品德，他会果断放手让他们一展身手的，如高仙芝、哥舒翰，虽说自古胡汉不两立，但以夷人治夷，却是玄宗的高超之处，对于眼前的安禄山，必然带着批判的眼光来看待。

安禄山的自刺虽然悲壮，但还不至于让玄宗所动，在玄宗看来，此人敢如此自残，定有其特殊目的，这个目的不可告人到可用性命来依托，而安禄山如此硬气，足见其意志极其坚定，为达目的可做出常人无法承受的隐忍，他心里已对安禄山建立起一道天然的屏障。

安禄山从右胸拔出刀，已气若游丝了，他看了看玄宗，举起短刀。

"圣上，草民只有一颗赤胆忠心，今日就剜出给您看。"

说完就对准心窝刺了下去，这一刀力度也很大，以至于连刀都拔不出来，他就昏倒在地，玄宗看完，闭上双眼，他是不喜欢用这种方式来表达忠诚的，如果表忠心就要自残，那整个大唐帝国的臣民是不是都要刺上一刀？

今日此事已死了众多的臣民，难道还要让人继续流血吗？脑袋一片混乱，索性就不去想这么多，传太医对安禄山进行救治，阙浪、郑以为等人对其提心吊胆，生怕其死去，其实安禄山也是在赌，他用性命赌一个未来，大丈夫在世，能用性命换来不世功业，不枉此生。

受此七刀，安禄山身受重伤，春申毒带领着数名太医，对其进行全力抢救，醒来时，已在皇宫御医室，玄宗皇帝传旨太医转告，命安禄山静心休养，待痊愈后入宫面圣，再另授旨意，安禄山心知自己的冒险之举已有成效，遂安心的合上双目静养。

安禄山暂享平静，大唐却不平静，原来，季寞什鸠克见硬攻大明宫不成，总结了教训，深知仅仅依靠一把琴及数十名天竺胡僧还远不足以与大唐皇室对抗，于是，他潜回天竺，向天竺国王进言，力劝其出兵，进攻大唐，起初，天竺国王一听要与大唐对抗，甚是恐惧，想当年，大唐王玄策仅从吐蕃借得七千精兵就把天竺灭掉，灭国之痛让皇室多年蒙羞，虽心怀忿恨，真正要让其出兵交锋，却心中恐惧。

苦劝多日，无果，天竺国王并不相信印度七弦琴的威力，季寞什鸠克一发狠，取出琴，在皇宫内弹奏一曲，皇宫内一下子翻江倒海，他在弹奏时，有所收敛，所用力度较小，但即便如此，已让后宫花容失色，季寞什鸠克半是请求半是恐吓，终于逼国王就范，封其为国师，领兵十万，越过象泉河，直接面对吐蕃，远望大唐。

吐蕃与天竺交兵多年，天竺一有动静，吐蕃即做好防御准备，然季寞什鸠克凭借着那把印度七弦琴，在军中前线弹奏，吐蕃军前锋即丧失战斗力，天竺军立刻以排山倒海之势向吐蕃军压来，阵型被冲乱，大军瞬时溃败，天竺军得以长驱直入，仅一月，已威胁到拉萨。

消息传来，大唐朝野震动，玄宗皇帝深知，季寞什鸠克这次是倾全力而来，大唐与吐蕃唇亡齿寒，如若不慎，会有灭国之危险，于是，召集群臣彻夜商讨，而主帅人选成了最大问题，西线战事最熟悉者当属高仙芝，高仙芝在安西都护府多年，威震西域，但近期西域动荡，诸国作乱，高仙芝忙于平叛，不能抽身前往吐蕃。

后西野翔推荐裴旻，时裴将军镇守河朔，而河朔已多年无战事，派裴将军去再合适不过，于是玄宗皇帝即刻写下圣旨，让大太监高力士带着西野翔前往河朔。

裴将军与公孙大娘在河朔甚是快活，春申毒在他阳元上种的那根马毛威力无比，夜夜笙歌，把公孙大娘滋润得桃红柳绿，当然，公孙大娘也有女人善妒的天性，军中的其他女人都被她赶走，裴将军只能一心一意对她，以至于西野翔到达军帐前，两人都还在交合，军士想入内禀报，西野翔制止住，示意不可，就站在帐外等候，公孙大娘的浪叫声不断传来，西野翔笑而不语，旁边的高力士面无表情，这种鱼水之欢，阉人是享受不到的。

半个时辰后，两人方才停止，西野翔与高力士径直走入，高力士心中嫉妒，不顾裴旻夫妇衣衫不整，就直接宣读圣旨，裴旻夫妇慌忙跪地，其状甚是狼狈。两人平身后，高力士一言不发，转头退出中军帐，而西野翔笑着，整了整裴将军的衣裳。
"将军乃国之栋梁，要保重身体啊！"

裴旻被他讲得一时语塞，身边的公孙大娘的脸也变得绯红，西野翔这次也被任命为监军，随裴将军奔赴吐蕃，他也邀请了阙浪一同前往，阙浪新婚，且岳父安禄山重伤未愈，不敢贸然做决定，就与安庆宗商量，安庆宗表示家中由他来料理，尽可放心前去，莎菲娅知吐蕃寒冷，就赶制了一件狼皮大衣，让其披上。

裴将军对吐蕃并不熟悉，极地寒冷天气与河朔有着天壤之别，而其也从未见识过印度七弦琴，不免轻敌，初次交锋，竟被季窦什鸠克打得丢盔弃甲，所幸刚好遭遇雪崩，阻住天竺军，才避免了更大的伤亡。

初战告负，裴将军打起了十二分的精神，全力研究对手，西野翔、阙浪、公孙大娘还有诸将经过一番商讨，觉得不应正面死战，应坚壁清野，与吐蕃军一同死守，打消耗战，那天竺国穷民弱，长期作战，消耗不起。

唐军与吐蕃军就在阵前广挖深壕，插上尖木、刀剑，印度七弦琴一响起，唐军虽然丧失了战斗力，但天竺军一冲过来，都掉到了深壕里，死伤甚众，一时半会也奈何唐军不得。

胡天八月即飞雪，很快，又到了大雪封山时节，空气稀薄，气温寒冷，唐军颇不适应，长安辎重运输跟不上，一时军士冻死不少，而此时，军中传染起了一种病，此病不痛不痒，但脖子却莫名其妙的快速肿大，起初仅枣仁大小，第二日长成核桃大小，第三日就长成蟠桃大小，有恐怖者竟长到柚子大小，负担甚重，患病军士终日扶着脖子，倘若此时天竺军发动进攻，这些军士只能成为砧板上的鱼肉。

众将视察军队，见一片哀鸿，心急如焚，大唐军士均来自中原，对吐蕃的天气无法完全适应。唐与吐蕃是友军，昔日文成公主下嫁予松赞干布，令两国世代修好，在此种不利情况下，吐蕃自然不会袖手旁观，于是，吐蕃主帅容中二甲下令宰杀大批牦牛赠予唐军。

牦牛状如水牛，颇大力，皮毛粗硬，膝、尾、背均有一尺黑毛，其喉靥是主治大脖子病的良方，吐蕃军医亲自来指导，用牦牛喉脆骨二寸许一节，连两边扇动脆骨取出，或煮或烧，仰卧顿服，仍取巧舌，嚼烂，含在嘴里，咬片刻咽下，果然，那些患病的军士的大脖子迅速变小，连服两次即已痊愈，神妙无

比，这让众将悬着的心放了下来。

牦牛是高寒地区的特有牛种，耐粗、耐劳、善走陡坡险路、雪山沼泽，能游渡江河激流，有"高原之舟"之称，吐蕃人常常喝牦牛奶，吃牦牛肉，烧牦牛粪取暖。牦牛肉甚是鲜美，而牦牛皮又可制成大衣，御寒效果极佳，唐军吃完牦牛肉后又穿牦牛衣，顿时士气大振。

西野翔向裴将军建议，可趁士气高涨之时，向天竺反攻，于是在晚上，五百唐军悄悄清理了一小段深壕，向天竺军营进发，公孙大娘打头阵，张弓搭箭，一箭射落天竺瞭望台上的哨兵，阙浪点起火把，公孙大娘身先士卒，持剑冲向敌营，此前，季寞什鸠克一直处于攻势，且屡战屡胜，故放松了警惕，今夜毫无防备，唐军冲入天竺大营，见人就砍，一时间，营内人仰马翻，哀鸿遍野。

众人杀得性起，愈战愈勇，阙浪带着十个军士四处寻找粮草，找到后直接放火，一时火光冲天，裴将军在那头看着，心中大喜，西野翔却在这时向他进言：
"将军，不可恋战，一旦妖僧醒来，使用印度七弦琴，我军前锋将全军覆没。"

裴旻猛然醒悟，他心疼着公孙大娘，遂命人击鼓，鸣金收兵，阙浪等一听到鼓声，也不敢久留，遂各自抢得敌营的马，跃上疾驰而回，季寞什鸠克此时已清醒过来，急取过琴，狂弹一曲，但为时为晚，公孙大娘等已跃过深壕，回到营中。

此役，天竺军损失惨重，五百名唐军却砍翻了两万名天竺军，最为严重的是，粮草被烧，接下来将面临缺粮的状态，若要进攻，则无力组织，若要退守，又可能会被吐蕃及唐军追击，他必须在极短的时间内做出重大的战略决定，否则，任你印度七弦琴再高超，也无济于事。

至于退兵，他以前根本就没想过，这支军队是他威胁国王争取来的，非亲非故，索性集结好，与唐军决一死战，于是，他下令，军队即刻集结，向唐军进攻。

那五百唐军赶回大营，毫发无伤，大军一扫前几月的颓废，个个精神抖擞，裴将军大喜，命令置酒，却被西野翔拦住。

"将军不可置酒，我军烧其粮草，天竺军只有两种选择，其一连夜退兵回天竺，其二就是破釜沉舟，集结所有力量向我军反扑，不可不防啊。"

裴将军一听，觉得有理，遂取消置酒，命令全营加强防守，尤其多备弓箭，果然，半个时辰后，对面的天竺军全军出动，冲到深壕处停了下来，季窦什鸠克见状，竟然下令后人直接推搡前人，天竺军的前锋纷纷掉入深壕内，被尖木、刀剑刺穿，其状甚是惨烈，看来，季窦什鸠克不惜以自杀式来填平深壕，裴将军大骇，急令众人放箭，只见万箭齐发，射翻了众多天竺军士。

那季窦什鸠克坐在马车上，取过琴，弹琴压之，较前处的唐军顿时手软，被少数冲过来的天竺军斩杀。

此时，唐军的弓箭就显得十分重要，西野翔做过研究，发现一个军士从取箭到张弓到射出，费时颇长，若敌军趁此空隙冲来，本方将难以招架，于是，他对箭阵做了改进，将箭阵分为前、中、后三排，前排取箭时，中排张弓，后排射出；随即，前排张弓、中排射出、后排取箭；再随即，前排射出、中排取箭、后排射出。此种方法可保证本方的箭源源不断的射出，天竺军在深壕处被射死甚众，但深壕也被基本填平。

季窦什鸠克见深壕已平，时机已到，就停止弹奏，命令全军总攻，天竺军踩着同伴的尸体，如潮水般向唐军的阵地冲去，裴将军一看决战时刻已到，挥剑一指，号令全军压上，双方短兵相接。

公孙大娘持双剑冲入敌阵，上下翻飞，瞬间，她的周边很快就积满了尸体，敌军人头纷纷落地，阙浪专挑骑兵下手，使出裴将军教他的满堂势，一剑封喉，诸多骑兵从马上直挺挺地掉下，而西野翔抽出东洋斩刀，使出长河落日斩，力

大无穷，刀锋所到之处，人被劈成两半，两军在阵地上展开拉锯战，杀声震天，鬼哭狼嚎，双方的血汇聚成河，沿着雪山流下，很快又被寒冷的天气凝结成冰，一些悬崖边的血还凝成了冰锥。

天竺军粮草被烧，已无退路，故个个视死如归，而季寞什鸠克也会趁空隙弹奏，周边的唐军听到琴音随即变得木讷，马上被天竺军砍杀，虽然琴音的范围有限，但季寞什鸠克如此来来回回，也杀得不少唐军，裴将军见状，急令一部分弓箭手专门射向季寞什鸠克，对其形成压制，让其无隙弹奏。

两军决战，并无太多的技巧可言，完全要靠勇气与实力，双方均拼尽全力，杀了两个时辰，仍胶着在一起，不分胜负，战场上的人越来越少，尸体已堆积了几层，两军的主帅此时都心悬一线。

在这种关键时刻，若有第三股力量介入，哪怕只是一小股，都会让形势发生根本性的改变，而天竺军是入侵方，所面对的是两大敌人，一个是大唐，另一个就是吐蕃，两军决战时，吐蕃军驻足观望，按兵不动，待双方相持不下时，吐蕃统帅容中二甲率领大军，居高临下，从雪山冲了下来，一下子进入天竺军的左翼。

天竺军被吐蕃军一冲击，心中慌乱，吐蕃军被天竺军欺压甚久，压抑的仇恨在此时爆发，打起来特别凶狠，所到之处，均不给天竺留活口，裴将军见吐蕃助阵，心中大喜，急令所有的弓箭手全部射向季寞什鸠克，对其全面的压制，让其根本就无法弹奏。

而唐军见吐蕃助阵，士气大振，一鼓作气，再次向前，天竺军即刻崩溃，阵型被冲乱，竟然互相践踏，死伤不计其数，容中二甲在雪山上俯瞰，露出满意的笑容，此时又下起了大雪，在吐蕃军的阵地上，竟然熟睡着数百头雪山狮子，山下的震天杀声竟吵不醒他们，仿佛那场战斗没有发生一样。

雪山狮子是吐蕃军的好兄弟，被充作军犬，其对主人极其忠诚，性格刚毅，力大凶猛，神情冷漠，鬃毛细而坚硬，直且倒伏，吐蕃人对雪山狮子极其喜爱，描述其有权势而不呆板，威严而不粗野，敏捷而不鲁莽。其性嗜血，有极强的攻击性，一头雪山狮子可抵御四匹狼，且不惧任何野兽，在任何行军条件下均可独霸一方。

容中二甲下令摇醒了雪山狮子，数百只雪山狮子排好方阵，容中二甲一声令下，雪山狮子急速下山，冲进天竺阵地，天竺军还在负隅顽抗，一碰到雪山狮子，一下子就被扑倒，颈被咬开，热血喷出，雪山狮子大饮其血，昂首吼叫，声震山谷。

天竺军见状，纷纷丢下武器逃命，但哪里跑得过，才几步，就被雪山狮子追上，浑身上下均被咬，惨叫连连，这种阵势让对面的唐军看了也后怕，两腿发抖，纷纷赶回大营，裴将军见状，也不敢阻拦，生怕雪山狮子一发狠，连唐军也咬，只是命令弓箭手不可放松，一直向季窦什鸠克发箭。

而季窦什鸠克忙着挡箭，他见到天竺军已被打得溃不成军，知大势已去，此时若不逃命，等到吐蕃与唐军全面合围，到时候即使弹琴也起了不了作用，于是就抱着琴，就地一滚，骑上了一头雪山狮子，揪起其头上的毛，那雪山狮子受疼不过，全身摇晃，却丝毫不起作用，季窦什鸠克双腿一夹，对其股奋力一拍，那雪山狮子载着他，疾驰而去。

第十七章

关山落下

清晨，一轮朝日发出耀眼的光芒，照亮了吐蕃，裴将军率众登上雪山，望着这苍茫的雪域，想起了张槟的《登单于台》，不禁吟诵：

边兵春尽回，独上单于台。
白日地中出，黄河天外来。
沙翻痕似浪，风急响疑雷。
欲向阴关度，阴关晓不开。

经过一夜的厮杀，十万天竺大军全军覆没，冰原上横七竖八躺着军士的尸体，早已被风雪掩盖，露出身体的一小截，西野翔看着，感慨道："古来征战几人回啊！"

唐军与吐蕃军一同打扫战场，两军对待尸首的行为颇为不同，按大唐惯例，尸首应用棺木盛之，入土为安，然死伤太多，无过多木材可做棺木，且天气寒冷，不好收敛，惟有将姓名详细记下，然后聚尸首于一处，放火燃之，裴旻率军在死去的军士面前单膝跪地，洒下三杯酒，注目起身，亲自往尸首上丢下一把火，唐军默默地看着，心中祈祷这些曾并肩作战的勇士安息。

吐蕃却是另一番处理，容中二甲下令对逝者进行天葬，这是吐蕃的传统丧葬方式，简述之，就是把尸首运到指定地点，让秃鹰吞食，从而将逝者的灵魂带入天堂，《孟子·滕文公上》曾记:盖上也尝有不葬其亲者，其亲死则举而委之于壑。他日过之，狐狸食之，蝇蚋嘬之。

由于数量众多，容中二甲下令就地天葬，吐蕃军即把尸首的衣裳褪去，背朝着天，折断四肢，让尸首的伤口面向天空，若伤口不够大，还要再刺几刀或用力撕开，此时，天空刹时暗了下来，十万天竺军，当然需要十万只秃鹰来天葬，差不多全吐蕃的秃鹰都飞来了，爪硬嘴利，在天空盘旋，遮天蔽日，瞬时白昼变成了黑夜。

吐蕃全军扬起了经幡，在风的吹动下四周翻卷，容中二甲取出青稞酒，用洁白的哈达沾之，向天地挥洒，然后与诸军士举起海螺，对着天空吹响，柏烟燃起，喇嘛摇动经轮，超度亡灵，吐蕃的军士们退下，秃鹰就铺天盖地而下，竞相啄食，鹰毛乱飞，声音嘈杂，少顷，那些尸首就只剩下了骨架，军士们再度过来，取上石头，将骨架都砸碎，再撒上军粮，吐蕃军的军粮就是糌粑，骨头被敲成了骨酱，与糌粑揉成一团，秃鹫再次而下，食尽后方才散去，吐蕃全军开始长跪顶礼。

吐蕃人把世界划分为天、地、地下三个部分，其中，天神的地位较为重要，吐蕃王被尊称为赞普，赞普是顺着天梯降到人间的天神之子，且都是在完成天神授意的人间事业之后，又顺着天梯回到天上。

赞普死后，国师及侍卫担心尸身被发现，就将其秘密运至最险要、最偏僻之地藏匿，但却无法逃脱秃鹰的视野，秃鹰经常翱翔于崇山峻岭之上，视野极佳，赞普的尸身被安放于深山僻壤中，天从人愿，将赞普尸身运回天界的使命，就由秃鹰来完成，吐蕃人向来敬仰秃鹰，称其为"神鸟"，从不敢捕猎，在天葬中，赞普借助秃鹰实现了肉身的解脱，达到灵魂的升华，从此，这种赞普所用的天葬也在吐蕃人中沿用。

把逝者的尸首施舍给秃鹰，会使其他经常被秃鹰捕食的物种多了生存机会，

牺牲自我，用肉身再积一次德，实为功德无量之善举，佛曰:菩萨布施，不惜生命。

整整一日，两军都在阴郁的氛围中度过，丝毫没有胜利的喜悦，第二日，吐蕃统帅容中二甲来找裴将军，进言，天竺军已崩溃，不如趁此机会，两军联合，攻入天竺境内，再灭其国，裴将军一想，甚是有理，此次大败天竺大军，已是大功一桩，若再灭其国，再立与王玄策的不世奇功，则可名垂青史，而天竺军自不量力，任由妖僧摆布，攻我大唐，早在汉武帝之时，已有"虽远必诛"的传统，应再给天竺一个教训。

西野翔冷静思考后，全力制止，述出观点，其一，大唐已全歼其军，扬我大唐天威，天竺早已闻风丧胆，再灭其国并无必要；其二，王玄策已灭其国一次，若再欺之，必将引起天竺全国百姓的反击，毫无胜算；其三，大唐与天竺血战多日，损伤甚大，且尚未休整，军士思乡甚重，再远赴他国，恐士气低迷；其四，也就是最重要的一点，就是印度七弦琴仍在季寞什鸠克的手中，谁都无法保证那妖僧何时还会携琴出动。

众人均坐下，西野翔再度做出分析，觉得问题的重中之重还是在印度七弦琴，点出一个困扰许久的问题，那就是"季寞什鸠克在弹琴时，吐蕃和唐军均会失去战斗力，而唯独天竺军不会受到任何干扰。"
此问题其实已多次被提及，但始终没有头绪，最简单的办法就是抓一个天竺军，审讯即知，但以前一直处于劣势，无法抓捕，前日又全歼其军，受伤的也基本冻死，西野翔也特地解剖了尸首，却一无所获。

阙浪说了大实话，他认为此次大捷具有很大的运气成分，其一，天竺军屡战屡胜，已现轻敌思维；其二，季寞什鸠克对粮草一直未做较严密的防范；其三，对峙时吐蕃军适时冲了出来。如若下次妖僧对这些漏洞做出针对性布控，再胜之极难。

众人面面相觑，心里都明白，贸然进攻天竺，估计凶多吉少，容中二甲颇不耐烦，提出应尽快探寻出天竺不怕琴音的秘密，阙浪答道，此事只能找孟浩然，孟对印度七弦琴的来历最清楚，找他，兴许有些头绪。

唐军在吐蕃就地休整，五日后，裴将军率大军班师回朝，此役令朝野震动，所过之处，官员、百姓无不夹道相送，玄宗还亲自到长安城外接军，各人均论功行赏，阙浪因奋勇杀敌，亦授予官职，然其做惯闲云野鹤，不想入朝束缚，故力辞之。

安禄山伤势已愈，一听阙浪辞官，勃然大怒，大呼竖子无知，盛怒之下竟以一茶杯掷向阙浪，阙浪惶恐，就跪下赔罪，一旁的莎菲娅多日未见丈夫，欢喜之情溢于言表，见安禄山如此盛怒，就跟着跪下替阙浪求情，安禄山一闭眼，长叹一口气，也不再多责怪，只是劝其下次若还有机会，切勿放过，即使是有拿捏不准的，可回家中商议，绝不可自作主张，阙浪也不敢再说什么，磕头称是。

时长安已近初秋，风吹起，渐有凉意，阙浪想起了郑以为，也只有找他，才能找到孟浩然，阙浪信步来到七日开，两人入后院饮酒，暄叙别后情形，阙浪向其讲述了吐蕃军营生涯，直听得郑以为眼睛瞪得大大的，他可从未随军打过仗，听阙浪这么一描述，不禁心驰神往，阙浪也转入了正题，此番前来，是要他协助找寻孟浩然。

郑以为一听他要找孟浩然，笑而不语，起身入内，取出一幅画摊开，是一幅山水画，颇有秋江暮色之感，画上有一书生江边泊舟，望着江水、明月，上面还有一首诗《宿建德江》：

移舟泊烟渚，日暮客愁新。
野旷天低树，江清月近人。
诗的结尾赫然写着：孟浩然著。郑以为还把这首诗念了出来，甚是陶醉，念完后再指着画对阙浪说：
"浩然兄先写羁旅夜泊，次叙日暮添愁；再述天地之广袤宁静，明月伴，人更

亲，一隐一现，虚实相间，两相映衬，诗中虽只一个愁字，然而野旷江清，秋色在目，全诗淡而有味，含而不露，风韵天成，佳作啊！"

"嗯，孟浩然此诗颇为萧瑟，实属上佳，那这幅画也是孟浩然所画？"
阙浪即使不喜欢孟浩然，但在这种诗作面前，也不禁叹为观止，一时来了兴趣，问之。

"阙兄随军多日，不知世事，长安近日都传诵孟浩然的新作《宿建德江》，一时洛阳纸贵，前几日偶遇画圣吴道子，在下与其对饮，席间，吴道子心血来潮，愿意为郑某画一幅画，可由郑某命题，郑某就命了《宿建德江》，吴道子当即挥毫，赠我这千古名画。"

"喔，此画还是吴道子所作。"
阙浪仔细一看，果然看到吴道子之名，只不过其用篆书，较不直观而已。
"郑大官人果然神通广大，连画圣都可以为您挥笔。"
阙浪的赞美并不过分，那吴道子也是怪异之人，郑以为能请到他，没有极深的交情是不行的，当然，郑以为上可通天，下可抚民，天下各行各业的豪杰结交甚广。

孟浩然作《宿建德江》，概是一月之前，即是一个月前他在吴越之地，那一个月后，并不清楚，孟浩然曾对郑以为提及，准备游历南方，而南方茫茫，又有谁知呢，阙浪不禁惆怅，郑以为倒想起往事，三人曾于去年腊月置酒，孟浩然离去时曾说，若要找他，可至鹿门山寻找，可鹿门山远在襄阳，距长安甚远，再说两人曾因花想容之事有隙，即便找到他，亦有可能不理不睬。郑以为就替他想了个周全之策，就是邀请无法大师同去，无法是得道高僧，由高僧来请，纵使孟浩然不情愿，也不敢轻易推之。

阙浪大喜，即刻起身告辞，奔往香积寺，向无法大师说明来意，无法一听要去襄阳，心神往之，东晋高僧道安和尚久居襄阳十五年，首创华夏僧制，编撰天下首部佛经目录，在佛界有极其崇高的荣耀，如若同行，倒是可以至襄阳问禅，于是欣然应允，阙浪回到胡姬酒肆，收拾金银细软，莎菲娅得知其又要远行，心中颇为不悦，怨阙浪将家当成客栈，阙浪心生歉意，只好与莎菲娅力战至天明。

第二日一早，阙浪与无法大师各骑一匹马，在长安的秋雨中，奔向襄阳，万里赴戎机，关山度若飞，朔气传金柝，寒光照铁衣，一月后，襄阳在望，不知不觉中，两人来到了卞和墓。

昔卞和泣玉之事，天下尽知，两人下马观之，而卞和墓之山已被称为"抱璞岩"，其四周峰峦俊秀，松柏葱郁，满目苍翠，岩下清泉成溪，奔流不止，春秋时，楚人卞和得璞玉于此，献予楚厉王，王怒，诬玉为石，谓之欺君，刖其左足，等至楚武王登基，卞和再献璞玉，武王谓之狂，再刖其右足，无足卞和每日怀抱璞玉于岩下恸哭，后楚文王即位，使人问之，卞和答曰："宝玉而名之曰石，贞士戮之而漫，所以悲也。"，文王遂命一名匠剖雕璞玉，果是宝玉，王心中有愧，命此玉为"和氏璧"，卞和封零阳侯。

两人驻足岩上，微风佛面，松涛鸣咽，如闻卞和当年泣玉之声，思贤之情顿生，空山落日猿声急，疑是荆人哭未休。

阙浪思之，卞和在此地拾得和氏璧，倘若今日效仿之，亦有可能得一美玉，于是告之无法，无法只是颔首微笑，出家人视金银财宝如粪土，恕不能与他同取，阙浪反笑其腐，只拘泥于佛经，倘若只将取石作为闲心，亦可于平常处见修行，佛讲究的是宠辱不惊，而无法大师先入为主，将取石当做世俗，未免有失偏颇。

无法思量了一下，甚觉有理，取石而已，何必太纠结其行为的意义，自取其扰罢了。两人遂下到溪中，各自摸出一块扁平光滑的石头，再走到卞和墓前，双手合十，祭奠之，将石各自置于马上行囊，向襄阳赶去。

来到襄阳，但见襄阳城凭山之峻，据江之险，借得一江春水，赢得十里风光，

不愧是七省通衢，其上流门户，北通汝洛，西带秦蜀，南遮湖广，东瞰吴越，历来是兵家必争之地，白起水灌鄢城之战、关羽水淹七军之战、朱序抗拒苻丕之战均在襄阳，其磅礴之气养育一代名相卧龙诸葛亮、凤雏庞统、水镜先生司马徽、光武帝刘秀、道安和尚等人。

无法忽然想起了上次在香积寺，王摩诘曾拿出他在襄阳所做的诗共赏之，就将那首《汉江临泛》朗诵之：

楚塞三湘接，荆门九派通。
江流天地外，山色有无中。
郡邑浮前浦，波澜动远空。
襄阳好风日，留醉与山翁。

阙浪觉得此诗笔墨甚为淡雅，犹如一幅水墨丹青，汉江开阔，远近相映，直抒胸臆，两人在马上谈论着，不知不觉中已进入了襄阳城，城中繁华，熙熙攘攘，南船北马，南方北上者，至襄阳均舍舟登岸，北方南下者，至襄阳均弃马行陆，西域胡人亦极多，胡僧汉僧大行其道，无法大师明白，这是襄阳城出过道安和尚、慧远和尚等名僧，天下笃信佛者，均欲至襄阳诵经习佛，而在阙浪眼里，这襄阳与长安相比，昌盛之度并不比长安逊多少，并且少了份帝王之重，故视襄阳人士，更为洒脱。

腹中饥饿，但无法是佛门中人，不得食荤，阙浪照顾之，询问路人上佳素菜，即食得孔明菜，此菜为孔明隐居襄阳隆中所创，入口脆嫩味美，生津开胃，酱香浓郁，下气消食，再配上金刚酥，金刚酥是襄阳的一种马蹄形饼，其色焦黄、香脆、酥口易化，两人均吃得津津有味。

两人在城中并无做太多停留，从西门出，来到了檀溪，见到了无法一路上一直向往的檀溪寺，他虽从未来过檀溪寺，但檀溪寺声名远播，故对此寺已有一定的了解，他向阙浪讲解了《水经注》上对寺的记载，曰："沔水东合檀溪，东为东湖，溪水自湖两分，北渠即溪水所导也。北过汉阴台西，又北过檀溪，谓之檀溪水，水侧有沙门释道安寺，即溪之名，以表寺目。"

这檀溪寺甚为宏伟，起屋四百间，建五重塔，六丈佛，系道安和尚创建。凉州刺史杨弘忠曾献铜万斤，用以铸造佛像，前秦苻坚曾捐赠金箔倚像、金坐像、结珠弥勒像、金缕绣像等。彼时，佛风于北极盛，佛光却未能普照南方大地，道安和尚深忧之，遂建檀溪寺，于襄阳布道，向南北弘扬佛法，道安和尚译了大量佛经，并制定译经法则，从此，中原大地众多佛理得以拨乱反正，并制定僧侣法规及仪式，东土寺院从此均有法可依，有章可行。

无法是天下名僧，入檀溪寺后自报法号，寺众不敢怠慢，全体肃穆迎之，无法在寺内反不觉得拘束，如履故寺，天下佛门是一家，得道高僧自然会得到各方的尊重，无法大师反客为主，向阙浪详细指引讲解着。

寺中的五重塔异常壮观，其第一重作大雁形，第二重作雄狮形，第三重白马形，第四重作公牛形，第五重作鸿鹄形，塔名为波风越，五重塔之形如此讲究，旨在宣扬释迦牟尼佛法德音。

《报恩经》载，王喜食雁肉，命人捕得一雁，欲杀之，忽一雁悲鸣而至，王悲之，放飞此两雁，原来所捉之雁是五百大雁之王，即是之后的释迦牟尼，而悲鸣之雁便是阿难，五百大雁则是五百罗汉，故五重塔之第一重作大雁形；

古有一狮，常闻佛念经，感司佛法，后遇一猎人伪装僧侣，以毒箭射中之，因那猎人身着迦裟，狮未敢造次，宁死不施报复，而这狮子也就是后来的释迦牟尼，释迦牟尼亦称狮子佛或狮子吼，佛经云，所言不怯，名狮子吼，无畏音也，即宣扬佛音为世上最强音，亦是最祥音，遍布一切，不可阻挡，故五重塔之第二重作雄狮形；

相传有一王，性暴躁，尝毁坏诸寺，唯招提寺未及损毁，忽夜里一白马绕寺悲鸣，即以示王，王感之，王即停毁诸寺，并改招提为白马，白马拯救寺院寺众，理当受尊重，故五重塔之第三重作白马形；

释迦原属瞿昙族，而瞿昙族的始祖却生于甘蔗园牛粪中，又被称为牛粪神，佛从天竺传来，而天竺人遵牛为圣牛，圣牛的牛粪乃世上最圣洁之物，牛粪如此，那牛自然更为神圣，故五重塔之第四重作公牛形；

《大唐西域记》载，如来佛讲经之时，某人捕鸟，劳作一天却一无所获，便责怪如来，如来佛便化作一只鸿鹄，投火而死，让其取回分予妻儿食之，后此人也得到如来点化，终成正果，是为体现佛之舍己为人之精神，故五重塔之第五重作鸿鹄形；

阙浪听完无法的讲解，对佛又加深了理解，想起之前在吐蕃与天竺军鏖战时，自己手刃多名天竺军，心中甚为愧疚，佛反对杀戮，而自己又大开杀戒，那些被自己杀死的人，究竟有没有升入天堂，而等到自己死后，究竟会入天堂还是下地狱，这让其颇为困扰，无法大师仿佛看穿他的心思，就建议到，若心中有结，可先在檀溪寺小住几日，他将与寺内的高僧一道为其解忧，阙浪倒觉得是此主意甚好，只是此行目的是寻孟浩然，若小住，恐失良机，无法倒是笑了笑，言世事皆是缘，不可过于强求。

于是，两人就有了分歧，阙浪觉得，鹿门山在望，应即刻动身前往，倘若孟浩然再外出云游，恐以后再难寻找，无法却示意不可如此着急，他点出，阙浪寻孟浩然是为印度七弦琴的解法而来，而得解法是为破妖僧施法，甚至进攻天竺，不管最终结果如何，均会造成大规模杀戮，一有杀戮即违背佛法，现檀溪寺如此圣地，应在此诵经念佛，超度亡灵，并向佛祈福，七日后之再动身前往鹿门山。

无法此说，甚是有理，然阙浪终究是凡人，即便无法对其点化，他也只能点头称是，赞同其想法，但仍要先动身一探究竟，无法是高僧，不喜争辩，就建议两人先暂时分道扬镳，七日后，再到檀溪寺会面，并嘱咐道，若孟浩然不同意阙浪之提议，不必与其过多争辩，七日后他再随阙浪上山说之。

阙浪遂别无法，一人前往鹿门山，很快来到隆中，这隆中具有仙气，山不高而秀雅，水不深而澄清；地不广而平坦，林不大而茂盛，孔明隐于此达十年之久，阙浪敬之，到一小桥前，就此下马，桥上刻有小字，却是小虹桥，刘皇叔二顾茅庐时，于小虹桥巧遇孔明岳父黄承彦，刘备见老人衣着不凡，将其误认为孔明，便滚鞍下马，趋前问候，小虹桥却因此而著称于世。

卧龙、凤雏得一可安天下，阙浪细想，古今之大人物，究竟有谁可比，自己只不过是沧海一粟，要扬名天下，还真需有伯乐提拔，但上次圣上封赏时，自己又为何却之，以至于让安禄山盛怒，种种行为，甚是自相矛盾，也许自己真的有双重性格，每个不同的阶段，会有一个不同的自己，阙浪想着，不禁笑之，自己又无云长之武功、孔明之计谋、玄德之抱负，如何能让人对自己有绝对的信心。

正胡思乱想着，冷不丁有一颗石头从侧面袭来，阙浪听得风声，身体往前一俯，躲过袭击，第二颗石头又到了，阙浪身体一侧，又躲过去，然第三颗却打中了马，马匹受惊，前蹄扬起，一下子把阙浪掀翻在地，往前疾驰而去。

阙浪摔得并不重，定睛一看，不远处草丛中有一人一直向他掷石头，阙浪大怒，拔出剑，刺向那人，奇怪的是，那人也不躲闪，竟然闭上双眼，要让阙浪刺之，将进之，阙浪认出了那人，急忙收起剑锋，扑倒在那人脚下。

抬头对视，那人竟是花想容！

第十八章

鹿门星河

阙浪见是花想容，连忙松开手，调整了愤怒的情绪，只见花想容的眼中充满了哀怨，她这一生都在漂泊，如今到襄阳，心情稍稍舒缓时又遇故人，爱恨离愁涌上心头，如何在现实中辨认过往的故事？花想容也不清楚，她只能对阙浪掷石头，这更多的是一种抱怨，并非真正要袭击他，阙浪百感交集，年少轻狂的他如何想到，世事不在掌握，万丈的豪情成全不了命运，一腔热血只能被北风无情的吹冷，回首一路萧瑟，才发觉自己如此孤寂无依。

阙浪将她放下，两人在草丛里述说新欢旧情，那日阙浪把花想容丢在了国色庵，而花想容与花已容向来有隙，两人在国色庵极少交流，倒是野渡师太对其甚为照顾，精心为其养伤，两月有余，方才恢复了元气。

花想容住进国色庵后，发现自己竟然有孕了，可喜的是，虽然受此重伤，但腹中的胎儿也保住了，花已容见花想容有孕，也不再去挑衅，于是，在野渡师太及其他尼姑的照料下，花想容在国色庵顺利地产下了一名女婴。

这女婴生得眉清目秀，明眸善睐，皮肤吹弹可破，众尼见了，都断定其日后定是一名绝色女子，野渡师太看了，却连连叹息：
"无仁曾是天下第一美女，花想容又号称天下第二美女，两人均栖于国色庵，此女又生于国色庵，且如此国色，自古红颜多薄命，若强留尘世，恐遗祸人间！"

野渡求签，佛祖示意，此女婴与佛有缘，应收入佛门，花想容经历了诸多风雨，心已冷，女儿能进入佛门，未尝不是一件好事，于是就答应让女婴入佛门，只是其尚需食母乳，就向野渡请求，让女婴断奶后再行剃度，获许之。女婴的出生给打破了国色庵惯有的宁静，野渡师太在讲经诵佛之余，都以欣喜的态度面对着这位新降临的小生命，而花已容也抛下成见，对女婴呵护有加，只是对花想容不冷不热，这对以前势同水火的两人来讲，已然和睦许多。

这种平衡仅维持了一月，某日，国色庵来了一位不速之客，他就是正欲南下云游的孟浩然，那一夜，孟浩然醉酒，竟独自一人走到了乱坟冈，朦胧中遭到群狼追赶，大惊，向前狂奔，慌乱中爬上了一棵大树，却惊扰到了一只猫头鹰，那猫头鹰甚是恼怒，狠狠地往他的双眼啄去，孟浩然大惊，伸手一挡，手臂被啄了个洞，群狼无法上树，在树下嗷叫了一夜，天亮后无果，方才散去，失魂落魄的孟浩然过了许久才敢下树，慌不择路中，跑进了附近的国色庵，不想与正在扫地的花已容撞了个满怀，花已容的被他扑倒在地，两人在地上滚了一圈，旧情人未曾想到会在国色庵相遇，极其惊愕。

花已容虽已入佛门，然道行不深，今朝遇到了曾令她魂牵梦绕的男人，遇到那个称她为天下第一美女的男人，还被他拥倒在地，霎时脸颊绯红，野渡师太走出，看到两人相拥倒地，甚为不满，一声咳嗽惊醒两人，孟浩然连忙起身，向野渡致歉，并诉说昨晚遭遇，野渡闻之，冷冷的回应他，让花已容备了些素食热水给他压惊，并嘱咐孟浩然，国色庵不便收留男客，请其食完即走。

孟浩然不敢造次，随即离开国色庵，当然，他对花已容使了个眼色，在离国色庵几里的一处树林里，花已容追上了孟浩然，两人也没不多说，随即褪去衣裳，在树林了里大战了一场，在树叶都已落光的树林里交合，算是增添了一丝的生气。

两人正快活着，花已容冷不丁被人拉开，一看，正是怒气冲冲的花想容，花想

容甚至从地上操起一根木棍要打向花已容，而花已容连忙也从旁捡起一根自卫，两人均不会武功，无套路可言，胡乱地挥来挥去，孟浩然连忙上前劝架，却挨了几棍。

两人打斗着，越挨越近，木棍已失去了作用，索性丢掉，近距离拳脚相加，花已容光着身子，但树林里只有孟浩然，无需顾及廉耻，只是身子碰到树皮或倒地，被刺得疼痛，而花想容头发较长，被花已容抓住，甩来甩去，甚是疼痛，刚坐完月子，身体较虚，被扯了一些头发下来。

曾经，两人是血浓于水的姐妹，而今，却成了不共戴天的仇敌，两人撒泼式的打斗，令旁边的孟浩然无所适从，不远处，一声清脆的婴儿啼哭让两人都停了手，花想容连忙奔去，抱起婴儿，不顾凌乱的身躯，掀起衣裳给婴儿喂奶。此时，若花已容想发动袭击，完全可以得手，孟浩然想到了这一点，迅速向花想容靠拢，但显然是多虑了，花已容走过来后也只是用慈爱的眼神望着婴儿。

孟浩然看着婴儿，心中的疑惑越来越浓，遂问花想容，花想容对其笑了一下，并不回答，她的笑容极其复杂，有欢喜、有嘲讽、还夹带着一丝幸灾乐祸，孟浩然瘫坐在地上，他认为，这女婴是那日在长安时两人的结晶，那眼睛与自己的双眼甚是相似，于是他等花想容喂好母乳，就抱过女婴，仔细端详。
此时一缕阳光照在了三人的身上，俨如上天对这一家三口的真挚祝福，旁边的花已容看着，霎时间万念俱灰，她明白，自己与花想容斗了这么久，根本就没赢过，从一开始，自己也只是侵略者，介入了孟浩然与花想容的感情，被抛弃后遁入佛门，每日青灯佛珠为伴，希望能忘却前程往事，静心向佛，不想，孟浩然的一次偶然出现，就让自己的底线瞬间崩溃。

在伤心欲绝，生活了然无趣之时，野渡师太收留了花已容，替她洗去红尘，她今日与孟浩然交合，已然犯了色戒，辜负了野渡的一番苦心，如今，孟浩然与花想容，还有那名女婴正沉浸在幸福之中，孟浩然的脸上还洋溢着恬静的笑容，花已容明白，自己已无翻盘之可能了，当然，也无翻盘之必要了，她默默的整好衣冠，重新挂上佛珠，心中祝福着孟浩然，独自怅然着返回国色庵。

花想容再一次面临抉择，很显然，她已不能继续留在国色庵了，若再留下，则婴必然要接受剃度，成为佛门弟子，而这是刚刚获得巨大幸福的孟浩然所不能接受的，于是，两人无作太多停留，直接从这片树林启程。

一路上，孟浩然心情颇为愉悦，抱着女婴，带着花想容游山玩水，花想容也许久没有这么轻松过了，倒也悠哉，孟浩然盛名远播，友人遍天下，一路上众多故人均盛情款待，没几日，已喝了多场酒，好在其酒量甚好，不至于烂醉，当友人问孟浩然与花想容的关系时，孟也不避讳，只说是小妾，花想容原先可是被选入过皇宫的，今被称为小妾，气颇不顺，但也不能发作，孟肯收留其母女，已是天大恩赐，其余的，又有何妨呢。

某日，一家三口拜访了一位故人，那人盛情款待，杀鸡备酒，叙起往事，孟浩然喝得酩酊大醉，挥笔写下《过故人庄》：

故人具鸡黍，邀我至田家。
绿树村边合，青山郭外斜。
开轩面场圃，把酒话桑麻。
待到重阳日，还来就菊花。

兴之所至，还给这女婴取了个名字，叫孟非花，为何叫非花？盖因孟浩然天性潇洒，处处留情，放荡不羁，此次喜得一女，完全是意料之外，对其有较殷切的希望，自然希望其能够平平安安地成长，不要像其母花想容如此波澜曲折，非花之意即"勿似花想容"，故取名孟非花。
孟浩然将其花想容母女带回到了鹿门山，花想容在山上住下，每日细心抚养着女婴，虽繁琐，倒也清静，而孟浩然终究耐不住寂寞，想着云游天下，几日后即告辞，独自一人向南走去。

花想容将这些往事述说予阙浪，突然想到，刚才自己下山买了些肉，而女婴喂饱睡下，已过了些时候，估计也快睡醒，须尽快赶回，一路上，阙浪一直有个疑问，若从日子上来算，那婴儿也完全有可能是自己的，他忍不住询问了花想

容，而花想容并不直接回答他，只是淡然一笑。

"孩子是谁的，重要吗？"

这种反问，令阙浪无从说起，是啊，之前不管是自己，还是孟浩然对花想容都十分随意，兴来之即来，兴去之即去，至于这婴儿究竟是谁的，重要吗？

"总得知道孩子究竟是姓孟还是姓阙吧。"
"姓花！"

花想容将孩子的姓定为花，就是不让阙浪再过多幻想，她从凡间飞入皇宫，从皇宫到冷宫，从冷宫再到尘世，从尘世再到佛门，现好不容易从佛门又到凡间，得到宝贵的一丝清静，不希望因此女婴再生事端，至于抚养问题，也不必阙浪来操心。

很快来到鹿门山，山不在高，有仙则名，鹿门山因孔明、庞统之师庞德公归隐而声名大噪，近年来，又有孟浩然隐于此，再加上四大美男之宋玉也曾居于此，使鹿门山颇具仙气，俨然有圣山之雏形，汉光武帝刘秀曾慕名巡山，夜宿梦见两只梅花鹿，告帝为山神，帝遂命刻二石鹿于道，并立祠于山，襄阳人谓之鹿门寺，遂以寺而命名山，是为鹿门山。

刚才被花想容惊吓的那匹马，一直在山门处等候，阙浪上前去，拍了拍马头，抚摸其鬃毛，其状甚是亲昵，那马倒也温顺，但论神采，远无昔刘皇叔的那匹"的卢"马雄健，想当年，刘皇叔被蔡瑁追杀，骑着的卢逃至檀溪，危急之中大呼的卢之名，那神马竟然一跃跃上山崖，救了刘皇叔一命，而阙浪的这匹马，再平凡不过了，虽无甚出彩之处，倒也忠诚，阙浪想到这，再用双手搓了搓马的脸，算是对其的一种赞赏。

三国时，刘表惜才，数请庞德公，庞不愿染世事，遂携其妻栖隐鹿门采药，后人在其栖隐处建庞公祠怀之，并传出"鹿门高士傲帝王"之说，阙浪经过庞公祠，注目片刻，算是对庞公景仰，鹿门寺坐落在半山腰，阙浪匆匆一瞥，亦觉佛光高照，花想容带他来到寺后不远处，见一口八角井，两人口干，花想容打上一桶水，饮之，甚觉甘甜，花想容说道，此井无论天干地旱，出水始终如一，昼夜不停，阙浪心想，孟浩然或是常饮此水，接山中灵气，方才有盖世之诗情。

孟浩然的宿所离井不远，只是一座草堂而已，简朴至极，推门而入，墙上挂满了孟浩然的诗作，孟非花还在熟睡，阙浪上前一看，心生怜惜，伸手欲抚摸之，花想容却以阙手冷为由及时截住，两人的手触碰了一下，阙浪手腕一转，握住她的手，许久了，两人都未曾再见过，鹿门山的草堂太压抑了，锁住深深的寂寞，却锁不住日渐无望的哀愁，花想容不禁春心荡漾，阙浪也不排斥，遂都褪去衣裳，阙浪的元阳上种了根马毛，器具甚伟，草堂风吹入，马毛随风飘荡，花想容看了好奇，伸手捻之，阙浪大惊失色，惟恐被其不慎拔断，挡开她的手，拥之，直接进入，花想容许久没有滋润，阙浪狠狠地刺入穿插，令其血液澎湃，大叫连连。

熟睡中的孟非花显然受到了惊吓，啼哭了一声，花想容正做得兴起，也顾不得她，只是控制了一下叫声，然孟非花可不管这些，竟大哭起来，花想容听得出女婴腹饥，极不情愿地将阙浪推开，抱起女婴喂奶。

阙浪在旁边端详着，他在看这女婴究竟像谁多一点，看了半天，实在看不出哪里跟自己有相似，颇为失望，但再乍一看，也不觉得有哪里像孟浩然，于是，他又问这女婴的出身问题，花想容甚是恼怒，白了他一眼，并不说话。

阙浪也不再追问，直到此时，他才想起要说正事，遂把西征天竺的事简述一番，花想容听之，明白其此行的目的是要见孟浩然，然孟浩然已云游天下，只知往南而去，至于去到何方，是无从得知的，阙浪听罢，极其失望，已无留在鹿门山之必要，转身欲走，花想容却上前抓住他的手，红着脸，言孟浩然不知所踪，山上有毒蛇猛兽，自己一人带着女婴，甚是惶恐，不如小住几日。

其实阙浪也不想走，不管如何，他与花想容的旧情仍在，今日被其拨弄心弦，

一下子就把持不住，况且，他与无法大师还有七日之约，六日后方能见到无法，至于下一步如何，还需与无法大师商议，于是就顺水推舟，在草堂住下。

阙浪帮着花想容照看着孟非花，夜晚与其缠绵，白天之余，想起多日未曾练功，可趁此时机将武功做个梳理，于是，他就将公孙大娘教他的苍穹玉女剑及裴将军教他的满堂势使出，山中无人打扰，阙浪可专心练剑，苍穹玉女剑并无多大长进，细想起公孙大娘的告诫，自己并非女儿身，练此剑法已然先天不足，如若强求，恐无结果，索性放弃之，专攻裴将军满堂势，此套剑法虽只有裴将军的两成，却已威力无穷，不仅可以单打，也可以以一敌众，在吐蕃与天竺军大战时就已大显神威，当然，他也明白，那是因为他没有遇到高手。

鹿门山具有仙气，即使是凡人，入之亦会觉得空灵，阙浪是有慧根之人，虽几日，功力倒也长进了不少，看来，庞德公、诸葛孔明、庞统、水镜先生等人选择鹿门山，自有他们的道理的，想到此，不禁让他对此山产生了深深的眷念。

到底是鹿门山孕育了孟浩然，孟诗一出，随即就会四方传诵，到了第四日，鹿门寺的和尚就已广诵孟浩然的新作《宿桐庐江寄广陵旧游》：

山暝听猿愁，沧江急夜流。
风鸣两岸叶，月照一孤舟。
建德非吾土，维扬忆旧游。
还将两行泪，遥寄海西头。

阙浪在寺旁听到此诗后，返回后默写出，花想容看了，不禁泪两行，阙浪细问，原来是她读到"维扬忆旧游"，想起扬州旧事，那一年，在扬州，孟浩然邂逅了她，与她情定今生，不想花已容横刀夺爱，让其悲痛欲绝，伤心之余被选入皇宫，又被贬，从此一生波折，阙浪也不劝他，他读到"建德非吾土"，即知孟浩然尚在吴越。

七日已满，无法大师离开檀溪寺，前往鹿门山，拜会了鹿门寺，后见到阙浪，两人商议着，下一步该如何，阙浪倒没了主意，无法大师细读了孟浩然的诗作，分析道，孟诗近期颇为伤感，看来云游不畅，定有波折，以其性格，应不日即将返回鹿门山。两人就此住下，当然，阙浪不敢再去住在草堂，而是与无法一起待在鹿门寺，花想容则无端忿恨起和尚了。

无法是高僧，鹿门寺的僧众早闻其名，纷纷向其讨教，就索性在山门讲经，为僧众指点迷津，倒也自在，阙浪则趁其讲经之际，以练剑为名，跑到草堂与花想容幽欢，无法修行极深，从阙浪的讲话声即判断出他的行为，遂告诫其立即回头，阙浪知此事瞒不过其，羞愧之，并不应他，只是减少了与花想容的碰面次数，将更多的时光用来练剑，裴将军满堂势之剑法也慢慢长进。

又过了八日，孟浩然的新诗《与诸子登岘山》传到了鹿门寺：

人事有代谢，往来成古今。
江山留胜迹，我辈复登临。
水落鱼梁浅，天寒梦泽深。
羊公碑字在，读罢泪沾襟。

岘山在襄阳以南，看来，孟浩然往回走了，无法大师的直觉相当准确，他对世事洞明，鉴于他高深的悟性及佛性，也想云游天下，遍访名山名寺，这次读到岘山，心想，能让孟浩然写诗的山，定有其不凡之处，遂问僧众岘山之情形，果然不同凡响。

襄阳岘山俗称三岘，包括下岘岘首山、中岘紫盖山、上岘万山，峰岩直插滔滔汉水，与鹿门山东西对峙，扼守江汉，雄踞一方。岘山古迹众多，有刘备马跃檀溪处，风林关射杀孙坚处，羊祜堕泪碑与杜预沉潭碑，刘表墓与杜甫墓，张公祠和高阳池，建安七子之王粲井，蛮王洞等。

孟诗中提到的羊公碑，乃三国魏大将羊祜的碑石，三国时，襄阳城战事连连，百姓流离失所，羊祜就任襄阳后，减免赋税，鼓励生产，遍施仁政，甚至还感

化了敌国东吴，众多东吴军民逃到襄阳归顺，羊祜却因操劳过度而死，百姓念之，建庙立碑，名羊公碑，每至碑下祭拜，见碑者莫不流泪，孟浩然亦是触景生情，方才"读罢泪沾襟"。

僧众还向他特别提及，岘山出名人，亦出名石，三千里汉水，被岘山迎头一挡，拐出急弯，岘山美石不断冲进汉水，在汉水生成无数的水墨石、火爆石、梨皮石、血石和腊石，像一粒粒珍珠，散落在纯洁的白沙中，极为名贵，为此，朝廷还派专人至岘山搜寻，拾到奇石即进贡长安。

想不到这岘山还如此有来头，这置身于鹿门山的无法大师倒有心向往之，他从此诗来推算孟浩然的归期，得出孟将于五日后返回草堂，阙浪甚是不解，孟浩然若要返回，一日即可，为何需要五日，无法笑而不答。

五日后，孟浩然果然返回鹿门，在鹿门寺遇到了无法及阙浪，却无心听之，急奔草堂，抱起孟非花，甚是亲昵，并为花想容奉上一只白玉石，原来，今日是花想容的生辰，难怪孟浩然会今日返回，然而无法又是如何事先得知花想容的生辰呢，这点让阙浪颇为费解。

阙浪追问无法，执拗不过，无法道出天机，原来他从檀溪寺赶往鹿门山的路上，在隆中捡到了一本册子，名为《冷院花名录》，上面详细记着冷院每位姑娘的过往、特长及生辰，阙浪欲取此花名录，无法留着亦无用，就交给阙浪，阙浪细细翻之，果然极其详细，这种花明名录应是十分珍稀之物，怎会留落在隆中？阙浪不及细想，遂把花名录藏于身。

无法携阙浪向孟浩然直接点明了来意，孟浩然沉吟片刻，说道天下兴亡、匹夫有责，自己虽略知印度七弦琴的来历，但对其深处的各项用处及破解法并不清楚，其实对印度七弦琴较了解的是陈子昂，可陈子昂已死去多年，无从探究，季寞什鸠克究竟给天竺军士使上了什么招数，自己也不清楚，但达摩祖师也曾用过此琴击退北魏十万大军，当时的众少林弟子也都毫发无伤，想必达摩祖师必有给少林弟子施了解法，亦或服用解药，方能无碍，若要探知究竟，可上少林寺寻之。

孟浩然的这种回答，令两人颇为茫然，但再问下去，恐怕亦无果，最好的办法就是邀请孟浩然一同前往少林问道，然孟浩然表示，自己云游多日，甚是疲惫，且家中多无顾及，主要是念及花想容生辰方才赶回，若要再远行，恐难胜任。

此事虽事关重大，但二人听之，也不敢再勉强，遂作别鹿门，前往少林，离开时，花想容依依不舍地看着阙浪，双眼充满了哀怨，这等神色，自然瞒不过道行极深的无法大师，他两眼一瞥，甚是锐利，阙浪被他看得心惊，慌忙避之。

两人下山，骑上马，仰望星空，星河灿烂，亦无心欣赏，星夜奔赴少林！

第十九章

日出嵩山涧

阙浪与无法大师一路向北，赶往少林，途经南阳，稍事休整，天寒，阙浪遂饮当地鹿血酒，瞬间气血通畅，中气十足，而南阳黄牛肉天下闻名，肉质极细，香味浓，与当时在吐蕃食用的牦牛肉甚是不同，阙浪食完又多购一些，以备干粮，无法是出家人，对此荤菜自不能动得，直念阿弥陀佛，当然，他也不会饿着，南阳素食为主，故他也吃了不少煎饼、蒸馍、烩面、扯面。

食罢，阙浪想起了南阳卧龙岗，即世人所称的诸葛庐，乃是历代祭祀诸葛孔明之所，阙浪对武侯景仰，唤上无法前往祭拜之，武侯少年于此结庐躬耕，广交士林，胸怀大志，却壮志未酬，两人想到此，不禁感慨万千。

再往北走，惟见楚长城，楚长城极其雄伟，楚恃以守卫其北境，里外三层，绵延百余里，城墙与山势融为一体，更显峭陡，关口险峻，易守难攻，齐桓公曾率鲁、宋等联军对峙于此，楚王大惧，派大夫屈完游说齐王，曰："君若以力，楚国方城以为城，汉水以为池，虽众无所用之。"方城就是楚长城，屈完对楚的军力如此自信，自然在气势上不让予齐桓公，而齐桓公分析了一下形势，也没把握能攻下楚长城，索性与楚订盟，史称召陵之盟。

见到楚长城这种古战场，无法大师想起了好友岑参，岑判官是南阳人，时已出师西域，飞沙走石间，御敌玉门关，那日在香积寺，岑参向无法拜别，岑判官赋诗一首《暮秋山行》：

疲马卧长坂，夕阳下通津。山风吹空林，飒飒如有人。
苍旻霁凉雨，石路无飞尘。千念集暮节，万籁悲萧辰。
鹍鸡昨夜鸣，蕙草色已陈。况在远行客，自然多苦辛。

无法将诗吟出，阙浪听之，遂觉此意境与现在二人北行颇似，然岑判官已一改旧日文人习气，持长刀斩敌马下，冲天豪气贯长安，阙浪心向往之，日后若有机会，定与岑判官一醉方休。

再往北走几日，来到了许昌，许昌多豪杰，当日关云长护送二位嫂夫人，千里寻兄。操甚惜之，追至灞陵桥赠袍献酒，以饯其行，羽疑有诈，立马桥上，以刀挑袍，长揖而去，千里走单骑，后人推崇之，于许昌建庙设像以祭祀，关羽忠勇，且脸红，要雕其像极难也，时请画圣吴道子为关帝画一幅《勒马挺风图》，工匠再依此图凿之，二人细看，见关帝素冠锦袍，长髯飘动，目光炯炯，勒马提刀，挺风而立，勇不可抵，天地英雄就该如此，二人拜之，继续赶路。

过了许昌，少林在望，少林寺位于嵩山西麓，背依五乳峰，周围山峦环抱、峰峰相连、错落有致，嵩山东为太室山，西为少室山，各拥三十六峰，少林寺就在竹林茂密的少室山五乳峰下，故名少林。

少林寺建于北魏太和十九年，孝文帝为迎天竺高僧跋陀罗尊者，敕建少林寺，勒拿摩提，菩提流支先后入住少林，以三年之时译成世亲菩萨《十地经论》，后达摩祖师一苇渡江，坐禅传法，首倡以心印心，传大乘壁观，得法者有慧可、僧副等，并以禅引武，亲授武艺，全体僧众均须坐禅习武，千佛殿的砖地有众多洼坑，是历代僧众刻苦习武见证，达摩将拳法腿法画出，挂于白衣殿，嘱咐僧众习武是为悟道，不可与世俗争斗，并制定清规戒律，而清规戒律又可演化为习武戒律，戒律在僧众身上表现为武德，故少林功夫反而表现出节制谦

和、内敛含蓄、讲究内劲、短小精悍、后发制人等风格，天下尊少林为禅宗祖庭，禅宗以明心见性、顿悟成佛为要旨，在达摩佛门眼中，参禅是正道，武功乃是末技，习武只为收心敛性、屏虑入定，这种禅武合一的要旨，天下人莫不服之。

入隋，文帝杨坚赐少林寺土地百顷，至隋末年，天下大乱，群雄并起，众多山贼攻劫少林，僧徒拒之，塔院被焚，僧众无法忍受佛像受辱，遂反击之。时隋将王世充在洛阳称帝，其侄王仁则率大军欲占少林寺，少林寺忍无可忍，派出十三棍僧大破其军，生擒王仁则，献予秦王李世民，秦王大喜，再赐良田四十顷，少林寺自此以武勇闻名于世，一时四方震动，前来习武者络绎不绝，就连高宗皇帝亦常临嵩山，听禅观武，并御题《金字般若碑》。

阙浪二人登上嵩山，拜会少林，无法是天下名僧，少林寺一听无法大师造访，同光方丈亲出山门迎接，同光方丈曾远赴长安讲经多年，名动天下，阙浪想起，郑以为曾为豫中灾民捐献大批银钱，就是通过孟浩然交至同光方丈之手，同光再代为统筹，率少林僧众亲自赈灾，豫中灾民无不感恩戴德，感谢郑大官人和少林寺。

阙浪再细看同光，但见其大慈大悲，有普度济世之相，天下芸芸众生见之，顿生亲近之感。三人进入天王殿议事，殿前塑有两座金刚护法神像，内供奉"风、调、雨、顺"四大天王，虽是神辈，却个个面目峥嵘，估计奸佞小人见之，均会胆寒而原形毕露。阙浪将此行目的向同光方丈概述了一下，同光听后，却大皱眉头。

"阿弥陀佛，无法大师，阙施主，达摩祖师所带之印度七弦琴已失窃多年，只因隋末天下大乱，王世充欲灭少林，僧众为护寺而浴血奋战，无暇顾及太多，令贼人潜入藏经阁，盗走印度七弦琴及多部绝世武功秘籍，少林一直在秘密寻找，不想却被妖僧夺得，反遗祸人间。"

"方丈，当年达摩祖师御琴退敌十万，定然有为少林僧众施法，不然怎可退敌而不伤自身，还请方丈将此法交予阙某，以救天下苍生啊！"

"阿弥陀佛，佛传十弟子，领悟各有偏差，分为小乘和大乘两派，小乘欲解脱自我，大乘欲普度众生，达摩祖师未来之前，少林寺内亦有小乘与大乘之争，后达摩祖师入我少林，面壁九年，终以大乘统之，从此，少林弟子均怀普济天下苍生之本愿，悟禅习武，今妖僧乱大唐，老衲自当义不容辞，然达摩祖师退敌已过多年，当年究竟用何法敷予僧众，已无从考究，甚是惭愧。"

"方丈，那孟浩然为何懂得如此之多？"阙浪将心中的疑问讲出。
"老衲曾于长安讲经，与孟施主有缘，孟施主天性极高，又喜禅宗，故老衲交往甚密，告之较多关于少林之事。"
"阿弥陀佛，原来孟浩然也只是知其然，而不知其所以然，方丈，本座与阙施主远道而来，只为求印度七弦琴之解法，还望方丈再显慧光，解救天下苍生。"

无法的这般请求入情入理，同光也不好直接拒绝，于是，他闭上双眼思索着，两人看着，也不敢上前打扰，片刻，同光睁开眼，说道此琴乃达摩祖师所携，如今无解，若从达摩祖师入手，可能会有收获。

少林寺背后有一石洞，乃当年达摩祖师面壁处，少林弟子称其为达摩洞，达摩祖师曾于此洞面壁九年，少林武学之根本《易筋经》亦藏于此，藏经阁之所有秘籍，均源于《易筋经》，故达摩洞乃少林重中之重，唯有方丈可进，洞外由少林十八罗汉把守，以防外人闯入，如外人想进入达摩洞，须符合三个条件，首先必须是得道高僧，其次须由少林十位长老一致同意，只要一人有异议，便不放行，再次须武功卓绝，能够单人空手击退少林十八位高手。当然也可以硬闯，但代价是与所有少林弟子为敌。

同光方丈就把十长老请来，说明无法与阙浪的来意，无法扬名已久，且对达摩祖师的禅宗有极深的研究，对其超常神力和智慧潜心追求，公开讲经，支持达摩"以信统武，以武表信"，让少林与其他门派明显区别开，此乃功德无量之

举，十长老对其敬仰已久，纷纷准许无法探洞。

一旁的阙浪听之，大喜过望，少林十八位高手不就是少林十八铜人吗，这少林十八铜人是为了防止功夫未成的少林弟子下山被人击败，辱及少林声名，为考验少林弟子之武功，故设十八铜人，若能击退铜人阵即表示其功夫精湛，方可下山，这少林十八铜人虽难，但对无法这种号称千手如来的高手来说，无异于小菜一碟，自己披挂上阵都可轻易破之，无法心中也是此想法，十分诧异。

同光方丈见到了阙浪嘴角那丝轻蔑的笑容，遂明白是怎么回事，遂告之，江湖上所传言的少林十八铜人在少林寺较常见，其说法在江湖上也流传得较广，而无法将要面对的是"十八罗汉"，罗汉者，杀贼、应供、无生，乃佛陀得道弟子修证最高果位，可帮人除烦恼，可受供养，可帮人不受轮回之苦，获得罗汉这一位即断尽一切烦恼，应受天人供应，不再生死轮回。少林挑选的十八罗汉，其难度、凶险必定远甚于"十八铜人"，也是对闯洞者的武功表达深深的敬意，若来者非绝世高手，绝不可能摆出"十八罗汉"，因为眼前的十长老，均在"少林十八罗汉"之列。

阙浪一听，不禁倒了吸一口凉气，同光方丈得达摩几世真传，且久习《易筋经》，武功深不可测，少林选方丈，其佛法、武功均须少林第一，这十长老，当然是第二至第十一之辈，再挑选下辈最有潜质的八名武僧，就是"少林十八罗汉"，无法武功虽高，想破这"少林十八罗汉"，绝非易事，如若不慎，赔上性命亦是正常。然天下之事有易之乎？为求法门，无法须挺身一试，达摩洞下，少林十八罗汉两排排开，分别以十八罗汉之形立之，无法双手合十，屈身一拜，算是致意，随后闯入罗汉阵。

第一关左罗汉使地躺拳，右罗汉使象形拳，一人攻上盘，一人攻下盘，无法使出回龙钻，身体往前钻去，不停翻旋，令地躺拳无从发挥，而那位使用象形拳的罗汉主要打猴拳，身法自如，轻灵活现，无法思之，猿猴怕痒，定有破绽遂全力攻其腋下，以拈花指击中其天溪穴，那罗汉瞬间手臂下垂，松软无力，无法再同时伸出左脚，在使地躺拳的那位罗汉腹部踩了一脚，那罗汉也瞬间松散，第一关算是过了。

第二关的两名罗汉，一使通臂拳，一使醉拳。通臂拳是少林寺的基本拳种，掌拳并用，有起有落，变化多端，起如虎之扑人，落如鹰之捉物，无法对通臂拳略有了解，他空出左手，当对方使掌时，他即相对的使拳，当对方使拳时，即以掌对之，先打个平手，再腾出右手对付醉拳，醉拳罗汉半倾半斜，似倒非倒，常在重心失势间变换招式，或攻或防，如痴如醉、狂放不羁，上盘百枝摇，中盘如铜鼓，下盘似生根，无法明白，这一切都是相，若跟着其招，必将被其所绕，索性将双眼闭上，那罗汉一摇晃，前来"劝酒"，无法意念中感觉时机已到，遂"摔杯"拒酒，用手背拍向罗汉手臂，"酒洒"，则醉拳自破，醉拳罗汉脚步已乱，无法再顺势对付通臂拳罗汉，突以双掌对单拳，那罗汉接了左掌，却被右掌击中胸口，第二关过之。

第三关的两名罗汉，一使小洪拳，一使朝阳拳。小洪拳节奏严紧，刚健有力，朴实无花架，并自始至终行在一线，步型含弓步、虚步，拳可变掌五花抓，并可推掌撩手，冲拳勾脚，一时手脚并用，较难破之，但无法很快看出其破绽，他使自己手头分离，双手应对朝阳拳，而自己不停地转身、缩身，同时使眼法，对小洪拳罗汉紧盯、暴瞪，以乱其心法；而朝阳拳防守严密，结构严谨，动作灵活多变，势如行云流水，拳势中包含砍拳、冲天炮、冲拳、双风贯耳，攻守兼备，无法不看他，对其攻则猛、守则稳、攻守连环、灵活多变，突然声东击西，实施巧打格局，那朝阳拳罗汉被虚晃一下，小腿被无法扫到，顺势摔倒在地，而小洪拳罗汉见这局势，且被无法久盯，心法已乱，无法即起一掌，攻其心窝，那罗汉应声而倒，第三关过之。

第四关的两名罗汉，一使炮拳，一使梅花拳。炮拳极其刚猛，出拳如炮，追风炮、飞云炮，冲天炮等连环打出，其十六字诀"内提、外随、起横、落顺、打近、气催、拳炮、毁身"。此拳威力无比，一时难以招架；而梅花拳却是另一番景象，其没有固定套路，罗汉却周而复始地走遍东西南北各个方向，称为"四门八方"， 罗汉在四门八方的基础上随时出招，且拳无定势、脚无定步，势无定形、见劲使劲、引进落空、见空按豆，随势而布。梅花拳在西域广

为流传，无法曾在岑参寄回的书信中略有知晓，明白道无形，若要破之，亦需艺无艺，但眼前的炮拳却非常有形，步步紧逼，无法只能利用两者特点，在梅花拳走场时全力对付炮拳，而炮拳刚猛，属火，须以水灭之，无法思之，火药填中，遇火即爆，惟有在火未点之时泼水，方可使炮哑，无法打定主意，就地一滚，在罗汉之拳即出未出之际，点其手腕阳池穴，卸去其力，再以左膝盖顶其大腿部，令其跌倒，此时，梅花拳也打到了，无法呈金鸡独立，身体左旋，顺势伸出右手锁住其喉，第四关过之。

第五关的两名罗汉，一使黑虎拳，一使潭腿。黑虎拳虽出自少林，但其主要武功论理却融合了道家的诸多见解，集合佛、道而成，黑虎拳功夫主张神形俱炼，内外兼修，在极小的场地内即可发拳，出手带劲风，呼呼有声，虽只有三十六式，却式式能攻能守，灵活自如，又可刚柔相济，动作稳健、攻防相间，劲力逼人。

而潭腿发腿疾速，以大腿带小腿，集力于足，突发迅击，快速伸屈，弹如弹丸，上下盘同时出击，无法防不胜防，潭腿下盘腿三寸不过膝，招式小速度快，攻时无被克之虞，上盘进击以劈砸招数最多，力度大，拳势猛。无法被上盘、中盘、下盘均被封死，步步后退，他是武学奇才，在招招防守中就已经想好了对策。

黑虎拳讲究的是上下气顺，气意相溶，无法使了一招罗汉绝对想不到的招式，他紧瞅中盘，突然伸手过去把黑虎拳罗汉的腰带一拉紧，那罗汉即刻气短，无法落地生根，出招明显无力，无法趁势将其扫倒在地，再集中全力对付潭腿，潭腿罗汉发功时，需舌尖微舐上腭，津液下咽，气沉丹田，且需含虚抱气，不令气散。无法突然身动似槐虫，身活似龙形，蹿高纵远似狸猫。步走蛇形，飞起一脚踢中那罗汉的丹田，罗汉一下子气散，浑身松软无力，无法飞起一掌，将其打出七尺远，第五关过之。

第六关的两名罗汉，一使罗汉拳，一使风火棍。对于罗汉拳，无法甚有把握，阙浪本来就精于罗汉拳，这一路来，两人已切磋多次，无法对罗汉拳已有较深的了解，罗汉拳要求上下相随，步随手变，注重"夺中"和"护中"，并需手正、身正、马步正，套路有六十八式，刚阳有力，硬桥硬马，眼前的这位罗汉，功力比阙浪更甚，其并不仅以硬碰硬，更着重于进退快速，加上冲、踢、弹、勾、劈等，手法攻防灵活，不但令对手无进攻，更可以迅雷不及掩耳之势进行反攻，无法反而有点措手不及。

风火棍是少林长棍，竟然长一丈二尺，粗可盈把，活动范围甚大，无法在避罗汉拳的同时又要避风火棍，显得有点狼狈，风火棍突然又起八大势，"出、归、起、落、吞、吐、沉、浮"每一势均势大力沉，难以招架。无法只能步步退却，但已五路可退，若再退，将落入万丈悬崖，猛然间，无法忆起阙浪跟他讲过，"一字马一片身"乃是罗汉拳最独特的攻守方法，无论攻守，均以侧身对准对手的正中，前手似弓，随机应变以寸劲或防或攻；后手相随，或上或下，守中护肋，无法思定，突然也侧身面对罗汉拳罗汉，那罗汉正打得顺手，被无法这样一侧身，自己反倒乱了方寸，寸拳虚发，无法看准了，左脚踩上罗汉的左大腿，以膝顶其下颚，在空中一倒身，反脚踢到了风火棍罗汉的额头，罗汉拳罗汉倒在地，风火棍罗汉瘫坐在地，第六关过之。

旁边的阙浪看得惊心动魄，他估量一下，倘若是自己亲自上阵，估计都要死好几回了，刚才无法被逼得步步退却，其实他在一旁一直提醒"一字马一片身"，但无法根本无暇顾及，而他同时破解两名罗汉的那招，正是罗汉拳里面的"偷步倒踢"，阙浪在这几关中，倒学了不少招式，对其武学理论有很好的启发，反思以前自己习的罗汉拳，在罗汉使出之后，明白了自己的很多缺陷，过后再做弥补，必有上佳长进，无法大师能够击败罗汉拳罗汉，并不代表罗汉拳不好，而是无法的武功实在太高。

想当年，罗汉拳可是达摩祖师亲传，祖师于少林讲禅时，见少林僧众个个面黄肌瘦、精神不振，甚有病体夭折者，慨然曰："出家人虽不以躯壳为重，然亦不容不澈解于性，使灵魂离散也。欲悟性，必先强身，则躯壳强而灵魂易悟也。"于是创罗汉拳十八手，授以僧众，修炼不过数月，则个个精力充沛，自此，罗汉拳定为少林的基本拳路，在天下广为流传。

无法连闯七关，元气已消耗大半，所幸没有受伤，还可应战，阙浪可是为其捏了一把汗，无法深吸了一口气，闯向了第七关。

第七关的两名罗汉，一使齐眉棍，一使阴手棍。枪挑一条线，棍扫一大片，自少林十三棍僧勇救秦王后，少林棍就名扬天下，这两名罗汉同时使棍，看来已闯到了极其凶险的层次了。齐眉棍的长度有着严格的限定，每支棍竖直时需与眉高度同齐，那罗汉使棍时，大蹦大跳，劈、绕、撩、点、拦、封灵活多变，棍声呼啸，气势极为勇猛，且手臂圆热，身棍合一，力透棍尖。

阴手棍则相反，天地有阴阳之分，阳为刚，阴为柔，在棍法中，亦刚中有柔，柔中有刚，乍看那阴手棍，至柔无比，如棉不定，实则是以柔迷惑，无法未知虚实，也不敢贸然上前，但他内力深厚，很快就看出了门道，阴手棍与一般的少林棍明显不同，其不按正统套路出招，而是将棍术反打出来，很难猜测其下一招招数，其指上打下，声东击西，忽左忽右，令人捉摸不定，防不胜防。齐眉棍与阴手棍同时攻来，无法小心避让，同时仔细观察其两棍的变化，当两棍的招数都记起后，突然从中往上旋了一圈，此时，齐眉棍正往下劈，阴手棍正往上撩，两棍竟然抵在了一起，这是两名罗汉所没想到的，在这节骨眼，无法两脚同时向左右踢出，踢中那两名罗汉的胸膛。第七关过之。

在无法往上旋的时候，在旁观战的同光方丈会心一笑，他瞬间就参透了无法的意图，少林向来以拳和棍出名，这次竟然被无法全部破之。

于是到了第八关，情况起了很大的变化，终于用上了较凶险的兵器，那两名罗汉，一使六合枪，一使春秋大刀。所谓六合，就是挑出六家绝世枪法，合六为一，头一家，西楚霸王项羽的霸王枪，霸王盖顶三枪，打遍天下无敌手；第二家，云台二十八将之姚期，姚期当年追随汉光武帝刘秀，身经百战，以一柄长枪挑敌无数，天下闻之，莫不闻风丧胆；第三家，刘皇叔帐下五虎将之赵云，赵子龙当年在长坂坡，单枪匹马力退曹操数万军，天下英雄莫不震动；第四家，武侯高徒姜维，姜维承武侯遗志，击郭淮，破曹爽，斩王经，一杆长枪挫强魏之锐气，魏人惧之；第五家，白马银枪高世季，使天下第一大枪，无人能近枪花，且自成枪谱，后人习之，所成者甚少；第六家，乃大唐名将罗成，卧身回马枪挑敌无数，以一杆银枪威震河朔，少林高僧苦心钻研，将此六家绝学合之，成六合枪，威力无比。

春秋大刀乃关羽所传，节奏紧逼，独具一格，技法多以砍、撩、斩、劈、削、截等，并缠腰、绕脖、云胸、舞背，关云长斩颜良，诛文丑，过五关，斩六将均用春秋大刀，连曹操都深深惧怕之。

这两名罗汉使其此两兵器，呼呼有声，若稍有不慎，性命难保，而生死却往往在一瞬间，无法甚至惊出了一身冷汗，只能在刀口枪尖上寻对策，当刀枪同至时，无法竟然朝枪迎去，运内力往枪身上一滚，同时，春秋大刀也平着枪，向无法削来，无法听得风声，突然一挺，在枪身上避过刀锋，只要有稍微一点点不慎，即刻身首分离，无法抓住良机，伸出左手一指，点住六合枪罗汉之喉，那罗汉一咳，内力顿失，无法再顺手一掌，那罗汉一个踉跄，差点倒地，无法一转身，春秋大刀也劈了过来，无法一个侧身避开，飞起一脚，踢中罗汉手臂，那大刀极重，掉在了地上，再一脚，踢中其胸膛，罗汉也倒地，第八关过之。

达摩顿悟

第二十章

无法连闯八关，胜利在望，想到即将闯过这少林十八罗汉阵，入达摩洞，心中不禁升起一股豪气，直接跃向第九关。

第九关是最后一关，难度最大，罗汉的武功一定最高，少林主修禅宗，禅宗认为"担水砍柴，无非妙道"，功夫源于生活，洗衣挑水，淘米做饭中，均可悟道，均可摸索出武功，故少林武功亦"参正禅机，冀臻上乘"，于是始有内外交修之旨，身心两修之功，以禅入武，悟道解脱，以武功之小道，体悟天地万物之大道。

第九关罗汉的兵器非常特别，一使水桶，另一人居然使一只大鼎，也就是一只大香炉。那只水桶里有整桶水，绳长有四丈，缠腰绕脖，使起来呼呼咋响，竟无半滴水流出，无法试探性的一碰，被震得虎口发麻，遂不敢再轻易碰之，水桶绳极软，不像棍、枪有形，要控制之极难，若无经年累月的刻苦练习和极高的悟性，不可能如此自如，而整桶水也有一定重量，要耍得不出一滴水，须有极深厚的内力，只见那水桶一圈又一圈的砸向无法，无法只能听风避之。

另一名持鼎罗汉，浓眉大须，凶神恶煞，鼎至少有两百斤，在其手里却舞得吞吐起落，粗犷豪爽，并且还包含了很严谨的招式，劈、扎、撩、扫等，招招杀气逼人，攻击范围极大。

水桶与鼎软硬间即刻互换，形态变化万千，根本找不出破绽，无法使出千手如来与两名罗汉力战，片刻后，竟渐感体力不支，那千手如来是至阳之武功，内力损耗甚重，而眼前两位罗汉的内力加起来又超过他，若再僵持下去，将功亏一篑，必败无疑，打斗中，他想起了国鼠神腿，但这套武功目前并不成熟，若不慎，恐性命难保，又打了片刻，无法已被压得只剩招架之力了，旁边的阙浪看得甚是心焦，只冒冷汗，而同光方丈神情也极为肃穆。

不能再犹豫了，无法往后跳几步，突然在空中划出一道美妙的弧线，无法旋转着身子朝水桶罗汉踢来，那罗汉直接将水桶甩出，与无法的脚相碰，水桶竟爆开，水花四溅，还泼到了罗汉，那水本来就带有很深的内力，这么一泼，罗汉被震得后退了几步，无法继续朝持鼎罗汉旋转着踢来，于鼎上连续踢了多脚，而且越来越快，力道越来越大，那罗汉持着鼎连连退却。

无法突然往后仰去，倒转了一周，以双掌击向鼎，这是一杀招，在无法往后翻身之时，持鼎罗汉已调整好步伐，输出了雄厚的内力，无法也将全部内力打向鼎，两人全力比拼内力，片刻，两人僵持不下，突然，只见无法的头往后缩了缩，看到这一幕，同光方丈和阙浪大惊失色，无法是想把头也撞上去，以瞬间加强内力，达赢之目的，但是，一旦其没成功，则头会被罗汉的内力震碎，为赢下这场比武，连性命都赌上去，同光方丈看出他要这么做，但也不能阻止之，毕竟无法也是出家人，他若愿舍生取义，能早日升入西天极乐世界，也不失一件好事，而阙浪可不管这些，他马上冲上去。

就在阙浪正要冲的时候，那持鼎罗汉脚底却踩到了一颗小石头，正是这颗小小的石头改变了整个局势，让所有人都觉得颇为偶然，在这关键时刻，罗汉的脚底一打滑，双手放松对鼎的发功，机会稍纵即逝，无法以雷霆万钧之势压了过来，那罗汉已然输了，无法见之，觉得胜之不武，想与持鼎罗汉再比一场，持鼎罗汉双手合十，点明这即是天意，并无胜之不武之嫌，天意不可违之，无法心领神会，双手合十回礼。

此时，十八罗汉全部走到他的面前，列队，双手合十向其表示祝贺，无法也以合十礼回之，天下武功出少林，能过少林十八铜人者，为数不多，而能过十八罗汉阵，则更是前无古人之举，少林弟子一向自负，自认天下无敌，今天碰上无法这种顶尖高手，总算见识了什么是天外有有天，人外有人，这种不世出的武学奇才，理应得到崇高的尊敬。

阙浪与同光方丈也走了过来，同光毕竟是少林方丈，今日十八名少林顶级高手组成十八罗汉，竟不能挡，自己脸上也无光，当然，他在无法的面前不会表露出来。阙浪显得兴奋，用一种很纯粹的笑容面对无法，表达他的敬意，这一路来，两人风尘仆仆，探秘少林，现在闯过了十八罗汉阵，则离此行的目标又进一步了，而他在这十八罗汉阵中，悟得了甚多法门，他将以前的练功方法在脑海里默想了一遍，已知缺陷之所在，日后再行修炼，定能快速提升。

无法终于支撑不住了，力战少林十八罗汉，元气大伤，竟然瘫倒在地，同光一看，知非同小可，即刻将无法扶正打坐，亲自为其输送元气，少顷，只见少许白烟从同光的手掌处升起，同光方丈深得《易筋经》之要领，武功独步天下，其为无法输送元气，那是再好不过了。

少林武功是上乘武功，但对天下武功来讲，厉害的武功未必就是上乘武功，武功是否厉害，在于练功法门，不在于精神修养，而禅宗可提高人的精神境界，若单纯追求厉害的武功，少林弟子则完全不必参正禅机。上乘武功的价值在于上乘之美，惟有上乘的精神境界，方有可能产生上乘之美，惟有上乘之美才有可能创造出较好的练功法门，所以，悟出禅宗之道方能创造出上乘的少林武功，同光方丈是得道高僧，其武功当然是少林最上乘的武功。

一炷香之后，同光方丈收功，无法缓缓睁开双眼，神情极为清澈，看来元气已足，他站起来，向少林僧众行了礼，同光方丈要履行他的诺言，带他上达摩洞。

达摩洞位于五乳峰，面向西南，当年，达摩祖师在此面壁九年，由于年深日久，身影投于洞内石上，竟留下了一个面壁姿态的形象，连衣褶皱纹都隐约可见，宛若一幅淡色水墨，同光方丈讲解到，这即是"达摩面壁影石"，历代少林方丈见此石，无不以达摩祖师之精神自勉之，再往里走，见达摩像，旁有二祖慧可像，同光与无法二人连忙参拜，无法求佛已久，今日得见禅宗始祖及二祖之像，心怀虔诚。

拜完，无法一看，达摩祖师圆目虎口，双眉倒立，虬须尽张，一副救济天下的神情，袈裟一袭神光普。一侧为慧可断臂像，慧可得达摩祖师的真传衣钵，弘扬少林禅宗，其断臂求法之精神为天下人所传颂。洞内的东壁题有"本来面目"四字，是为禅宗追求佛之源的表达，无法看到这四个字，似有所悟，西壁上刻有"面壁洞天"四个字，点明此洞之由来，在这四个字旁，石壁深深地陷了一个缝隙，深不可测，奇怪的是，隙内并无点火，却发出了微微的火光，同光说道，这条缝隙名为火龙洞，达摩祖师未到时居于洞内，自达摩入洞，火龙潜入此深隙遁逃，但留下几片龙鳞，以做火种，故会有火光。

无法参拜完达摩和慧可，就在洞内四处看看，他想找到达摩关于印度七弦琴的线索，这才是此行之目的，摸索了许久，却一无所获，不禁深感失望，同光方丈在旁看着，劝无法不必着急，世事皆是缘，若缘未到，急亦无用，无法听之，亦觉有理，心想，达摩可在此面壁九年，弘佛天下，今日到此也不易，索性亦在此坐禅片刻，或许能悟道，方才不枉此行，他将此想法讲予同光，同光亦表示同意，并与其一起面壁，两位高僧就在洞内一起参悟。

当年，洞内有达摩祖师与慧可在此参悟，而今日，有同光和无法两位高僧在此参悟，以两人在佛门中的地位，均是前茅之名，两人自视甚高，在心里都把自己视为达摩，而把对方视为慧可，其实出家之人不应有此排名之争，但二人却未能免俗，这就是二人与达摩慧可的差距了。

而二人即便是想达到慧可的高度，仍是可望而不可即，当年慧可为了求法，忍常人所不能忍。达摩在入驻少林寺之前，于金陵永宁寺见到了九级浮屠，只见那浮屠金盘炫日，光照云表，达摩口唱南无，合掌赞美，将心许与中土，决心

留在中土传法，于是就到了嵩山少林寺，并落迹于此，终日面壁。

面壁坐禅是一种追溯，亦是一种等待，对于同光和无法来说，他们都在等待一个法门。对于当时的达摩来说，他在等一名有慧根的传人，可是却久等不至，一晃过去了九个春秋，终于等来了一位法号神光的僧人，他前往拜谒，达摩面壁端坐，不置可否，神光没有气馁，暗自思忖："古人求道，无不历尽艰难险阻，忍常人所不能忍。古人尚且如此，我有何德何能？当自勉励！"

时寒冬腊月，漫天大雪，夜幕降临，神光仍屹立在洞外，天明，积雪已没过双膝。

达摩开口问道："汝久立雪中，所求何事？"
神光泪流满面，说道："只愿和尚慈悲，为我传道。"

达摩担心神光只是一时冲动，难以持久，略有迟疑，神光明白达摩心思，取利刃自断左臂，置予达摩，以证心坚，达摩明白传人已到，遂留神光，并另赐法名慧可，意为有慧根，可教也，以《易筋经》、《洗髓经》、《楞伽经》传之，再传衣钵，从此，经少林僧众的刻苦努力，少林武功及禅宗在中土遍地开花，欣欣向荣。

两人面壁坐禅，修的是禅宗，两人均是禅宗得道高僧，昔禅宗在天竺未能成宗，却在中土成为主流宗派，禅宗恒久远，是因其教义及方法够简易，他教传法，难免重文字而轻精神，往往本末倒置，达摩顿悟后，深知原先的方法较为偏颇，遂提出"教外别传，不立文字，直指人心、见性成佛"。

所谓"教外别传"，是指有别于经文的一种传道法门，禅宗之简易，体现在"见性成佛"上，禅是"静虑"，安静地深思为禅定，达摩顿悟后，否定了天竺那一套修行的阶梯层次和累世修行，主张人人都有佛性，即是"本性"，众生均有成佛的智慧，即"菩提"，众生均可悟佛而成佛，但何时豁然大悟难以料定，众生之所以未能成佛，是因对自身本性无觉悟，一旦拨开迷雾见青天，明心见性，自性就是佛，把佛变为举目常见的众生，达摩的这种主张，让修行的僧众及众生充满了信心，也使信佛的人大增，细想之，同光方丈及无法大师最初不也是从众生而来。

两人坐禅面壁，看似安静异常，实则内心千帆已过，潜藏着对佛的期许，两人这一坐禅可不打紧，竟已坐了两天两夜，少林僧众与阙浪不知是何情况，在洞外等得焦急，但又无资格进入达摩洞，也只能等，不觉日又将西沉，洞内，两位高僧坐禅反倒坐得顺心，终于，在天色暗下来之际，两人同时睁开眼睛，同光问道："阿弥陀佛，无法大师，你悟到了吗？"

无法面带微笑向他回应："悟到了！"
同光笑着："老衲也悟到了！"
"噢，敢问方丈悟了什么？"
"大师悟到什么，老衲就悟到了什么！"

两人同时站了起来，向西壁的火龙洞走去，同光伸手进去，摸到一块凸起的石块，用内力一吸，竟吸出一块石块，细细一看，那石块分明是一把琴的形状，两人一看，知道都一定是达摩祖师留下的线索，同光再把手伸入小石洞中，摸到一个卷轴，披开一看，却是一幅画，画得简单至极，惟有一水一船而已，良久，两人均无法参透，究竟此画与印度七弦琴有何关联。

同光建议道，再看下去，恐无结果，也许这是达摩祖师出的一道题，要考一下少林僧众有无慧根，不如带出洞，让僧众参悟，两人遂带此画出洞，不想，却难倒了少林僧众，阙浪也看不出什么端倪，众人皆一筹莫展。

阙浪与无法在少林又停留了两日，仍然无人能参透，同光叹道，少林的慧根太少，建议将此画送往附近的洛阳白马寺，白马寺是释源祖庭，佛入中土，第一座寺庙即为白马寺，白马寺高僧众多，人才济济，应有身负绝学之人。两人思之，亦只能如此，同光取出一只长盒，将画卷为卷轴，小心置于盒内，毕竟此图是达摩真迹，极其珍贵。两人拜别少林，赶往洛阳，洛阳在嵩山的西北此

向，一日即到洛阳，阙浪有一种"直下襄阳到洛阳"的感觉。

洛阳城，立河洛之间，居天下之中，禀中原大地敦厚磅礴之气，北据邙山，南望伊阙，洛水贯其中，群山环绕，势甲天下，东压江淮，西挟关陇，北通幽燕，南系荆襄，华夏文明发祥于此，黄帝、尧、舜、禹大仙均居于洛阳，雄都定鼎地，势据万国尊，这是大唐的东都，是国色天香的牡丹花都，太宗皇帝曰"崤函称地险，襟带壮两京"，玄宗皇帝曰"三秦九洛，咸曰帝京"。当年，汉明帝于洛阳派大臣班超出使西域，打通了荒废已久的丝绸之路，并将丝绸之路延伸打通到了欧罗巴，罗马圣君皇帝甚至派遣使臣出使大汉，于洛阳朝觐，引万邦来朝。

两人又聊起了学术流派，鸿生巨儒。洛阳的翰墨精英，灿若繁星，足以照耀史册，老子著《道德经》，苏秦纵横六国，贾谊博怀济世，班固修《汉书》，曹植写《洛神赋》，张衡制浑天仪、地动仪，蔡伦造纸，陈寿著《三国志》等，有汉魏文章半洛阳之称，但两人较称颂的，却是竹林七贤。

魏正始年间，司马氏专权，残杀异见者，诸多才子豪杰冤死刀下，一时人人自危，不得已，须避世以求自保。嵇康、阮籍、山涛、向秀、刘伶、王戎及阮咸七人，就常隐于竹林，饮酒纵歌，肆意酣畅，世谓竹林七贤，七人"非汤武而薄周孔，越名教而任自然"，"弃经典而尚老庄，蔑礼法而崇放达"，完全不拘礼法，追求清静无为，刘伶甚至经常裸身饮酒，以屋为衣裤，入室者皆被其嘲讽钻其裤。

阙浪与无法均好音律，说到竹林七贤，就不得不提到嵇康，嵇康审贵贱而通物情，为竹林七贤之精神领袖。其精通音律，所著琴曲《长清》、《短清》、《长侧》、《短侧》，世称"嵇氏四弄"，与蔡邕的"蔡氏五弄"合称"九弄"。

嵇康崇尚老子和庄子，喜读隐者达士之事，向往出世，不愿为官，生性轻狂，对礼法之士不屑一顾。隐于竹林后，却喜好打铁，以打铁来示自己卓尔不群和藐视世俗，超然物外得自在，不为世俗所拘，风度非凡，为一世之标。

嵇康偏向道家，无法虽是佛门中人，但也不妨碍其对嵇康的崇敬，在音律上，他一直是以嵇康为榜样的，嵇康的所有传世之曲，他全部可熟练弹之，但心头却有遗憾。

"阙兄，这嵇康有不羁之才，所作之曲莫不潇洒飘逸，只可惜，其最佳的那首已然绝世。"
"喔，大师说的可是《广陵散》？"

"是《广陵散》，想当年，嵇康临刑前，三千太学生联名上书司马昭，未获赦免，嵇康却淡然处之，于刑场顾视日影，从容弹奏《广陵散》，曲罢叹道，广陵散于今绝矣，本座以为，《广陵散》的绝世才是嵇康的唯一遗憾吧。"

"确实遗恨千古，倘若《广陵散》能够传世，以大师在音律上的造诣，定可余音绕梁！"
阙浪此话并非奉承，无法天资聪慧，琴棋书画样样精通，且均有极深的造诣。

两人聊着，不知不觉来到了洛阳城门，那城墙修得蔚为壮观，果有"天下之中，四方入贡"之势，两人正看着，却有令人心旷神怡的钟声传来，城墙上有一座钟楼，置一口巨大铁钟，奇怪的是，此时并无人撞钟，为何此钟会响，阙浪百思不得其解，无法笑着为其解释。

洛阳白马寺乃释源祖庭，香火极盛，信众就捐赠，铸一口五千斤大钟，制成后，僧众每撞此钟，城墙上的大钟亦会共鸣，同样，撞城墙上的钟，白马寺的铁钟亦可共鸣，故有"东边撞钟西边响，西边撞钟东边鸣"之说。

"原来如此，大师学问渊博，可否解释为何如此？"
"阙兄，此乃佛音再现，白马寺乃中土第一座寺庙，佛定偏爱之，故显灵于白马寺，造福洛阳百姓，方可有此奇观。"

钟声仍在悠扬飘荡着，两人遂入城，见到了名扬天下的"铜驼暮雨"，铜驼陌是一条中通巷，西傍洛河，桃柳成行，高楼瓦屋，红绿相间，若在阳春时节，则桃花点点，蝴蝶翩翩，莺鸣烟柳，燕剪碧浪。现正天暮，家家炊烟袅袅上升，犹如蒙蒙烟雨，纷纷扬扬，故称铜驼暮雨。两人有感于东都市井生活之惬意，其无长安较为浮躁的压迫感。

天色已晚，两人找了家客栈用膳，阙浪每到一地，均要品尝当地美食，就让小二推荐了当地名菜，无法是出家人，吃不得荤，小二也推荐了一道素菜"清水炖百彩"，"百彩"即为白菜，炖完后，将汤倒去，浇上酸汤，无法食之，甚是下饭。

无法虽与阙浪同行，但阙浪毕竟不是佛门弟子，不可限制其吃荤，故一路上，两人同处一桌，却各点各的，但阙浪可以吃无法的素菜。小二上了几道有名的荤菜，鱼翅插花、金猴探海、碧波伞丸、爆鹤脯均异常美味，上了一道葱扒虎头鲤，此鲤鱼乃孟津黄河所产的长须鲤鱼，是为上品，装鱼的盘子有一头往上翘起，鱼放之，鱼头正好作张口昂首状，有鲤鱼跳龙门之意，阙浪食之，极为鲜美。

而云罩腐乳肉乃是武后所创，武后育有四子，皆令其不满，唯独溺爱太平公主，后来公主出嫁给薛绍，送嫁时，武后取人乳涂于肉，命其吃下，意为让女儿莫忘娘亲的养育之恩。

阙浪又喝了洛阳名酒杜康酒，曹孟德喜饮此酒，甚至赋诗:何以解忧，唯有杜康。阙浪饮之，甚是甘醇，独饮一斤有余，这一餐，阙浪食得甚多，桌上所有的菜全部吃完，肚皮圆鼓鼓的，无法都看不下去了，劝其莫贪，阙浪笑之。

用膳后，两人就上街走动，洛阳乃丝绸之路的起点，万国之货在此均可见到，诸多西域人、大食人夹杂其间，万国语言流于市，其繁华之势并不比长安西市逊色，毕竟这是大唐东都，商圣吕不韦诞生于此，为天下谋，终成巨富，进而封侯拜相，洛阳的商人均以吕不韦为荣，善于算计，又由于洛阳具有良好的视野及快速的信息，行商之人普遍家境殷实。官、商、民共同创造出气吞天下的洛阳城。

两人旅途劳累，走了一个时辰就觉得困顿，梳洗罢，阙浪倒下便睡，而无法也在另一间盘腿坐禅，休息之。

第二十一章

洛阳故友

翌日一早，阙浪推开窗，却见对面有一座园林，园内清溪萦回，水声潺潺。高下错落，鸟鸣园幽。此时，无法也推开了窗，看到此景，不禁心驰神往，赞赏道："这一定是石崇的金谷园。"

石崇乃西晋巨富，富可敌国，敢与国舅斗富，其从南海换回珍珠、玛瑙、琥珀、犀角、象牙等贵重饰品，把园内的屋宇装饰得金碧辉煌，宛如宫殿。今日风和日丽，楼阁亭树交辉掩映，蝴蝶飞舞于花间，小鸟啁啾，对语枝头。

金谷园虽美，也无隙欣赏，两人用毕早膳，将所有的账结清，却奇贵异常，一共需三百七十三两，对此价格，阙浪显然不能接受，与掌柜理论，掌柜见二位是外地人，就满脸赔笑，列单解释之，住宿倒花销很小，也就二十两银子，其余的都是饭钱，而无法大师吃的那些素菜也就一两纹银，早膳二两纹银，而昨晚吃的荤菜一共要三百五十两，阙浪大惊，昨晚荤菜虽然美味，但并无甚特殊材料，怎会如此之贵？掌柜就笑着跟其解释，说如今在洛阳城，要吃上一顿荤菜极其困难，有些达官贵人为来此吃一餐荤菜，均得提前几日向其预约。

两人也无过多光阴与其理论，毕竟正事要紧，阙浪也不缺盘缠，遂付上全款，两人直奔白马寺，途中经过一处菜市，但凡菜市，都是各种果蔬，鸡鸭鱼肉应有尽有，洛阳的菜市却完全不同，果蔬的摊位甚多，却无一人卖荤菜，环顾整个菜市，仍有众多肉摊，鸡笼，但这些摊位要不人去楼空，要不就改卖果蔬，那就说明此菜市曾经有众多摊位贩卖鸡鸭鱼肉。

如此大的菜市全无售荤菜，一定是有什么不寻常的事情发生，两人在一处肉摊找了个卖果蔬的小贩，询问原因，原来，天下画圣吴道子近日到访洛阳，画了一幅《地狱变相》图，其图与前人的画法完全不同，前人画地狱，无非加上刀山火海，牛头马面，黑白无常之类恐吓之，虽会令人惊恐，但也仅是惊恐而已，而吴道子的《地狱变相》图里并不着重画这些，他画了很多阴风、愁云在内，观者均觉阴风扑面，如身临地狱，内心极度惊恐，莫不敢视，认为自己罪孽深重，皆惧罪修善，菜市上的屠户，看到此图后，惧怕因杀生而入地狱，故无人再敢出售鸡鸭鱼肉。

阙浪终于明白了客栈掌柜向他收取三百七十三两的原因，原来已是洛阳肉贵，吃荤太难，吴道子早已天下闻名，其画能够让肉贩罢市，功力着实神奇，想起那日在许昌见到吴道子的《勒马挺风》图，已觉寒气逼人，似关公怒视自己，欲纵马砍之，而长安也有吴道子盛名，玄宗皇帝曾命其画五龙，画成后，只见五龙麟甲飞动，生龙活现，飞龙在天，更奇的是，每欲大雨，墙壁即生烟雾，五龙欲飞。

白马寺北依邙山，南望洛河，庄严肃穆，清幽绝俗，天下闻名，掩映在城东一片郁郁葱葱的长林古木之中，乃佛入中土的首座寺院，佛门誉其为"释源祖庭"。白马寺建于东汉永平年间，汉明帝刘庄夜寝南宫，梦金神头放白光，飞绕殿庭。次日得知所梦为佛，遂遣使臣蔡音、秦景等前往西域拜求佛法，是为"永平求法"，蔡、秦等人在月氏遇上正在游化宣教的天竺高僧迦什摩腾、竺法兰，蔡、秦等于是邀请两位高僧到至中土宣佛，并以白马驮载佛经、佛像，跋山涉水，于永平十年抵洛阳，满朝震动，汉明帝躬亲迎奉，并敕令在洛阳雍门外以天竺式样修建僧院，为铭记白马驮经之功，故名白马寺。

无法大师想起王昌龄那首写白马寺的《东京府县诸公与綦毋潜李颀相送至白马

寺宿》，不禁朗诵之：

鞍马上东门，徘徊入孤舟。贤豪相追送，即棹千里流。
赤岸落日在，空波微烟收。薄宦忘机括，醉来即淹留。
月明见古寺，林外登高楼。南风开长廊，夏夜如凉秋。
江月照吴县，西归梦中游。

两人来到白马寺的山门，其山门又名"三解脱门"，是为"空门"、"无相门"、"无作门"，山门左右两侧各立一匹青石圆雕马，作低头驮经状，这正是白马寺寺名的由来。

两人进入白马寺，无法向小沙弥自报法号，那沙弥一听是闻名天下的名僧无法来访，遂急忙入内禀报，无欢方丈率众长老出寺门迎接。

"阿弥陀佛，无法大师莅临白马寺，弘我佛法，实乃佛门幸事。"
"无欢方丈，本座跋山涉水，遍游诸寺，今日至释源祖庭，得见白马精髓，若能再阅《四十二章经》，则不枉此行啊！"

无法也为阙浪引见了一下，三人穿过天王殿、大雄殿、释迦舍利塔，只见寺内殿阁庄严，佛像传神，古树成荫，落英缤纷，倒增添了佛国净土的清净之气，三人就在接引殿置茶详谈，无法也不多说，直接简明扼要的说明，并将图予无欢方丈。

无欢接过，看了许久，却看不出什么究竟，阙浪甚是心焦，少林、白马中原两大寺竟参不透此图，无欢也感觉出阙浪的心思，就向无法请求，让此图留于白马寺数日，再请白马的寺众一同揣摩，无法倒也不急，他向无欢索取《四十二章经》一阅。

《四十二章经》乃中原第一部汉文佛经，极其珍贵，是白马寺的镇寺之宝，平日只有方丈可看，白马寺与少林寺不同，无法欲上少林达摩洞，尚可冲击十八罗汉阵，而白马寺僧众并不习武，实在无甚门规可循，但无法是天下名僧，今日光临白马寺，已给令白马寺增辉，若直接拒绝之，恐为不妥，于是，无欢就向佛祖问卦，佛祖倒也惜才，竟许可之，无法就在无欢的陪同下一起阅读《四十二章经》，寸步不离。

一日一夜过去了，白马寺的僧众毫无进展，阙浪终觉无聊，于清晨叫上一名小沙弥，让其带他在寺内四处走动，在大佛殿，终于见到了吴道子的那幅令屠户罢市的《地狱变相》图，阙浪乍一看，竟吓得倒退三步，撞倒了那名小沙弥，那小沙弥爬起，眼神里散发着惊恐，他用颤抖的声音对阙浪说：
"施主好定力，仅退两步，前几日，看此画的甚多信众吓得当场屎尿失禁，殿内布满污秽物。"

小沙弥此言非虚，阙浪瞟了此画，直觉画中判官虬须云鬓，数尺飞动，毛根几可出肉，巨状诡怪，肤脉连结，地狱内云雾蒸腾，实乃阴风，阙浪观之，顿觉阴风向其不停吹来，顿时毛骨悚然，一旁的小沙弥可受不了了，闭着眼睛跑了出去，却不慎撞到柱子，摔倒在地，阙浪也不敢再看，连忙扶起小沙弥，往外跑去。

看来菜市上那人所言非虚，若非亲眼所见，阙浪是不会相信一幅画竟有此功力，两人跑到殿外的庭院，稍做打坐，方才将惊恐之心绪压下，阙浪倒想会一会吴道子本人，小沙弥回应道，吴道子半月前画完《地狱变相》就离开白马寺，但听说其近日尚在洛阳，阙浪听后，遂作罢。

两人来到了清凉台，小沙弥为他讲起了清凉台的来历，这清凉台原是汉明帝幼时避暑和读书之所，后为敬重两位高僧，就将清凉台让出，供迦叶摩腾与竺法兰译经，两位高僧也不负众望，于清凉台译出首部汉文佛经《四十二章经》，为佛法在中原的弘扬奠定了基础，佛门弟子为表敬慕，塑二僧之像于清凉台，后天竺高僧昙柯迦罗入驻白马寺，于清凉台又译出首部汉文佛律《僧祇戒心》，为天下的出家人制定了详细的清规戒律，此后，众多的佛经从清凉台译出，佛法终于传遍中原大地。

寺南有两座高台，台上立一碑，碑上刻着：东汉释道焚经台。原来这就是焚经台，当年，佛初入中原，吸收了众多的信众，而彼时的中原，仍有众多的方士流派，后方士集结起来至白马寺，与迦叶摩腾与竺法兰辩经，双方约定输者须自焚本方经典，两位高僧弘扬佛之无边，晓人予佛理，终大获全胜，并于焚经台将方士流派的典籍付诸一炬，佛于中原由此兴盛。

阙浪想着当时的情形，不禁对二位高僧肃然起敬，来到"二僧墓"，东边墓碑上刻有"汉启道圆通摩腾大师墓"，西边墓碑上刻有"汉开教总持竺法大师墓"，这便是来中原传经授法的高僧——迦什摩腾和竺法兰之墓，阙浪就在小沙弥的指引下对二僧墓进行了参拜。

向东行不久，又现一墓，上前一看，竟然是大唐名相狄仁杰之墓，狄仁杰乃武后手下之重臣，平生断案无数，善推理，破获的众多悬案堪称经典，武后倚重之，以狄公相称，狄公仙逝，武后悲痛不已，将其葬于白马寺，并追封梁国公，奖赏其后人。阙浪心想，这狄公乃是神算，若其在世，将那张图交予其审，应是小事一桩。

阙浪离开狄公墓，往天王殿走时，竟然碰到了一位故人，郑以为手中正提着一方砚台及一个墨块，旁边还有一个小沙弥提了一桶笔，长短粗细不一，阙浪与郑以为能在白马寺相遇，两人都甚感惊讶。
"郑大官人，怎会来白马寺啊？"
郑以为笑容满面的回答他："呵呵呵，洛阳故友如相问，一片冰心在玉壶！"

此次，画圣吴道子欲从长安至洛阳作画，相邀郑以为同往，两人本是故友，遂欣然应允，一到洛阳，白马寺《地狱变相》图就震惊全洛，令屠户罢市。

两人近日在洛阳游玩，今日再上白马寺欲拜访无欢方丈，不想经过天王殿，见有一堵白墙，吴道子忽然间才思涌上，欲在墙上作画，沙弥见吴道子准备再度挥毫，遂速速向无欢方丈禀报，无欢一听是吴道子再临白马寺，又欲作画，自是欣喜异常，连忙赶至天王殿与吴道子寒暄，吴道子今日并无带笔、砚、墨等画师器具，无欢连忙命小沙弥去取白马寺藏的最好的墨块、砚台及各式笔，郑以为担心小沙弥不懂，就亲自与他前去挑选。

阙浪随他来到了天王殿，只见天王殿已挤满了出家人及信众，无欢方丈与无法均在其中，吴道子作画，观者向来是人头攒动，万人空巷。郑以为三人好不容易挤到墙下，将笔交予吴道子，郑以为蹲在地上，亲自为其磨墨。

阙浪闻吴道子盛名，如雷贯耳。吴道子乃世之画圣，其习画之初与常人不同，常人习画一般拜画师为师，可吴道子之师，并非画师，而是草圣张旭，完全是"不拘成法，另辟蹊径"，极富创造力，张旭癫狂，吴道子向其习书法，主要是为习其狂，张旭的书法笔走龙蛇，吴道子跟循其道，两年后，竟能熔书法、绘画为一体，并独创"兰叶描"画技，天纵其能，独步当世，一举颠覆陆探微、顾恺之的权威画法。令孤狂自傲的张旭也不禁叹服，并赞道："绝顶聪颖绝顶狂，天生道子世无双！"

吴道子与裴旻、公孙大娘夫妇亦有极深的交情，当日公孙大娘尚在长安舞剑时，吴道子经常观摩，从剑法中悟得画技，而后，裴将军丧母，守孝之，请吴道子于天宫寺之墙壁画几幅神鬼像，以资裴母在阴间可得神佛之佑，吴道子答曰："吴某已久不作画，若将军有意，请缠绸缎作彩饰，舞剑一曲，将军剑舞勇猛凌厉，或许能令吴某与冥界想通。"

裴将军褪去丧服，抽剑，走马如飞，剑在手中"左旋右抽"，忽然，裴将军将剑抛向高空，距地有数十丈，而后像电光一样射下来，裴将军伸手握住剑鞘，根本不看剑，如松站立，那剑掉下，不偏不倚，正好插入鞘内，观者数千人，均被此惊险场面所惧，吴道子观赏了此英姿，一时灵感大发，挥毫作画，随着笔墨挥舞，飒飒地刮起了大风，为天下之壮观！

玄宗皇帝素闻吴道子盛名，将其请入宫中任御用画师，吴道子生性不羁，但亦不敢有违圣命，入宫后，玄宗想起蜀中山清水秀，妙趣横生，遂命其游览蜀中，游毕再返宫作画，吴道子漫游嘉陵江，纵目远眺，好山好水一幕一景地掠过，未绘制一张草图，体会便已铭记于心。

返回长安，玄宗见其无草稿，责怪之。只见其从容不迫，于大同殿墙壁上，画蜀山蜀水，怪石崩滩，其并非将嘉陵江山水简单罗列一番，而是把握住一山一水、一丘一壑引人入胜的境界，将山川壮丽与特色高度凝结，挥笔如暴风骤雨，嘉陵山水，纵横三百里，旖旎风光跃然壁上，一日而成，并开创"疏体"画法，为后代之宗。此前，李将军亦曾奉玄宗命，于大同殿壁上画嘉陵江山水，虽也奇妙，但数月方毕，玄宗颇为感慨地说："李思训数月之功，吴道玄一日之迹，皆极其妙也。"

白马寺中，闻讯赶来的信众越来越多，扶老携幼，蜂拥围观，吴道子坐在地上打坐，闭目养神，呼吸均匀，周边视若无人，郑以为将墨磨好，吴道子微睁双目，取笔蘸墨，突然站起，立笔挥扫，势若旋风，人群中无不惊叹，高声喧呼。

阙浪观之，只见其所画人物衣褶飘举，线条遒劲，简直是天衣飞扬、满壁风动，不愧"吴带当风"之誉，画人如以灯取影，逆来顺往，旁见侧出，横斜平直，得自然之数，不差毫末，出新意于法度之中，寄妙理于豪放之外，游刃余地，运斤成风，其俄顷而就，有若神助，只见壁上所画神采奕奕，但未书画名，旁边的无法看后，向吴道子施礼，说道：
"画圣所画，可是《贝叶如来图》？"

吴道子甚觉惊讶，若无极深刻的佛经研学，是不可能在未写图名的情况下领悟详细内容，自己能画出此画，也是因为曾游历云南，专心研读过贝叶经方才懂得，心甚奇之，不禁对这位和尚刮目相看，遂上前与其寒暄，无欢方丈见之，遂请画圣、无法、阙浪、郑以为至接引殿饮茶，至于天王殿上的信众，在吴道子走后即挤于壁前观画。

吴道子饮着茶水，与诸人谈笑风生，谈起几年前在鸡足山的一件奇事。月圆之夜，吴道子上山与跃治禅师对月饮茶，闲话古今，跃治禅师乘此良宵请其作画，吴道子欣然应允，作了一幅《立马图》，那马画得活灵活现。

刚要画最后一笔马尾之时，突然乌云遮月，狂风大作，吴道子顿觉胸闷，竟然至院外呕吐起来，跃治禅师连忙安顿其休息，第二日细思昨夜天象，不敢再画，下山而去，那马虽活灵活现，有跃下墙壁之势，怎奈无马尾，终究有所缺憾。

两月之后，数十位农人上山冲进寺院，与禅师理论，汝寺秃尾马多次下山咬我村牛羊之尾，伤者甚众，今日我们设伏，追着秃尾马，其却躲入寺内，请禅师将马交出，禅师甚觉荒唐，但也不阻拦，任由农人找马，农人搜遍全寺并未找到，却见《立马图》中的秃尾马与今日要寻的马一致，遂再找禅师理论。

禅师明白过来，取来一桶墨，斥道："畜生害人，留你何用。"欲将墨泼于墙上，墙上那马见状，竟然活动了起来，四蹄跪下，双目流泪，农人见之，心甚怜悯，亦劝禅师留其生路，禅师要求秃尾马今后需帮农人做活，马即应之，从此以后，鸡足山下即可经常见秃尾马，帮农户驮柴驮米。

无法听之，觉得甚奇，问之："那马既已改过自新，画圣可有将马尾接上？"吴道子哈哈大笑："去年就补上了，还另画一匹雌马配之。"

众人听完会心一笑，这画圣对马还如此体贴，无欢方丈见吴道子终日与画为伴，其对图画的理解一定有异于常人，遂将少林达摩之图说出，吴道子听闻，甚是感趣，接过那幅画，见画上惟有一水一船而已。一时不敢定论，再斟酌多时，道："佛门传道，喜以诗句相传，达摩祖师是禅宗初祖，更喜用诗，吴某猜测，此画应是一句诗。"

众人听之，甚觉有理，均问之是何诗？吴道子倒不紧不慢，取过茶来，喝了一口，再细细观之，接引殿内极其安静，生怕打断画圣思考。再过半个时辰，吴道子又品了一口茶，指着画，郑以为明白画圣其已知究竟，赶紧起身凑了过去，众人见状，也围了过去。

"画上惟有一水一船而已，那说明此地是一个渡口。"众人听罢，连连点头。

"而渡口没有一人出现，说明此渡口极其偏僻，视为野渡，且无人。"

"此船即为渡船，渡口渡船停靠皆应竖放，此船却横放，无人来渡，船家不乐意打理，无人渡之，舟自横之。"

"故此画中之诗应为:野渡无人舟自横！"

野渡无人舟自横，此图终于真相大白，达摩已知后事，遂画图令后人悟之，少林寺与白马寺均无精通画工之人，当然无人能参透。

此句正是韦应物名诗《滁州西涧》中的最后一句，全诗为:

独怜幽草涧边生，上有黄鹂深树鸣。
春潮带雨晚来急，野渡无人舟自横。

阙浪瞬间明白，野渡无人舟自横包含了三个人的名字，"野渡"即为国色庵野渡师太，"无人"即为天下第一美女花已容，法号无仁，"舟自横"即为冷院统领周自横，看来，一定要同时找齐此三人，方可得知印度七弦琴的破解之秘。

阙浪将此三人讲出，众人一听此诗包含三人，得知破解印度七弦琴已有明确方向，心中稍稍宽慰，无法说之:
"本座曾到访国色庵，与野渡师太尚有交情，而其弟子无仁，本座倒不相识。"

无欢方丈说道:"阿弥陀佛，论辈分，这野渡师太尚高我等一辈，我等理当赴国色庵，拜会野渡师姑及无仁师妹。"

郑以为道:"国色庵于长安郊外乱坟冈，群狼凶猛，可怜那周自横，被群狼所咬致面目全非，而今又下落不明。"

吴道子曰:"乱坟冈恶狼伤人，信众不敢至国色庵上香，以致于那时国色庵门庭冷落，前年吴某经过国色庵，野渡师太忧心忡忡，吴某遂画一幅《白狐御狼图》于国色庵内，群尼喜之，竟置香炉参拜。"

阙浪一听到白狐，遂想起那只于群狼口中救他的那只，就向吴道子询问白狐之貌，吴道子说道："吴某所画狐狸，左耳上缺了一个角。"

阙浪遇到的那只狐狸左耳也缺了一个角，看来是同一只无疑了，阙浪遂将与郑以为在梅花林斗剑时，白狐跳舞，以及在乱坟冈遭群狼攻击，险些葬身狼口，白狐适时救其之事说出，众人啧啧称奇，前有秃尾马之事，后又有白狐御狼之事，再加上近日《地狱变相》令洛阳屠户罢市之事，吴道子俨然已成一位上通天神，下通鬼魅之人。当然，吴道子倒是从未想到会有这等奇事，他仅仅是专心将图画好，至于图上所画之物会如何变化，倒不是其所能预测的。

当务之急，就是寻找失踪的周自横，再将其带至国色庵，与野渡师太、无仁师太会合，方可参透印度七弦琴之破解法。

可是，周自横又在哪里呢？

第二十二章

白狐御狼

周自横失踪许久，人海茫茫，不知该如何寻找，众人商议了半天，最后只能求助于丐帮，丐帮弟子遍天下，倘若愿意帮忙，应很快就可知道下落，但帮主吴少棠向来性情古怪，脾气捉摸不定，要说服其帮衬，并非易事，那就必须要有一名说客。

环顾四周，惟有郑以为是不二人选，其不仅武功高强，风度翩翩，家财万贯，更令人称道的是其深厚的官方背景以及对江湖三教九流的熟络，世人公认其为"通天大神"，既然其长袖善舞，当不负重托。

丐帮总舵原本在长安，后因帮主离奇失踪，帮中内乱，五年未选帮主，这五年间，丐帮群龙无首，无人约束，帮规败坏，长安街头经常见到群丐向商户们强打秋风，索讨规费，若有纳捐，即出一葫芦纸予给商户，贴于门，曰"罩门"，罩门所在，一年内群丐不至，然一张罩门，一年须捐银五百两，其远高于缴予官府之税，商户苦不堪言；若拒之，则群丐终日登门强索硬要，捣乱滋事，甚至殴打商户及客人。

长安东市、西市自是丐帮索拿的重点，而此两市西域人士众多，丐帮此行为，令西域各国国王纷纷向大唐皇帝诉之，晓以利害，玄宗皇帝遂命神策军围捕丐帮，而丐帮并不惧入牢，入牢者均有牢饭供应，反倒省去乞讨之劳，仍旧我行我素，玄宗皇帝大怒，下诏对丐帮囚犯禁食，一时饿死者甚众，并且加大围捕力度，丐帮元气大伤，帮众人数越来越少，几近亡帮，最后只剩三十七名帮众，当然，此三十七名均是武艺高强之人。

丐帮在生死存亡之际，临危受命的新帮主吴少棠，带领着仅存的三十多名帮众，洗心革面，立下《丐帮十诫》，以锄强扶弱，经世济国为己任，然以往形象太差，商户已很难再接受丐帮，且官府的追捕并未放松，长安已无丐帮立足之地，吴少棠痛定思痛，决定将总舵迁至东都洛阳，徐图发展。

至洛阳后，丐帮以新气象面对洛阳官民，很快就恢复了元气，吴少棠提倡内修武功，外御豪强，重新博得世人好感，天下乞丐莫不响应，一时间入帮者甚众，三年即拥十万之众，天下各地均设立分舵，眼线众多，让丐帮来帮忙打探周自横的消息，则是再好不过了，十万帮众寻人，岂有寻不到之理。

丐帮总舵设在洛阳城郊的关林，此处为武圣关云长的首级墓冢，只见古柏苍郁，隆冢巨碑，气象巍然，天下人莫不敬仰，吴少棠将丐帮总舵分迁至此，也有借关帝义薄云天之意，重振丐帮神威，阙浪陪同郑以为到此，均有感于关帝的忠勇仁义，遂对其参拜，以表景仰，拜完，两人径直去找吴少棠。

阙浪对丐帮并不了解，郑以为就向他说起了丐帮起源，阙浪一听，竟然还与圣人孔子有关。鲁国杏坛，乞丐老祖范丹居之，某日，孔子讲学至此，连下七七四十九日大雨，孔子一行断粮，命弟子公治长外出借粮，公治长走了一圈，一粒米都没借到，当地百姓均已断粮，哪有余粮可借，后打听到乞丐范丹有粮，遂向其借之，范丹一听是孔夫子的弟子来借，以题考之，"何来多何则少，何喜来何则恼？"，公治长答曰："星辰多则日月少，娶妻喜来送殡恼。"范丹听之，觉得甚是低俗，将公治长逐出。

孔子只好亲自登门，范丹再问"何来多何则少，何喜来何则恼？"，圣人笑之，答曰："小人多来君子少，借账喜来还账恼。"范丹听之，甚喜，取出一鹅

毛翎筒，那筒里装满米，视之甚少，但范丹竟从中倒出许多米借予孔子，一年后，孔子携比借粮还多一倍的米还予范丹，倒入鹅毛翎筒，竟还不至半筒，令圣人颇为尴尬。

范丹笑之："此账您这辈子恐怕无法还清了！"
孔子乃守信之人，说道："若吾不清，徒弟可代之。"

范丹问之："汝徒弟是谁？"
子曰："普天之下，贴对联者即我徒弟。"

范丹大喜："汝徒弟代汝还账，那我徒弟就代我催账吧！"
孔子问道："汝徒弟是谁？"
范丹答曰："普天之下，要饭之人，皆吾徒弟！"
二人击掌为誓，故至今，若有乞丐上门，无人敢对其说"我不欠你的账"，即便不想给，也只可说无钱无粮。

阙浪听了郑以为这番讲解，甚觉有趣，原来丐帮还有这等渊源，能当上丐帮帮主，除了武艺高强，其行为举止也必定不凡，还未见到吴少棠，心中已有了一个轮廓。

吴少棠在关林边搭了一间竹屋，作为丐帮总舵之所在地，从外形看，并无出奇之处，两人经小丐通报，走入竹屋，两排的乞丐均用竹棍连续点地，以示威武，吴少棠坐在一张破旧的太师椅上，蓬头垢面，衣裳破旧，奇臭无比，而旁边的群丐亦然，郑以为是富贵之人，闻此味道，不禁皱起了眉头，伸手欲捂鼻，但觉失礼，遂作罢。

吴少棠倒是看出他的心思，爽朗一笑，道："阁下不必拘泥，行乞之人，有点味道甚是正常。"
郑以为倒觉惊讶，问道："莫非吴帮主也须亲自行乞？"

"哈哈，在下身为丐帮弟子，即使身居高位，仍未敢忘乞丐之本质，故每日均与众弟子外出行乞，身体力行，视天下乞丐是一家，只不过帮众事务繁忙，在下每日行乞仅两个时辰。"

"帮主德高望重，能够如此与帮众同甘共苦，难怪丐帮能迅速中兴啊！"
阙浪的夸奖并非奉承，吴少棠确实是用很短的时间就将丐帮再度壮大，对于阙浪的夸奖，他微微一笑，说道：
"立身不求无患，处世不求无难，究心不求无障，行道不求无魔。"

吴少棠之前从未与二人见过面，此番初见，其见解已深入人心，双方倒无心障，郑以为与阙浪就简单叙述了此行之目的，恳请吴少棠能发动丐帮弟子一起寻找周自横。吴少棠听罢，沉思半晌，后说道：
"周自横原本是朝廷命官，当年，丐帮总舵尚在长安，这周自横可恶，亲率官军杀我丐帮弟子，虽说彼时帮内有众多作恶之人，但其终究沾满了我丐帮的鲜血，帮中弟子纷纷欲杀之而后快，但在下鉴于近两年丐帮发展得较顺利，不想再惹事端而得罪官府，故严令帮众勿再提此人，更不得碰之，若有人犯之，依帮规重责六十，在下是此条帮规下令者，若再改之，颜面何存，帮威何存？"

两人听出其意，此事令这一帮之主极其为难，郑以为就使出他的惯用绝招，遂在大庭广众之下对吴少棠承诺，鉴于丐帮扶贫济弱，弘扬正气，愿捐银三十万两，以做丐帮发展之用，三十万两可不是小数目，郑以为向来慷慨，天下之事，只要他觉得有意义，就会不惜血本去做，而总舵的丐帮众长老听说其将捐银三十万两，深知此笔银钱对丐帮发展将很有用处，就都用企盼的眼神看向吴少棠。

"多谢郑大官人的一片好意，然丐帮所有钱财，均为帮众持破碗，行万里路，磕头说话，乞讨所得，对于郑大官人的这种施舍，本帮向来并不受之。"
吴少棠此言既出，丐帮众长老均面有愠色，却不敢明说，郑以为见捐钱都不行，颇感为难，阙浪见之，向吴少棠进言，当然他并不勉强之，而是请求帮主能够亲自带他们到附近的关帝庙祭拜，两人刚才就已经祭拜过了，这次阙浪再

要求祭拜，定有原因，郑以为细想一下，就明白了这是阙浪的缓兵之计，而这个要求并不过分，吴少棠无推辞之必要，三人就一起前往关帝庙。

到了庙里，阙浪装出要参观之意，从庙里仔细看到庙外，趁着这间隙，郑以为迅速将两锭黄金塞入吴少棠之手，吴少棠推辞之，眼睛瞄着庙里的关二爷，郑以为明白他的意思，原来关二爷注视着，不便受之。

郑以为笑着说，这有何难，褪去身上的蓝色外衣，一抛，将关二爷的头蒙住，并再做出承诺，称今日所带银钱较少，下月定送五名美女加入丐帮，供帮主暗中享用，吴少棠一听有钱又有色，再假意推辞了一番，最终收下。

少顷，吴少棠再度召集众长老，并宣称，刚才自己在关二爷面前问了一卦，关二爷表示，为了丐帮之发展，更好的帮助天下人，命丐帮须收下这三十万两，同时，帮中长老未娶之人，郑大官人将从长安为每人送一位美貌黄花闺女，再送一百两银做婚庆用，而已娶妻之人，另送二百两银以资儿女求学之用，至于周自横，自即刻起，全国丐帮弟子全力搜寻，须确保其人身安全。

帮中长老一听此言，无不欣喜异常，郑以为此举，甚是精妙，三十万两用于发展丐帮，冠冕堂皇，而这三十万两最终的花销也会落到每位丐帮弟子的头上，所有弟子都受到郑以为的恩惠，自会感激，寻找周自横将更加卖力；配妻予长老，令帮中高层对其感激，寻找周自横将极其卖力；最重要的是贿赂帮主吴少棠，帮主号令，莫敢不从，而两锭黄金，即一千两黄金，再加五名美女，财色兼施，帮主自会记之，当不遗余力的寻找周自横。

故，花钱办事，须注重两项，一为敢花，二为巧花，郑以为在此方面，无疑做得十分尽美，而阙浪，懂得审时度势，穿针引线，二人配合，堪称心有灵犀。

两人回到白马寺，众人均关切的询问，郑以为则笑眯眯地说：
"诸位放心，一月之内，周自横定会来投！"

为更好的弘扬佛之慈悲，郑以为再捐出三十万两予白马寺，无欢方丈听之，甚是感激，遂双手合十，连诵阿弥陀佛谢之。郑以为就去安排银钱事宜，十日后，从长安运来大批银钱及美女，三十万两予白马寺，三十万两予丐帮，长老们忙着娶妻，另五名美女暗中伺候帮主左右，丐帮洋溢着一片祥和喜庆之气！

吴少棠对寻周自横之事，甚是挂念，以至于在丐帮喜庆过后，竟亲自外出寻找，虽说寻周自横如同沧海一粟，然丐帮已有十万之众，各地均有分舵，各分舵每日详细汇报行踪，一旦发现蛛丝马迹，必可顺藤摸瓜。

周自横面容已被群狼所毁，若行于世，必然要戴面具或放下头发遮之，有了这等特征，要寻找就相对较易，丐帮弟子四处打探。

但奇怪的是，已过了二十五日，仍无任何线索，这倒让众人十分焦心，以丐帮眼线之广，不可能会毫无进展，除非只有一种可能，那就是周自横已死。果然到了第二十七日，长安分舵来报，于长安远郊一处乱坟冈，发现一冢坟墓，墓碑上刻着"周自横之墓"的字样。

吴少棠将此事与众人商议，此周自横究竟是不是彼周自横，无从得知，众人商议，应即刻赶往长安，到乱坟冈一探，于是，阙浪、郑以为、无法、还有吴少棠一同踏上西去长安之路，而吴道子在洛阳还有众多壁画要画，无暇西去。

来到长安城已是正午，众人风尘仆仆，均感疲惫，在胡姬酒肆稍做休整，安禄山热情款待，无法大师是出家人，安禄山也另备了斋菜，席间还兴奋地宣布，数日前玄宗皇帝有召其入宫，见其孔武有力，武艺超群，就封其为中郎将，隶属范阳节度使节制，为大唐效力，三月之后赴任，众人均为其道贺。

阙浪借食饭之间隙，见了莎菲娅，莎菲娅已多日未见阙浪，一见面即将阙浪的衣裳褪去，两人在屋内大战了一场，阙浪知众人在外，若他们长久等候，恐失礼之，遂半个时辰就终止之，这让莎菲娅甚是不悦，嘟着嘴，阙浪欲哄其开心，取出在襄阳抱璞岩的溪中拾得的那片石头送予她，莎菲娅见阙浪送其一石头，更加恼怒，接过石块往地上一摔。

这一摔，阙浪也颇无颜面，他捡起石头，向其解释说这可是和氏璧产地之石，弄不好，可能里面含着一块好玉，莎菲娅才不管这些，什么是和氏璧她可没听说过，此时，安庆绪在屋外急唤他，说众人正在等他，阙浪连忙应承说要立即出去，莎菲娅一听，再度不悦，夺过石头直接丢到窗外去。

虽然没有好脸色看，但此时的阙浪也顾不上什么，连忙出去与众人会合。安禄山也随同众人前往乱坟冈，吴少棠命长安分舵的弟子领路。

很快就来到了乱坟冈，周自横的坟墓在乱坟冈之中，并不显眼，唯一不同之处，就是有一支木制墓碑，上面所刻"周自横之墓"的红漆字样尚清晰可见，乱坟冈的其他坟墓，所有的墓碑上的字均已褪去，无从辨认，这说明周自横还是一名新鬼，其坟头，竟然还有几个馍馍，两根熄灭的白蜡烛，三个白瓷酒杯，杯中俨然还留有残酒，坟上竟是枯草和少许纸钱，难道还有人来祭拜过？众人正疑惑间，一阵阴风吹来，夹杂着落叶，众人均不寒而栗，阙浪、郑以为等均详详细细的将坟墓看了个遍，并未发现有何异常之处。

此时远处传来了狼叫声，阙浪见识过狼群的厉害，心中发虚，遂建议，可先至国色庵拜访野渡师太及无仁，兴许她们二人会有什么不同的见解，众人均点头同意，实则是都被狼群的嚎叫惊吓到了。

到了国色庵，野渡师太见是故人无法禅师，阙浪来访，甚是欣慰，遂请诸位入庵内饮茶。壁上即吴道子为国色庵所画的《白狐御狼图》，安禄山、无法、郑以为、吴少棠还是首次见到，无法笑着问野渡。

"师太，此白狐可御群狼否？"
"阿弥陀佛，国色庵周遭原本群狼出没，后多亏画圣吴道子所画的这只狐仙，竟可号召群狼，再不犯本庵，实乃本庵之幸事啊！"

旁边的安禄山一听到吴道子能将白狐画成仙，真神人也，啧啧称赞。野渡师太唤出无仁为诸位斟茶，其眼神甚是呆滞，自从上次孟浩然到国色庵撇下她，带走花想容母女，她在情感上遭受重挫，已无心面佛。

众人稍饮了热茶，无法取出那张图，将事情简单说予野渡师太，野渡接过那张图，仔细端详，也看不个所以然，"野渡无人舟自横"，如今野渡与无仁均在现场，这图里面究竟隐藏了什么？

无仁为众人斟茶，至她的师傅时，无意间抖了一滴茶水到野渡的袈裟上，野渡看了她一眼，无仁大骇，竟然手一抖，热茶从茶壶漏出，撒了野渡一身，同时还打湿了那张图，无仁大惊失色，连忙为其拭衣。

一旁的吴少棠即刻将图掀起，抖了抖，欲抖去水滴，阙浪眼尖，见到图的背后仿佛写了几个字，将图取过，仔细一看，果然有字，遂念出：
"此人已死，有事烧纸，小事招魂，大事挖坟。"

看来是达摩祖师在提示众人，此图上只涉及三个人，一为野渡师太、无仁、另一位就是周自横，而图上还点到坟墓，那就是确指周自横无疑了，众人再回想刚才在坟头看到的馍馍及纸钱，看来一定是有其他人要找周自横办事的，所以烧纸，至于有没有招到魂，那就不详了。

无法禅师挑明，此事应算大事，既然上面写明"小事招魂，大事挖坟"，那看来非挖坟不可了，但挖坟可不能说挖就挖，逝者为大，挖坟是对死者莫大的侮辱，不管是平民百姓，还是王公贵族，莫不如此，而对于出家人，尤为更甚，故在其他人均同意的情况下，野渡、无仁等人沉默不语，最后，阙浪说了一个建议，那就是先为周自横做七天的法事，再另行掘墓，众人一听有理，均顺之。

国色庵已许久没有做过法事了，此次为周自横超度，国色庵从野渡师太、无仁到下面的小尼，对这场法事均极其重视，无法也留下来为野渡帮衬，只是到夜晚时，自己独处一室坐禅至天明。考虑到阙浪与安禄山是翁婿，无仁就为他们二位安排了一间斋房，而将郑以为与吴少棠安排另一间斋房，奇怪的是，安禄

山却一直要求与郑以为同一间，无仁就随他意，将安禄山调与郑以为同一间。

深夜，阙浪起身解手，完事后隐约听见隔壁的安禄山与郑以为在窃窃私语，遂竖起耳朵，趴在墙上窃听之。

"我义弟史思明前日再派人送来黄金一百万两，望郑大官人再做打点，能在一月将我义弟再升一级。"

"安将军，近日圣上再度下旨，不得买官卖官，违者削官法办，郑某实在爱莫能助啊！"

"郑大官人有通天之术，这史思明与安某有八拜之交，敢望郑大官人再用心一把。"

"安将军，前几日郑某为了让你谋上中郎将一职，已奔波良久，费尽口舌，相国也在圣上面前颇多美言，若间隔如此之短，再引荐史思明，只恐圣上疑心，弄巧成拙。"

"郑大官人所言极是，但安某已应承了史思明，若无升之，恐颜面无存，不知郑大官人可有其他良策否？"

屋里安静了下来，看来安禄山的这个请求难住了郑以为，只听得郑以为在屋里来回踱步，半晌后方才出声：

"现今惟有如此，汝可搜集一些奇珍异宝，郑某再通过关系，送到贵妃手中，让贵妃在皇上面前美言，或许能成。"

"喔，那这贵妃喜什么奇珍异宝，安某好去备之。"

"这可颇难，贵妃名艳天下，四海之奇珍异宝均见识过，倘若要令其动心，需往稀字下手，天下稀有之物，贵妃自然奇之，贵妃在皇上面前一句可顶相国百句。"

"安某明白了，安某这就去寻找，当尽快给您送来。"

随后屋里就安静下来了，阙浪就思索着，这安禄山为何要大力引荐史思明？而这个名字感觉甚是熟悉，突然想了起来，他曾在七日开见过一本帐目，上面有写着"史思明二十万两"的字样，看来，安禄山一定要达到一个目的，而这个目的，一定需要史思明的大力辅助，方可成功，可这目的又是什么呢？阙浪想了许久，终无头绪，就昏昏沉沉地睡去。

天明，安禄山用毕早膳，遂向众人致歉，说胡姬酒肆事务繁多，须亲自打理，先走一步，待要掘坟那日再来，众人也表示理解，安禄山先行离开国色庵。

郑以为与周自横曾有交情，此次为其做法事，为显得更加有诚心，就亲自为其写祭文，将其生平及行过的善事罗列了一遍，极尽所能，将其描述成一位顶天立地的大英雄，而对其屠杀丐帮弟子及掌管冷院之事却只字不提，郑以为大声诵读祭文初稿，众人一听，均不住赞叹，感慨有郑以为的妙笔生花，周自横的英雄形象才能跃然纸上。

但吴少棠与阙浪是不赞赏的，所谓的不赞赏，并非质疑郑以为的文笔，而是两人均对周自横并无太多好感，其曾于长安屠杀诸多丐帮弟子，与吴少棠有血债在身，丐帮弟子曾一度要杀之而后快，只是吴少棠从大局考虑，方禁之。而周自横曾阻拦过阙浪与花想容的交往，虽说是使命使然，但终究不近人情，阙浪心中可一直记着这段恩怨。

不过，恩怨终归是恩怨，逝者为大，所有的一切，终究是要释怀！

第二十三章
山顶洞人

野渡早已为周自横选好黄道吉日，三日后，正式为其超度，郑以为亲念祭文，慷慨激昂，一连七天七夜，国色庵全体上下为周自横操碎了心，无法也竭尽全力，为其诵了《楞严经》，甚至是《四十二章经》。

至第八日，法事结束，今日可掘墓，安禄山也在此时赶到国色庵，神情慌张，再看其坐骑，臀部被撕咬了一口，鲜血淋漓，原来，他在途中遇到一匹狼，幸亏此马甚烈，拼命地往前冲，终把狼甩掉，但臀部被撕开了一道口子。

众人来到了周自横的坟前，野渡转动经轮，绕坟三圈，无法及国色庵的其他尼姑齐诵经文，少顷，无仁宣告，吉时已到，破土开挖！

吴少棠已命八名长安分舵的丐帮弟子前来挖坟，帮主面前，众皆用命，一会儿工夫，即见棺木，此棺木并非名贵，且有即将腐烂之迹象，丐帮弟子一合力，将棺木撬开，众人往前一探，甚觉诧异，只见那棺木并无周自横的尸骨，却有一只白狐躲在里面，阙浪定睛一看，正是上次那只白狐，丐帮弟子见是白狐，杀心顿起，纷纷举起铁棍刺之，阙浪要阻止，已然来不及，那白狐猛然跃起，用爪子抓伤一名丐帮弟子的脸，随即逃窜无踪，众人再审视棺木，发现棺木侧目有一窟窿，正好可供白狐钻进钻出。

众人顿觉无助，花费如此众多的人力物力，却一无所获，现场还有丐帮弟子笑谈这白狐乃周自横尸身所变，原本是无心之语，在乱坟冈这种阴森之地却让人不得不信，而刚才丐帮弟子欲加害那只白狐，不知不觉中已闯下了大祸。

那白狐受到了惊吓，回去召唤了群狼，顿时狼嚎四起，只见群狼从四面八方围了过来，杀气腾腾，那白狐跑在最前头，突然间，白狐仰天长啸，群狼瞬间向众人涌了过来，众人大骇，不禁毛骨悚然。阙浪、无法、郑以为、安禄山、吴少棠及八名丐帮弟子迅速围成一圈，将不会武功的野渡、无仁及众尼姑圈在里面，群狼发动了攻击，一只只扑了上来，众人均使出浑身解数，全力打狼，阙浪打过一次狼，对其较了解，大声告诫大家，打狼只需击其喉咙即可，不可太过于硬拼体力，毕竟群狼众多，少顷，人圈外已堆满了狼的尸首。

那白狐见群狼占不到上风，再次仰天长啸，群狼暂时停止了攻击，但都还对众人保持包围，阙浪对白狐一直示意，毕竟白狐通人性，曾救过阙浪一命，但白狐并不领情，从道义上来讲，它已不欠阙浪什么。

此时，白狐又长啸了一声，群狼低下头，用前爪刨着土，声音低沉，看来欲发起第二轮攻击，若长久下去，群狼连绵不绝，而人的武功精力毕竟有限，定会葬身狼口，在这千钧一发之际，吴少棠突然高高跃起，施展轻功，直奔白狐，但并不踢它，窜到白狐跟前，抓起其狐尾，倒提之，白狐发出哀求的叫声，狼群瞬间没了头领，气势顿消，不敢再靠前，吴少棠提着尾巴，再一抖，白狐的筋骨剧痛，大声哀之，群狼激愤，却不敢向前，阙浪见白狐受此虐待，心有不忍，但为了众人安危，亦不敢造次。

吴少棠伸出一手，抵在其喉咙处，欲将其掐死，群狼大嚎，声音甚是恐怖，那白狐倒也不再出声，竟然闭上双眼，等候处置，视死如归，吴少棠倒是两难，看这架势，真把它掐死了，群狼一定不会放过众人，若不掐它，如此僵持也不是办法，这时候，阙浪斗胆走了过来，让吴少棠将白狐交予他，吴少棠以为他

有更好的办法，就倒提着给他，哪知阙浪接过白狐后，竟然将其转了过来，放入怀中，用手抚摸其毛，众人看了皆大惊，此时只要白狐再发出指令，或者从阙浪的怀中跃出，众人皆死无葬身之地。

吴少棠更是大骇，伸手去夺白狐，阙浪伸手挡之，一来一往，虽不是大打出手，一拳一脚却也实实在在，阙浪生怕再惊吓到白狐，不敢再还手，结结实实地挨了吴少棠几拳，但白狐始终在其怀中，狼群也显得非常的躁动，但无白狐之指令，也不会冲上前去。

那白狐双眼直视着阙浪，突然又长啸了一声，众人大惊，摆好架势，准备决一死战，奇怪的是，群狼却是缓缓地向后退去，少顷，即无影无踪。

狼口脱险，众人皆长舒了一口气，吴少棠也不再跟他抢，阙浪蹲下，那白狐跃出，坐在地上，看着阙浪，突然往后溜去，遍地寻找着，片刻后叼来两只树枝，这两枝树枝均有分叉，只见其走到旁边一小土堆，用嘴将两枝树枝并列插起在土堆前，随后又在土堆前，四肢刨了刨土，再一跃，消失在乱坟冈。

显然，白狐为了感谢阙浪的救命之恩，就提示了一个重要消息，但是这消息的含义是什么？无人看得懂，两枝树枝和一个土堆，究竟代表什么？

众人猜了一个多时辰，仍旧无果，倒是无仁突然间眼泪汪汪，泪如雨下，众皆不解，野渡师太关切地问她为何而哭？无仁并没有回答她，而是继续哭着，众人也不敢惊扰她，只是静静地等着，少顷，无仁止住哭泣，哽咽着对野渡说出三个字："鹿门山！"

众人听到鹿门山三个字，朝土堆望去，果然，那土堆应该就是一座山，而那两枝分叉的树枝看起来就是鹿角，两只鹿角并列放在一起就是鹿门山的山门，现场只有无仁猜得出来，但她想到鹿门山是孟浩然隐居之处，旧情就涌上心头，再加上前阶段孟浩然绝情的抛她而去，选择花想容母女，并且都有可能已经一起宿于鹿门山，想到这些，不禁热泪滚滚。

不管如何，这谜底总算解出，但是再去一趟襄阳也是必然的，只是刚来长安，众人均感疲惫，此时再奔赴襄阳，身体甚为吃不消。而此行，安禄山执意要去，同时也必然要带上野渡及无仁，野渡年事已高，无仁终究是女流之辈，如此长途跋涉，恐身体不适，然事关重大，此行必须得去，考虑到阙浪、郑以为、无法均刚到长安，积压了许多事情要处理，众人就相约三日后再一同奔赴襄阳。

无法遂赶回香积寺，郑以为就回他的七日开，阙浪与安禄山一同返回胡姬酒肆，却见故人西野翔来访，西野翔已很久没来了，两人见到他甚是欣喜，安禄山还坚持亲自至后院取一坛陈年美酒。

走至院子里，准备下去酒窖，却见一小片长形石头正压住酒窖门，一脚将其踢翻，奇怪的是，那片石头却在阳光的照耀下闪烁着绿光，安禄山甚是好奇，将其捡起一看，却发现石头里面竟然含着一块玉璞，安禄山看后大喜，连忙另找地方将其藏好，再若无其事的取酒与西野翔饮酒，片刻后借故离开。

安禄山来到东市，他要找的正是天下第一琢玉匠赵铭残，其在东市开了一家琢玉铺——铭残玉，铺面虽小，却名满天下，其所打造的玉饰温润尔雅，造型独特，常有神来之笔，天下人莫不以珍藏铭残玉为莫大荣耀，玄宗爱惜其才，曾宣其入宫为匠官，然其闲云野鹤惯了，住宫中不适，仅三月即称病退出，于东市开琢玉铺，当然，此经历让赵铭残的名头更加显赫，以至于其下野在外，嫔妃仍争先恐后请他琢玉。

赵铭残为人琢玉，有三大原则，一为玉璞必须名贵，普玉不琢，二为超乎高价，赵铭残也爱钱，动辄几十万两起价，三为时光须留够，他对任何一块玉都会倾注全部心血，不能催促之，必须完全按照其所定的时刻表来计，当然，也有例外，若要提快工期，则加银至一百倍，由于起价一般都很高，加银至一百倍，则是巨额。

安禄山找到了赵铭残，其手头的活还很多，根本就不想见他，自己在内室静心

雕琢，连头都不抬，只是让徒弟应付之，安禄山贿赂其徒，仍不见效，后思之，这赵铭残毕竟是爱玉之人，自己也不知此玉是否确实名贵，索性冒险验之。

他将玉璞朝赵铭残高高抛起，玉璞在空中划了道弧线，瞬间，在阳光的照耀下还闪了一下，赵铭残对玉有着天生的敏感，电光火石间，他的脑海中已对此玉璞有了最准确的预测，即刻放下手中的玉石工具，在地上打了一个滚，抱住下坠的玉璞。

赵铭残以非常肯定的口吻说道："襄阳和氏玉！"

安禄山一听是和氏玉，甚是惊喜，这和氏玉可是天下第一名玉，可惜的是，这和氏玉有点小，难琢出大气的宝玉，赵铭残细看，并不多言，建议可雕一支玉簪，安禄山觉得，玉簪终究只是玉簪，虽然名贵，但却显现不出有什么奇特的。

赵铭残不愧是天下第一琢玉匠，沉思片刻，再出一计，可用黄金雕刻出一只凤凰，用凤凰包住玉簪头，形成金镶玉。凤凰性格高洁，非晨露不饮，非嫩竹不食，非千年梧桐不栖，此簪可命名为"凤凰于飞"，安禄山一听，不禁心花怒放。

赵铭残也提醒他，放眼天下，从未有人雕琢过金镶玉，自己能成否也不得而知，需至少给五个月工夫，价钱要给到八千两黄金，这价钱可是够贵的，安禄山思索着，送礼这事需趁热打铁，倘若时机一过，恐怕送什么都没用了，于是，他与赵铭残探讨，要求其一个月做好，由五个月缩为一个月，挑战甚大，当然，价钱可以调到赵铭残所定的八十万两。

赵铭残向安禄山挑明，倘若要一个月完成，自己必然要呕心沥血，将大折阳寿，自己并不想为了银钱而损了性命。

安禄山一听，单膝下跪，抱住其腿，向其求之，并许诺将银钱加至二百万两，赵铭残摇了摇头，自己确实是不想将性命赔上。

安禄山何其聪慧，他知赵铭残已名满天下，银钱早已几世享受不尽，所追求的，仍然是天下第一琢玉匠的名头，当然，他已经是天下第一了，要不然，他也不敢用"铭残玉"来命名他的玉铺，天下琢玉匠多得是，敢用其名，并且担得起其名的，也就只有赵铭残了。

但关键是，襄阳和氏玉极少，几千年来也就出过一两块，倘若此玉流落到其他的能工巧匠之手，他这天下第一的名头，恐怕不保，玉簪有价，而名声，必然无价，一旦失去，再难夺回。

安禄山流露出惋惜之意，要将玉璞收回。
"既然如此，安某也不敢强求，只能另择他人，可惜这天下第一名玉流落他人，只恐会让手拙的工匠一夜成名，夺了这天下第一琢玉匠的名头。"

安禄山的话是一种威胁，但更多的实情，只要接手之人能耐不是太差，还真有可能凭借着和氏玉一举超越赵铭残，无论如何，这是赵铭残所不能容忍的，哪怕献出生命，也必须接下这单，除非将玉璞摔碎，大家玉石俱焚。

他随即叫住了安禄山，抚了抚花白的胡须，叹了口气。
"铭残并非贪财之人，凤凰于飞一出，上下五千年，再无人能出铭残其右，罢了罢了，老夫已形同朽木，要这把老命何用。"

他决绝的应承下来，显得非常悲壮。价钱调为八十万两，安禄山甚为欣喜，留下十万两以作定金，欢天喜地的返回胡姬酒肆。

其实这块玉璞就是莎菲娅负气丢出的那一块石头，当时从外观看，只是一块平淡无奇的石头，丢出去后阙浪也不再过问，却让安禄山捡了个大便宜，安禄山也不知此石如何而来，知道言多必失，故不做声张。

而西野翔仍在胡姬酒肆与阙浪对饮，两人已多日未见，喝起酒来大口大口的，两人聊起别来时的经历，西野翔四月前又下了一趟扬州，专程到大明寺拜访鉴真禅师，西野翔向其讲起了日本国佛门现状。

此时的日本，社会动荡不安，盗贼横行，为实现国库充盈，需加收甚多税收，以及征用众多新兵，百姓为躲避苛捐杂税及兵役，经常"寂居寺家"，往往动以千计，一入佛门就不必再赋税，而出家并不必像大唐需三师七证，即便没有戒师，自认条件成熟，也可自身发誓受戒，故僧人均"自度"为僧，日本国到处皆佛，而天皇笃信佛，对佛极为尊崇，亦可通过佛节制群雄，但僧人寺院过多，国库吃紧，再加上一些不法之徒假借佛之名行恶，反为佛门蒙羞，且日本国的佛典多从高丽传入，口授、手抄，纰漏在所难免，有时反而贻笑大方。

对此乱象，天皇深感忧虑，遂命遣唐使在大唐物色高僧东渡，为日本国主持佛务，以正佛音。诸多遣唐使经过多年观察，认为须学习大唐佛门受戒制，即由高僧主持仪式，以考试及辩经之方式确定受戒资格。

遣唐使荣睿、普照二人曾邀请到大唐僧人道璇东渡日本，但其名望还不够，因彼时，大唐僧人均要受戒，最为严格的大乘佛教徒，要受二百五十戒，称为"具足戒"，这种严格的戒律在大唐极少有僧人受过，而鉴真道行深远，少年时即已受过具足戒，名望甚隆，其已为四万名僧侣受过各种戒律，声名远播，正是日本国寻找的最佳对象。

鉴真也表示愿舍身前往日本传播佛法，但已东渡三次，均以失败告终，西野翔此次去扬州，就是要劝鉴真再次东渡。

阙浪细想之，这鉴真乃大唐第一名僧，如若前往日本国，那大唐岂非痛失佛门领袖？西野翔猜出他的想法，笑言：
"阙兄弟不必多疑，若以我等俗人的眼光来看地之广袤，无非是国与国的关系，而佛的眼光，早已超然国与国的纠缠，在鉴真大师眼中，从大唐到日本，与从扬州到洛阳并无区分。"

西野翔的见解倒让阙浪大开眼界，但若遵从他的见解，鉴真还是会去日本啊。

"西野先生言之有理，但两国百姓终究是粗俗凡人，不能即刻体会到鉴真大师的一片赤诚，对于大唐的百姓来说，损失甚重。"

"阙兄弟，一个人的视野及格局将最终决定他的高度，阙兄弟涉事尚浅，一些问题如雾里看花，终隔一层，想当年，达摩祖师从天竺海路而来，登陆广州，会梁武帝，再一苇渡江，面壁九年，终创禅宗，试问汝？达摩祖师是何国人？"

"天竺人！"阙浪被其一问，思维上倒是跟西野翔接近了。
"再试问汝，大唐玄奘法师至西天取经，开创大唐佛学盛世，而天竺僧人可有对其保留，不赠佛经？"
"没有！"阙浪回答得没什么底气，但内心却非常的认同，两个事例确实具有极强的说服力。
"再次试问汝，鉴真禅师东渡传法，可有甚不妥？"
"现在看来，也无甚不妥。"

西野翔精于辩术，阙浪哪是其对手，西野翔再用事例进一步阐述。
"天竺戒贤法师久等大唐玄奘法师多年，在玄奘法师至天竺之前，有弟子问戒贤：'如何感知修行者已得道？'，竟不能答！后玄奘至，弟子再问，玄奘答曰：'如人饮水，冷暖自知'，汝刚才所说的体会问题，最终还是要看各人的觉悟！"

"西野先生这一席话，有如醍醐灌顶啊！"阙浪感叹道。
这一感叹，反激起了西野翔的表达，将他对大唐的走势分析和盘托出。
"大唐威震八荒，天下无敌，然从视野上，却犯了根本上的致命错误，倘若不重视，必将自毁长城。"

"喔，愿闻先生其详！"
"大唐一直都以陆地为疆，只知开疆辟土，却全然无视海洋之广袤，陆地为

静，海洋为动，从来都是海洋吞噬沙滩，固守陆地者，必将四面楚歌。"

"那依西野先生高见，我大唐当如何？"
"当如太白先生所说，乘长风破万里浪，建造精锐海师，海陆一体，纵横海域，近可保护大唐子民及与大唐贸易的各国商户，远可直惩蛮夷，灭其国，夺其物。"

"西野先生想得太远，大唐已国富民强，还要倾力去建造海师，未免多此一举。"
阙浪听到这些理论，虽觉有理，但总觉得其是在痴人说梦，杞人忧天，就给他泼了冷水。

"阙兄弟，汝应记住，轻蔑海终将被海所轻蔑，倘若我日本国重新以海为疆，终有一日，掀翻大唐也并非奢谈。"
"西野先生喝多了吧，恐是看不到那一日啊！"
"在下看不到，我的子孙可看到，子子孙孙无穷尽也，终有看到的那一日！"
西野翔不卑不亢，完全符合遣唐使的自我思维，若不是今日心情大佳，也不可能讲如此之多，而阙浪认为其喝高了，心里在想，要让日本国掀翻大唐，再等一千年吧，两人观点上的不同，再讲下去恐会争执，伤了和气，西野翔索性先告辞。

三日后，众人如约上路，郑以为多准备了一辆马车，野渡与无仁同坐，郑以为亲自为二位赶车，阙浪、无法、安禄山、吴少棠各自骑马，一行七人，赶往襄阳。

一路上风霜雨雪，阙浪想到花想容母女还在鹿门山，不禁心生感慨："那些零星散落的记忆能不能找回江南的明丽？谁能改写那些哀伤的故事？谁能让往事重来？谁能追回虚掷的时光？谁能弥补我们的过失？重新圆满我们年少轻狂中错过的美好，可是啊，没人会在意我了，我终是个无根的人，漂泊在永远的异乡！"

由于带着野渡及无仁，众人并不敢赶得太快，七日后方到襄阳，众人先找一客栈歇息，而吴少棠就先到丐帮襄阳分舵巡视，却有分舵弟子来报，近日于鹿门山发现一名头戴半边面具之人，常居于山顶的一个山洞，其半边面具乃银打制，戴于面上，寒光凛凛，月光照之，那面具反射出银光，月夜中似一片鬼魂飘于山野，面具中的一窟窿为眼用，夜视之，内眼似射绿光，更添恐怖气息，无人知其是谁，从何而来，至此欲何为，丐帮弟子权且用"山顶洞人"来称呼。

倒是有几名丐帮弟子胆大，猜测其可能就是帮主要找的周自横，若真是，必有重赏，遂斗胆询问，山顶洞人并不作答，再近之，山顶洞人烦躁，攻之，其武艺高强，襄阳分舵多名弟子、两名长老均被其重伤。吴少棠一听说，让一名弟子去客栈通知郑以为，自己先直奔鹿门山，在山腰处遇见了丐帮弟子所说的山顶洞人，吴少棠在长安时与周自横交过手，看其身段，定是周自横无疑，此时的周自横，怀里却抱着一名婴儿，身后一名美艳女子哭喊着追了过来，显然，这女子的婴儿被周自横抢了。

那女子便是花想容，而那婴儿便是花非花，吴少棠并不认识她们，从道义上讲，即便眼前的这个人不是周自横，以丐帮扶贫济弱之宗旨，他也必须出手，遂大喝一声，飞身而上，一掌打向周自横的面门。周自横并不惧他，左手抱婴，右手对掌迎之，相碰后，两人各后退了几步，扬起了少许尘土，周自横的半边面具下，藏着一颗深邃而阴森的眼睛，看之，令人不寒而栗。

"周自横，你与丐帮的血债，今日来还。"
"竖子！汝不过长安一小丐，敢与老夫对之。"

能一下子说出吴少棠的出身来历，看来此人必是周自横无疑了，一场血战不可避免！

第二十四章

花开见佛

吴少棠与周自横再次对决，情形已大不如前，昔吴少棠仅是长安小丐，那次与周自横交手被其内力所震伤，呕血一升，幸群丐奋力救出，但今时不同往日，吴少棠已贵为丐帮帮主，武功大为长进，面对周自横，无需惧之，遂摆好架势，使出五战拳。

五战拳乃历代丐帮帮主所主修拳法，所谓五战，即大战，短战，十字战，脱战，合战。每位丐帮帮主，均身经百战，于战斗中成长，吴少棠经历过长安血战，经验自不在话下，而周自横使出的是五形拳，五形拳是指龙、虎、豹、蛇、鹤等五种形拳，虎形练骨、豹形练力、蛇形练气、鹤形练精、龙形练神。

吴少棠的五战拳，每一招均包含不同的攻守法门，每招均自成一格，手法精妙，深蕴变化之机巧，即有迅速攻击，硬招硬架的刚劲，亦可连削带打，缠丝扣锁之柔功。士别三日，当刮目相看，周自横已明显感觉到今日吴少棠的功力比之前精进许多，不敢大意，一转身将花非花交给花想容，专心对付之。

就在两人对决之时，阙浪、郑以为、无法、野渡、无仁、安禄山六人赶到了鹿门山，原来郑以为得知吴少棠独上鹿门，生怕闹出意外，他与周自横是故交，与吴少棠虽仅初识，然以其结交天下英雄的惯例，自然也是不希望其有失，两人对决时，他不便插手，但倘若有一方出杀招，他就会随时出手拆之，以和为贵！

阙浪见到花想容抱着花非花站在风中，头发凌乱，正用哀怨的眼神看着他，令其心头泛起无限酸楚，想上前安慰之，却显得十分别扭，伸出的手僵在风中，心中想着"我曾怎样刻骨蚀心地想你，午夜梦回时怎样将窗棂间的树影读成你，总幻觉着在某一个瞬间捕捉到你的声息，在我的许诺下，那棵梅花开了，当花开满树的时候，我会来接你。"

然而这些都已是过去，花想容曾经在他心里占据了最重要的位置，如今已物是人非，连她怀里的花非花都不知是谁的女儿，这该如何令其坚强，如何令其一如既往？阙浪想着这些儿女私情，全然忘了眼前的这场精彩对决，而郑以为等人，均全神贯注地观看着，远处一个人影也缓缓走来。

周自横的五形拳曾威震长安，众多丐帮弟子死于其拳下，只见其打起来虎走刚猛、筋骨力劲、鹤飞轻巧、多角度攻守、蛇主飘缠、气沉连绵，豹则眼明手快、迅速灵敏，龙写神意、化刚柔，令吴少棠眼花缭乱，倘若稍有不甚，被其一击，必定毙命。

吴少棠丝毫不敢大意，他使出五战拳之十字战拳，其拳势刚猛有劲，大开大合，步法豪迈，力透腰膊，出拳连环相贯；而五战拳之短战拳，缠丝扣打，闪展移步，四方兼顾，令周自横无隙攻击；再使出五战拳之大战拳，大战拳的招式并不多，且多重复，但打得更为直接，出招更为疾速，周自横不得不以双手架之，连连后退。

周自横顶住吴少棠的攻击后，即刻反击，五形拳取自飞禽走兽之形态，并藉此习其形、究其意、成其真，有若兵法中的以正合，以奇胜之理，虎似下山出林之壮、鹤似休枝啄食之意、龙似出云游腾之观、蛇似草行急步之形、豹似飞扑取物之态，周自横把五形拳发挥到极致，只见其虎形刚猛、鹤形轻巧、龙形化柔、蛇形连绵、豹形快速。打得吴少棠稍显慌乱。

吴少棠毕竟是从血雨腥风中走出来的，大大小小的对决不下千场，丐帮帮主绝非徒有虚名，只见其稍做调整，使出五战拳之脱战拳，脱战拳主脱，脱并非逃脱之意，而是放弃主拳路，改用切掌、劈掌、踢腿、勾抓、仆腿等，其招式突然变化，令周自横防不胜防。

周自横的常年苦练五形拳，手灵足稳，眼锐胆壮，面对吴少棠突然变化的五战拳之脱战拳，连出无形，以五招强攻之，即银蛇吐信、白鹤寻食、金豹擂石、黑虎推山，再来一招青龙摆尾，一个倒旋反踢，内劲甚大，踢得吴少棠连退五步。

吴少棠再使出五战拳之合战拳，合战拳极为复杂，且多变招，多变的同时力道并不衰减，只见吴少棠膊臂间肌肉奋起，筋骨挥张，足如铁铸，如山之屹立，来一招鲤鱼托腮，再迎风屈柳，两手拱起，对着周自横的两鬓来了一招如雷贯耳。

周自横深知此招威力，若被拍中，定会肝脑涂地，急忙往后一缩，然而就是这一缩，吴少棠的掌风削断了面具的细绳，那半边面具一下子掉了下来。

周自横连忙去捡，生怕容颜被见到，吴少棠已杀得性起，再使出一掌，打向周自横的天灵盖，若被其击中，非死即废，郑以为连忙飞起，硬生生的接了这一掌。

周自横无疑是脱了险，但对面容已毁的他来讲，比武输之并不可惧，而容貌被看却是十分忌惮的事，可惜已经晚了，众人均看到他的脸，只见其右边脸完好，与以往无异，但左边脸却极其狰狞，皮早已不存，筋络及血络曝于外，凝成一团，又因其被狼撕咬过，左边脸留有千沟万壑，远望之，形同鬼魅。

周自横的内心受到极大的刺激，瞬间狂性大发，一掌打向旁边的郑以为，郑以为并无防备，被打出十几尺远，硬撑起来后呕了一口鲜血，周自横又扑向阙浪，阙浪不敢大意，使出罗汉拳接之，周自横与阙浪有着深仇大恨，若不是那日为了追捕阙浪，他也不会惨遭群狼撕咬，故对阙浪使的劲头就更大了。

阙浪与他交手后，深知周自横心中有气，遂虚晃几招，将他推给吴少棠，吴少棠不敢怠慢，以拳接之，周自横的功力仿若源源不绝，倾全力攻击，已全然不顾防守，众人不敢对其下杀招，反而畏手畏脚，令其不停的出招，气势十分疯狂。

发狂的周自横突然又转移了目标，他一拳打向花想容，而花想容的怀里抱着花非花，若被打到，母女都会毙命，但众人要出招救之，却为时已晚，就在这千钧一发之际，斜刺里冲出一人，用胸膛挡了这一拳，飞出二十几尺远，躺在地上一动不动，不能再让周自横这样下去，无法大师立即使出"国鼠神腿"，当然，力度有所控制，击其天柱、中庭、关元三穴位，周自横瞬间瘫在了地上，那左边脸正对着花想容，花想容大惊失色，大叫一声。

郑以为受此重创，勉强爬起，无法大师即刻为其疗伤，两人盘腿坐于地上，无法的真气通过掌心源源不绝的输入至郑以为的体内，良久，郑以为咳了一下，咳出一口黑血，方才恢复了元气，而刚才那名替花想容挡了一掌的人，众人走近后，才发现是孟浩然。

孟浩然是读书人，手无缚鸡之力，硬生生的受了周自横这一掌，身受重伤，人已昏迷，花想容伏在他身上，泣不成声，旁边的阙浪帮她抱着花非花，看着她这样，心中也不是滋味，孟浩然曾在他俩的感情中横插一杠，令二人反目，阙浪对其一向无好感，但今日见他舍命救花想容母女，又觉得其情操甚为高尚。

郑以为、无法及吴少棠看着，也心怀恻隐之心，无法大师将花想容拉起，细看孟浩然，又伏在他胸膛听了听，随即在他身上点了几个穴，转身对大家说："孟浩然伤得极重，又不可过多动之，本座只是为其点了穴，尚可延缓些时日，五日之内，若无名医下猛药治之，恐性命难保。"

无法的意思说得很清楚，就是不能再让孟浩然有所奔波，同时，须尽快找到名医诊治，片刻都耽误不得，而这名医是谁，又显得非常关键，若请不妥之人，

反而会令孟浩然毙命。

其实，大家心中都非常清楚应该请谁，那就是当世药王——春申毒，天下名医，惟有春申毒可信之，但春申毒远在长安皇宫大内，即使传信之人尽快赶到长安，春申毒乃太医，亦不能说走就走，这些郑以为均考虑到，但已无从选择，孟浩然只有五日时间。

众人将孟浩然及昏迷的周自横扶回草堂，郑以为即刻修书两封，一封写予春申毒，另一封写予裴将军，目的是要借天马一用，令春申毒可迅速赶至洛阳。两封信均极其重要，郑以为就让吴少棠帮忙送之，丐帮弟子遍布天下，每名弟子急速奔跑一段路程，再转交给下一名弟子，速度极快，一日即可到达长安，到河朔也只需一日。

郑以为还担心着两件事，其一就是即使春申毒收到信，也不一定会脱身前来，其二就是即使裴将军收到信，也不敢有违圣命，借马一用，为了说明事情的严重性，他沉思片刻，将阙浪叫至角落，说服他，两人都从元阳处拔下那根马毛，每封信均附一根马毛，阙浪虽不甚乐意，但也不敢误事，忍痛拔之，吴少棠即刻让襄阳分舵的弟子火速送信。

一个时辰后，周自横醒来，只见自己的双手双脚均已被绳索缚住，众人也是怕他再度发作，只好出此下策，几度挣扎无果，徒费气力，遂坐在那边，眼神酸楚，郑以为跟他是故交，就蹲下安慰他。

关于周自横脸上的伤，郑以为做了安排，等春申毒到来，为其重塑，可周自横并不领情，准确的说，他已信不过春申毒，当时玄宗皇帝也曾命太医为其医治，春申毒为其看了几次，亦不能完全复之，今再请他，徒劳而已。

郑以为心想，上月，七日开的一名厨子的脸被油泼伤，容颜尽毁，后也是请春申毒秘制一药敷之，再施补容术，一月左右即恢复。他就将此事例说予周自横，言春申毒乃当世药王，每日均会要求自己习天下各种医术，当时应是尚未习到补容术，故不能复之，今时已不同，何不再给药王一次机会，或许能行，对自身亦有好处。

周自横也点了点头，他最怕的是，等来的春申毒又给他一次失望，为了恢复面容，他已遍访天下名医，结果只是对他的心灵造成一次次的打击，其实也没所谓了，他早已心如死灰，即使春申毒再次失败，也无非再打击一下而已。

旁边的阙浪看着，心有愧疚，也想安慰周自横，刚一蹲下，周自横心中的怒火又被点燃，突然一口咬向阙浪的左耳，阙浪躲避不及，整个耳垂竟被扯下，周自横又一口将耳垂咽下。

众人大骇，将周自横死死地按住，无法连忙将阙浪的穴位点住止血，从伤势来看，并无大碍，但从相貌美观度来看，就极有缺憾了，可怜阙浪风度翩翩一个的公子，耳朵竟然缺了一角，两人相互毁容，算是扯平了，周自横不住的冷笑，心中甚是畅快。

阙浪倒觉得，如此被周自横一咬，双方恩怨了结，倒不失是一件好事，也不多说，以一种的复杂的眼神看着周自横，倒是旁边的花想容心疼了，她从床下取出金创药，为阙浪敷上止血，眼神中充满了怜惜和哀怨，阙浪，我还能重回到你的温情里吗？等待经年，你荒芜了我日日夜夜的期盼，一天又一天，一年又一年，我用枝芽的萌生，柳絮的飞扬来提示你，你是否还记得要在扬州等我，等我再为你奏一曲《望江南》。

周自横看到花想容对阙浪含情脉脉，竟然妒火中烧，大呼让阙浪放开她，众人均觉诧异，花想容以前是长安名妓，与孟浩然和阙浪均有一段情，这是众人皆知之事，而周自横以前是冷院统领，肩负圣上重托，负责看好冷院的所有姑娘，今日这等神情，甚是诧异。

众人正思索着，周自横竟然仰天大笑，以一种嘲讽的口气侮辱阙浪。

"阙浪，你以为天下人就你风流倜傥？我周自横虽是一粗人，照样享用冷院头牌花想容，尔等可知，连那女婴都是我的。"

旁边的花想容，发了疯扑了过去，不停地捶打周自横的胸口，哭喊着大骂之，从她的哭诉中，众人大概明白了怎么回事。

其实事情非常的简单，长安的那个雪夜，周自横击伤阙浪，独自驾车从七日开接走花想容，在路上，色心顿起，周遭又无旁人，不顾使命，强行将花想容奸之。花想容吃了哑巴亏，不敢声张，反正到了冷院，周自横也不敢再对她如何，两人遂相安无事。

但是那几日，花香容与孟浩然、阙浪还有周自横均有肌肤之亲，生下花非花，孟浩然认为这女婴应是孟非花，阙浪认为应是阙非花，而现在竟然又出现了周自横，也就是说，这女婴也有可能是周非花。

周自横从长安离开后，就往东游历，来到了襄阳城，拜访了名闻天下的鹿门山，此山的灵气深深吸引了他，就在山顶找到了一个山洞，稍做打理，在鹿门山就住下了，他容颜受创，也不愿多见人，每日在洞内静休，再练练拳，日子倒也过得平淡。

某日，竟然看到花想容，还抱着一婴儿，还看到孟浩然，只见三人其乐融融，于是就于今日偷偷来到孟浩然的草堂，恰逢孟浩然外出，就破门而入，突然见到周自横，花想容大骇，周自横并不理她，抢过花非花一看，甚觉欣喜，他看着花非花的眼睛，总觉得她像自己，而花非花竟也不怕生，周自横将她抱起时，还对他笑了笑，片刻，周自横在心里已深深喜欢上了这个孩子，就强行将花非花抱走，花想容追了出去，恰巧被吴少棠碰到，孟浩然返回草堂后，不见妻女，心中大焦，急寻了出来，却正好遇到周自横发狂，欲打花想容母女，遂奋不顾身飞了过去，结结实实的挨了周自横一掌。

"阿弥陀佛！福慧智子觉，了本圆可悟，尔等均为情所伤，迷惑五行中，只恐误人误己。"无法忧心忡忡地说。

阙浪听到这些消息后，有如五雷轰顶，一开始，他对花想容山盟海誓，一片痴心，可是花想容竟瞒着他与旧爱孟浩然再续前缘，更没想到的是，她与统领周自横还有一段孽缘，这花非花究竟是谁的女儿？看来，很有必要弄清楚。

阙浪提出要滴血认亲，除了周自横乐意，其他人均不做声，良久，安禄山提议说："这女婴要验明身世，须看其母，若其母愿之，方可认亲。"

花想容内闭上眼睛，仿佛眼前的一切均与她无关，众人就当她是默许了，安禄山找来三只碗，加上水，借了花想容头上的簪子，细心地为女婴刺了一下，滴出三滴血，每碗各一滴，女婴感受到了疼痛，大哭起来，而孟浩然还瘫在床上，安禄山将其手指刺破，滴出一滴血，所有人都凑了过去，发现两人的血根本不溶。

阙浪与周自横都舒了一口气，接下来轮到阙浪，安禄山狠狠地盯了他一眼，虽然阙浪与花想容之事是在与莎菲娅之前，但其却极有可能生下孩子，必须给他一个警告，于是狠狠地扎进他的手指，刺中骨头，阙浪剧痛，紧皱眉头，安禄山再把针一旋转，这次可是刺了骨髓，阙浪浑身一颤，连忙抽出手指，血汁喷了出来，众人也知安禄山的用意，反而一笑了之，阙浪忍着痛，滴了一滴血到碗里。

阙浪的血跟女婴的血根本溶不到一起，他瞪大了眼睛盯着，心中波涛翻滚。众人把眼光投向了周自横，令其得意地哈哈大笑。
"怎样，阙浪，这孩子还得姓周。"

已无再滴血之必要，无仁上去要把碗取走，周自横却在言语上阻止了她，并让她把第三碗递到阙浪的面前，他要当阙浪的面滴血，这是一个极大的侮辱，郑以为喝止了他，周自横并不听，曲卷着身体来到阙浪的面前，让安禄山代劳为他刺手滴血，安禄山没道理去帮他羞辱自己的女婿，遂不理他，其他人也不出手帮他。

周自横的鼻子哼了一声："不帮也罢，老子自己来。"

他为了侮辱阙浪，不惜自残，其伸出被绑住的双脚，用右脚的拇指抵住左脚的拇指，用力一推，左脚拇指上的指甲瞬间被拔出，血涌了出来，再把脚伸到一旁，让血先把拇指上的污垢洗刷掉，等到净时再伸过去滴了一滴下去。

然后以一种极其轻蔑的眼神看着阙浪，阙浪把头歪向一边。但奇怪的是，周自横的血与女婴的血竟然也不溶，众人均看傻眼了，看来这女婴既不姓孟，也不姓阙，更不姓周，看来她的身世又再次扑朔迷离了。

整个滴血过程，花想容一直紧闭双眼，任凭众人去验证，正当众人还在猜测女婴的父亲是谁时，野渡师太说话了：
"阿弥陀佛，花非花，雾非雾，贫尼曾在佛祖面前问过一卦，此女婴与我佛有缘，应当及早遁入佛门。"

野渡走到花想容面前，问她："花施主，贫尼有意将花非花收入国色庵，作为贫尼的关门弟子，不知花施主意下如何？"

这可是野渡师太第二次要收花非花为徒了，而如今她万念俱灰，对凡尘不再留恋，于是即刻应承，并要求将其也收为徒，野渡明白其心境，叹了口气，算是默许，花想容当即抱着花非花跪在野渡的面前，野渡先为其诵了《楞严经》，待回到国色庵后再行剃度。

把这些事处理完，该直接面对此行的目的了，"野渡无人舟自横"，如今野渡、无仁、周自横均已在场，但是怎么看，都看不出三人组合在一起有什么特别。

众人商议了许久，也无结论，郑以为不想这样一直绑着周自横，就让与其有隙的吴少棠及阙浪前往洛阳邀请画圣吴道子，多一人讨论，多一分希望，两人走后，郑以为就将周自横松绑，并为其按摩关节，再为其戴上半边面具，安禄山也下山购了甚多食物、衣物、被褥，将草堂稍作收拾，无法大师时时为孟浩然运气，让其支撑，众人晚上就在草堂住下。

且说春申毒收到郑以为的信，拆开后还看到一根阳毛，细看之，正是他为郑以为植入的那根天马阳毛，如今拔下，此事定然十万火急，但身处皇宫大内，根本无法脱身，正焦急着，突然有圣旨驾临御医房。

圣旨大意是河朔裴将军及曹公公突患急病，两人均神志不清，群医无策，圣上体恤裴将军劳苦功高，特下旨命春申毒速去河朔，为赶进度，予天马接之，宣完圣旨，春申毒收拾一下行头，即刻骑上刚赶到长安的天马，往河朔疾驰而去。

春申毒内心十分矛盾，郑以为已写信让他速赶往襄阳解救孟浩然，而这边裴将军有难，自己与裴将军及公孙大娘素有交情，两边都火烧眉毛，但圣命难为，圣上怎么说，臣子就怎么做吧，至于能不能救活孟浩然，看缘分吧。

只一日，春申毒便赶到河朔，为防止两人会相互感染，曹怀春及裴将军各住一个帐篷，春申毒先看曹怀春，只见嘴唇发黑，印堂似有梅花纹状黑迹，这是典型的中毒迹象，春申毒一看，这不正是"双紫梅花散"。

双紫梅花散并非是什么奇毒，其毒性只会让人昏迷，并不会对身体产生多大的危害，但脸部会呈现出两朵紫色梅花，故外人看来，甚是恐怖，这种毒药乃春申毒所独创，且从未使用过，对于外人，他只给挚友郑以为一包双紫梅花散及解药，春申毒思索着，莫非这曹公公是被郑以为所下毒？但郑以为与曹公公素无交情，何故要加害之，再退一步来讲，郑以为为何要不远千里来到河朔下毒，而信上说他人在襄阳鹿门山啊，也不可能前来。

虽然得知曹公公所中何毒，但春申毒并没有带解药，"双紫梅花散"是他的独门毒药，很少会用到，故没有带解药的必要。而对于郑以为的嫌疑，令春申毒十分矛盾，始终不得其解，索性不去想之，先去中军大帐探望裴将军，只见公孙大娘亲自把守着帐门，外人欲见裴将军均需得到她的允许。

公孙大娘见春申毒到来，就命两名亲兵把住大门，再带他到帐内，一入帐，就见裴将军的头上敷了白巾，被子裹得紧紧的，面色饥黄，了无生气。春申毒见英明神武的裴将军沦落到这般田地，不禁嘘了一口气！

第二十五章

凤凰于飞

春申毒曾救过裴将军一命，这令公孙大娘对其极有好感，在春申毒看来，公孙大娘的欣喜程度完全不像夫家得重病之迹象，只见她对裴将军耳语了一下，裴将军猛然坐了起来，犹如诈尸，这一下可把春申毒吓得不轻，细细看之，发现裴将军不似有病。裴将军就取出郑以为写给他的那封信，里面还有种植在其元阳上的那根马毛。

原来，这"双紫梅花散"正是郑以为所寄，他在信中指示，让裴将军偷偷地对曹公公下毒，为掩人耳目，并且为了让圣上重视派春申毒前来，裴将军也在脸上涂蜡，假装中毒，只不过由公孙大娘亲自看守，不至于走漏风声，于是，接下来的事情就简单了，春申毒对外称曹公公及裴将军中了奇毒，须火速赶回长安取解药，春申毒就骑上天马赶往长安。

至人少处，春申毒调转马头，奔向襄阳，一日即到，正好是第五日，孟浩然已气若游丝了，即刻为其服下一粒漳州片仔癀，再运"药王梅花针"为其针灸，孟伤得极重，五脏六腑均被震破，筋络俱断，春申毒请无法大师先把孟的心穴点住，让其供血较少，再往其筋络扎下多针，以让其重新碰之，恢复方有可能，而漳州片仔癀可修复其内脏。

春申毒忙得大汗淋漓，运针十分谨慎，六个时辰后，孟浩然终于睁开了眼睛，众人长舒了一口气，特别是无仁，感觉整个提着的心放了下来，而花想容并无太大反应，此时的春申毒，眼神仍然严峻，说道：

"只是暂时苏醒，能不能最终恢复，还需百日静养，此梅花针十日后方可拔之，其心穴十日后方可解开。"

说完后，春申毒甚感眩晕，连续的运针耗去其大量的心神，无法大师就为其输送真气，半个时辰方才恢复之，郑以为就将周自横带到春申毒面前，撤下面具详看，这张脸他以前就看过，奈何当时功力不及，未能复之。

阙浪、吴少棠及吴道子早已赶到鹿门山，郑以为就请吴道子画一幅周自横未遭狼咬之前的人像图，好让春申毒参照，画圣欣然应允，对着其半边脸，再加上郑以为的一些描述，为其增添许多风貌，片刻即成，只见画中的周自横身着战袍，横刀立马，雄姿英发，颇有儒将之风范。

周自横看到画，心中泛起无限向往，问春申毒能否让其恢复到画中的这种神韵，药王沉思良久，答曰近日习得大食补容术，曾为七日开的厨子复容，但周自横的伤过重，且已过多日，能恢复否，尚不得知，当尽力而为。

众人问其方法，春申毒答曰：

"周总管的脸遭狼撕咬极深，伤及面骨骨髓，致使面骨骨髓溃烂，进而令面部不能再生长新肉新皮，如若洗髓，即有恢复之可能，然在洗髓之时，须有高僧在旁诵《洗髓经》，周总管须用心听经，能悟之最好，否则，奇痛难忍，恐功亏一篑。"

《洗髓经》乃当年达摩祖师留予中原佛门的宝贵经书，由于其对因果轮回讲解得透彻，故几乎每家寺庙都会推崇《洗髓经》，命每位弟子都要读之，甚至许多俗家弟子都会诵读。在场的无法大师，野渡师太，无仁均精通《洗髓经》。

人多诵经会嘈杂，影响运针，春申毒就请无法大师及野渡师太诵之，无仁就在

旁边观看，无法坐在周自横的左边脸，野渡坐在右边脸，齐诵《洗髓经》。

"抵暮见明星，燃灯照暗室。晚夕功课毕，将息临卧具。大众咸鼾睡，忘却生与死。明者独惊醒，黑夜暗修为……"

春申毒再取出药王梅花针，往周自横的脸上刺去，而且还旋转着刺入，深入骨髓，周自横感到一阵阵的剧痛，但不敢吭声，而是默默地听着《洗髓经》。春申毒在他毁容的左脸插入八根针，在右脸也插入两根，十根针皆深深的插入骨髓，痛彻心扉，但周自横耐心听着《洗髓经》，倒也不觉得有那么疼痛了。

春申毒一直旋着药王梅花针，只见一些暗黄的液从针孔里流了出来，奇腥无比，看来是骨髓流了出来，三个时辰后，暗黄的液变清，至此洗髓完毕，春申毒把针都拔出，取出药，加唾液湿润，摊成饼状，成此药是大食皇室秘方，乃春申毒与大食名医交流所得，将药敷上其脸，并嘱咐不得动它，药会自动脱落，当药全部脱落之时，即是新皮长出之际。

运针运了三个时辰，春申毒体力大为透支，无法大师及野渡师太诵了三个时辰的经文，也甚为疲惫，三人都稍事歇息。

阙浪还另有所求，就溜入春申毒歇息之室，央求其再把他的元阳植入马毛，春申毒知其迫切，就亲自去拔了马毛，这次还甚为慷慨，不仅为阙浪和郑以为重新植入，还要为安禄山、吴少棠植入，而对伤重未愈的孟浩然及出家人无法大师，显然是不合适的。

安禄山及吴少棠并不知植此天马毛有何意，拒绝之，当听说此法可令自己夜御数女，享尽人间艳福，再看到阙浪及郑以为都植上，遂从之！

春申毒完成了他的使命，随即骑上天马，赶往河朔，当然，他还向郑以为拿了"双紫梅花散"的解药，赶到河朔后，即刻为曹公公服下，也佯装为裴将军服下，很快，曹公公就醒来了，身体有点虚弱，问人发生何事，手下人就说他与裴将军都中毒了，群医医治无效，圣上特派当世药王春申毒前来医治。

曹公公更关心的是天马，急匆匆的爬起，即对马检验之，摸遍马的全身之后，严肃地问，为何天马的阳毛又少了四根，天马这几天是春申毒在骑，阳毛少掉，肯定跟他有关，但春申毒是圣上特派来为他和裴将军医治的，不敢再去问他，遂作罢，就去找刚刚"醒过来"的裴将军商议如何捉拿下毒之人，裴将军就假意做了些布置，晚上，中军置酒答谢药王春申毒，春申毒也不客气，与裴将军、公孙大娘还有曹公公痛饮一番，第二日一早，裴将军命人另备马车专门送其回长安复命。

过了十日，孟浩然身上的针全部拔出，心穴也解开，其筋络已全部接上，五脏六腑也都在恢复之，稍微一动，顿觉浑身疼痛，复躺下，意识反而清醒，他发现整个草堂已焕然一新，多了很多摆件，还被扩建了一番，草堂里住的人也多了起来，他所认识的郑以为，还有情敌阙浪也在里面。

另有一个男人甚觉面熟，感觉就是打伤他的那个人，但此人的脸上敷着药，看身段，应该就是那人，他的旁边还有一名和尚及胡人。

郑以为见他醒了，就过来跟他打招呼，他勉强应之，心里最关心的是他的女儿孟非花，郑以为知道他的心意，就走入隔壁间通知花想容，母女俩随即来到他的面前，这一下可把孟浩然惊呆了，才几日时光，花想容竟然成了尼姑，而他的女儿孟非花也是一身小尼姑的装束，此时，又走来了两位尼姑，定睛一看，其中一位竟是旧爱花已容。

花已容看着孟浩然，旧情一下子涌上了心头，那年在扬州，在雨丝的滋润下，桃花自在地盛开，她在翘首期盼心中的情郎，孟浩然适时出现了，又不适时地离开了，扬州的路上越来越热闹了，她却越来越寂寞，春雨，桃花，这些江南的精灵啊，只能装点小桥流水的欢娱，滋生老砖古瓦的生机，却永远凋零了她短暂的欢乐。

而花想容抱着花非花，短短十几日，已有恍若隔世的感觉，本来一个贫穷但还算圆满的家已不复存在了，如今，她已携女遁入佛门，也许就是命，命运辜负了如水的柔情，毁了年少春闺，只能用千年的时光来懊悔，可即使是一千年的懊悔，也换不回她青春的美丽，只能在无尽的追悔读懂等待的忧伤，在痛彻骨髓的孤独里听清深深的叹息。

郑以为上前将这十几日所发生的事情简要地对孟浩然说了一下，听完叙述，孟浩然不禁流下两行热泪，想大声嚎哭，身体却不允许，无法怕他太过激动，对伤势不好，遂再点了他的心穴，花想容走上前去，用袖子为他拭去泪水。

野渡师太看到后，大声地咳嗽了两下，本意是要提醒花想容顾及佛门中人的身份，不可再动情，花想容充耳不闻，将花非花抱予花已容，再取来阮咸，横琴坐之，她要为孟浩然弹奏一曲，众人以为她要弹那首《望江南》，可她却弹奏了《胡笳十八拍》。

此曲乃蔡文姬所作，甚为哀怨，也许，花想容想到自己即将要走了，他能留给孟浩然的，也就只有这幽幽的琴声了。

当年，蔡文姬被匈奴所掳，流落塞外予左贤王为妻十二年，后经曹操重金赎回，却与两个亲生子天各一方，还乡的喜悦被离别之痛所湮灭，内心极端矛盾痛苦，只能移情于声，借用胡笳表现思乡哀怨，融入忧愁声调，现怆然怨气，始创作出传世名曲《胡笳十八拍》。

全曲两大层，前一层倾诉蔡文姬身处胡地时对故乡的思恋；后一层抒发蔡文姬惜别稚子的隐痛与悲怨，花想容在弹奏此曲时，想起了此生的悲惨遭遇，使得琴声更加哀怨，凄切直透人心，众人在旁，听之无不动容，野渡师太、无法大师、无仁均闭上眼睛，默默听之，周自横、郑以为、阙浪都极为伤感，安禄山甚至流下了眼泪，正如"胡人落泪沾边草，汉使断肠对客归。"

奇怪的是，花想容弹着琴，周自横脸上的药竟变得干燥，渐渐地往下掉，到一曲终了时，脸上的最后一块药也落了下来，细看此新脸，皮肤光滑，面色红润，竟然与之前毫无二致，反而比之前更增添了一分英气。

周自横摸着自己的脸，心中的欣喜不言而喻，急忙到一盛满水的盆子上照着，发现自己的容颜已完全恢复，不禁大笑起来。

此时的花想容，却趴在琴上大哭，直哭得泪珠滚滚，悲天恸地，最后，她走到孟浩然面前，俯下身去，对其一吻，抱起花非花冲入了另一室内。

野渡师太悲天悯人，对众人建议：
"阿弥陀佛，贫尼已外出多日，而如今，花想容母女也不宜在此多做停留，须尽快返回国色庵。"

阙浪倒是着急，野渡众人走是小事，关键是"野渡无人舟自横"还未参悟，遂以此原由挽留之，野渡师太并不回答，无法懂得其心思，遂对众人说：
"阿弥陀佛，世事皆是缘，野渡无人舟自横，也许达摩祖师另有他意，亦或是我等修行不够，未能领悟，本座觉得，此事可暂缓一段落，或许某日，我等终会有人顿悟！"

众人来襄阳的本意是要找到周自横，参透那句诗，如今人也找到了，而且容颜还恢复了，还是无果，再留在襄阳已无意义，大家商议了一下，干脆都返回长安，于是，郑以为就嘱托吴少棠让丐帮弟子悉心照料孟浩然，当然，也留下了一万两黄金作为照料费。

一路风尘仆仆，周自横容颜恢复，心情极佳，也不再与阙浪计较什么，反而与众人谈笑风生，花想容抱着花非花，坐在车内，旅途的颠簸让她的思维更显呆滞，但她心已冷，她已不能继续在杨柳风中迟疑，她只是被几个男人随手摘取的桃花，再随手一放，随风飘荡。

到长安后，众人先将野渡、无仁、花想容母女送至国色庵，花想容走入国色庵

的那一刹那，走得非常决然，并未回头看阙浪或周自横一眼，佛门一入，从此不再过问红尘。

无法赶回香积寺，在他外出的日子里，无天任监寺，将香积寺治理得井井有条，倒是为无法省去了不少事。周自横就回到了府上，他已离家多日，现以完整的容颜回来，家人甚是欣喜，他也再次感受到了家的温馨。阙浪则先回了胡姬酒肆，这次他染了风寒，头晕目眩，回忆起了安禄山自创的风寒疗法"姬无药"，就吩咐了数名胡姬将其剥光围住，当然，他避开了莎菲娅。

安禄山则赶往东市"铭残玉"，却见赵铭残卧病在床，挣扎着起来，取出一个盒子，打开一看，只见一道暖光徐射而出，而这暖光中，还夹带着贵气，这正是金镶玉所独有的，取出一看，玉簪圆润可人，而外面的那只凤凰包着玉簪，展翅欲飞，栩栩如生，有如飞凤在天，真正是"萧韶九成，凤凰来仪。"

赵铭残不停的咳嗽，原先温润的颜面如今却变得形容枯槁，皮包骨头，本来还有半数乌发，如今已全白透，背也驼之，双眼无神，这一月来，他为了琢出凤凰于飞，耗去了全部心血，仅仅一月，就从仙风道骨步入了风烛残年。

安禄山也颇为感动，握着他的手，用眼神来表示感谢，突然间，赵铭残呕出了一口血，不偏不倚正好喷在凤凰的尾上，然后一头栽倒，赵铭残之子摸其鼻，已无气息，遂跪在地上哭泣，安禄山也心怀愧疚，单膝跪于地，良久，就把剩下的七十万两交予其子。

传说凤凰每次死后，周身燃起大火，在烈火中重生，并获得较之以前更强的生命力，是为"凤凰涅槃"，周而复始，凤凰获得了永生，而凤凰于飞沾染了天下第一琢玉匠赵铭残的鲜血，真的就如凤凰涅槃，无形中其价值又提升了许多。

安禄山连忙去找郑以为，取出一看，郑以为都被惊呆了，再细看，只见尾上刻着"凤凰于飞，赵铭残"，遂对其表示，此物贵妃必定喜欢。

安禄山一听有望，就恳请郑以为迅速帮忙送礼打点，郑以为沉吟道：

"安兄好不巧，这当朝宰相可是刚刚换任，新宰相还未打点啊。"

"安某得知这新宰相乃贵妃之堂兄，郑大官人能打点到贵妃，定然也能打点到新宰相。"

此话是在吹捧，更像是一种提醒。

"安兄，并非在下不想帮你，只是这新宰相性格乖巧偏张，不好捉摸啊！"

"郑大官人，在下也听说，这新宰相素爱丹青，若能以绝世书法名帖送之，必然有效。"

"喔，那安兄认为该送何名帖？"

"可送府上王羲之的《快雪时晴》或张旭的《肚痛帖》。"

显然，这绝世名帖的信息定然是阙浪告诉他的，两人毕竟是翁婿，已是一家人，但郑以为素有收藏天下名帖的习惯，怎可割爱，于是，他面有不悦地说：

"安兄，郑某已将《快雪时晴》及《肚痛帖》视为传家之宝，怎可取出送人？"

"郑大官人，安某虽是一介粗人，然亦知君子不夺人所爱，怎奈这史思明兄弟，与安某在西域出生入死，曾替安某挨过致命一刀，如今有求于我，安某必定肝脑涂地，为其争取，望郑大官人高抬贵手，安某愿以高价买之，况且，若郑大官人能够亲自为宰相送之，亦可亲近宰相，日后做事亦方便许多，何须固守字帖。"

安禄山说得真切，似一腔热血喷于长空，他的分析也非常贴切，郑以为倘若今天不送，那总有一日还是要送的，早点送还可早点与新宰相建立联盟关系，这一点非常重要，郑以为不得不考量。

只是这两帖均价值连城，要向其报多少价位合适呢，倒是安禄山为其开了价钱。

"安某认为，不必两帖都送，可先送《快雪时晴》，安某得知，郑大官人曾出五十万两向吾婿阙浪购之，然阙浪豪爽，反而相赠，安某的意思是，愿以一百五十万两向您回购。"

安禄山用"回购"二字，即点明了《快雪时晴》原先并不属于郑以为，只是碰上了阙浪，幸而得之，而出一百五十万两，是原来他愿意出的五十万两的三倍，也算是敢下血本了。

郑以为反复考量，他身份特殊，即是商人、文人，同时又周旋于官场，长袖善舞，达官贵人、各业翘楚均是他的交往对象，而他也必须以一种可靠的手段巴结新宰相，安禄山这次倒是可以让他顺水推舟，于是咬一咬牙，答应了安禄山的请求。

凤凰于飞送到了贵妃的手里，贵妃爱不释手，此物甚为贵重，更重要的是，其非常独特，贵妃也是首次见到金镶玉，不禁赞叹，凤凰于飞，特别是这带血的凤凰，是有永生之意，郑以为早已花重金买通了伺候贵妃的宫女，那宫女倒也乖巧，说这凤凰于飞可祝贵妃永葆青春，只把贵妃乐得如上九天。

而郑以为也善于调教，他教那宫女须学会对比，应在欣喜的同时再掺入一些悲痛的消息，宫女就告诉贵妃，天下第一琢玉匠赵铭残为雕凤凰于飞，已耗尽心力死去，贵妃听到此，不禁也随着伤感，掉了几滴眼泪。

新宰相看到《快雪时晴》，连声赞叹，将其挂在壁上，反复欣赏，甚至摆上笔墨，亲自临摹，揣测右军笔迹。

郑以为这次送礼送得极其成功，贵妃及宰相均对其大加赞赏，而史思明，也从捉生将直接晋升为范阳节度使亲将，受节度使节制，辅佐其统领三十万兵马。

转眼，腊月又到了，郑以为的"七日开"再次开张，各地官员依旧蜂拥而至，把七日开挤得水泄不通，郑以为凭借着通天关系，利用七日开为各方洗钱，一碗白粥一万两，其实际成本完全可忽略不计，一万两当中，四成为佣金，即自己取走四千两，剩下的六成他会洗好，也就是六千两送至要送的那层关系的手上，这样对谁都很安全，十年过去了，从未出过错，为防止太多太显眼，他还特地让七日开一年只开七日。

很多官员苦无门道，打听到郑以为可帮其疏通，也不顾佣金高昂，争先恐后地涌向七日开，这早已不是公开的秘密，只是郑以为关系实在太好，将钱交给他，绝对放心，这么多年来，他已间接的为多位官员实现晋升。

那一日，阙浪在长安的街头闲逛，却偶遇故人，正是那位与他一同斩杀群狼的史朝义，奇怪的是，史朝义不再贩卖兽皮，倒少了一些风霜气，阙浪就将他拉至一酒楼，两人互诉衷肠，为表示敬意，他还把史朝义送他的那把短刀取出割肉，大碗喝酒，大块吃肉，酒逢知己千杯少，好不痛快。

两人聊了许多，后来还了解到，史朝义的父亲已当上官员，自己也随着父荣子贵，今日也是其父派其来到长安，奉命找一家叫七日开的粥店，吃上几碗。阙浪一听就明白了，这史朝义是来贿赂的，再冒昧地问了一下他父亲的名字，竟然是史思明，对于史思明这个名字，他终是感到不安，他曾于郑府不经意间看到了史思明向郑以为行贿的花名册，为求一官，个个竞相耍手段。

看来，西野翔先生说的没有错，大唐确实已病入膏肓，阙浪对官场、商场之事均不感兴趣，但总隐隐觉得，若长此以往，国家总会出大事。眼前的史朝义曾与他一起并肩屠狼，英雄惜英雄，两人虽只是第二次见面，却已有了深厚的交情。

酒过三巡，史朝义倒红着脸问他。
"阙兄，自古胡汉不两立，今后的事，很难预料，倘若有一日，你我兵戎相见，你可会手下留情？"

"史兄说哪里话，如今天子圣明，四海升平，怎会兵戎相见？"
史朝义苦笑了一声，也不跟他争辩，再与他连干三大碗，随即起身告辞，他必须迅速赶往七日开，若太晚了，可能就挤不进去了。

第二十六章

兵书宝剑

史朝义来到七日开，点了一碗"深海星鲨鱼粥"，这可是七日开的招牌粥，须在繁星满天的夜晚，由多名勇猛的渔民潜入深海与鲨鱼搏斗，并在五更之前将鱼拖上岸，如此方可确保鱼肉鲜嫩，如若不然，鲨鱼肉则苦涩无味。

对于这种在"七日开"中为数不多的真材实料的名粥，要价自然不菲，郑以为开到了一碗五十万两之巨，虽然是超高天价，但吃者却趋之若鹜，目的就是为了更好的行贿，吃一碗粥，就等于有三十万两花到点子上去了。史朝义吃了一碗，甚觉鲜美，又接连点了两碗，直吃得把碗底都给舔了，这下倒好，此次来七日开只带了八十万两，付款后尚缺七十万两。

于是，他就被郑以为的人请到了后院控制住，史朝义见过大场面，并不慌张，闲庭信步的随他们去，郑以为一看，觉得此人龙行虎步，气度不凡，倒也不怎么为难他，史朝义并不觉得有什么不好意思，反而大赞此粥美味，对于这八十万两的欠款，他建议让郑以为派人盯着他，与他一起到胡姬酒肆取钱。

史朝义就大摇大摆地来到胡姬酒肆，安禄山一看，大呼贤侄，遂一同坐下，而跟过来的那几个人其实跟安禄山都已很熟了，知晓来意后，安禄山爽朗的笑笑，将八十万两银补上，那几个人就回七日开。

此时，阙浪与莎菲娅正在被窝里缠绵，浑然不知史朝义来访，安庆宗、安庆绪兄弟也过来作陪，安禄山先开了口：

"贤侄此番到长安走礼，一出手即是一百五十万两，果然有大将风度！"
"安伯父，小侄认为，成大事者不拘小节，英雄一世，当饮马长江，纵横天下，不应受世俗眼光所牵绊。"
"哈哈哈，贤侄豪情千里，庆宗，庆绪，你们两位可要向朝义多学学啊！"

安氏兄弟嘴角微微一抿，对于父亲的这番话，他们心里清楚，既是鞭策更是提醒，天下没有永远的朋友，只有永远的利益，为了利益，挚友也可残杀，这是长久以来父亲对他们灌输的理念。

四人就密谋起兵之事，按照此番的贿赂，史思明应该能够实际控制十万兵马，而安禄山也随将走马上任，堂堂中郎将，届时，两人可合谋一并将范阳节度使做掉，率范阳雄兵及西域亲兵攻往长安。

话题中自然绕不开印度七弦琴，安氏兄弟及史朝义均认为，大唐的兵马已极其虚弱，即便是神策军，也不堪一击，而从西北起兵，可迅速攻入长安，即便河朔裴将军勤王，已然不及，己方最担忧的是季寞什鸠克，其掌握所弹的印度七弦琴，可杀千军万马于无形，若不除之，有可能会为他人做嫁衣，前功尽弃。

安禄山听到这些，反而笑了，以一种非常淡然的笑容对大家说：
"印度七弦琴并不足惧，相反，若能夺此琴，为我所用，大唐必将土崩瓦解！"
安禄山敢这样说，自然是胸有成竹，这源于他对"野渡无人舟自横"的理解，至今，野渡、无法、阙浪、郑以为一帮人仍然未参透这句诗的真实含义，这一方面有达摩道行深刻的原因，另一方面也要有佛家所讲究的"缘"，而安禄山，注定与印度七弦琴有缘。

在他那把琴被季寞什鸠克抢去之前，他对那把琴呵护有加，其琴弦在外形上看

起来与普通的琴弦无太大区别，可在应用上却与其他的琴有着天壤之别，平常之琴，琴弦需干燥放置，倘若受潮，则声音沙哑，铁锈横生，弦极易断之，安禄山的那把祖传宝琴，却必须经常用烈酒洗琴弦，若几日不洗，则琴声黯哑，毫无生气，一旦再用酒润之，琴声直冲九霄，而当琴弦与琴座复位后，或许就不必再用烈酒擦之了，季寰什鸠克每次弹琴，声音均非常雄浑。

那日在鹿门山，春申毒为周自横洗髓，野渡师太及无法大师为其诵《洗髓经》，无仁本想一同诵经，却被二位认为道行尚浅，人多口杂，遂作罢，众人均无觉察出异常，却瞬间点醒了安禄山，他细细思之，无仁也会诵《洗髓经》，只是被阻止罢了。

那么，再进一层推照，野渡、无仁、周自横此三人的共同点就只有《洗髓经》了，野渡、无仁可诵经，周自横需听经，安禄山猛然回想起印度七弦琴的琴弦需经常洗水，"洗水"与"洗髓"谐音，那"野渡无人舟自横"的谜底必然是《洗髓经》。

季寰什鸠克曾携琴率十万天竺大军与裴将军鏖战于吐蕃，天竺军对印度七弦琴的琴音毫不避讳，而吐蕃军及唐军却闻琴而衰，想必是天竺军在上阵之前已亲自诵读过《洗髓经》了，这也难怪那时裴将军打扫战场，却发现不出半点端倪。

天竺信佛者众，国人普诵《洗髓经》，而时至今日，佛寺遍布中原，大唐一片佛音，《洗髓经》流传甚广，安禄山也去购得一本，熟读起经文。

他的推理甚为严密，但又不露声色，一个大胆的计划成形于心，故从鹿门山到现在，他从未向任何人透露过他的推理，包括对他的两个儿子及眼前的贤侄，当然，他的推理也具有极大的风险性，一旦出错，则老命难保，可一旦是真，他有极大的机会夺下印度七弦琴，再以此琴横扫中原，成就一番霸业，于是，心里泛起再会一会季寰什鸠克的渴望。

可季寞什鸠克在吐蕃战败后，从此就销声匿迹，其行踪本来就很古怪，这下更难觅其人，安禄山思之，季寞什鸠克与大唐皇室有不共戴天的世仇，再怎么躲，也必定离皇宫不远，只不过皇室在明，其在暗，说不定哪一日瞅准机会，将再掀起一阵腥风血雨。

想到这里，安禄山倒也不着急，只是与三人再做一些部署，史朝义随后急急忙忙赶往范阳找其父，四人即散去，自始至终，阙浪都未出现，春申毒再给他植了马毛，正抓起莎菲娅大战呢，窗外即便洪水滔天，也无暇顾及。

安禄山收集了很多地图，存放在地下酒窖里，经常独自一人下到地窖，对着地图画来画去，看得久了，地图上就仿若有着千军万马，而他统领着大军攻入长安，将李唐皇室斩尽杀绝，自己黄袍加身，百官三呼万岁，好不威风！

想到激动处，他就会手舞足蹈，时而做策马扬鞭状，时而做群臣免礼状，时而做短兵相接状，反正独自在地窖，无人知晓其勾当，其体重三百余斤，经常在地图前的一小块地上磨蹭，那一小块地方竟被其磨得凹陷下去，今日一兴奋，竟跳起了摔跤舞，两脚轮流的在地上撞击着。

突然，那块地方塌下去了，安禄山整个人掉了下去，地洞之下还有地洞，绝对始料不及，着地后，扬起了好重的灰，将其熏得不停咳嗽，但也就是因为这层灰，才让他免于受伤，安禄山在黑暗中摸索着，摸到了一个冰冷的金属柱子，慌乱中一旋之，周围竟有无数根蜡烛点亮了，眼前的情景让他惊呆了。

只见他置身于一座地下宫殿，一望无际，殿中尽是栩栩如生的兵马，粗略算去至少有十万众，地下竟然有十万大军，这让安禄山无比惊诧，车兵、步兵、骑兵列成各种阵势，显得浑厚、健壮、洗练，连陶马都双耳竖立，张嘴嘶鸣。

陶俑中的军士大都手执青铜兵器，有弓、弩、箭镞、矛、戈、剑、弯刀，利刃光亮如新，身穿细密铠甲，战车成行，气势磅礴，军士头挽发髻，足登短靴，手持弓弩，冲锋陷阵。而统兵大将身材魁梧，身披鳞甲，头卷长冠，昂首挺

胸，巍然伫立。这一件件披甲之锐的武士俑昂眉张目，肃然伫立，神态坚定而勇敢，好似持戈临战，战马膘肥体壮，双目圆睁，一声令下，大军就将驰骋疆场。

安禄山看着这些兵俑，感受到了一种巨大的威慑力，压得他喘不过气来，不敢再直视兵俑的眼睛，手往鼎内一抓，感觉抓到什么东西，扒开一看，却是一个用红布包着的条状物，打开一看，是一本名为《蒙氏天军》的兵书。

细细看之，才知道这是大秦名将蒙恬、蒙毅兄弟合写的一部兵书，蒙恬当年率三十万秦军北击匈奴，一战定乾坤，令匈奴北逃七百里，不敢南下而牧马，而蒙毅善谋，与秦皇、李斯共谋天下大计，位至上卿，蒙氏兄弟就将两人的所有精髓写成一本书，是为《蒙氏天军》。

由于蒙氏兄弟能文善武，武功谋略均独步天下，故《蒙氏天军》与其他的兵书完全不同，不仅仅着眼于用兵，而是综合各方情况，从生产、法制、教育、交通等各个方面进行交叉互补，各方相生相克，又相辅相成，其范围已远远超脱用兵之范畴，安禄山得此书，深知其意义之大，倘若他日挥师南下，按此书之所著，定能所向披靡，于是，他怀着一颗虔诚的心翻开了此书，《蒙氏天军》分十论……

第一论：审势，"盖虏人之地虽名为广，其实易攻，惟其无事，兵劫形制，若可纠合，一有惊扰，则忿怒纷争，割据蜂起……"

第二论：察情，"沿海造舰，沿淮治具，包藏祸心，有隙皆可投，敢谓之终遂不战乎？大抵今彼虽无必敢战之心，而吾亦不可不防其欲尝试之举。彼於高丽、西夏，气足以吞之……"

第三论：观衅，"自古天下离合之势常系乎民心，民心叛服之由实基于喜怒。喜怒之方形，视之若未有休戚；喜怒之既积，离合始决而不可制矣……"

第四论：自治，"臣闻今之论天下者皆曰：南北有定势，吴楚之脆弱不足以争衡于中原，古今有常理，夷狄之腥秽不可以久安于华夏……"

第五论：守淮，"精兵骁骑，十万之屯，山峙雷动，其势自雄，以此为备则其谁敢乘？离屯为十，屯不过万，力寡气沮，以此为备则备不足恃。此聚屯分屯之利害也……"

第六论：屯田，"要其辎重，十日不至，则敌将之头可致者。此言用兵制胜以粮为先，转饷给军以通为利也。必欲使粮足而饷无间绝之忧，惟屯田为善……"

第七论：致勇，"行阵无死命之士则将虽勇而战不能必胜，边陲无死事之将则相虽贤而功不能必成。将骄卒惰，无事则已，有事而其弊犹耳，则望贼先遁，临敌遂奔……"

第八论：防微，"古之为国者，其虑敌深，其防患密。故常不吝爵赏以笼络天下智勇辩力之士，而不欲一夫有忧愁怨恨，聊不平之心以败吾事……"

第九论：久任，"天下无难能不可为之事，而有能为必可成之人。人诚能也，任之不专则不可以有成。事有操纵自我，而谋之已审，则一举而可以遂成……"

第十论：详战，"兵法有九地，皆因地而为之势。故地有险易、有轻重。先其易者，险有所不攻；破其重者，轻有所不取。今日中原之地，其形易、其势重者，果安在哉……"

此十论，气势磅礴，涵盖济世之方方面面，而最终使到将兵，有此十论，难怪秦军能战无不胜，一统天下。想到秦军，安禄山猛然打了个寒颤，蒙氏事秦皇，那么这里应该是……，正是秦始皇陵，眼前的地下大军，正是当年大将章邯监工修筑的"秦陵兵马俑"。

眼前的兵马俑，军士们个个凝目聆听、仪态英武，有一往无前的英雄气概，再现秦始皇"灭六国，定天下"的雄壮军容，安禄山想着，倘若自己拥有如此威武之师，起兵反唐则易如反掌，再加上这本《蒙氏天军》，定可横扫天下。

安禄山再细想之，这鼎内既然会有《蒙氏天军》这等宝物，恐怕还有其他至宝，于是跳回鼎内把灰扒掉，果不其然，发现了一把青铜短剑，上刻之"相邦吕不韦"，他知道这几个字的分量，吕氏春秋上记载：物勒工名。就是制造者要把自己的名字刻在上面，一有差错即可找出责任人，当时丞相吕不韦亲自出任秦军兵器监工，亲自铸剑，并刻名于上，以此为大秦铸剑之标准，那这把剑定是吕不韦亲铸之宝剑了，虽于地下，其锋刃仍寒光闪闪，摄人心魄，安禄山一手持兵书，一手持宝剑，望着这气势宏伟的兵马俑，仿佛天下已臣服脚下，不禁立于鼎上，大笑起来。

这一笑，可不打紧，突然间，不远处的兵俑成排倒下，一个浑身是血的人冲了出来，但没几步，就跌跌撞撞的倒下了，安禄山觉得此人非常面熟，透过其蓬头垢面的外形，此人竟是神策军统领韩公略，他不是要负责整个大明宫的安危吗，怎么会在这边？

就在此时，韩公略的身后出现了一个令其胆寒的人，那就是已销声匿迹多日的季寞什鸠克，很明显，韩公略的伤就是拜他所赐，正想着，季寞什鸠克的无量捉鬼手已经打到他的面前，安禄山放下兵书宝剑，匆忙应战。

其三百多斤的体重，并不影响他的灵活性，无量捉鬼手虽然神出鬼没，安禄山看准了高接低挡，兵马俑的存在也严重阻碍了季寞什鸠克的发挥，至少不会再那么灵敏，故威力大减，安禄山招架起来，显得从容。

打了一会，季寞什鸠克突然停了手，这让安禄山的心中顿时充满了恐惧，他最害怕的兵器出现了，很快，琴音响起，正是印度七弦琴，曲子还是《十面埋伏》，听着这曲子，看着这威武的兵马俑，安禄山突然觉得，这千军万马瞬间都复活了，向他一齐冲了过来，准备将他碎尸万段，顿觉头痛欲裂，琴音已深深刺入他的脑中。

这琴声令他发狂，撞倒了身边的众多兵马俑，这些都是武士俑，似一具具战死的士兵在他面前轰然倒塌，神情凛然，有的甚至带着永恒的微笑倒了下去，而再后面就是跪射俑和立射俑。

跪射俑武士手持弓弩，位于阵心，身穿战袍，外披铠甲，头顶左侧挽一发髻，脚蹬方口齐头翘尖履，左腿蹲曲，右膝着地，双手在身体右侧一上一下作握弓状，立射俑位于阵表，身着轻装战袍，腰系革带，装束轻便灵活。

射之道，左足纵，右足横，左手若扶枝，右手若抱儿，此正是最佳持弩之道也，秦军当年天下无敌，横扫六国后，对手就只剩下彪悍的匈奴骑兵了，当匈奴人快马挺进时，大秦的步兵就很难抵挡了，所以，必须要有一种克敌制胜的兵器以及一套严谨的作战阵法。

于是，作为远射兵器的弩就适时出现了，弩与弓不同，秦弩通过一套灵巧的机械传递，让勾牙在放箭瞬间突然下沉，军士发力轻巧，体力大大节省，且发射稳定，秦弩射程可达百余丈，而匈奴在远程时只能拉弓，所耗力气颇大，当力气耗尽，准度无法保证，故两军交锋，常常是匈奴一发起冲锋，就已经被大秦的弩射得人仰马翻。

安禄山被琴声逼得步步后退，恰好碰到了跪射俑的弩机机关，瞬间，一支长弩硬生生的飞向季寞什鸠克，其远远就看见了，使出无量捉鬼手欲捉长弩，虽有碰到，却没有抓住，只是偏了方向，刺到了一旁。

安禄山一看弩机的威力如此巨大，就不停的扣动跪射俑的弩机机关，只见万箭齐发，射向季寞什鸠克，其也不敢怠慢，抓起了旁边的几个盾牌，竖起来组成盾墙，长弩都射在了盾墙上，虽然都穿透了过去。但力度已无，其毫发无损，随后，季寞什鸠克在盾墙后面再度弹起印度七弦琴。

就在发射秦弩的间隙，安禄山想起了《洗髓经》，上次他已揣测《洗髓经》可免琴音之扰，在这危急时刻，他决心赌一把，于是，在琴声响起时，他心中默念起《洗髓经》，果然，这可怕的琴声对其竟然一点作用都没有，安禄山知道自己的这条命已捡回来了。

他心生一计，假装摔倒在地，双手捂住耳朵，在地上痛苦地翻滚着，季寞什鸠克也走出盾墙，来到他的面前，不弹琴时，安禄山就松开手，以惊恐的眼神看着季寞什鸠克，仿佛在乞求宽恕，突然间琴声又起，他再次痛苦万分，如此反复多次，安禄山看起来已被折磨得半死不活。

季寞什鸠克渐渐放松了警惕，再一次弹琴时，竟然闭上了眼睛，仿若陶醉在优美的琴声中，安禄山岂能放过这千载难逢的良机，突然一个后滚，扣动一个跪射俑的机关，"嗖"的一声，一支长长的秦弩射了出去，季寞什鸠克毫无防备，右边胸膛一下子被射穿了。

琴掉在了地上，季寞什鸠克张大了嘴，眼神十分惊诧，他完全没想到，这把天下无敌的印度七弦琴，竟然被眼前的这位肥头大耳的胡人破解，自己潜伏在这兵马俑七十余年，最终了结自己性命的，竟然是再熟悉不过的秦弩。

季寞什鸠克已有两百七十多岁了，能活得如此长寿，没有一些养生妙方是不行的，虽自知自己行将就木，但死前，也要同他同归于尽，他用尽最后的力气，使出无量捉鬼手，只见一支长长的手伸向了安禄山，掐住他的咽喉，将他整个人提了起来。

季寞什鸠克的眼睛开始变得腥红，他抓住安禄山，往旁边一甩，正好撞到了那只大鼎，所幸只是腹部撞到，尽是肉，虽然剧痛，但倒也不伤筋动骨，但他的咽喉已被控制，呼吸急促，眼睛朝上翻白，这反而能让他在被撞的一瞬间，眼角的余光看到了那把青铜短剑。

这是唯一的机会，稍纵即逝，他索性屏住呼吸，双脚夹住那把剑，往空中一掷，右手握住剑柄，狠狠的朝那只长手砍去。

一股绿色的血喷了出来，喷得安禄山满脸都是，他掉了下来，费力的掰开断手的手指，而那断手，也缩至平日长度无异，安禄山甚不解气，操起青铜剑，冲了上去，狠狠地朝季寞什鸠克的心脏刺去。

这一下，季寞什鸠克无论如何是避不开的，他的嘴里渗出了绿血，腥红的双眼变得黯淡，最后对着安禄山说：
"《广陵散》绝矣！"

随即死去，可怜这一代妖僧，当年被王玄策从天竺押回长安，为太宗皇帝炼丹，其略施小计，就将太宗毒死，随后身陷天牢，却苦练缩骨功逃脱，潜于秦陵兵马俑，避开高宗、中宗、睿宗、武后等四朝追捕，后机缘巧合夺得印度七弦琴，大行天下，搅得李唐皇室鸡犬不宁，若不是众多高手相阻，彼时或许都已取玄宗性命。

而其亲率十万天竺大军攻入吐蕃，与吐蕃军，唐军鏖战数月，何等的英雄气概，即使最终大败，但也令大唐举国心惊，此后复返兵马俑，于内参透了印度七弦琴的更绝顶武功，还未使出，却被安禄山误打误撞的刺杀，出师未捷身先死，长使英雄泪满襟，也许，他自认为算不上英雄，但算是枭雄总可以吧。

季寞什鸠克终究是死了，安禄山捡起了掉在地上的印度七弦琴，凝视着，他现在有三件绝世之宝了，一本天下第一兵书《蒙氏天军》，一把吕不韦亲铸的青铜宝剑，再有这能够在千军万马中克敌制胜的印度七弦琴。

有了此三宝，今后要平定天下，饮马长江，自然是如虎添翼，他小心的抚擦着这把琴，心中充满了无限憧憬。

第二十七章

江山万里

安禄山看着琴，仔细回味着季寞什鸠克临死前说的那句话，世上能说"《广陵散》绝矣"的惟有一人，那就是西晋嵇康，而其已逝去七百余年，在这七百年间，《广陵散》确实已经失传，季寞什鸠克再提此曲，用意何在？

远处的韩公略苏醒了过来，安禄山走过去探他，两人虽不甚熟络，但上次在大明宫一同与季寞什鸠克交手，算是相识，仔细一看，伤势极重，安禄山为其运功，输入了一些元气，韩公略方才振作起来，将其与季寞什鸠克的瓜葛细细道来。

那晚他正在大明宫内的神策军统领室内歇息，突觉得炕上有异动，遂翻滚下炕，观察之，少顷，炕上的草席开始了，韩公略斗胆上前将草席掀开，却见炕已被挖了一个洞，韩公略思之，此室乃神策军统领专用，若有人挖地道，其目的非常明显，就是想通过此室潜入皇宫大内。

韩公略想到这些，身体不禁一颤，这洞里，必定隐藏着一个巨大的阴谋，于是，他正要开窗大叫通知其他人，话还未出口，嘴巴已被捂住，整个人被拖进了洞里，炕上的草席也把洞口盖住，一切都了无痕迹。

到了地下，伸手不见五指，韩公略心中也猜出了几分，刚才那招是无量捉鬼手，而劫持自己的那个人，必定是朝廷钦犯季寞什鸠克，果不其然，他马上受到了审问，季寞什鸠克问神策军在大明宫内的巡逻时辰表，起初，韩公略不从，遭其毒打，后就索性说出一个假的时辰表，但季寞什鸠克出去一探，已觉不准，回来后再将其暴打一顿，韩公略又胡编了一个，又再遭毒打，如此反复几次，身心遭到极大的摧残。

而安禄山的偶然闯入，让季寞什鸠克完全出乎意料，他不想打草惊蛇，毕竟已在此呆了七十余年，只想找个机会偷袭，将其密杀，但不想安禄山无意中启动了机关，点亮了所有的蜡烛，他连忙将韩公略的嘴捂住，隐藏在兵马俑之后。

而韩公略心中也知这是最后的逃生机会，趁季寞什鸠克看安禄山狂笑时，突然一个挣脱，逃离之，再撞倒几个兵马俑，引起安禄山的注意，此招虽冒险，但总算留了一条老命，虽然从胜算上来讲，安禄山要比季寞什鸠克小许多，但最终笑到最后竟是安禄山。

安禄山听到这些，恍然大悟，原来，这季寞什鸠克是要摸清大内守备时辰，以便突击时能更加顺畅，他转念一想，既然其想索取时辰表，那么自己也可索取，他日若要行刺玄宗皇帝，定可更加便捷。

于是，他装作好心为其疗伤，同时，再与其交谈，想从话中套出时辰表，这韩公略也并非傻子，安禄山问他几次，均被他警觉的绕开，后来，安禄山再度侧问之，韩公略终于按捺不住，质问他：
"安兄，你我即将同朝为官，应知臣子礼节，这大内的时辰表，岂是臣下想问就问的？"

安禄山也不耐烦了：
"韩将军不想告知亦无关系，安某在朝中已广植党羽，汝不告知，安某命人一问便知。"

"安禄山，莫非你想……"

"你说对了，安某想反！"

安禄山直截了当说出他的真实想法，他可不想跟他再耗下去，韩公略轻蔑地笑着："想我煌煌大唐，志击千里，汝等杂胡蛮夷，妄想犯我大唐。"

大唐的军人向来傲慢，这和唐对外的扩张不无关系，当年，李靖一战灭突厥，生擒吉利可汗，高仙芝一路西进，灭西域诸国，建安西都护府，唐太宗更是御驾亲征，东征高丽，屠其国，裴行俭阴阳遁甲术杀得胡人鬼哭狼嚎，何等神勇天威，故韩公略一听到安禄山想反唐，一股轻蔑之情便油然而生。

安禄山并不生气，他见惯了大唐军人的傲气，而是心平气和的向他说："韩将军少安毋躁，想必韩将军也清楚，近些年，唐军确实威武，然我大燕百万儿郎亦非脓包，倘若安某振臂一呼，大燕勇士必群起响应，南下攻唐，不是安某痴人说梦，一旦起兵，三月可攻下长安。"

"自古胡汉不两立，你们这些杂胡，比那天竺妖僧还要狂妄，亏我大唐宅心仁厚，容尔等至中原立业，不想却养了你这种恩将仇报的杂种。"
"韩将军，安某做的是经天纬地的大事，不屑与你计较一时口舌之得失。"

"可惜啊，裴旻早就说过，安禄山有反骨，宜尽早除之，当今圣上过于仁慈，才未对汝下手，终养虎为患。"

"哈哈，纵观整个大唐，安某也就把裴旻放在眼里，安某一直期待，能够在沙场上与裴旻决一高下。"

安禄山不想再与他多说，将其拖到一处，再到跪射俑面前，扣动了机关，只见数十支秦弩射出，刺穿了韩公略的身体，大唐神策军的总统领，就这样不明不白的死在了地下。

安禄山思之，此地乃秦皇陵，定埋藏有众多宝藏，于是，细细寻找，果然发现了众多黄金，大喜，若用这些黄金招兵买马，充做军费，何愁天下英雄不来归附。

一次不经意的掉落，让他得到了四大宝物，兵书、宝剑、印度七弦琴、还有大批宝藏，安禄山憨厚的外形下其实隐藏着一个并吞天下的野心，有了这四大宝物，他完全可以立即实施他的计划，他向来胆大心细，思之，季寞什鸠克既然可以将韩公略的从住所内拖入，那别人也可顺藤摸瓜找到这里，一旦被外人发现这里，雄才伟业将功亏一篑，所以，韩公略的这个漏洞须尽快补上。

他慢慢寻找，终于找到了通往韩公略住所的地洞，悄悄溜了上来，隐去各项痕迹，并将炕的洞做了封存加固，外人根本看不出来。至于胡姬酒肆地窖的入口，也精心做了掩护，如无他亲施技巧，外人根本无从得知。

忙完这些，天刚微亮，安禄山为掩人耳目，将琴和兵书宝剑藏好，连忙就寝了，在他要睡的时候，看到莎菲娅的房间依然灯火通明，窗纸上映出阙浪与莎菲娅的剪影，看来，二人依然还在奋战中，安禄山看了，无奈地摇了摇头。

也仅仅歇息片刻，他按往常时刻起床营业，此时，阙浪也起床了，观其脸色，并无憔悴之感，不禁感叹天马阳毛之神奇。片刻后，有贵客来访，正是遣唐使西野翔，安禄山对其向来敬重，就招呼其上座。

安禄山将至范阳赴任，西野翔是过来向他道贺的，两人聊着，慢慢地聊到了琴曲，在阙浪大婚那日，安禄山抚了首《凤求凰》，而西野翔也抚了首《居酒云追月》，所著内容，均与儿女私情有关，按西野翔个性，是不喜欢此绵绵之音的，只是那日场合，须以绵柔示之。

安禄山正为季寞什鸠克临终前所说的《广陵散》所困惑，今日西野翔要与他谈古曲，或许会有不经意的收获，遂与其探讨。

玄宗皇帝文武双全，在剿灭韦后之后，对诗文，绘画，声乐，梨园等均大力提倡，故在开元盛世，大唐的文化欣欣向荣，涌现出李白、吴道子、董庭兰、李

龟年等旷世奇才，甚至后宫杨贵妃，还自编了《霓裳羽衣舞》，一时盛唐之音无与伦比，引万邦前来参习。

两人聊到了十大古曲，一时兴起，安禄山命人取来两把琴，西野翔也不客气，随手弹了一曲《高山流水》，其外形上本来就悲天悯人，弹起此曲，仿若"巍巍乎志在高山，洋洋乎志在流水"，阙浪夫妇、安氏兄弟，还有众多路过胡姬酒肆的路人，均被琴声所吸引，纷纷坐下，一时客满。

一曲弹罢，众人纷纷喝彩，安禄山兴起，顺势弹起一曲《平沙落雁》，完全抒发出"大雁之远志，逸士之心胸。"，也是博得满堂彩，两人不断的弹曲，将《梅花三弄》，《夕阳箫鼓》，《渔樵问答》，《汉宫秋月》，《十面埋伏》，《胡笳十八拍》，《阳春白雪》均弹了一遍。

胡姬酒肆的客人，听得如痴如醉，当世两大高手斗琴，将自身琴艺发挥得淋漓尽致，令听者甚是畅快，在腊月大雪纷飞的季节，犹如一缕阳光照进心扉。

两人斗琴斗到最后，心中尚有缺憾，那就是独缺《广陵散》，十大古曲排名第一，就是《广陵散》，两人即便已将九大古曲弹完，但那九大古曲琴谱流传甚广，只要弹琴者自身功力足够，完全可以弹得美妙，如季寞什鸠克弹过《十面埋伏》，无法大师弹过《高山流水》，花想容也能弹奏《胡笳十八拍》，即便是阙浪，至少也能弹起名曲《望江南》来行走冷院。

当年嵇康弹完《广陵散》，慷慨就义，世上再无《广陵散》，引得无数英雄扼腕长叹，西野翔弹完《渔樵问答》，与安禄山对视一眼，两人的眼神中充满了遗憾，安禄山尤多一层，那就是季寞什鸠克临死前的"《广陵散》绝矣！"

虽然仅过一夜，但这足以成为他的心病，他心里隐然觉得，《广陵散》里面一定藏着一个惊天秘密，季寞什鸠克弹的一直是《十面埋伏》，倘若他昨晚弹的是《广陵散》呢，那《洗髓经》就一定能抵御得了吗？

正想着，阙浪就与西野翔攀谈起来，上次两人关于大唐与日本国的争论，闹得颇不愉快，阙浪就取过两杯酒，递一杯予其，两人一饮而尽，算是尽释前嫌，安禄山心中还想着《广陵散》，想再去将琴仔细端详一遍，或许会有新发现，就让阙浪招呼西野翔，自己先行告退。

方才两人斗琴，吸引了众多客人，当然，在听完琴之后，这些客人并不好意思直接离开，至少都会点些酒菜，故安氏兄弟、莎菲娅指挥着酒肆里的人一同招呼客人，平日里，白天的生意一般不会太好，胡姬酒肆的主要盈利来自夜晚，今日这种情况倒是少见，但收回来的银两倒是实实在在，按道理说，安禄山与史思明联手，准备于某一恰当时机，起兵反唐，胡姬酒肆所挣的银两基本上起不了多大作用，只是，安氏兄弟特别是安庆宗做事向来谨慎，不想在起兵之前惹下什么麻烦，尽量低调行事，故仍表现得兢兢业业。

安禄山躲于僻静处，仔细端详印度七弦琴，看了半天，并无探出任何究竟，索性先不去管它，再过一月，他就必须去范阳赴任，为了这一日，他可是处心积虑了许久，另一个问题也让他很困扰，究竟是要带谁一同前去，长子安庆宗知书达礼，对各种社会关系的处理颇得心应手，若带他同去，倒是可以帮其处理复杂的官场关系，但美中不足的是，范阳的同僚基本上都是武官，大家心直口快，安庆宗武功不高，其较文弱的那套做法，在范阳的可用武之地极小。

而次子安庆绪武艺高强，但与外界接触较少，稍显稚嫩，唯一欣慰的是，其反应异常灵敏，对任何事情都能迅速总结，倒非不可教也，安禄山心里还隐藏着一个接班人的问题，倘若他日霸业可成，自己一手创下的事业究竟该由谁来继承？显然，安庆宗及安庆绪都有资格，那这次何不带上安庆绪，给他一个锻炼的机会。

阙浪在外面与西野翔畅谈着，西野翔的话题自然离不开鉴真大师，他已与鉴真大师再度商议，希望能够做好准备，再次东渡，而阙浪经过与野渡师太、无法大师的接触，佛法在其心中已潜移默化，心胸也变得更加广阔，对其倒也不再那么排斥，潜心下来与其探讨，西野翔的眼光独到，视野开阔，始终以海为疆，其在大唐学习多年，对高深的天文、地理、民俗、兵法均了熟于心，与阙

浪交流，自然是侃侃而谈，其学识、风度都令阙浪深深折服。

一月后，安禄山须至范阳，上任之前，他想先回一趟西域，太多年了，他都未能再踏上故土，今后他的人生将产生重大的转折，趁此机会先回乡省亲一趟，少年时，他与故乡有过约定，如今，他没有背弃誓言，在完结了少年的抱负后再志得意满的回来。

他带上次子安庆绪，还有女婿阙浪，对于阙浪，他已成功地将他绑定为亲属，但尚未向其透露起兵计划，这种事情，需寻得一恰当时机，方可挑明，而且还必须一次就完全同意，毕竟要让其持刀砍向自己的国人，非有经历过深仇大恨不可，这也是他要求安庆绪秘杀其父母的原因，虽然最终只是囚禁，但对其告知二老已死，则阙浪了无牵挂，自己又是岳父，是阙浪在世上唯一的长辈，他讲的话，不能不听。

但阙浪的仇恨还不至于达到向大唐反目的程度，或许只能向其许诺高官厚禄，但阙浪自由惯了，荣华富贵还不一定有吸引力，思来想去，能牵制他的，惟有莎菲娅，他与莎菲娅夜夜缠绵，当然，还有更厉害的杀手锏，那就是，昨日经郎中证实，莎菲娅已经怀孕了，也就是说，莎菲娅肚子里的孩子，将会对阙浪形成更大的牵制，有了这个武艺高强的乘龙快婿相助，何愁霸业不成。

安禄山将到范阳赴任中郎将，昔日大汉朝的中郎将是一个非常有影响力的将职，如建威中郎将周瑜，五官中郎将曹丕，但延至大唐，中郎将就被调为各府卫的禁卫统领，品级为四品，算低级将职。

虽然级别不高，但好歹也掌握一定的兵权，到时再与节度使亲将史思明联合，可调动一定数量的大军，威胁长安，想到这些，安禄山不禁意气风发，塞外风景瑰丽，安禄山自小在西域长大，对塞外奇幻的气候再熟悉不过，时而山川壮丽，时而鬼哭狼嚎，更多的是飞沙走石，夏日酷暑无比，冬季奇寒异常，这也练就了西域人彪悍的性格及强健的体魄，他们更垂涎气候适宜，丰衣足食的中原。

自古以来，以西域、漠北的游牧民族频频对农耕民族进行侵略，譬如周幽王烽火戏诸侯，引得狄戎奇袭京都，赵国李牧在抗秦的艰难境地下，仍北御匈奴数十年，而秦大将蒙恬，领三十万秦军一战令匈奴北却七百里。后匈奴大军复围汉高祖于白登，双方互有往来，汉以和亲维持和平近百年，苏武牧羊贝加尔湖，汉武帝再令卫青、霍去病对匈奴进行致命打击，迫使匈奴亡命西迁。

西晋末年，五胡趁中原大乱，再度起兵南下，一时间，衣冠南渡，华夏北部沦陷，中华大地分裂为东晋十六国，直至隋文帝杨坚起兵横扫南北，再度统一中原，然北部突厥频频进犯，隋军负多胜少，边境岌岌可危，唐初，太宗皇帝还被迫签订渭水之盟，后奋发图强，大唐军神李靖深入敌后，生擒突厥可汗，一举灭其国，彻底解除边患。

而大唐与游牧民族作战中，也起用了诸多番将，如鲜卑尉迟敬德，突厥哥舒翰、高丽人高仙芝，黑齿常之，均为大唐立下赫赫战功，拜将封侯，唐风开放，为实现民族融合，天下大同，将官职也放开，有能力者也可在大唐谋个一官半职，不然安禄山、史思明是绝无可能在大唐赴任的，而遣唐使西野翔能够在大唐受到重用，即是极好的明证。

安禄山父子一路上意气风发，万水千山纵横，何惧风急雨翻，豪气吞吐风雷，饮下霜杯雪盏，闯高峰远滩，人生几多个关，却笑世人要将汉胡路来分。

而阙浪就显得悲天悯人，他刚回到长安没几日，就得陪岳父前往范阳，一开始，他无奈地与莎菲娅成亲，但日久生情，且还怀上他的骨肉，没有理由不再想她，莎菲娅已令其洗去铅华，扫净心尘，恪守两人的诺言。

偶尔，他还是会想起花想容，想起她的风情万种，柔情似水，曾痴爱相伴，一路相依往返，谁知心醉朱颜，消逝烟雨间，只好别万山，不再返。

很快，三人来到了玉门关。玉门关的设立，始西汉武帝，时匈奴东败东胡，西逐大月氏，占据河西，并以河西为营，屡犯汉境，至武帝，汉军遂大举反击，

元狩二年，骠骑将军霍去病深入漠北，重创匈奴，汉增设张掖、敦煌两郡，同时建玉门关和阳关，从此，玉门关和阳关就成为中原通往西域的重要关隘，游牧民族与农耕民族多次在此进行悲壮的战斗。

玉门关名称的得来也有来历，丝绸之路畅通后，西域诸国的商队络绎不绝地经此入关。于阗国盛产和田玉，亦源源不断运往长安，换回大批丝绸，国王派重兵专门运送玉石，但时常出现怪事，骆驼入关就口吐白沫，昏迷不醒，于阗举国上下对此束手无策，后中原一位高人指点，嘱咐于阗官兵须祭祀关神，而如何祭祀，也极有讲究，须用上等玉石，在此关门上镶嵌一圈，关楼有了光彩，关神自然就放行，于阗人照办，果然疾病消除，平安到达长安，从此，关楼因砌了一圈闪光的玉石，世人遂称之为玉门关。

三人登上玉门关望去，只闻见驼铃悠悠，人喊马嘶，商队络绎，使者往来，一派繁荣景象，西行商旅和文臣武将都在这里停靠歇息，再举目远眺，只见玉门关四周沼泽遍布，沟壑纵横，长城蜿蜒，烽燧兀立，胡杨挺拔，泉水碧绿，芦苇摇曳，令人心驰神往，安禄山百感交集，怀古之情，油然而生，随口就念了太白的诗《关山月》：

明月出天山，苍茫云海间。长风几万里，吹度玉门关。
汉下白登道，胡窥青海湾。由来征战地，不见有人还。
戍客望边色，思归多苦颜。高楼当此夜，叹息未应闲。

李白一下子将边塞的辽阔、战地的惨烈、征人的相思写了出来，至今读罢，仍不禁眼泪沾襟，安禄山的思绪极为复杂，也许不用太久，自己的大燕铁军就要兵临城下，他也趁这个机会，朝四周尽望，将玉门关的地貌了然于胸。

安庆绪跃上城门顶，环视四周，天下芸芸众生，仿佛蝼蚁，他天生就有荡平四方之志，有朝一日，定要踏遍万里河山，令四海臣服；而阙浪看到的更多是苍茫，江山万里人漂泊，天地只在胸中，在这种念天地之悠悠的境地，他不由得想起了往事，想起了已在天堂的双亲，这么多年来，亲恩还未报，高堂已仙去。

舟车劳顿，三人也觉得饥饿，遂吃了当地的雪山驼掌，汤浓面滑的稍子面，入口即消的泡油糕，外酥内香的油酥饼，均十分可口，令人回味无穷。

食毕，三人继续上路，从玉门关沿疏勒河西行，有连片的沼泽、水湖、草甸，水草丰茂，白鹭阵阵，牛羊成群，越往西行，沼泽逐渐干涸，草甸渐渐消失，河谷被戈壁沙漠所湮没，继续走之，突然一座城堡出现在面前，这便是令边塞人闻风丧胆的魔鬼城。

只见魔鬼城地处广袤无垠的戈壁中，强风刮走细沙，仅留下青灰色的粗沙粒，使地面呈现出青色波浪，登上高大的城堡顶，向下俯瞰，又好似无数岛屿耸立在波涛汹涌的海面上，海走山飞、气势如虹，置身其中，感到一股震撼人心的力量，人在天地中，显得渺小。

王维曾有诗描写："大漠孤烟直，长河落日圆"，正午时分，三人见识到了真正的"大漠孤烟"，只见戈壁上的旋风卷起几柱直烟，在"城"中窜来窜去，三人早就听说过甚多商旅碰上直烟，就会被卷入其中，抛到万里之外坠死，连忙找了一洞避之。

大风刮过，各种怪叫声发出，犹如千万个魔鬼在嚎哭，这也正是"魔鬼城"名称的由来，这里看不见一草一木，到处是黑色的砺石沙海，黄色的黏土雕像，大漠狂风像锋利的刻刀，在这里雕出错落有致的岩沙雕。风过后，阙浪仔细望去，发现岩沙雕规模之大，形态之奇举世罕见，在这里，竟然可以看到长安的大明宫，楚地黄鹤楼，洛阳白马寺，甚至连上午吃面的小摊也能找出来，极为惊诧。

安禄山一笑了之，这些景象他自小就见多了，今日能让两个小辈见识一下，想想也是好事，并不催赶之，任二人张大了嘴巴细细欣赏。

第二十八章

马踏飞燕

魔鬼城乃西域之奇，但由于戈壁浩渺，道路艰险，虽时有耳闻，但能够真正涉足此地者，倒也不多，今日三人倒是碰到了传说中的"海市蜃楼"。

所谓"海市蜃楼"，就是能够将远处真实在进行的场景搬到此地映出，而这种放映，完全可以超越时空，前人的一些大事、战事竟然可以在这里目睹。放眼望去，草原上的蒙古包、大食清真寺、大漠雄狮、丝路驼队、中流砥柱……应有尽有，令人目不暇接。

天地是一框时序轮转的风景，你我在其中，奈何谁先寂寞，往西望去，孙刘联军与曹操大军鏖战于赤壁，周瑜正率领东吴水军火烧连营；往北望，草青黄，尘飞扬，武悼天王冉闵带领汉家子弟突围于五胡联军中，汉家儿郎手起刀落，奋勇向前，眼前的胡人，血流成河，尸体堆积如山，这一幕刺痛了身为胡人的安氏父子，顿时不悦，就转身往东望去，东边也是一场大战，大唐军神李靖挺进漠北，在草原上与东突厥展开决战，可汗已被生擒的突厥军群龙无首，一触即溃，四处逃散。

这两幕直让安氏父子看得咬牙切齿，自古胡汉不两立，游牧民族与农耕民族注定水火不容，三人顺势转身往南看去，竟看到了七日开的郑以为置身于其中，只见在一片梅花林中，阙浪正与其比剑，随着梅花的片片掉落，旁边还有一只白狐欢快地跳着舞，红色的梅花与白色的雪，冰冷的剑锋与热情的舞姿，美妙的融合了在一起。

这一幕阙浪还铭记于心，因为那天他们遇到了草圣张旭，正是他与郑以为的比剑，才让其创作出惊世骇俗的《肚痛帖》，当然，张旭也出现在海市蜃楼中，只见他在观赏比剑的同时也在案头奋笔疾书，而案下正放着一幅字帖，草圣边写边往下望，看其架势，应该是在临摹，再仔细一看，两幅字帖的内容竟然一模一样。

安禄山和阙浪都看明白了，这分明就是王羲之名帖《快雪时晴》，再继续看之，只见临摹好字帖的张旭抓起地上的些许雪水，泼于新迹上，再不停地用口吹之，欲令其风干，制造出稍稍陈旧的效果，果然，两人刚比完剑，张旭正好将临摹件奉上，阙浪和郑以为根本就看不出来。

也就是说，阙浪给郑以为的《快雪时晴》已是张旭的临摹本，安禄山送至新宰相手里的应当是张旭之作，安禄山顿时吓出一身冷汗，幸亏没有被认出，否则就误了大事，虽说草圣之作也是价值连城，但临摹就是临摹，倘若其要怪罪，终究避不开欺骗之嫌。

再接着看，切换了一个场景，却是在郑府，裴将军正在养伤，身上的剑已被拔出，这场景安禄山和阙浪都记得，正是那夜，安禄山亲弹《望江南》，他带来的胡姬使出胡琴琵琶与羌笛，花想容轻柔曼舞，力助春申毒拔出裴将军身上的断剑。

而众人都离开郑府歇息后，海市蜃楼中，只见郑以为施展轻功，来到了冷院，沿着窗外的树跃入花想容的房间，两人倒没过多说话，直接行男女交合之事，阙浪和安禄山终于明白了，为何那日在鹿门山滴血认亲，周自横、孟浩然、阙浪三人均无法血溶，原来，花非花真实的姓名应该是郑非花。

这一点倒是大大出乎两人的意料，他们始终认为，郑以为一向行事谨慎，非常

顾及自己的名誉，断不会贸然进出冷院。这可让阙浪看得十分心酸，顿时觉得，牵绊的事太多，自己一直期待自由，漂泊可以很久，花开只一刻，花想容能够带给他的，也就只有曾经的心底温柔，和眼中相思，任由岁月消瘦，风和梦，乡愁、寂寞，又有谁懂？付出了青春，却付不起世间的承诺。

两幕场景，等于破获了两起悬案，想不到这海市蜃楼还有此功能，堪比狄公，也就是说，其展现了令人惊讶的真实性，一下子让三人对这大漠奇景充满了敬意，此时，眼前的场景再度切换。

海市蜃楼中，只见安庆绪风尘仆仆赶着马车在一山岭上。阙浪眼尖，认出那地方正是他曾经去祭拜双亲的福州祭酒岭。安庆绪也认了出来，脸色一时变得极为难看，大滴的汗珠淌了下来。按照那时安庆绪的描述，这里应该是要遇到山贼的，但山贼并没有出现，却见安庆绪挥泪举刀砍向二老，虽未砍中，随后用缰绳将二老的手反绑，然后急速赶车，过长安而不入，至西域某地找到一名胡人，再嘱托那名胡人将二老囚禁起来，自此返回长安，并在返回的途中自残几刀。

阙浪明白了，一定是安庆绪暗中劫持二老，将他们控制起来，再对阙浪谎称遇到山贼，如若以后自己不听安禄山的调遣，则二老定然不利，看来，他一直都在安氏父子的控制之下，他想到双亲定然过着一种猪狗不如的生活，胸膛不禁涌上一口气，拔剑刺向安庆绪。

安庆绪即刻拔出圆月弯刀，与其对战，他自幼即得多位名师指点，武功高深莫测，一把弯刀使得呼呼咋响，刚开始处于守势，然脚法不乱，心气不浮，颇具一代武学大家的风范，运刀如笔，胸有成竹，心手相应，丰神流动，竟自起自落。

而阙浪心中忿恨，出剑极其用劲，攻势凌厉，似怒剑狂花，又劈又刺。之前，他曾与无法大师北上少林，同光方丈见其有慧根，就传了一套"六祖惠能剑"给他。

惠能是禅宗之极大成者，他在前人的基础上，进一步将禅宗发扬光大，提出顿悟的主张，"提水砍柴无非妙道"，僧人在日常劳动生活中均可顿悟成佛，而不必非要恪守什么严格的修行程序，惠能十二岁时，即可在少林寺的井栏上反踢毽子五百下，在井栏上踢毽子是极险之事，一不小心即会跌落井中，他倒是在日常的挑水、扫地、打柴、烧火动作中，提炼出一套内外贯通，神形合一的"六祖惠能剑"。

"六祖惠能剑"讲究流畅无滞，刚柔并济，而阙浪心中有气，无意间已犯了此剑法之大忌，本来看似平淡无奇的剑法，被他耍起来反而凶神恶煞，招式变形，一招"古树盘根"回转过猛，左膝提得过高，一招"横江飞渡"回剑又过低，剑锋过斜。

阙浪破绽颇多，安庆绪完全可以瞅准机会，对其一招毙命，但他知父亲颇喜阙浪的才能，故并未出杀招，只是小心守之，阙浪渐渐失去理智，已达到完全不管防守，全力进攻的境地，两人在魔鬼城高接低挡，剑气与刀锋卷起了地上的黄沙，起初，只是寥寥几粒沙，但其不停地转圈，渐渐形成小漩涡。

旁边的安禄山看了甚是惊恐，他深知，一旦这些小漩涡变大，就会形成恐怖的"大漠孤烟"，到时恐怕大家都得葬身黄沙，不能让两人继续斗下去了，于是从斜刺里冲出，格开刀剑，分开两人，他对阙浪说：
"此事是我一手安排，与庆绪无关。"

阙浪听到这话，怒火中烧，指着他的鼻子说：
"老贼，我与你无冤无仇，为何囚禁我双亲？"

阙浪情绪所至，以前称安禄山为义父，今时直接唤老贼，安禄山颇不适应。
"贤婿，义父是太过于看中你的才华，才一时糊涂，义父是想创一番霸业，需要你的支持，故安排庆绪暗中囚禁你的双亲，并谎称路遇山贼，但是我们已将你双亲转到一安全之地，好吃好喝的供养起来，目的是让你能够专心的助我成就霸业，不让你有所牵挂。"

阙浪倒吸了口凉气，因爱其才华而夺其双亲，世间竟有此荒唐的理由，他再反问道：

"成就霸业，难道你想起兵反唐？我再问你，莎菲娅可是你精心安排。"

安禄山面无愧色，胸怀大志的人，不会轻易被情绪所左右。

"不错，义父为光复大燕，多年来，一直殚精竭虑，暗中积蓄力量，招兵买马，待时机成熟，即率领大军，起兵南下。莎菲娅的确是义父所安排，这也是义父太想留下你的缘故，而莎菲娅是否真心恋你，义父就不得而知了。"

"原来裴将军说你生有反骨，果然没有说错，悔当初没有听从，一刀结果了你。"

"竖子，怎可如此对你岳父说话，安某念你颇具才华，才将莎菲娅许配予你，再假以时日，我大燕挥师南下，一举荡平大唐，开创一番霸业，你若识相，与义父一同横扫天下，何等的英雄壮志，到时也是一名开国元勋，创万世之基业，留千古之芳名，你那未出生的孩子，亦可拜将封侯，而你的双亲，也跟着沾光，荣华富贵，声名显赫，这才是身为人子的最佳选择。"

阙浪听了，冷笑之。

"我若是不从呢？"

"你若不从，安某亦不强求，只是你的双亲，可能要吃点苦了，莎菲娅肚里的孩子，你也永远见不到。"

安禄山摆出了相胁之条件，均以阙浪的至亲来要挟，虽然狠毒，但绝对有效，这一下子可把阙浪镇住了，手中握着剑，神情甚是焦虑，他明白，他别无选择，可是要让他举起屠刀，残杀自己的国人，他又下不了手。

安禄山的承诺也极有诱惑力，一旦下了手，那他就等于一同开创霸业，如若一举成功，那他就是大燕的开国元勋，历史上很多人不就是这样的吗，汉人董卓引西凉羌兵进攻长安，屠戮汉人，有此摊开三国之乱，汉人司马腾引入鲜卑、乌桓两个胡族，屠杀华夏汉人，并由此掀开长达三百年的五胡乱华的序幕，此两人虽不能流芳百世，倒也遗臭万年，算不上英雄，绝对是枭雄，但英雄与枭雄有区别吗？

阙浪的内心极其纠结，安禄山也看出他内心的矛盾，走过来，拍了拍他的肩膀，劝道：

"杀一个人，是罪犯，杀十个人，还是罪犯，但是杀一百个人，一万个人，乃至千千万万个人，那就是英雄！作为一个男人，一生中总要干点什么，我用一生赌一次机会，义父给不了你什么，只能给你一个当英雄的机会！"

此番话说得义正词严，豪气冲天，阙浪仍然在纠结，安禄山说得没错，他在为他造梦，这个梦能让一个男人的雄心得到极大的满足，安禄山在进一步说之。

"贤婿无须担忧，你史思明叔叔已在范阳统领大军，而你屠狼兄弟史朝义也在西域招募到十万兵马，只需义父到范阳赴任，里应外合，即可杀向长安，成就大业！"

安禄山的这一席话扣人心弦，听得阙浪的内心热血澎湃，翻江倒海，只想金戈铁马，饮马长江。此时，安庆绪也走了过来，囚禁他的双亲，心中始终有愧，他也学着安禄山拍了拍他的肩膀，这一拍，竟然把阙浪给拍醒了，他意识到，他的心中始终流淌着汉人的血，而眼前的安禄山，就是董卓转世，若今日不除之，日后必定祸害中原，对于他被囚禁的双亲，等先在此地杀了这两人，再细细寻找，时间上也是来得及的，而莎菲娅，其实已经被他完全驯服了，想不到，春申毒给他种植的那根马毛还有另外的作用。

他也知道，如若出手，必须将两人都杀死，一旦落败，则不仅仅是小命难保的问题，而是被囚禁的双亲都会惨遭毒手，思定后，他看准了安庆绪的胸膛，运全力一掌打了过去，安庆绪应声而倒，口喷鲜血，阙浪再次出剑，而这次，剑指岳父安禄山。

安禄山早就防备着他，立刻抽出吕不韦青铜剑，与其格斗之，阙浪经过激烈的思想斗争，现在的思绪反而较平稳，故每次出招都非常精妙，安禄山也绝非省油的灯，对其一招一式均兵来将挡，水来土掩，其身重有三百多斤，与阙浪对

决时身形飘忽，有如鬼魅，出手之奇，令人匪夷所思。

两人的这番打斗，又激起了阵阵小漩涡，而不远处，安庆绪已支撑着站了起来，阙浪这一掌力道十足，却不想安庆绪行事谨慎，竟然在胸口装下一面护心镜，虽重创之，但性命无忧，只见他剑在手，随时都有可能参与进来，阙浪心想，倘若安氏父子联手，恐怕凶多吉少，宜速战速决，于是，他使出了绝招——裴将军满堂势。

经过与裴将军的几次碰面，阙浪又向其习得较佳的习剑方法，裴将军并无保留，将窍门一一告知，阙浪本身就是有慧根之人，一点即悟，再勤学苦练，一时大有长进，他现在使出此招，目的已非常明显了，就是要置安禄山于死地了。

安禄山深知此招的威力，阙浪的功力虽不及裴旻，但从招式及力道来推测，至少也有裴将军五成的功力，稍有不慎，即会被其劈为两半，于是，他扔下青铜剑，迅速从马身上取出印度七弦琴，奏出《十面埋伏》。

裴将军满堂势虽然刚猛，却耐不住印度七弦琴，阵阵刺耳的琴音钻入阙浪的耳朵，让他的剑势威力大减，尚未逼近安禄山，自己已败下阵来，剑也跌落在沙里。由于出发仓促，安禄山来不及将《洗髓经》之秘告知于安庆绪，所以安庆绪听到琴音，也是头痛欲裂，这不免让安禄山分心，不敢将琴弹得太用劲。

魔鬼城的气候变化莫测，这一刻万里无云，下一刻就飞沙走石，很不幸，安禄山弹了印度七弦琴，彻底激怒了大漠，他刚才还在担忧着"大漠孤烟"，而这次，来的却是比大漠孤烟凌厉千倍的沙漠瀚海——沙尘暴，远处的地平线上，滚滚的黄沙势若狂潮，向魔鬼城汹涌而来，马匹预先感觉到了，惊恐万分，扬着蹄嘶叫着。

安禄山听到马叫，就知道沙尘暴将至，他立即抱起琴，扶起安庆绪一同扑向他的坐骑，刚扑下，沙尘暴就澎湃而至，旁边的阙浪从未见过此等阵势，也不知该如何躲避，竟然还站在地上，瞬间就被沙尘暴吞噬。

这场沙尘暴持续了一个多时辰，狂沙过后，一切又归于平静，安禄山抖了抖身上的沙土，扶起身旁的安庆绪，那匹马也无事，像这种令人恐惧的沙尘暴，最好的防御办法就是多人抱团在一起，以较大的重量抵御之。而另外的两匹马，以及阙浪，早已被大风吹得不知所终。

阙浪恐是凶多吉少，黄沙漫漫，也许他已经葬身沙漠，回想起之前一家人和睦相处的日子，安氏父子不禁嘘唏，安庆绪再问道，对于被囚禁的阙浪双亲要如何处置？安禄山闭上双眼，良久，才吐出四个字："静观其变！"

那莎菲娅呢，还有她肚子里未出生的孩子，又该如何处置？还是那句话，静观其变！

安庆绪对其父拥有印度七弦琴颇感兴趣，遂问之，安禄山就毫无保留，将其误入兵马俑，杀死季寰什鸠克及韩公略，夺得吕不韦青铜剑，拾得《蒙氏天军》，并发现大批宝藏之事说出，安庆绪听得甚是惊讶，安禄山也嘱咐他日后要速去习《洗髓经》，以备不时之需。

刚才安禄山扑倒之时，琴面是朝下的，漫天的黄沙就盖住了琴底，安禄山取起琴，抖了抖，小心地抚去沙粒，仔细端详着，突然，安庆绪发现了什么，取过琴，再反转看琴底，他指了指某个区域，安禄山也凑了过去，发现琴底有一个条形的框线，极为精密，平时不易观察出，而刚才被黄沙所盖，一些极微小的沙粒渗到线里，方才稍微显现了出来。

显然，这琴底定暗藏着什么东西，安庆绪正欲用内力将其震开，被安禄山推到一旁，大骂：
"竖子，为父多次教你，行事需谨慎，汝是否被阙浪打傻，安知琴内无机关？"

只见安禄山小心将琴弦卸下，脱下外衣，折叠后盖在条形框的背对处，再从旁边找出一颗石头，运功扔向衣裳，只听得"轰"的一声，印度七弦琴竟然爆炸

起来，安庆绪顿时冷汗直下，若不是刚才其父推开他，自己早被炸成碎片了。

那琴果然是好琴，之前在香积寺被无法大师用火烧，石砸，均无损之，而这次爆炸，只是将一条形片状物弹出，其他部位均完好无损，两人捡起条形片，发现其背面隐约刻有文字，仔细一瞅，竟然是音律，只是有头无尾，安禄山虽精通音律，也猜测不出，再取琴里，发现琴身上也刻着音律，音律之上刻着三个大字，让安禄山看了，瞬间热血澎湃，这三个字正是"广陵散"，也就是说，这是《广陵散》的曲谱。

安禄山仰天长啸，大呼："天助我也！"，他终于想明白了，季寞什鸠克临死前说广陵散绝矣，指的是世上再无人能参透琴中曲谱之奥妙，而非广陵散真正绝矣，当年即传说嵇康深夜弹琴，得一仙人亲授《广陵散》，并嘱咐："不得传予外人，今夕一遇，远同千载，于此长绝，不能怅然。"

嵇康平生独爱此曲，必择雅静高岗之地，风清月朗之时，深衣鹤服，净手焚香，方才弹之。其临刑前，索琴而抚，弦起处风停云滞，人鬼皆寂，唯工尺跳跃于琴盘，思绪滑动于指尖，情感流淌于五玄，天籁回荡于苍天，仙乐袅袅如行云流水，琴声铮铮有铁戈之声，惊天地，泣鬼神，听者无不动容，一曲毕，慨然长叹："袁孝尼尝请学此散，吾靳固不与，《广陵散》于今绝矣！"，言毕慷慨赴死，海内之士，莫不痛之。

安禄山当然知道此曲的分量，他迫不及待的做起了实验，先教安庆绪一些《洗髓经》的经文，然后将琴弦装好，按照曲谱，弹起了《广陵散》，此曲能够位列十大古曲之首，自然有其独特之处，《广陵散》的曲情指的是"聂政刺韩相"之事，此事在战国颇为轰动，后人评之"聂政刺韩相，白虹贯日"，太史公还在《史记•刺客列传》中专门记载了此事，可见后人对聂政的英雄气概极为推崇。

安禄山弹此曲，本身动机就不纯，所奏琴音，竟夹杂着邪气，安庆绪也念起了《洗髓经》，可惜毫无作用，只见他双手抱耳，两眼翻白，口吐白沫，面目狰狞，安禄山连忙停下，将其扶起，掐其人中，灌下冷水，半个时辰后，方才苏醒，安禄山才舒了一口气，他也得出了结论，用印度七弦琴弹奏《广陵散》，则天下莫不能挡。

季寞什鸠克一定是刚悟到此曲，再加上其轻敌，才让安禄山侥幸得手，安禄山心情大好，有了《广陵散》，今后若遇劲敌，定可一招杀之！

此时，沙漠彻底放晴，所有的黄沙都沉淀了下来，天空呈现出纯净的湛蓝，很低很低，仿佛一伸手即可触摸到，安庆绪的身体还很虚弱，中了阙浪一掌，再被其父以琴音击之，虽说阙浪已反目，但两人曾经结下深刻的亲情和友情，如今连其是死是活都未知，惟有望着这湛蓝的天空，祝福阙浪一切平安！

片刻后，安庆绪恢复了一些体力，遂与其父一起往西走去，深入充满神秘的西域！

第二十九章

窃国者侯

安禄山在魔鬼城经历了阙浪失踪之事后，已无心再返乡省亲，遂带上安庆绪直接赶往范阳赴任，以中郎将之职迅速掌握了两万兵马，对下属，他广散钱财，犒赏壮士，一时颇受拥戴，他完全不必担心钱财，兵马俑的财宝够他挥霍的。

范阳节度使薛用弱从安禄山上任的第一天起，就隐约感觉到身边的这个下属具有极其强大的竞争力，故对其有所防范。

又过三日，突然一只突厥残军突袭范阳，安禄山精神抖擞，率他的两万精兵全力出击，仅一日，就将突厥残军打得丢盔卸甲，三军为之震动。又过一月，突厥残军再度来犯，安禄山披挂上阵，血战到底，又杀得突厥鬼哭狼嚎，短短一月，就打了两个大胜仗，范阳全军，自此对安禄山侧目，将领的权威是要通过铁和血来树立的，显然，安禄山这点做得非常好。

突厥向来强悍，再怎么样，也不可能如此不堪一击，这一切，是他的生死兄弟史思明及其子史朝义一手操纵，在背后挑拨离间，并把突厥军的弱点秘示予安禄山，目的就是要让他在短时间内立下军功，树立权威，并迅速升迁，掌握兵权，而安禄山也颇为用命，又过了一月，他就再次击败了契丹大军。

按理说，属下表现越好，上司应越有脸面，同时也会得到更多的赏赐及升迁机会，而这些，必须建立在下属的忠诚度及自身对下属的控制度的基础上，这两点，范阳节度使薛用弱完全失控，因为长安还有"通天大神"郑以为，他将安禄山的军功无限夸大，并通过大内渠道传到玄宗皇帝那里，玄宗好大喜功，一听安禄山屡立军功，大加赞赏，并不断升其职。

两月三战，均杀得敌方心惊胆战，安禄山的威名一时响遍边塞中原，很快，他就上升为薛用弱的副将，这可让薛用弱如芒在背，这名副将虽只来两月，却对其阳奉阴违，甚难使唤，这让身为范阳最高统帅的他情何以堪，而且，他身边的亲将史思明也明显偏向安禄山，薛用弱顿显四面楚歌之势。

一场冲突已不可避免，两人渐渐公开争吵，而这些争执在众将及军士看来，反而是薛用弱无理，在郑以为传予朝廷的信函中，变本加厉成了薛用弱妒贤嫉能，这个时候，安禄山使了个心计，他突然"病倒"，再不理任何军务，躲在帐内安心养病。

就在这节骨眼上，沙陀十万大军进犯范阳，这次可不是史思明安排的，而是真刀真枪的进犯，薛用弱仓促应战，发现身边的将领已不太听从他的调遣，初战失利，被歼一万，且军中士气低落，抱怨颇多，次日再战，再损二万，军中开始流传须安禄山亲自出马方可退敌的言论，深夜时，就会有人学狐狸叫："禄山出，沙陀灭！禄山出，沙陀灭！"。

消息传到长安，经郑以为再修饰一番，玄宗得到被夸大的信息，勃然大怒，立即下诏革去薛用弱的官职，贬为庶民，节度使一职由副将安禄山代之，薛用弱自知已被陷计，再待下去只恐性命难保，遂只能识趣的让位，解甲归田。

安禄山的病马上就痊愈了，其实，他在"养病"期间，就努力钻研《蒙氏天军》，他知沙陀与大唐积怨已久，此次前来，必定做了极其充足的准备，要灭之，着实不易，于是每天由史思明向其讲述军中详情，他以此来判断，再根据《蒙氏天军》在心中做出了详细的部署。

这一次，他重点运用了审势、观衅、致勇等三论，虽"卧病于床"，但实已运筹帷幄之中，决胜千里之外。

他一顶替薛用弱上任，即刻重整军纪，每人增发军饷十两银，翌日，两军决战，唐军如潮水般冲向沙陀军，双方旗鼓相当，杀了一整天，仍不分胜负，黄昏时，鸣金收兵，是夜，两军主帅都想到了同一计策，就是派奇兵绕到后方奇袭，结果竟然狭路相逢，在山谷里厮杀了起来，两帅一看，大家的想法都撞在一起了，索性挑灯夜战，残月如钩，又混战在一起。

但是，这次沙陀却棋输一招，《蒙氏天军》可不是白读的，猛然间，沙陀的正后方突然杀出一支大唐援军，正是史朝义率领着西域各族联军从背后杀了过后，沙陀被前后夹击，顿时处于下风，唐军士气大振，安禄山抽出吕不韦青铜剑，身先士卒，一鼓作气冲了过去，沙陀军立刻溃败，人马自相践踏，死伤无数，唐军乘胜追击，反夺其地十万顷。

这一役，安禄山再次威震四海，玄宗大加赞赏，再调拨十五万兵马归范阳节度使调遣，而史朝义率领的那五万西域联军，也被恩准编入范阳，经过补给，安禄山可直接统领四十万大军，雄踞大唐各节度使之首，一时风光无限。

在这场谋划中，有一个人起到了至关重要的作用，那人就是远在长安的郑以为，他凭借着通天关系，上下打点，一手遮天，朝廷各要害大员均被收买，他如此用心，别人是看不出为什么的，其富可敌国，学贯古今，乃不世奇才，为何要如此苦心孤诣的为胡人卖命？

原来，他的身世背景还隐藏着一个极其神秘的隐情，玄宗皇帝十四岁时，还未成为太子，经常溜出大明宫，与贴身宦官高力士伪装成平民南下，其最喜扬州，若正值三月，在春风恣意，春花烂漫时，少年玄宗总是不禁感叹：江南，我来得太晚了！

自小即生长在深宫大院，玄宗过得颇为压抑，少年玄宗在扬州的亭台楼阁、小镇乡村穿梭，在桃花流水间一一辨认，最终也让他邂逅到了人生中的第一段感情，他与扬州城内的一家药行掌柜的女儿悄悄恋上，此女姓杜名欣柔，生有江南独特的小家碧玉，令人迷离，所以少年玄宗每次偷下扬州，他都倍感珍惜，高力士也是乖巧之人，将各方面都打点得非常顺畅。

再有一次，少年玄宗与杜欣柔私会于扬州，杜乃黄花大闺女，催促玄宗尽快至她家提亲，玄宗乃皇族，岂可擅自与一民女通婚，即便可行，也须上报皇后，此时的皇后正是韦后，那个野心勃勃、利用一切可利用的理由要将李唐灭族，而再次实现女皇登基的韦后。

若此时少年玄宗向韦后提起，正好给她一个把柄，性命不保不说，还会连累整个皇室，自武周后，大唐李氏人人自危，此番韦后专权，李唐再次利剑高悬。故面对杜欣柔的催促，玄宗骑虎难下，心中不免烦闷。

于是，他逃避着杜欣柔，再加上归期日近，心中不免惆怅，某日，来到扬州大明寺，时玄宗虽只是一少年，身着平民衣裳，但在大明寺方丈鉴真看来，此人龙行虎步，器宇轩昂，定非布衣，可能是长安来的皇室，便小心接待。

玄宗心中甚为困惑，就问道鉴真：
"大师，小生久慕扬州繁华，至此遇一姻缘，为何视而不得？"

鉴真微微一笑：
"阿弥陀佛，菩提本无树，明镜亦无台，本来无一物，何处惹尘埃，施主所见，皆为幻象，施主所想，皆为孽缘，倘若施主能放下小我，成就天下苍生之大我，则幻象自灭，孽缘自绝。"

鉴真的暗示已够深刻，无非是要让玄宗摒弃寻常儿女私情，专心以家国为重，少年玄宗也听出了个端倪，但终究年岁尚浅，无法全部领悟。
"大师所说甚是深奥，小生一时无法理解，小生不明，寻一姻缘与成就天下苍生之大我有何冲突？"

"阿弥陀佛，天机不可泄露，佛本无界，以佛之见，国亦无疆，本座虽久居扬州，然时常听见佛祖唤我东渡，以本座之修为，尚有不明及犹豫之处，而以施主之慧根，若能放下姻缘之强求，定可富国强兵，造福苍生，如若不然，则……"

少年玄宗追问道："将会如何？"
鉴真缓缓说之："则国破家亡，生灵涂炭，晚景凄凉！"

短短十三个字，如十三把尖刀，一刀一刀的刺在玄宗的心头，顿觉大明寺内气氛十分压抑，天王、罗汉青面獠牙，似要对其不利，再想起长安宫内，韦后欲除之而后快，自己已离宫良久，恐怕此时宫中已剑拔弩张了，玄宗顿时冷汗冒出，全身湿透，知扬州已不宜久留，遂向鉴真拜别，临行前，仍不失好心地劝道：
"小生将谨记大师教诲，以天下苍生为重。东洋烟波浩渺，大师若要东渡，须做充分准备！"

鉴真也做出了祝福："阿弥陀佛，愿我煌煌大唐，光耀万邦，流芳千载！"

果真，韦后已派多名刺客南下扬州，高力士嗅觉灵敏，在寻常巷陌间游走，甩开刺客，玄宗还想再见杜欣柔一面，高力士苦劝无果，最后只能在野外一渡口匆匆会面，杜欣柔告诉玄宗，已怀上他的骨肉，想随他而去，高力士考虑到后有追兵，力阻之，两人只能在此野渡分别。

后玄宗返回长安，联合其姑太平公主果断起兵，一举诛杀韦后势力，位列九五至尊，此时，杜欣柔已生下一男婴，遂携其子远赴长安，历尽千辛万苦找到了高力士，高力士怜其母子，秘密安排了三人在长安会面。

玄宗已阅历大增，文治武功，开创了开元盛世，对于少年时的这段感情，已不想再提，否则对其完美的君王形象大有影响，而且，他也不想给皇子们做出一个不良的表率。高力士为玄宗想了一个万全之策，男婴将由高力士本人秘密抚养，并好生教养，令其锦衣玉食，且琴棋书画、包括武功，均请名师指点，但不得进李唐皇室，不得姓李，永世不得入仕。而杜欣柔，命其削发为尼，并于长安远郊秘建一尼姑庵为其安置，条件是母子不得再相认，不得再提起往事。杜欣柔知道自己不能有异议，也为了怀中的孩子着想，只能含泪应之，临别前，再问玄宗三个问题。

首先是此男婴的姓氏名字，请玄宗赐名，这倒让其大伤脑筋，苦思许久，终无妥当之名，玄宗沉吟道：
"朕以为……"

一旁的高力士见玄宗思名无果，遂随口建议：
"圣上，以老奴之见，不如直接叫郑以为。"

玄宗一听，大喜，这高力士接得甚妙，就直接赐名，将此男婴命名为郑以为，杜欣柔也觉满意，遂问第二个问题，自己削发为尼，请赐法号，玄宗想起了两人在扬州的那段感情，纵然是悲欢只身两徘徊，但已今生无悔，来世更待吧，既然是在野外的渡口分了手，杜欣柔又姓杜，干脆法号就叫"野渡"。

法号取好了，那这尼姑庵也需命名，玄宗思到，此庵始终脱离不了杜欣柔，而自己的三宫六院个个都有名分，自己早已"倚天把剑观沧海，斜插芙蓉醉瑶台"，杜欣柔也是绝色美人，索性就将此庵命名为"国色庵"。

杜欣柔对此只能认命，没有任何商讨的余地，而今以后，她只能在国色庵的青灯余烟中，默默地为他的儿子郑以为祈祷。

郑以为天资聪颖，文章武功均是一流，皇家血统让他生得一表人才，他在刻苦的学习中，也渐渐道听途说了自己的身世，心中种下了仇恨的种子，自己明明是位皇子，为何只能混迹于市井，自己明明有机会成为将来大唐的明君，却不能入仕，只能从商。

他心中极其不甘，他要用另一种方法，来实现君临天下的目的，他要将商发挥到极致，历史上，也并非没有先例，当年吕不韦行商七国，富甲天下，最后通过控制赢异人，当上大秦相国，权倾朝野。

郑以为熟读《吕氏春秋》，他的梦想，可远远超过了吕不韦，他的目标是，登上大唐的皇帝宝座，他要先用财富来腐蚀大唐帝国，用他的金钱暗中招兵买马，广交天下豪杰，甚至不惜与胡人安禄山勾结，将来要寻找机会攻陷长安，杀掉他的亲生父亲玄宗。

所以，他经过周密筹划，创办"七日开"，而负责抚养他的高力士本身就贪得无厌，当郑以为长大后，显示出过人的营商天赋，并善于打点关系，所得之钱也乐于与其分享，自己又何乐而不为呢，所以反过来为郑以为提供了的相当多的官场关系，大行方便之门。

玄宗亦有所耳闻七日开之事，但始终觉得对郑以为母子有所亏欠，并且也不愿开罪他的心腹高力士，大唐万邦来朝，根基千秋万世之稳，出现这种蝇营狗苟，终究是蚍蜉撼动不了大树，就睁一只眼闭一只眼。

此时的玄宗，自身也开始腐化，见儿子寿王李瑁的妃子杨玉环貌美，竟不顾伦理纲常，强行将儿媳霸占，纳入后宫，封为贵妃，此举一出，天下哗然，君王从此不早朝，贵妃之兄杨国忠被封为宰相，大肆买官卖官，令群臣百姓怨声载道，玄宗充耳不闻，隐约中，已将鉴真之诚抛于脑后。

至于郑以为与安禄山的约定，则是郑以为扶持安禄山、史思明至边关入职，并通过贿赂让两人逐渐掌握兵权，一旦时机成熟，则挥师长安，废黜玄宗，郑以为恢复李姓，登基为帝，安禄山、史思明等开国元勋均封侯。

安禄山有了与郑以为的约定，十分欣喜，自己原本塞外一杂胡，能够封侯拜将，已可光宗耀祖，遂尽心尽力的与郑以为配合，但当他误入秦陵兵马俑，夺得印度七弦琴及《蒙氏天军》，并且还有数不尽的金银财宝，他的野心一下子膨胀了起来，有了这些基础，他完全可以招兵买马，自立为王，复兴大燕。

天宝十四年，叛乱部署就绪，在范阳的一次军宴上，酒酣耳热之时，史思明取出事前绘制好的地图，图上标明了从范阳至洛阳沿线的山川形势、关塞要冲，标明了进军路线，安禄山突然取出假诏书对众将宣旨，意为玄宗密令其率兵入朝，讨伐杨国忠，"清君侧"。不日即集结四十万雄兵，挥师南下，铁甲战车，步骑精锐，烟尘千里，鼓噪震地。

天下承平岁久，中原不识兵革，当范阳起兵的消息传来，官民魂飞魄散，一听到叛军号角鼓噪之声，吓得弃城四逃，叛军所过州县，望风瓦解，所向披靡，进兵迅速，这倒让安禄山颇觉无趣，印度七弦琴还派不上用场。

安庆绪跟随安禄山左右，大杀四方，好不痛快，而他远在长安的大哥安庆宗处境就不一样了，自从安禄山远赴范阳上任后，不断立下军功，玄宗皇帝恩宠有加，为对安氏家族示好，同时也是为了更好的监视手握重兵的安禄山，竟将公主下嫁安庆宗，当然，更深层的目的是要将安庆宗作为人质，所以，安庆宗虽贵为驸马，其人身自由却受到了严格的限制，当他的父亲起兵时，他根本不能逃出长安。

莎菲娅虽是安庆宗的义妹，但与安氏并无血缘关系，故朝廷对其并无监视之必要，安庆宗入宫后，胡姬酒肆势必盘予他人，这也是由郑以为接手后再转手，莎菲娅在得知阙浪葬身大漠后，悲痛欲绝，哭闹着想回楼兰，郑以为怜之，修书征得安禄山同意后，令人专程保护送其前往楼兰，莎菲娅在楼兰仍有一远堂大伯健在，郑以为送了其大量金银，其伯父易卜杜拉自是欢喜，莎菲娅拖着身孕，自此住下。

此次安禄山起兵，玄宗异常震怒，命天策军闯入驸马府捉拿安庆宗，安庆宗面无惧色，临刑前，让高力士转告他的岳父，昔日李渊太原起兵，亦留第五子李智云，成功掩护了李氏在长安的人质，即李建成、李元吉的出逃，终成霸业，今日之情形何其似也，舍得一身剐，能成就父亲的春秋大业，死何足惜！

时安禄山攻陷陈留城，听说安庆宗死于乱刀，狂性大发，下令屠城，陈留军民血流如川，安禄山乘胜西进荥阳，再次屠城，于是，洛阳在望。

洛阳守城大将为封常清，其威震西域，多次杀退西域胡兵，大大开拓了大唐的疆土，并曾远赴波斯，力战黑衣大食，坐镇安西都护府，诸胡惧之，这也是安禄山起兵以来遇到的第一个强劲对手。

连日来，史思明父子率部猛攻洛阳，却遭到封常清部的奋力抵抗，城头箭矢如雨，城下死尸堆积如山，而吴少棠也急令天下丐帮弟子驰援洛阳，频频骚扰叛军的后方，烧掉了不少粮草，吴少棠也亲自潜入叛军大帐刺杀安禄山，然并未成功，被安庆绪及宦官李猪儿发现，与其力战，安禄山恰巧出帐探询，吴少棠瞅准良机，一把石灰撒了过去，正中安禄山的双眼，安大叫一声，倒地上翻滚，两眼如火烧。

安庆绪大怒，不顾前方还有众多自己人，命令万箭齐发，吴少棠轻功再怎么了得，也决然避不开这铺天盖地的乱箭，与众多无辜的叛军，瞬间被射成刺猬，可怜丐帮一代中兴雄主，惨死于乱箭之下。

随军郎中赶了过来，即刻为安禄山清洗，总算保住了双眼，但视力已大损，并且日后有失明的可能，安禄山咬牙切齿，他发誓要血洗洛阳，于是，就祭出印度七弦琴，他让安庆绪在军中广发《洗髓经》，自己坐于中军大帐，从容的抚一曲，正是《十面埋伏》。

城上的守军一听琴音，顿感头晕目眩，纷纷弃械呕吐，史思明抓住大好时机，通过云梯一举冲上城头，守军皆被杀，史朝义打开了城门，叛军如潮水般的涌入洛阳，逢人便杀，可怜洛阳繁华，顿成人间地狱，时逢谷雨时节，洛阳全城牡丹盛开，万家流水一城花，鲜血染红了牡丹，更加的分外妖娆。

东都洛阳失守，对唐廷震动极大，这可是大唐的东都，一时人心溃散，安禄山再携琴冲锋，铁骑一过，弘农郡、临汝郡、濮阳郡、济阳郡、云中郡皆陷叛军之手。

安禄山从范阳起兵，长驱直入，至攻陷洛阳，仅三十五日，此时，尚在长安的郑以为心中窃喜，大军势如破竹，而大唐从各道征集的兵马尚未赶到长安，京师守备空虚，如若乘势而为，挥师西进，则长安将顺势而破，自己的皇帝梦指日可待。

就在此时，郑以为的盟友安禄山已经变了，走了另一条路，原本他答应立郑以为为大唐新君，是想封侯拜将，光宗耀祖，但是这短短的三十五日，他竟然能够从范阳打到洛阳，进而威胁长安，他觉得大唐的军民已不足为惧，即便立了郑以为为君，自己将来也能够效仿曹孟德挟天子以令诸侯，但是，这些都毫无必要了，甚至还白白浪费了光阴，范阳大军已天下无敌了，攻陷长安，夺取天下，只是水到渠成的事情，那留着郑以为，又有什么必要呢？

于是，一封密信急速的传到了大明宫，玄宗打开一看，竟然是郑以为叛国投敌的书信，还有大量的巨额贿赂，甚至涉及到要攻入大明宫，杀玄宗取而代之，玄宗瞬间明白，原来，他一直默默关怀的私生子竟然就是最大的叛徒，勃然大怒，遂令神策军杀往七日开。

此时，春申毒刚好在御医堂煎药，听神策军紧急调动，仔细一听，竟然有军士嚷嚷着荡平七日开，他不知郑以为犯了什么罪，但以两人的交情，即便是犯了罪，也须先通知其逃离。

想到这，春申毒也不顾宫里的清规戒律了，手持一道卷好的圣旨，对守门人言，奉圣命往香积寺为国鼠治病，时宫内人心惶惶，也没人去打开圣旨辨明真伪，很快就出了宫门，抄捷径奔往七日开。

春申毒赶在了神策军的前面，郑以为经他这么一点，就明白安禄山是想自立，欲除之而后快，不免忿恨，春申毒一直问神策军抓人的原由，郑以为倒不敢将实情告诉他，只言说来话长，速速逃命要紧，春申毒知若被神策军看到，必定

性命难保，自己就先从后院的后门溜走。

郑以为走入卧室，掀开床底下的一片地板，见一地道，手持火把，当即钻下，这是一条长长的地道，郑以为急速的走着，快出洞时，突见一只巨鼠把头伸入，郑以为吓了一跳，抽出腰间的软剑，刺向巨鼠，眼看就要刺到了，突然间，巨鼠被推开，隐约中，郑以为的手腕被踢到，软剑落于地。

仔细一看，却是无法大师，手上拿着一本棋谱《九局下半》，在明亮处，无法大师认出了郑以为。

"郑大官人何故在此洞中？"

第三十章

琴声何来

郑以为在逃命的紧要关头巧遇无法，他修筑的地道直通香积寺，当时即考虑到香积寺在长安城外，可迅速摆脱追兵，另外，香积寺乃佛门净地，地道的出口设在这里，不易被发现，想不到天算地算人算，却算不过两只国鼠，这两只精灵在香积寺养尊处优，将寺边周围都翻了个遍，地道出口虽隐蔽，却偏偏在今日被国鼠翻到。

无法的问题必须回答，郑以为是何等聪明之人，见无法问他这种问题，即推测出唐廷捉拿他的消息还未传到香积寺，故应道：
"呵呵，洞中方一日，世上已千年，昔陶渊明通过一洞找到桃花源，郑某偶遇此洞，也想效仿陶供，寻一桃源，不想却寻到了巨鼠。"

"阿弥陀佛，看来是本座看管不力，只是此国鼠乃圣上所赐，血统尊贵，本座亦不敢太多约束，不巧扰乱了郑大官人的清心，罪过罪过！"
"那倒不然，郑某也寻到了香积寺，只是眼中的桃花源太过熟悉，以至于从未发觉。"

郑以为的这个托词非常合时宜，顿解尴尬之情形，于是，郑以为想先返回七日开，无法应之，但有个小小的请求，即其曾与阙浪对弈十局，因故只下九局

半，此九局下半虽早已震动棋坛，惜阙浪已乘鹤西去，留下千古之憾，而郑以为乃阙浪好友，同时亦是棋坛高手，今日可否代替阙浪与无法对弈，将此半局下完？

此时的郑以为哪有心思再去下棋，遂以自己琐事缠身，心绪不宁，难以再现平日棋力为由推辞之，这让无法颇为失望，但也不便勉强。郑以为随即告辞，假装往长安城内方向走去，却突感背后一股阴风来袭，遂转身迎之，竟是无天大师，正使着"国鼠神腿"向他踢来，郑以为连忙抽出软剑应战，"国鼠神腿"有千百只脚连环踢，而郑以为的软剑也刚柔并济，两人并未分出胜负。

旁边的无法看得一头雾水，他并不知道无天为何要偷袭郑以为，而无天在打斗时断断续续地说出郑以为勾结安禄山之事，无法也听明白了，曾与他谈笑风生，并肩作战，名满天下的郑大官人竟然是一名窃国大盗。

无法自然不能容忍，使出"国鼠神腿"，他的功力比无天要高出许多，郑以为根本无法抵挡，被无法踢中几脚，随即瘫倒在地，无法上前去，正想询问一下，郑以为却已看出他的心思，遂仰天长笑。
"哈哈哈，燕雀安知鸿鹄之志！"，用尽最后的气力，一剑割断自己的咽喉，当场毙命。

无法看着，心中充满了酸楚，回想起往日，两人本是好友，曾一起纵论天下，畅谈人生，如今却阴阳两隔。无法走上前去，抚其没有闭目的双眼，握住他的手心，念起洛阳白马寺的《四十二章经》，为其超度。

凡所有相，皆是虚妄，若见诸相非相，即见如来，对于郑以为的死，他投入了过多的情感，按照他的修为，郑以为的死，也只是虚妄，而他已是见相非相了，这也是一位武功卓绝者最危险的时刻，果然，他的背部突然被双掌击中，一下子口喷鲜血，卧倒在地。

突施阴手的不是别人，正是与他的师弟无天，无法的眼中充满了不解，对于这位师弟，他可是尽了最大的心思去栽培，将来还会成为香积寺的当家人，多年来，他携带无天，组成"无法无天"组合，威震江湖，按理说，无天对他应感恩戴德才对，为何下此毒手？无天也想着这些，他还比着双掌的手势，两行泪奔流而下，只要再一掌，无法必死无疑，但无天并未这么做，无法请求他，请他告知原因，让他死而瞑目。

这还得从季寞什鸠克说起，这胡僧死时已有两百七十多岁，在有生之年，他也像一个凡人一般，也有子嗣，无天即是他的亲生骨肉，天竺名唤做丹丘内斯库。

丹丘内斯库一出生即被季寞什鸠克暗中放到香积寺，而僧众见此婴儿眼蓝鼻高，误以为其是西域人，就悉心照顾，无法作为他的大师兄，对其用心培养，并亲传武功，待到其学有小成时，为了更好地树立其在香积寺的威信，就赐法号无天，再组成江湖人士闻风丧胆的"无法无天"。

季寞什鸠克此生的理想就是颠覆大唐，报王玄策灭天竺之仇，父子之间严守秘密，怎奈丹丘内斯库练武的天资稍显不足，虽贵为香积寺的第二高手，平日亦勤学苦练，但离无法这种绝顶高手还有巨大的距离，也正因为他与无法的亲密关系，才能伤到无法。

季寞什鸠克见丹丘内斯库始终成不了大器，心中焦躁，遂嘱咐他继续暗中做内应，若有机会，即可除掉郑以为、无法、裴将军等大唐豪杰，为将来的反攻扫清障碍，而季寞什鸠克出来冲锋陷阵，印度七弦琴的琴座本来就由无天偷偷埋在香积寺外，只是那日碰巧王维在寺外小解，被其误踩到。

那日安禄山误入兵马俑，击杀季寞什鸠克，丹丘内斯库并不在场，等他通过香积寺的密道到达兵马俑，季寞什鸠克已被万箭穿心，丹丘内斯库悲痛欲绝，将其就地埋葬在秦陵的大鼎内，他再仔细寻觅痕迹，找到了通往胡姬酒肆的地窖的暗道，再加上这阶段安禄山从范阳起兵，弹着印度七弦琴直扑长安，他就确定了安禄山是他的杀父仇人。

郑以为与安禄山勾结的事情败露，则郑以为是帮凶，当然不能放过，于是，丹丘内斯库今日偶遇到郑以为，就对其痛下杀手，至于无法大师，曾于香积寺焚烧印度七弦琴，甚至还打伤了他的父亲季寰什鸠克，那他也是帮凶，当然更不能放过。

无法听清了无天的解释，两行热泪也随之流下。
"阿弥陀佛，清净真如海，德行永延恒，本座曾多次教汝止恶扬善，后发制人，汝却始终不能摆脱尘缘。"

丹丘内斯库听到这句话，立即跪在无法的面前，泪如雨下。
"师兄教诲，弟铭记于心，心郎照幽深，性明鉴崇作，无法为导师，引我归玄路，师兄悉心栽培我多年，我却暗下杀手，弟虽是天竺人士，但自小即入中原，受师兄传道，已具中土习性，弟自知罪孽深重，愿入十八层地狱受罚，只是我身为人子，当去手刃杀父仇人安禄山，待到大仇得报，弟一定至佛祖面前自尽。"

丹丘内斯库说完，对其磕了三个响头，往远处奔去，突然间，一旁的巨鼠腾空而起，对着他的胸膛狠狠地踹了过来，无天并无防备，被巨鼠那强健有力的大腿踹到，这才是最纯正的，最原始的"国鼠神腿"，无天根本不能抵挡，摔倒在地，另一只巨鼠顺势高高跃起，整只压到他的身上，丹丘内斯库哪里能承受得了如此的重量，一股鲜血从口中狂喷而出，瞬间毙命。

这两只巨鼠平时受到无法无微不至的关怀，看到无法被无天偷袭，心中焦躁，趁无天不注意时对其发起攻击，兽与人打，靠的是蛮力，当千钧之力压过来时，任凭你有绝世武功，亦不能抵挡。

此时，故人阙浪却来到了香积寺，他看到倒地毙命的郑以为、无天，还有身受重伤的无法大师，甚是不解，他扶起无法，询问情况，无法已气若游丝，不能再言语，心中默念着他在洛阳白马寺学到的《四十二章经》：

"苦行岁年，一无所得，幻此色身，归诸乐国，万里我归来，佛光照大地，一念因缘，无有不见，无有不闻……"

片刻，无法没了气息，犹如睡着了一般，容颜慈祥，嘴角还挂着一丝慈爱的笑容，阙浪得知，大师已去西天乐土，大唐第一贤僧就此圆寂。

大师的袈裟衣袖，滑出了那本他与阙浪对弈七天七夜的《九局下半》，阙浪捡起，感慨万千，遂双手合十，向无法大师拜别，也向无天拜别，从此，香积寺不再有"无法无天"，大唐也不再有纵横天下的第一贤僧。

话说那日阙浪在雅丹魔鬼城被沙尘暴卷走，众人均觉得其必死无疑，哪知他被刮到了西域某处，突然大风停止，直直掉入了一条河流。

此河水深，阙浪一下子扎进了水内，从高空摔下，他感觉自己的五脏六腑都被震裂了，万幸的是掉在了河流，如若摔在陆地，必定粉身碎骨。阙浪挣扎着爬上岸后，发现此处河水涟漪，水草丰美，野鸭成群，上岸后一打听，方知此处是楼兰。

阙浪感觉全身都钻心的疼痛，一摸袖兜，所幸盘缠还在，他就在当地找了家客栈住下，并找了个郎中医治，发现内脏都被震伤了，需服药静养，阙浪谨遵医嘱，深居简出，就这样住了三个多月。

这三个月内，他也听小二之口得知安禄山叛乱，虽心急如焚，但也无能为力，惟有将身体完全调整好，方可重振雄风。

又过了一月，感觉自身恢复得差不多了，按郎中的医嘱，此时需多加活动筋骨，阙浪在练功之余，喜欢到那条河里游水，当地人管这条河叫小河，河与海的气魄是不同的，阙浪自小在海边长大，经常在海里游，现在只能在河里游，虽不痛快，但对于身体的恢复，却有莫大的好处。

一日午后，他又来到了小河，这次他游得极远，城郭均已模糊，阙浪泛起童

心，潜入水中捉鱼，捉到后立即放生，如此反复几次，甚觉有趣，这一次，他潜得更深，却在水下发现有一个水洞闪烁着微弱的光晕，游过去一看，发现一片铁窗竖着，这可难不倒他，一运内力，卸掉铁窗钻了进去，游了片刻，豁然开朗，眼前的情景让他惊呆了，水洞的尽头竟然是个水牢，而这水牢，关的不是别人，正是他的双亲。

阙浪百感交集，爬上水牢干燥处，与双亲相拥而泣，阙父向其道来，那日安庆绪于福州欲斩杀二老，下不了手后就将二老劫持至楼兰，安庆绪在楼兰的关系甚为熟络，牢头虽将二老囚禁，但并未施暴，反而每日好酒好菜款待，只是在这方寸之地，不见天日，令二老度日如年。

每日辰时，午时，酉时，都会有专门的狱卒将饭菜吊下，阙浪等到酉时，施展轻功将狱卒打晕，再用绳索将二老吊了上来，他想趁夜色将二老救出。

他显然小看了楼兰天牢，由于安庆绪对二老极为重视，这水牢是楼兰的第一深牢大狱，层层重兵把守，故一到地面，刚偷得一匹骆驼，即被哨兵发现，一声哨响，楼兰牢狱大乱，众多军士持械冲了才出来，阙浪深知，这一场恶战无法避免，遂拔剑迎上，剑舞狂花，士兵在他面前纷纷倒下。

然由于二老在身边，限制了他的发挥，而且，士兵越聚越多，阙浪陷入了苦战，虑不得脱，他不能像往常一样一走了之，更不能放开手硬拼，他的裘将军满堂势在这里是使不出来的，结果越打越焦躁，圈外，一名老者手持一把套马杆冷静地观察着，阙浪用眼角的余光一瞥，觉得此名老者甚是眼熟，似曾相识，但情况凶险，也无暇细想。

西域无人不识套马杆，玉门关外，戈壁险滩，野骆驼、野马纵横其间，塞外牧人挑选用湿牛粪捂过的白桦木，另一头拴着用皮绳做的活套。那老者紧紧盯着阙浪，待其疲态渐露时，突然将杆伸了过去，一抖竿头的楠木梢，套索被抛出去，正好勾住阙浪的头。

阙浪的颈部被制，功力顿失，弃剑于地，士兵一拥上前，准备乱刀分尸，那老者一看形势不妙，突然一抖套马杆，阙浪被腾空提起，躲过乱刀，此时老者喊了一声要抓活的，士兵方才慢慢收起兵器，取绳子将阙浪的手反剪绑好，再解开套马杆的绳索。

阙浪的脸已变得土黄，那老者掐了掐他的人中，毫无反应，再给他灌下一碗水，仍然没有反应，那套马杆的绳索套住了他的咽喉，致使气路不顺，一旁看着的二老慌了，连忙跪下请求老者救救阙浪，那老者得知此人乃重犯之子，此次劫狱必有隐情，遂全力救治。

此时，却走进了一名挺着大肚子的楼兰孕妇，不是别人，正是阙浪明媒正娶的妻子莎菲娅，安庆宗被招为驸马入宫后，她被郑以为送回了楼兰，刚才那位长者正是她的远堂伯父易卜杜拉，莎菲娅的父亲，也就是易卜杜拉的堂弟与安禄山有八拜之交，故莎菲娅父母双亡时，易卜杜拉才可放心地让安禄山带走他的侄女。

安庆绪劫持了阙浪的双亲，需找到一个安全的私牢囚禁，楼兰首府扦泥城乃最佳之选。而当莎菲娅对中原心灰意冷，想回楼兰生活时，作为她的伯父，易卜杜拉对她的回归表示极大的欢迎，易卜杜拉原有两个儿子，均死于战乱，所以，他把莎菲娅当成亲生女儿来看待。

莎菲娅进入屋内见到阙浪，大吃一惊，遂向伯父询问原由，易卜杜拉简单地讲诉了一下，莎菲娅连忙帮忙救治，易卜杜拉想起之前牧民若用套马杆误伤马匹，只需将马放于一马车上，至一坎坷之地不停走动，马匹受到颠簸，片刻后可苏醒。

易卜杜拉连忙将阙浪反绑在一匹野骆驼之上，带上数人，抽打着骆驼，骆驼不停抖动，少顷，阙浪的手指竟然能动了，郎中再给他灌了一碗姜汤，终于苏醒过来了。

易卜杜拉大喜，想不到他是以这样一种方式与他的侄女婿见面，等阙浪体力恢

复后，易卜杜拉下令大摆宴席，对阙浪甚是客气，而阙浪也想起来了，他在雅丹魔鬼城的海市蜃楼中看过易卜杜拉。

席间，阙浪向其交流了安禄山叛乱之情形，易卜杜拉明白他的意思，无非是想告诫他，现在形势急转，若再继续囚禁二老，实为不明智之举。

二老见了莎菲娅这名儿媳，甚是欢喜，再看着她挺起的肚子，目光充满了欣慰，易卜杜拉心想，这安禄山性情已大变，大军所到之处，多日屠城，以致生灵涂炭，赤地千里，如若继续囚禁阙浪的二老，着实不仁，更何况自己视莎菲娅为己出，这二老可是亲家，再关着他俩，会让人笑话，索性顺水推舟，做了个人情，让阙浪一家团聚。

易卜杜拉乃楼兰深牢统领，饮酒时喜听声乐助兴，他命人拉出一排巨型乐器，阙浪从未见过如此宏大的乐器，易卜杜拉笑着解释，此乃编钟，用青铜浇铸，由大小不同的扁圆钟按照音调高低的次序排列，悬挂在一个巨大钟架上。

阙浪走近一看，发现编钟上刻着"曾侯乙"三个字，对于曾侯乙，阙浪略有所知，这曾侯乙乃战国曾国国君，擅长乐器，曾为周天子奏乐。此编钟乃曾侯乙所制，由十九件钮钟，四十五件甬钟，外加一件大傅钟所组成，气势宏大、壮观无比。

易卜杜拉命人奏乐，由六名青铜佩剑武士持木锤敲奏《楚殇》，音乐清脆明亮，悠扬动听，极具穿透力，屈原的《楚殇》，沐浴了血雨腥风，看透了人情冷漠，命运的囚禁令他的灵魂晶莹清逸，也令这首用编钟敲奏的《楚殇》悲壮苍凉。

曲罢，众人均久久回味，后阙浪提议，何不取琴与编钟合奏，钟鸣琴瑟，岂不妙哉！易卜杜拉爽朗大笑，说道：
"贤婿有所不知，这编钟乃黄钟大吕，实为乐器之王，其他任何一种乐器在编钟面前均会黯然失声，除非两者间隔演奏，若如此，则乐曲被割裂成段，极为难听，《周礼》有云：乃奏黄钟，歌大吕，舞云门，以祀天神；黄钟，阳声之首，大吕为之合。故琴者，根本不能与编钟齐列，如强奏之，声尽湮没，如烟云消逝！"

阙浪听明白了，这编钟对于任何一种乐器，均有绝对的优势，忽然，一个念头在脑海中闪过，世上一物降一物，若印度七弦琴碰上了编钟，是不是就会被完全压制？若编钟不间断敲奏，那印度七弦琴岂不形同废柴？

正想着，莎菲娅却大呼肚痛，她已怀胎十月，时辰相差无几，再加上今日与阙浪破镜重圆，心中欢喜，一下子动了胎气，易卜杜拉连忙下令稳婆将莎菲娅架入内房生产，阙浪在房外焦急地等待着，两个时辰之后，莎菲娅诞下一名男婴，全家人充满了喜悦，易卜杜拉亦觉得这是楼兰的喜事，遂对军士每人发一两纹银，作为奖赏。

此间，天下形势已极为紧迫了，至德元年，安禄山于洛阳称帝，国号大燕，年号圣武，设文武百官，封安庆绪为晋王，定都洛阳。

阙浪也听说了安禄山用印度七弦琴打败封常清部的消息，深感自己不能继续在楼兰待下去了，遂作别易卜杜拉，含泪告别莎菲娅及襁褓中的幼子，至于二老，暂时留在楼兰比较安全，况且，二老可以带带孙子，其乐融融。

阙浪此番也向易卜杜拉借兵，然楼兰国小，民少兵寡，且易卜杜拉的兵权也有限，最终也只能拨出身边的五十名精兵予阙，阙也不计较，他更关心的是编钟，征得易卜杜拉同意后，由此五十名楼兰精兵及六名乐工护送编钟进长安，清海长云暗雪山，孤城遥望玉门关，阙浪一行星夜疾驰。

赶到香积寺时，却见故友郑以为、无法大师、无天大师逝去，心中虽然悲痛，国仇日紧，无暇再去深究，遂通知僧众将三人掩埋，为了不使编钟的消息外传，他就先令这五十名楼兰精兵及乐工留在香积寺看守编钟，自己先只身进入长安城打探消息。

无法大师饲养的那两只巨鼠极通人性，极力指向郑以为来到的密道，阙浪奇之，钻入密道，走到尽头竟是"七日开"，往日高官巨贾聚合之处，如今已被平为废墟，其也顾不得太多，直接前去找故人西野翔。

安禄山的印度七弦琴还在大发神威，但《洗髓经》能避琴音之说亦不胫而走，唐军开始广发《洗髓经》，印度七弦琴的作用开始减弱，一时，安禄山的燕军进攻势头减缓，唐廷的各道援兵渐渐云集长安，增强京师守备，名将李光弼、郭子仪先后出兵，各斩敌四万，裴将军也从河朔赶来，于暗夜偷袭安禄山大营，重创燕军。

颜真卿、颜杲卿兄弟联兵，奇袭安禄山的大后方，收复河北十七郡，真源县令张巡守雍丘，与燕军巧妙周旋，令其不得南下江淮，名将哥舒翰率二十万精兵镇守潼关，以西路拒之，裴将军又从北面赶来，一时，南路、西路、北路均被阻，东路颜真卿兄弟即将再次反扑。

诸军四合，燕军数月不能进，所占之地，不过河洛数州，已到生死存亡之时，安禄山明白，惟有西进攻破潼关，直取长安，方可逆转形势，否则，将坐以待毙，他必须祭出他的杀手锏，那就是《广陵散》。

翌日，安禄山坐于一牛车，车帐中，印度七弦琴摆于眼前，那牛尾巴上都沾满了香油，安禄山一挥手，两匹公牛被点上火，公牛负痛，以极快的速度冲向潼关，而燕军并没有紧随安禄山，反而连连后退。

安禄山在牛车上就弹起了《广陵散》，旋律慷慨激昂，颇具戈矛杀伐气息，琴声有如飞行的利剑，直直刺入唐军的耳朵，潼关上的士兵七窍流血，纷纷坠下城楼，关内的守军也头晕目眩，口吐白沫，浑身乏力，不少精神恍惚者甚至操其兵器屠向自己的战友。

《广陵散》有"臣凌君之像"，当年聂政刺韩王，嵇康编得此曲，如今曾经为臣的安禄山要反君王唐玄宗，何其的相似，用印度七弦琴弹奏如此暴烈之曲，当然体现出雷霆风雨，戈矛纵横。

燕军前排的军士也不少听到微弱的琴音，陷入昏迷。安禄山仅一人，一琴，就把潼关二十万守军杀得尸横遍野，几乎全军覆没，而他的燕军，虽然离他较远，也被琴音杀死了四万多人，一时天地为之变色，草木为之含悲。

安禄才不管这些，夺取天下是他的使命，对于情绪上的东西，根本无暇顾及，他从容的扶起一只倒在城下的云梯，抱着琴爬上城楼，未遇到任何抵抗，再从容的打开城门，剩下的燕军蜂拥而入，潼关失守。

长安已无险可守，潼关一战，闻《广陵散》者无不心惊胆战，玄宗皇帝率百官仓皇西逃入蜀，拱手让出京师长安。

安禄山命令燕军血祭安庆宗，诸多未及逃离的皇子皇孙、公主驸马被剖腹挖心，揭其脑盖，流血满街，对长安百姓，大肆奸淫掳掠。

西野翔是遣唐使，非大唐人氏，再加上原与安禄山有交情，安禄山嘱咐，不得对西野翔无礼，一时，西野翔府邸安全无忧，阙浪躲在里面，两人一合谋，知若要扭转局势，必须杀死安禄山，使其群龙无首，再做打算，西野翔听说安禄山在劫持原大明宫的梨园弟子，以供吟唱作乐，于是，心生一计，他让阙浪速通过七日开的密道潜至香积寺，将编钟拆解，一件件的运回长安西野翔的府里，五十名楼兰精兵及乐工也躲入府里。

翌日，西野翔以进献梨园弟子为由见到安禄山，两人已是故交，安禄山特地设宴款待，西野翔列席于下，遂命乐工速将编钟装好，再奏《楚殇》，安禄山对声乐颇有研究，对编钟听得如痴如醉。

趁安禄山仔细听钟之际，早已混在楼兰精兵中的阙浪突然拔出剑，使出"裴将军满堂势"，刺向安禄山，安禄山并无察觉，倒是一旁的安庆绪反应奇快，将旁边的一名宦官推向前去，阙浪一剑刺穿了那名宦官，安庆绪随即拔剑与阙

浪打斗，安禄山也反应过来了，连忙弹起面前的印度七弦琴，奏起《十面埋伏》，堂上的所有人竟全无反应，再试之，仍旧无效。

阙浪这次可是拼命而来，而堂上宽广，使起"裴将军满堂势"颇为得心应手，把安庆绪打得只有招架之力，六名真正的乐工仍全神贯注的敲奏着，另五十名楼兰精兵组成一个外围，堂上的燕军卫士及武官一时也冲不进来。

西野翔也拔刀与堂上的卫士及武官拼杀，以减小对楼兰精兵的压力，他的"长河落日斩"仍旧犀利无比，片刻已杀了多名卫士，安禄山一看情况危急，也不管那么多了，直接弹起《广陵散》，可所有人仍旧一点反应都没有，这可令他十分彷徨，琴无效，就等于失去最好的利器，也失去纵横天下最有力的筹码。

印度七弦琴在编钟面前是起不到任何作用的，正忧虑着，西野翔已顺手抓起酒杯向其掷了过来，由于距离较远，安禄山早有察觉，一拍手，将酒杯拍走，而他这一拍，却中了计，西野翔掷过来的不止一只酒杯，拍走了第一只，原先隐藏在后的酒杯就露出来了，安禄山躲闪不及，正中鼻梁骨，而这只酒杯已被西野翔使了内力，一下子分为两半，冲击力极大，一半钻入其左眼，另一半钻入其右眼。

安禄山剧痛，手捂双眼大叫，他的双眼原先被吴少棠使石灰重创过，今日再被西野翔一弄，已无复明的可能，这可把安庆绪等人的心绪搞得大乱，无心打斗，此时，大批燕军援军已冲到堂外了，阙浪明白，不可恋战，遂虚晃一剑，冲到案前将印度七弦琴抱起，西野翔吹了一声口哨，楼兰精兵保护着乐工，一道杀出重围。

两人冲在前头，犹如切菜砍瓜，燕军在他们的面前纷纷倒下，西野翔的"长河落日斩"一过去就是两个，好不痛快，而楼兰精兵保持好合围阵型，燕军一时也攻不进来。一行人安全到达城外僻静处，楼兰精兵已完成了使命，阙浪遂让他们速往西行，回去楼兰。

此番虽无杀死安禄山，但伤其双眼，夺其印度七弦琴，亦算是大功一件，安禄山眼瞎之后，燕军的攻势就急转直下了，这令其极为易怒，时常打骂随从及百官，甚至多次扬言要杀安庆绪，后安庆绪惶之，先下手为强，联合宦官李猪儿秘杀其父安禄山，自立为帝。

安庆绪武功虽高，然治军能力却与其父相去甚远，不久即被史思明暗算，死于其手，史思明自立为帝，然此时的大唐已缓过劲来，大将郭子仪、李光弼、裴旻连连重创燕军，史思明焦躁，多次以死威逼下属，并腰斩多名得力干将，史朝义看了心寒，不顾伦理纲常，弑其父，自立为大燕皇帝，然手下将士已离心，部将将范阳献予唐廷，史朝义无路可走，自缢于树林中，自此，历时八年的"安史之乱"终于平息。当然，这是后话。

眼下，两人最头疼的是如何处置这印度七弦琴，之前无法大师对其火烧、石锤均毫发无损，那就说明此物有灵性，不易毁之。西野翔提议，此琴既然毁不掉，就不宜继续在中原出现，否则被野心人士夺之，将再次掀起腥风血雨，东海有巨鲸出没，自己将与鉴真大师东渡日本，何不与其一同前往东瀛，途中再丢琴于海，让巨鲸吞之。

阙浪深思，也惟有此法，但一家老小均居于楼兰，不便东渡，遂将印度七弦琴交付于西野翔，让其处之，自己则远赴楼兰，与家人团聚，其乐融融。

之后，遣唐使西野翔与鉴真大师从扬州出发，东渡日本，东海烟波浩渺，巨浪滔天，常有巨鲸袭船，西野翔瞒着鉴真，悄悄地将印度七弦琴装于一大鱼腹中，次日清晨，一轮红日冉冉升起，不远处的海面上有喷泉喷出，少顷，一只庞然巨鲸跃出海面，西野翔将大鱼奋力抛出，一个血盆巨口将裹着印度七弦琴的大鱼吞下。

至此，祸乱中原的印度七弦琴葬身鱼腹，消失于东海！

图书在版编目（ＣＩＰ）数据

印度七弦琴 / 林沛著. --福州：海风出版社，
2014.3
ISBN 978-7-5512-0139-1

Ⅰ. ①印… Ⅱ. ①林… Ⅲ. ①侠义小说—中国—
当代 Ⅳ. ①I247.5

中国版本图书馆CIP数据核字（2014）第030255号

印度七弦琴

林 沛 著

责任编辑： 万苏杭
出版发行： 海风出版社
（福州市鼓东路187号 邮编：350001）
印 刷：福州报业印务有限公司
开 本：787×1092 毫米 1/16
印 张：20.75印张
字 数：300千字
印 数：1-1000册
版 次：2014年2月第1版
印 次：2014年3月第1次印刷
书 号：ISBN 978-7-5512-0139-1
定 价：42.80元